文春文庫

美しき愚かものたちのタブロー

原田マハ

文藝春秋

目次

美しき愚かものたちのタブロー

一九五三年六月　パリ　チュイルリー公園

その展示室に一歩足を踏み入れた瞬間、田代雄一《たしろゆういち》は、澄み渡った池に投げ込まれた小石の気分を味わった。

ふつふつと気泡を吐きながら、光合成の粒をまとった緑藻の森の中を落下してゆく。なめらかな水の腕をすり抜けて、青い影が揺らめく水底にたどり着く。見上げれば、水面《みなも》を撫でる柳の枝と、その向こうに薄暮の空がどこまでも広がっている。

——ああ、これが……。

田代は、水の揺らめきを全身で感じようと目を閉じた。まぶたの裏に遠い日の思い出の場面が浮かぶ。

——あのとき、クロード・モネが見ていた風景なのか。

田代がいる場所、そこはフランス国立オランジュリー美術館の一室である。クロード・モネの連作〈睡蓮〉が四方の壁を埋め尽くしており、そのさなかに彼は佇んでいた。平日の午後ということもあって、人影はほとんどなかった。出張の同行者である文部省の役人、雨宮辰之助《あまみやたつのすけ》は、展示室に入るなり、うわあ、と思わず声を放った。

「すごい。……これが、田代先生がおっしゃっていた……モネ畢生《ひっせい》の作〈睡蓮〉ですか」

そのまま、吸い込まれるようにして巨大な絵画を眺め渡している。その様子は、絵画を鑑賞しているというよりも、霧深い山道をとぼとぼと歩いていて、思いがけず美しい泉に行き着いた旅人のようでもあった。

日本政府の特命交渉人としてパリに送り込まれた田代と雨宮は、東京・羽田空港をエールフランス便で出発し、サイゴン、カラチ、ベイルートの三都市を経由しつつ、計五十時間余りもかかって、前日の夜遅くにパリに到着したばかりだった。

到着までに検討しておかなければならない課題が山のようにあったが、狭い機内で隣り合って話をするうちに、ふたりとも次第に疲れてきた。その上、ときおり乱気流に突入し、ロッキード社製コンステレーションの機体は激しく揺れた。そのたびに雨宮は「あっ」と声を発して、座席の肘かけにむんずとつかまり、何かしきりに唱えていた。

「何をぶつぶつ言っているんだ?」

田代が訊くと、

「念仏ですよ、念仏。とっさのときは念仏を唱えろって、うちの婆さんが……ひゃっ、な、南無阿弥陀仏っ!」

三十三歳の文部省事務官は、これが初めての海外出張、初めての飛行機である。最後にはぐったりして機内食ものどを通らない始末だった。

あと数時間でパリ到着、というとき、いよいよ落ち着きなく煙草ばかりふかしている雨宮に向かって、田代は言ってみた。

「なあ、雨宮君。とっておきの絵画《タブロー》の話をしようか」

煙草の箱から新しい一本を取り出して口にくわえた雨宮は、はあ、と気の抜けた声を出した。

「タブロー、ですか」

「そうだ。タブローの話だ」

くわえた煙草を箱に戻して、雨宮は「お願いします」と少し元気づいた声になって答えた。

田代はうなずいて、

「君、クロード・モネを知っているだろう？」

そう尋ねた。

「そりゃあ、知っていますよ。今回の調査のために、さんざん先生に講義していただきましたから。フランス近代絵画史に燦然《さんぜん》と輝く、あの大画家……ですよね」

雨宮は生真面目に答えて、「と言っても、絵は資料の写真でしか見たことがありませんが」と付け加えた。

「その通り。で、彼の絵は、今回の『返還交渉』リストの筆頭に挙げられているだろう？」

「ええ、穴が空くほど名前だけは見ています」

雨宮が重ねて言った。田代は、にやりと笑みを浮かべた。

「私はね、雨宮君。実は、モネの家に遊びに行ったことがあるんだよ」

「ええ⁉」

雨宮が大声を出した。狭い客室《キャビン》の乗客――ほとんどがフランス人かイギリス人だった――が、いっせいにこちらを向いた。雨宮はあわてて首を引っ込めた。

「い、いつですか？　どうして？　誰と……」

田代は、さも愉快そうにくっくっと笑い声を立てた。さっきまで神経質そうに眉根を寄せていた雨宮の態度ががらりと変わるとは、クロード・モネの威光は死後三十年近く経ってもまだまだ衰えていないじゃないか。

シートに座り直して軽く足を組むと、田代は、

「そうだな、あれは……私がまだ君より少し若い時分、フィレンツェに留学する途上で、ロンドン、それからパリを訪問したときのことだ……」

なつかしそうな口ぶりで、ノルマンディー地方ジヴェルニーという小村にあるクロード・モネの家を訪ねた思い出話を始めた。

田代雄一は日本を代表する美術史家である。戦前には東京美術学校教授、帝国美術院附属美術研究所の所長などを歴任し、戦後は一九五〇年の文化財保護法制定時に政府からの要請で文化財保護委員となった。ちょうど還暦を過ぎてそろそろ一線を退こうとし

たところを、政府につかまった態《てい》である。「お国のためにもうひと働きしてほしい」と時の首相、旧知の吉田茂《よしだしげる》から直々の申し入れを受けての決断だった。

生まれは商人の家で、父は息子が自分の跡を継いで商売をするものとばかり思っていたようだったが、田代少年は絵入り雑誌を熱心に読むうちに絵に興味を覚え、算盤を弾くよりも絵筆をふるいたいと思うようになった。

秀才だった彼は第一高等学校に進み、同時に画塾に入って水彩画を学びもした。本気で画家になることも考えたが、画塾には彼よりもはるかに秀でた生徒が多くいたし、絵筆一本で生きていくのはさすがに無理だろうと早々に悟って、東京帝国大学英文科に進学した。

絵筆を捨てたものの絵画への情熱はいや増して、大学では西洋美術史を学び、大学院に進んだのち、東京美術学校などで教鞭を執りながら海外で学ぶ機会をうかがった。そしてついに一九二一年から二五年にかけて欧州留学を果たした。当時、田代が心酔していたアメリカ人美術史家バーナード・ベレンソンがフィレンツェに住んでいたので、なんとしてもベレンソンに学びたいと、文字通り飛んでいったのである。

研究したのはイタリア・ルネサンス期の絵画であったが、自分が専門とする時代と画家だけを追いかけて「重箱の隅をつついている」ばかりでは美術史は究められない、時代や国や流派を俯瞰《ふかん》して比較することが大事なのだと師に教えられた。

イタリア・ルネサンスといえば、初期にはマザッチオ、マンテーニャ、ボッティチェッリ、最盛期にはレオナルド・ダ・ヴィンチ、ミケランジェロ、ラファエロ、ティツィアーノなどの大天才を生み、遠近法や黄金分割など、絵画の技法が飛躍的に発展し、名画が名画たり得るための「ルール」が成立した決定的な時代である。田代にとってはどれほど深く掘り下げても掘り下げ足りないほどの大テーマだった。

ところがベレンソンは、ルネサンスの画家ばかり詳しくなってもしょうがない、たとえば同時代に他の国や地域にどんな画家がいてどんな絵が創作されていたのか、比較したときに思いがけない発見があるのだと田代に説いた。

ベレンソンはロシアでユダヤ人の家庭に生まれ、少年時代に家族でアメリカへ移住し、ルネサンス芸術を研究するためにフィレンツェに移住した。彼の生い立ちと人生そのものが、彼の研究に「比較」というアイデアを植え付けたのだろう。

ベレンソンは田代に、たとえば後期ルネサンスと被る一時期に日本では桃山という独特の文化を育んだ時代があったが、この両者を比較することによって思わぬ発見があるかもしれないのだと話してくれた。ルネサンスには華々しい芸術家が揃い踏みしているから研究するのはたやすかろうと君が思っているなら、それは間違いだ。私に言わせれば、ルネサンス芸術ほどの難物はない。古今東西、研究者はゴマンと存在し、読むべき文献は膨大にある。新しい視座を持って取り組まなければ意味がない。そのためにも、まず自国の芸術の歴史を学び、それを視野に入れて研究することを勧める——との師の教えは、どれほど熱く田代青年の胸を打ったことだろう。

もとより、田代は日本美術史にも造詣が深く、日本の美術界の人々との交流も得ていた。また、学生時代には同人誌「白樺」で紹介されたフランスの近代美術の芸術家たちにひとかたならぬ興味を抱いていた。彼のまなざしはイタリア・ルネサンスばかりにではなく、さまざまな国と時代に向けられていた。だからこそ、ベレンソンの教えが快く響いたのである。

ことさらに、フランス近代美術——印象派とその後の一時代を築いた画家たち、モネ、ルノワール、セザンヌ、ファン・ゴッホの絵の写真を雑誌の中にみつけると、心の海にさざ波が起こった。その当時、モネを除いてはすでに物故作家ではあったが、どの画家も「つい」と付け加えたくなるほど最近までこの世界に存在していたのである。その事実に田代の胸は少なからずざわついた。

自分が生まれた年、一八九〇年にゴッホがピストル自殺をした——しかも彼の作品は生前にはたった一枚しか売れなかった——と知ったときなどは、どうしてもう少し長く生きていてくれなかったのかと、友を喪《な》くしたかのように口惜しく思ったものだ。もしもいま、ゴッホが生きていたら——どうかして自分が助けてやったのに、と。

留学の成果として、田代は初期ルネサンス画に関する英語論文を発表し、のちに書籍化されて海外でも広く読まれ、国際的に高く評価された。結局、ベレンソンとの出会いが、いま現在の自分の立ち位置を決定づけるものとなったのは間違いない。

そして、もうひとつ、彼の人生を決定づける出会いがこの時期にもたらされた。——

いや、「決定づけた」というよりも、「豊かにした」というべきだろうか。

そう、あの人物との出会いがなかったら——もちろん、それでも自分の人生はそれなりのものになっただろう、と田代は思う。が、しかし——あの人と出会わなかったら、自分の人生はいまよりずっと味気ないものになったことだろう。

そんなふうに思えば、自然とあたたかい微笑が込み上げてくる。

——その人の名は、松方幸次郎《まつかたこうじろう》。

芸術の泉の縁《ふち》に佇んで、わしゃ絵なんぞわからん、と文句を言いながら、小石を投げ入れていた。澄み渡った水面に広がる波紋をじっと眺めるうちに、今度は手をひたし、清らかな水をすくい上げてのどを潤した。ついにはざぶりと飛び込んだ。美しい泉は、最後には彼のものになった。

こよなく絵画《タブロー》を愛した稀代のコレクター「MATSUKATA」の名は、いっとき、パリじゅうに——いや、ヨーロッパ中に知れ渡った。

彼が絵画を買い集めた理由はただひとつ。欧米に負けない美術館を日本に創り、そこにほんものの名画を展示して、日本の画家たち、ひいては青少年の教育に役立てたいと願ったからだ。

絵なんぞわからん——と彼は言っていた。

——美術館を創るんなら、ほんものでなくちゃ意味がない。しかし、わしは絵がわからんのだ。だから君に、ほんものがどれなのか、嗅ぎつけてほしいんだ。

いいかい、田代君。そのためになら、わしはいくらでも金を注ぎ込むよ。なあに、惜しいことなんぞこれっぽっちもない、それがほんものなら。つまらんものを買うのなら、たとえ一銭だとて惜しいがね。

ロンドンで、パリで、私財を投じて買い集めた西洋美術コレクションの作品総数は二千点とも三千点とも。戦争前後に散逸、あるいは焼失し、その全貌は定かではない。日本へ送られずにフランス国内に保管されていた数百点の作品群は、戦中も奇跡的に守られたが、敵国・日本の在外財産とみなされ、フランス政府に接収されてしまった。

それを取り戻すことはできないのか――。

そのためにこそ、私はこうしてパリへ舞い戻ったのです。

松方さん。――あなたのために。

「なるほど。……松方幸次郎と一緒にモネの家を訪ねたとき田代先生が目にしたという『とっておきのタブロー』は、この〈睡蓮〉と同列のものだったわけですね」

オランジュリー美術館の〈睡蓮〉をひとしきり眺めたあと、雨宮が得心したようにつぶやいた。

彼は、飛行機の中で田代に「とっておきのタブロー」について聞かされた。当時、パリじゅうの画廊を回って名画を買い集めていた松方幸次郎が、モネの名作を本人から買い取るのだと言って、田代を連れてジヴェルニーへ赴き、画家秘蔵の傑作をほんとうに何点か買い取ったこと。そして、そのとき、モネが白日のもとで巨大なカンヴァスに向き合い、太鼓橋が架かる睡蓮の池を懸命に写し取っていたこと。画家は白内障を患い、もうよく見えていないのだと松方にこっそり教えられたこと――。

田代と雨宮は、背中同士を向き合わせて、四方を囲む〈睡蓮〉の前にそれぞれ佇んでいた。田代は薄暮の空が映り込む水面の前に。雨宮は柳の枝葉が静かに揺らめく池の前に。

「――それで、私は、つい……愚かなことを言ってしまったんだ、あのモネを相手に」

ふと、田代が独り言のように言った。

「何をですか?」雨宮が振り返って訊いた。

「『この色は、おかしいのではないでしょうか? この風景は、こんな色には、私には見えません』」

若気の至りで、田代は、クロード・モネに意見した。なぜなら、カンヴァスの上に画家が筆先で少しずつ、ときに大胆に重ねていく色は、あまりにも黄色だったし、あまりにも紫だったし、あまりにも緋色だったから。実際にはそんな色は風景のどこにもない。目が悪いから、ひょっとすると間違えて絵の具を調合してしまっているのではないか。この絵を歴史に残す傑作に仕上げてもらうには、多少意見したってよいのではないか――などと、生意気にも思ったのだ。

そのときすでに八十余歳になっていた老画家は、日本から来た青年美術史家の意見を笑って受け止め、こう答えた。

——初めのうち、私の絵はどの絵もみんなおかしな色だと言われたものだ。でも時が経てばわかる。私がどんなふうにこの風景を見ていたのか。いま、君が私とともに見ているこの風景を覚えておいて、もっとずっとあとになって、私の絵を見ることがあったら、思い出して、くらべてみてほしい。

「しかしなあ。モネの家からの帰り道の車中で、松方さんが私にこっそり言ったんだ。——君の言う通りだ、あの色はおかしい、って」

——でも、わかったかい、田代君？

あの絵は、傑作だ。

色がどうとか、理屈じゃない。モネが、あの大画家が、もうよく見えんのに、必死に絵筆を動かしている様子を見ていると、わしはなんだか、わけもなく泣けてくる。そうやって、画家がおのれの全部をぶつけて描いた絵を、傑作と言うんじゃないのか？

わしはあの絵を、いつか手に入れたい。どんなに金がかかったっていい。モネばかりじゃなくて、いろんな画家の傑作を——パリじゅうの、いや、世界中にある傑作のすべてを買い占めてやるんだ。

そんな馬鹿な、と陰口を叩くやつもいる。何が描いてあるのかさっぱりわからん絵なんぞに巨万の金を突っ込むなど、愚かもののすることだと。

さよう。いかにもわしは愚かものだろう。絵のなんたるかもよくわからんくせに、ただやみくもに絵を買い漁る愚かな年寄りだろう。

だがな。なんと言われようとも、とっくに心は決まっているんだ。

わしは、いつか日本に美術館を創る。

あのモネの傑作を雑誌の切り抜きや複製画でしか見ることのできない日本の画家たちや、青少年のために。

最高の美術館を創るんだ――。

松方の言葉が、たったいま聞いたかのように耳の奥に蘇る。

「……田代先生?」

雨宮の不思議そうな声が背後で聞こえた。

田代は振り向かなかった。いつしか涙が頬を伝って落ちるのを、見られたくはなかった。

1

一九五三年五月　大磯　吉田茂邸

よく晴れた五月のとある日曜日、田代雄一は大磯にある吉田茂邸を訪問した。

その日、田代は、パリ出張を翌月に控え、第五次内閣を発足させてまもない吉田に外交の策を授けてもらおうと考えていた。

田代のパリ出張の目的はただひとつ。フランス政府のもとにとどめられている〈松方コレクション〉を日本に返還してもらうための交渉を行うことである。

戦前の大実業家であり、のちに政治家にもなった松方幸次郎は、一九一六年以降三度ヨーロッパに渡り、近代絵画や彫刻を収集した。

留学のため渡欧していた田代は、縁あって松方を紹介され、彼の美術アドバイザーとなって、作品収集に協力した。アドバイザーは田代ばかりではなく、イギリス人やフランス人の専門家も含め何人かいた。

当時、松方の財力は無尽蔵と思われるほどで、アドバイザーたちの意見を取り入れつつ、次から次へと作品を購入し、コレクションは相当な数に膨れあがっていった。最終的に〈松方コレクション〉がどのくらいの規模になったのか、どんな作品が含まれていたのか、その全容を田代が知ったのは、皮肉にも松方の死後であった。

松方幸次郎は、明治の元勲で総理大臣も務めた松方正義《まさよし》の三男として生まれた。アメリカのエール大学で博士号を取得するほどの秀才で、国際的な感覚の持ち主であった。父の秘書官として働いたのち、神戸川崎財閥の創設者、川崎正蔵《かわさきしょうぞう》にその才覚を見込まれて、川崎造船所の初代社長となる。そのほかにも神戸新聞、神戸瓦斯《ガス》などの社長も兼任し、神戸商業会議所（のちの神戸商工会議所）の会頭や衆議院議員も務めた。戦前、戦中、戦後を通して、日本の政財界に大きな影響を与えた大人物であった。

が、松方はもともと芸術にはさほど知識を持ち合わせておらず、田代にも「わしは絵のことはわからん」といつもぼやいていた。そのくせ美術品収集への情熱にはただならぬものがあった。——なぜか。

日本に西洋美術専門の美術館を創設する——と決意していたからである。

第一次世界大戦中、日本の経済が好景気に沸き、事業の成功で潤沢な資金を得た松方は、渡欧して美術品の収集に着手した。

気まぐれで始めたわけではない。確かに彼は美術の専門家ではなかったが、東京美術学校の教授、日本画家、洋画家、美学者、音楽家等々、芸術関係の知己が何人もいた。彼らが松方に芸術の女神の囁《ささや》きを届けたのだ。

欧米諸国同様、いまや日本にも芸術家志望の若者が数多くいる。が、欧米の芸術家の卵とは違って、日本の若者たちにはほんものの西洋美術に触れるチャンスがない。彼らは褪色《たいしょく》した写真や雑誌の切り抜きでそれらを見るほかはないのだ。

欧米にはすぐれた「美術館」がある。そこには古今東西の一流の作品が集められて展示され、一般に公開されている。もしも日本にも美術館があれば、どれほど日本の若者たちのためになることだろう。

日本が欧米諸国と比肩するためには、経済力、軍事力ばかりでなく、芸術の力が必要だと松方は直感したようだ。美術館のひとつもなくて、どうやって先進国の仲間入りができるのか、できるはずはないじゃないか——と。

欧米にひけをとらぬ美術館を創設するという夢を心に宿して、松方は、莫大な私財を投じてコレクションを作り上げた。そればかりか、美術館のための建設用地まで確保して、着々と夢を実現させるべく邁進していた。

しかし、運命の歯車が狂った。関東大震災後、くすぶり続けていた金融不安が爆発、銀行が次々に休業に追い込まれ、川崎造船所の主要取引銀行だった十五銀行も休業した。それによって同社は多額の負債を抱えることになり、松方は引責して社長の座から退いた。

この間、主にロンドンとパリで買い集められた〈松方コレクション〉の作品のほとんどは、そのまま各所に留め置かれた。すでに日本国内へ持ち帰られていたものは、売り立てに出されて散逸した。ロンドンの倉庫に保管されていたものは、火災に遭い焼失した。そしてパリにあったものは、第二次世界大戦の開戦後、行方不明になっていたが、戦後発見され、「フランス国内にある敵国の財産」とみなされて、フランス政府に接収されてしまった。――これが〈松方コレクション〉がたどった運命であった。

松方は財界から退場したのちは、再び衆議院議員に立候補し、三期を務めた。が、右派左派合同の公事結社、大政翼賛会の推薦議員だったかどで、戦後、GHQにより公職追放され、政界からも追い出された。その後は鎌倉に隠居して末娘と暮らしていたが、三年まえ、脳溢血の後遺症がもとで鬼籍に入った。享年八十四であった。

情熱のすべてを注ぎ込んで買い求めた作品の数々、フランスに留め置かれたコレクションを再び見ることなく、松方は永遠の旅路についた。

――その翌年。

ひとりの大人物が、忘れ去られたかのようにみえた〈松方コレクション〉のために動いた。

その人物こそが、内閣総理大臣、吉田茂であった。

相模湾にほど近い場所に位置する吉田邸は、こんもりと緑の生い茂る広大な敷地の中に建てられていた。

端正な佇まいの日本家屋は静かな威厳にあふれている。田代はすでに何度かここを訪れていたが、門戸の前に立っただけで背筋がしゃんと伸びるのは、初めての訪問のときから変わることがない。

田代は庭に面した応接間に通された。二方向の障子が開け放たれ、よく磨かれた縁側の向こうには池を中心にした庭が見渡せる。かたちよく刈り込んだ松がその姿を翡翠《ひすい》の水面に映している。錦鯉が鮮やかな朱色の背をちらちらさせながら、浮いたり沈んだりしているのが見える。

「やあ、田代君。よく来てくれたね」

鈍く光る紫檀《したん》の卓の前に正座して待っていると、和装姿の吉田茂が現れた。田代は居住まいを正して、

「ご無沙汰いたしました。総理にはお変わりなくご活躍のことと、お慶び申し上げます」

ていねいに白髪頭を下げた。吉田はにやりと笑みを浮かべて、

「総理の席に五度も座るとは、少々活躍しすぎだと思っているんじゃないのかね」

自虐的なことを言った。

「滅相もありません」

田代があわてて返すと、吉田はからからと笑い声を立てた。

「冗談《ジョーク》だよ、ジョーク。君が誠実な男であることは、ようわかっとるよ」

田代は冷や汗をかいた。吉田が外交官時代にイギリスで仕込まれたブラック・ジョークには、いつもひやりとさせられる。と同時に、いくつになっても悪童のようなくった

くのなさを持ち合わせているこの首相が田代は好きだった。

外務省の生え抜きの外交官だった吉田茂は親英米派で、太平洋戦争開戦を回避させようと画策をするも失敗、戦争が始まってからは早期の終戦策を検討、和平工作に注力した。戦時中には反軍部の疑いで投獄されもした。が、苦渋の体験はかえって戦後GHQの信頼を得るための「勲章」となった。戦後すぐの東久邇《ひがしくに》内閣、その後の幣原《しではら》内閣で外務大臣となり、抜群の外交力を生かして、日本の復興のために世界の協力を得られるよう尽力した。

終戦の翌年の一九四六年、鳩山一郎がGHQの指令により公職追放された後を受け日本自由党総裁となり、内閣総理大臣に就任した。戦後の混乱の中で政局の舵取りは困難を極めたが、吉田は持ち前のバイタリティで幾多の嵐を乗り越えてきた。

第一次吉田内閣発足後、幾たびかの総辞職・解散・総選挙が行われ、七年のあいだに吉田は五たび総理大臣となっていた。

つい三カ月まえにも、国会での質疑応答の際に、質問者の議員につまらぬことを言われて、思わず「馬鹿野郎」とつぶやいたのをマイクで拾われ、それを問題視されて内閣不信任案が提出・可決された。吉田はこのときも解散、総選挙に打って出た。新聞はこれを「バカヤロー解散」と名付けて、吉田と自由党の迷走ぶりを書き立てた。結果、自由党は議席を減らして少数与党に転落したが、改進党の閣外協力を得るかたちでどうにか延命、吉田はこれで五度目となる内閣総理大臣の席にかろうじて着いたのだった。

吉田は首相として多忙を極めていたが、政局とはなんら関係していない美術史家である田代の訪問を喜んでいるようだった。

七年間で五度も組閣をするあいだにはさぞ政敵も増えたことだろう。加えてさきの「バカヤロー解散」では疲労困憊したはずだ。吉田さんは意地になっているな、と田代は新聞を読むだにそう思えてならなかった。戦中戦後の最も困難な時期を乗り切った大政治家である。揚げ足を取られてひっくり返っておしまい、というわけにはいかなかったのだろう。

いま、目の前に座している吉田は、ほんのいっとき内閣総理大臣の肩書きを外して、心からくつろいでいるように見えた。

「君は葉巻はやるのか」

しばし雑談に興じたあと、座卓に置いてあった飴色のマホガニーの箱から葉巻を一本取り出して、吉田が尋ねた。いいえ、と田代が答えると、

「英国大使からもらったものだ。どうだ、一本」

勧めてから、自分も一本くわえて火をつけた。

「庭へ出るか。石楠花《しゃくなげ》が咲いているのを見せよう」

縁側の踏石にふた揃えの草履が載せられていた。田代は背広姿で靴下を履いていたが、日だまりで温められた草履をつっかけて、吉田の後に続いて庭へ出た。

池のほとりでは石楠花が花盛りで芳香を放っている。その近くに吉田とともに佇んで

葉巻をふかしながら、田代は、松方幸次郎とともに池の端に佇んで葉巻をふかしたことをふいに思い出した。

あれは確か――そうだ、クロード・モネの庭でのことだ。

巨匠から直接絵を買うのだと言う松方に連れられて、田代はジヴェルニーを訪ねた。モネは、はるばる日本からやって来た客人をそれはそれは喜んでもてなしてくれた。

松方は普段から英字新聞を愛読するほど英語が得意だったが、フランス語はなんとか会話できる程度だった。松方は身振り手振りを加えながら下手なフランス語で熱心に話しかけ、モネはモネで熱心に耳を傾けていた。画家というのは好奇心のかたまりのようなものだから、旺盛な好奇心を持つ人間にはすっかり心を開くのだと、そのときまだ三十歳そこそこだった田代は知ったのだった。

ジヴェルニーの広大な庭は画家が愛する花々で埋め尽くされていた。ことさらに、モネは睡蓮の花が咲く池とそこに架かる日本風の太鼓橋が自慢のようだった。池のほとりにはしだれ柳が植えられていて、たおやかな緑の腕を水面に向かってゆらゆらと伸ばしていた。

モネはしきりに煙草をふかしていたが、客人には葉巻を勧めてくれた。松方と田代は、画家とともに池のほとりに佇んで、心ゆくまで紫煙を愉しんだ。水上には睡蓮が群れ、空に向かって白い顔をはらりとほころばせていた。

「……こうやって、ふたりして庭を散策しながら、松方さんとも葉巻をやったもんだ」

ふと、吉田がつぶやいた。田代は、睡蓮の池端から引き戻されて、吉田のほうへ顔を向けた。

「もっとも、あの人がここへ来たのは一、二度だったか。いろんなところで葉巻をふかして話したな。白金やら麻布やら……」

「白金」とは戦後首相公邸となった旧朝香宮邸、「麻布」とは松方幸次郎の東京の住まいのことである。田代はどちらも訪れたことがあったので、恰幅のいいふたりの老紳士が手入れの行き届いた庭を散策している場面を、まるで映画でも見ているように思い浮かべた。

「まだお元気だった頃ですね」

田代が言うと、

「ああ。松方さんはいまの私くらいの年だったが、まだまだやる気があったな」

思い出し笑いをしながら、吉田が応えた。

「偶然ですが、私もいま、松方さんのことを考えていました。池のほとりに並んで立って、葉巻をふかしたなあ、と。しかもそれは、ふつうの池ではなくて……特別な場所にある池だったのです」

「特別な場所？」吉田が訊き返した。

「ええ。松方さんにとっても……私にとっても」

微笑んで、田代が言った。葉巻を手にする吉田に、一瞬、松方がゆらりと重なって見えた。

田代は、モネの家で見た〈睡蓮〉の絵や、それを松方が子供のように欲しがったことなどを語った。

「その〈睡蓮〉は、今度の返還リストの中にあるのか」

吉田の問いに、田代は首を横に振った。

「いいえ。……残念ながら」

松方は、別の大型の睡蓮画を売ってもらえるよう、モネ本人に約束を取り付けていた。その絵が今度のリストに入っているかどうか、田代にはわからなかった。

ふたりは並んで縁側のひだまりの中に腰掛けた。

葉巻の苦味がぴりりと舌先を刺す。焦げたカラメルのような煙香は、在りし日の松方幸次郎との思い出を生き生きと蘇らせた。

人間の五感の中でもっとも記憶に直結しているのは嗅覚だ——と何かの本で目にしたことがある。なるほど、豊かな香りはこんなふうに思い出と繫がっているものなのだ。

短くなった葉巻を指先で玩《もてあそ》びながら、吉田は、遠くにいる友に呼びかけるようにして言った。

「なあ、田代君。こんな年になると、『Truth is stranger than fiction』——事実は小説よりも奇なり、と思うことがある。……そうじゃないか？」

イギリスの詩人、バイロンの言葉である。「ええ」と田代は応えた。

「ほんとうに、その通りです」

吉田は、ふっと笑いを口もとに点して、

「わしが松方さんに初めて会ったのは、ロンドンで、確か……大正十年の秋だったな。わしは在英日本大使館で一等書記官を務めておった。その翌年に天津総領事に任命されて、英国を後にしたんだ」

はっきりと語った。

「よく覚えておいでですね」

田代が感心して言うと、

「むろんだ。よおく、覚えておるよ」

歌うように吉田が返した。

吉田が松方と出会ったのは、松方の五度目の渡英時であった。松方は吉田が知る実業家の中でも、ずば抜けて国際的かつ個性的な人物だった。その印象を決定づけた出来事を、吉田は田代に語って聞かせた。

一九二一年秋、在英日本大使館に一通の招待状が届いた。松方主催の晩餐会がロンドンの最高級ホテル「クラリッジス」のバンケット・ルームで開催されるという。林権助《はやしごんすけ》駐英大使とともに、吉田も招かれたのだった。

林大使は松方とは旧知の仲である。宴に向かう車中で、林は吉田に「松方が相当な予算を持って欧州で美術品収集をしている。パリでもずいぶん買い漁ったらしく、意気揚々だ。今日は世話になった英国社交界への御礼興行だ」との触れ込みを教えた。

「あれは相当な宴《バンケット》だったたな。ざっと百人はいたかね。王室の関係者《ロイヤル・ハイネス》もご臨席だった。ほかも政界、財界きっての有名人ばかりで、ほとんどが英国人だった。宴会場に一歩足を踏み入れただけで、彼のすごさがよくわかったよ」

宴会場の入り口で正装した松方が客人を迎えていた。恰幅のいい体つきに燕尾服を着こなし、実に堂々としたものだったが、口ひげを蓄えた顔にはどこか愛嬌があった。客人ひとりひとりと握手をしながら、流暢な英語で挨拶を交わしていた。

林大使の顔を見て、松方はいっそう相好を崩した。日本人の知己の来訪はさぞうれしかったのだろう。吉田に対しても、松方は古い友人のように親しげに接した。

と、そこまで思い出語りをして、吉田は急に、くっくっと笑い出した。

「ところがなあ。松方さんと挨拶したその場で、林大使が思わぬことを言ったんだ」

――おい、松方。お前は大金持ちだが、どうせそんな金はそのうち全部なくすに決まってるだろう。どのみち破産するなら、いまのうちにどんどん使っておけ。油絵でもなんでも、買えるだけ買い占めろ。それで、日本に持って帰れば、お国のためになるはずだ。せいぜい、どっさり買っておけよ――。

「そんなことをおっしゃったのですか？」

田代はあっけにとられた。ずいぶん乱暴な物言いではないか。

「さよう。あの松方さんを相手に、大使もまったく、よう言ったもんだ」

吉田は、たったいまその場に立ち会ったかのように、さもおかしそうに応えた。

「だがな、大使は、だからこそ大使なのだ。あのとき、くしくも、絵を買うことが『お国のためになる』とのたもうた。さらりと大事なことを言ったのだ」

確かに、あの時分向かうところ敵なしだった松方に対してそんなことを言えるのは、大使閣下か総理大臣くらいしかいなかっただろう。

「それにしてもなあ。大使が言った通りになろうとは……」

ため息まじりの吉田のつぶやきに、「まさしく……」と田代が呼応した。

「大使のお言葉の通りに買えるだけ買い占めましたからね、松方さんは……」

「いや、そっちじゃない」

すぐさま吉田が言った。

「破産するだろう――という予言のほうだよ」

一九二一年。第一次世界大戦が終結して三年後、松方率いる川崎造船所は絶好調で、破産するなどとは誰も予想できないはずだった。

当の松方は、このまま一気呵成《かせい》に自社を日本一の――いや、世界一の大企業にのし上げてやろうと目論んでいたに違いない。

が、そのわずか六年後に、川崎造船所は倒産ぎりぎりの崖っぷちに追いやられてしまった。そして松方は経営悪化の責任をとって退陣した。

まさか林大使の予言が現実のものになろうとは――いちばん信じられなかったのは松

方本人であろう。

「初対面のときの松方さんは、威風堂々としていて、英語は母国語のごとく滑らかで、機知に富んでいて、まるっきり英国紳士そのもので、それはもう格好よかった。が、こちとら大使館の一等書記官、英国仕込みのキングズ・イングリッシュだ。負けてはおれんと、必死に会話をけしかけたことを覚えておるよ」

再び在りし日の松方の颯爽とした様子に話題を引き戻して、吉田が語った。

「思えば、あれが松方幸次郎の絶頂期だったんだな……」

一九二〇年代になって、戦時特需の好景気に沸いた日本の経済は一転、戦後恐慌に直面していた。

その一方で、三井、三菱、住友、安田などの財閥系企業と大手の紡績会社は手堅い商いで収益を拡大し、これら一部の大企業による資本の寡占《かせん》化が進んだ。結果、富めるものはますます富み、持たざるものはいよいよいっさいを失って、社会は二極化されていた。

大戦中は造船業、銅山、貿易商社などが大いに幅を利かせて事業を拡大したが、戦後はそれがたたって、中小企業は次々と債務超過や閉鎖、倒産に追い込まれた。

松方が社長を務める川崎造船所も、戦中を商機とよんで一気に事業拡大を図った。しかし、川崎造船所はそんじょそこらのにわか船成金とは違っていた。

松方のとてつもないアイデアと実行力によって、同社は戦後零落するどころかますます盛り上がっていき、経常利益は最高益に達した。従業員はなんと二万二千人に膨れ上がり、そのせいもあって、当時、川崎造船所の本拠地があった神戸市は日本で三番目の人口を誇ったという。

「あとになって、あの大将軍は言っていたよ。『わしは二万二千人の兵卒を養わねばならん。その二万二千人には、父と母と細君と子供たち、平均すればひとりにつき五人がくっついておる。二万二千かけることの五……畢竟《ひっきょう》、十一万人の口を糊してやらねばならん。それなのに、負け戦をやってられるか』とな」

まるでおのれを鼓舞するかのように、吉田は松方の言葉を再生した。それを聞いて、田代は何か胸のすく思いがした。

――そうなのだ。

いまの日本では、あの頃の松方のような人物が――型破りで、強気で、小さいことにくよくよせず、大局を見据えて、日本のため、社会のためにと、大きな仕事を率先してやっていく蛮勇が、すっかり鳴りを潜めてしまった。

日本は太平洋戦争で敗北した。ほんの八年まえのことである。その事実が日本人をすっかり縮こまらせてしまっているように思えてならない。

戦後、日本はＧＨＱに占領された。戦時中は横文字の書物を持っているだけで「非国民」よばわりされたのに、終戦後の学制改革では中学校での英語教育が導入された。どんな田舎の中学生でも「ハロー」「グッバイ」と英語の挨拶を学ぶようになったのだ。

そして、一九五一年九月——ほんの一年八カ月まえ、吉田茂がサンフランシスコで講和条約に署名し、ようやく敗戦国日本は自立を果たした。

これからが日本にとって重要な時期だ。欧米と比肩する国になるために、松方のような人物がいまこそ必要なのだ。

政治を、経済を、社会を牽引していく力強い大物が。

そして、他国にひけをとらぬためにも、国民が真に豊かな暮らしを営むためにも、芸術文化の力が必要だ。若者たちの学びのためにも、ほんものの芸術を享受できる立派な文化施設が——「美術館」が必要になるのだ。

それなのに——。

松方幸次郎は……もういないのだ。

「田代君。君は、モネ画伯の家に連れていってもらうほど、松方さんに可愛がってもらったわけだが……初めて会ったときは、奴さん、どんな感じだったのだ？」

吉田に問われて、田代は思わず苦笑した。

「参ったな。その話をするんですか？」

おや、と吉田が好奇のまなざしを向けた。

「さては、面白い話を隠しているんじゃないのか。隅《すみ》に置けんな。さあ、ぜんぶ話してもらおうか」

交渉力抜群の首相にかかれば、美術史家はひとたまりもない。田代は忘れ難い松方との出会いの思い出話を始めた。

田代に松方を紹介したのは、友人の外交官、岡本武三《おかもとたけぞう》であった。

岡本は田代より七歳年上で、田代とは同窓の東京帝国大学英法科卒業。外務省に入省後、林大使の長女と結婚した。田代はフィレンツェへの留学の途上、同じ船に乗り合わせていた岡本夫妻と出会い、親しくなった。

三人を乗せた船はインド洋経由でロンドンに到着した。田代はフィレンツェへ行くまえにしばらくロンドンに滞在したのだが、その間に岡本夫妻の紹介で林大使とまみえることになった。

いかにも古武士のような風貌の林権助は、田代がフィレンツェ在住のアメリカ人美術史家、ベレンソンに師事するために彼の地へ単身赴くのだと知って驚いていた。その頃、法学や工学、あるいは建築や造船を学ぶために留学する優秀な学生はいても、西洋美術史を勉強したいからといって渡欧する者はそうそういなかった。なるほど、本気で西洋美術史を学ぶには西洋に行くほかはあるまい、君はなかなか筋が通っている——と林は感心していた。君はけっこうな変わりものだ、とも。

「そうだったな。そのあと、やはり岡本君が君を私に紹介してくれたんだった」

吉田がなつかしそうな声色で言った。

「いい時代だったな……」

吉田にとってもあの時代はやる気に満ち溢れ、人と会うのが面白くてならない時期だったはずだ。

日本は、英国、フランス、アメリカなどの列強が参加する「連合国側」にいた。はるか東の小さな島国ではあったが、日露戦争時にはあの大国ロシアを打ち負かした手強い国である。礼儀正しく勤勉な日本人は、イギリスにおいては好意的に迎えられていた。

在英日本大使館のナンバー・ツーだった吉田は、すでに一目置かれる存在であり、ロンドンでの社交を謳歌しているようだった。田代はロンドン滞在中、ときどき吉田と食事をともにし、紳士の社交場《ジェントルメンズ・クラブ》へ連れていってもらったりもした。

そんなある日、岡本から、会ってほしい人がいる、と告げられた。その人の名は、松方幸次郎――と言った。

――神戸の川崎造船所の社長で、いまや破竹の勢いの御仁だ。戦後恐慌の波も被らずに、収益を上げ続けているということだ。

商用でイギリスへやって来て、しばらくのあいだ滞在するという。そのときは美術品収集については聞かされず、とにかくすごい実業家なのだ、と言われて、田代はぴんとこなかった。

――そんなすごい人にお目にかかっても、僕が何かのお役に立てるのでしょうか？

素朴な問いに、岡本は、そこなんだよ、と冒険譚の一ページ目を開いた少年のような顔つきになった。

――表向きは商用ということで来られたんだが、松方さんには真の目的があるそうなんだ。その目的達成のために、君の助けが必要、というわけだ。その役目には君が適任だと、林大使もおっしゃっている。とにかく会ってみてくれないか。

そう言われて、田代はますます混乱した。

――真の目的？　助けが必要？　その役目に適任？　しかも、林大使までがそうおっしゃっているとは……。

ただならぬものを感じて、田代は、なんだかよくわからないまま、とある日曜日の朝、松方の滞在先を訪ねることになった。

松方の寓居はセント・ジェームズ・パークの南側にある高級アパート「クィーン・アンズ・マンション」の中にあった。十二階建てのこの集合住宅は、低層階はホテルになっており、住居階の住人はホテルのサービスを受けられるようになっている。主な住人は貴族や国会議員などの富裕層で、日本人は松方ただひとりということらしかった。

ホテルのロビーで待ち合わせかと思いきや、まずは見せたいものがあるから直接部屋まで来てほしい、と岡本経由で伝言があった。何号室かと尋ねたら、岡本いわく「行けばわかる、松方さんの部屋の窓に合図が出ているから」。合図って？　と訊いても、とにかく行ってみてくれ、と言われるばかりだ。キツネにつままれたような気分で、田代は出かけていった。

広大な公園の西側にはバッキンガム宮殿が、東側には国会議事堂やイギリス政府の主要施設が居並び、大英帝国これなりといわんばかりの壮麗な地区である。クィーン・アンズ・マンションは、そんななかにすっくと立ち上がっていた。

——これが、松方さんの住むアパートか。

見上げれば首が痛くなるほどの高楼は、およそ五十年もまえに竣工したというから驚きだ。なんでも、ヴィクトリア女王は、これのせいでバッキンガム宮殿からウェストミンスター宮殿が見えなくなったとお嘆きだったとか——。

と、そのとき。

五階の角部屋の窓辺で、ひらひら、ひらひらと白い布が風にはためいているのが目に留まった。ほかの窓はきちんと閉められているのに、その窓だけが開いて白旗のような布が泳いでいる。さては、と狙いを定めて、田代はその部屋を訪ねてみた。几帳面に、きっかり二回、ドアをノックすると——。

「——松方さんが出てきたのか？」

吉田が訊くと、

「はい。ご本人が」

田代が答えた。やっぱり、と吉田は笑いを嚙み殺して、

「して、その白旗の正体は何ぞ？」

重ねて尋ねた。田代は、わざと真顔を作った。

「——褌です」

「ふんどし？」

「はい。自分で洗濯したのだと」

ふたりは、声を合わせて大いに笑った。

畏れ多くもアン女王《クィーン・アン》の御名を冠した高級アパートの窓辺に干された褌の「白旗」に出迎えられた田代は、ロンドンの名士のあいだではすでにその名を知らぬものはないという実業家、松方幸次郎とあいまみえた。

単身赴任の寓居の応接間はさほど広くはなく、テーブルと椅子とソファがあるくらいで、いかにも仮寓という印象だった。

松方は、よう来てくれた、さあさあ入れ入れと、遠来の友をねぎらうようにして、田代を部屋の中に招き入れた。

なんだかよくわからないままここまで来てしまった田代は、松方と向き合って座ったとたん、さて何を話せばいいのだろうと、急に緊張して、頭の中が真っ白になってしまった。

「せっかく褌の出迎えで緊張を緩められたのに……」

吉田はまだ笑っている。笑い過ぎて涙目である。田代はまた生真面目な顔を作って、

「この一件、松方さんの名誉のために、いまのいままで封印してきたんですよ。総理が話を引き出すのがあんまりお上手だから、とうとう話してしまいました」

と言ってから苦笑した。

「いや、松方さんだとて、あっちで一緒に笑っているさ。なあ、そうだろう?」

一緒に縁側に腰掛けているかのように、吉田が故人に向かって呼びかけた。

「で、何を話したのだ?」

「それが、すっかりあがってしまって……初めのうちは何を話したのやら、さっぱり思い出せません。しかし……」

しばらく経ってから、松方は、見せたいものがある、ちょっとついてきてくれ、と言って、田代を隣室に誘った。

そこで彼が目にしたのは、一枚の絵——だった。

「一枚の絵……」

吉田がつぶやくと、田代はうなずいて、

「『これを見てもらいたかったんだ』と。……フランク・ブラングィンの絵でした」

サー・フランク・ウィリアム・ブラングィン。ロイヤル・アカデミーの会員で、絵画制作を中心に、彫刻、工芸、版画、宣伝美術、家具デザイン、建築、内装設計など、幅広い創作活動を行った芸術家である。イギリスのみならず、フランスやアメリカでも当時の人気を博した。「画家」とひと言で称するのが難しくはあるが、確かな技術をもった「器用」な画家であると、田代は目していた。

一八六七年、設計士の父が仕事のために移住していたベルギーで生まれたブラングィンは、アカデミックな美術教育を受けてはおらず、父の仕事を眺めるうちに自然と創作することに興味を覚え、ほぼ独学で絵を描くようになった。三十代まではなかなか認められず、船の甲板員の仕事などをしながら懸命に創作を続けた。彼の絵のモティーフに船や造船所が多いのは、自身の体験に基づいたからであった。

世紀の変わり目頃から、パリやニューヨークの画商や宝石商から内装設計やデザインの依頼が入るようになり、精力的にさまざまな仕事をこなすようになる。下積みが長かったぶん、どんな仕事も喜んで引き受けた。とてもよくいえば天才的な全方位型《オールマイティ》、よくいえば中庸、悪く言えば没個性——というのが、のちになってからの田代のブラングィン評である。

田代がブラングィンの絵を見たのはそれが初めてであった。造船所の風景——暗く褐色がかった画面で、男たちが上半身を肌脱ぎにして槌《つち》をふるっている様子が描かれた重厚な絵だった。

——どうだ？　と松方に訊かれて、田代はとまどった。

何と答えてよいのかわからない。実にいい絵ですね、と言えば、あからさまにお追《つい》従《しょう》になってしまう。かといって、重苦しい絵ですね、と言えば、そのまんまである。

——さて。

「なんと答えたのだ？　田代青年は」なおも面白そうに吉田がせっついた。

田代は白髪頭を掻いて、「槌音が聞こえてくるようですね、と」照れくさそうに言った。

「なるほど。青年、よう言ったな」

「はい。なんとか逃げました」

ふたりは哄笑《こうしょう》した。

松方は、第一次世界大戦中に渡英した際、ブラングィンが手掛けた戦争ポスター――徴兵制度導入や愛国心に訴える政府の宣伝《プロパガンダ》ポスター――を目にし、「ポスター一枚で一軍団の兵力に匹敵する」と言われたこの芸術家の底力を知った。

松方はそれまでは事業一辺倒で、積極的に美術品に興味を傾けることはなかったが、初めて「絵」というものに興味が湧いた。

偶然、通りすがりの画廊でブラングィンの作品を見る機会を得た。現代的なモティーフのもの――船や造船所やたくましい労働者たちが描かれた絵を見て、即座に購入した。ひと目見ただけで親しみを覚えたし、絵といえば何か高尚で近寄りがたいと思っていたが、こんなふうに現代的な光景を描いたものもあるのだということを、たいそう新鮮で面白く感じたのだ。

松方はひとつ、ふたつとブラングィンの作品を買い増していった。そのうちに本人を紹介され、寛容な人柄とオールマイティな才能にすっかり惚れ込んで、本格的に彼の作品の収集を始めた――ということだった。

そこでようやく田代は、なぜ松方が自分の協力を必要としているのか、その日呼び出された理由と、彼が渡欧した「真の目的」を聞かされたのだった。

――田代君。君は、わざわざ西洋美術史を学ぶためにこっちへ来たと林大使にうかがった。なかなかの気骨ものだと。

君、わしの美術品収集のアドバイザーになってくれんか。

「初対面で、しかも、私の経歴も、私が何を研究しようとしているかも、ましてや審美眼を持ち合わせているかどうかも、何ひとつご存知ない。言ってみれば、どこの馬の骨かもわからない、『槌音が聞こえてくるようだ』などと青臭いセリフを言う若造に、松方さんは、そんなふうにおっしゃったんです」

会っていきなりの申し出。その瞬間のことを田代は鮮明に覚えていた。そして、あとになって思い出すたびに微笑を禁じ得ないのだ。

「君が目を白黒させたのが見えるようだな」

さも面白そうに声を立てて吉田が笑った。

「しかし、やはり松方さんはすごい。会ってすぐに田代雄一が何ものか看破したわけだ。のちに世界で認められる偉大な学者、美術史研究の第一人者になったのだからな」

「いや、いや。とんでもありません」

田代は謙遜した。

「そのときは何ものでもありませんでした。右も左もわからない、英語だってそんなにしゃべれたわけじゃない、実業家でも役人でもない、教師でも学生ですらもなかったのです。――ただ、美術を一心に追いかけるばかりの若輩ものでした」

その何ものでもない自分を、何ものかにしてくれたのは、松方との出会いだった。

いったい何が松方の気に入ったのかわからない。成り行きでというべきか、行き当たりばったりというべきか、はたまた「棚からぼたもち」というべきか。

いずれにせよ、田代は、出会ってすぐに松方幸次郎の美術品収集のアドバイザーになってしまった。のちに〈松方コレクション〉と呼ばれ、数奇な運命をたどることになる傑出した美術コレクションの形成に、まったく図らずしてかかわることになったのだった。

「縁《えにし》――というものかな」

ぽつりと吉田が言った。

「ほかに言葉がみつかりません」

田代が同意した。

松方と出会った初めての渡欧以来、田代は、自身の研究のためのみならず、文化・学術交流のために、たびたび欧米を訪問してきた。と同時に、帝国美術院附属美術研究所所長、東京美術学校の教授も務めてきた。

戦中は、早期終結を心中密かに願っていたが、反戦を叫ぶことはなかった。日本が戦っている相手がどれほど強大な国か、また、どれほど周到に、そして容赦なく敵を潰しにくるか、欧米の現状を知る田代にはよくわかっていた。が、国家に対して「この戦は無謀だ」と訴える術を、彼は持ち得ていなかった。

その頃、松方とは疎遠になっていたが、ときおり思い出していた。松方さんはこの戦争をどう思っているのだろう――と。

誰にとっても、己の意見を堂々と口にするのが難しい時代だった。

戦争末期、ついに日本は米軍による空爆にさらされた。人命はもとより、全国の寺社にある文化財にも被災の危機が迫った。文化財を疎開させるように、田代は各施設に努めて伝達したが、人手も資金もなくて、いつなんどき空襲があるかわからないのに、いったいどこに、どうやって仏像を疎開させることができようか？　絶望的な状況だった。

が、奇跡的に、京都や奈良に集中していた文化財の多くは、無事終戦を迎えることができた。とはいえ、田代は自分の非力さを痛感していた。

結果的に文化財は守られた。しかし、能動的に守られたわけではない。自分はもっと動くべきだったのにと、悔やんでいた。

ところが、思わぬかたちで再び文化財にかかわることになった。一九五〇年、文化財保護法が制定されるにあたり、その諮問委員に就任してほしいと国から要請があったのだ。

文化財を二度と危機にさらしてはならぬ――との思いから、田代はこのポストを引き受けた。

そして、奇しくも、美術《アート》のためにもうひと働きしようと決意したその矢先、松方の訃報を受けたのだった。

松方は、晩年、財界からも政界からも退場し、妻にも先立たれて、すべてを失ってしまった。

いっとき、情熱のすべてを傾けて収集した美術品も、彼のもとに残ることはなかった。

その結末をあらためて思い出した吉田と田代は、ふっつりと会話を途切らせた。

吉田は葉巻の吸殻を縁側の下に落とし、さわやかな五月晴れの空を見上げている。田代には、現下の総理大臣がいまはなき友に思いを馳せているのがわかった。

薫風にかすかに揺れる石楠花に視線を移して、ふいに吉田が言った。

「わしはなあ、田代君。悔いているんだよ。松方さんの葬式に顔を出せなかったことを」

思いがけないひと言に、田代は吉田の横顔を見た。吉田は田代のほうを向かずに、

「駆けつけたかった。……しかし……なんとも難しい局面だったんだ……」

自分に言い聞かせるようにつぶやいた。田代の胸に吉田の悔しさが静かに響いてきた。

松方が息を引き取ったのは、三年まえの一九五〇年六月二十四日のことである。

前年に脳溢血で倒れてのち、鎌倉にある弟・森村義行《もりむらよしゆき》の別荘のわずか二間の小さな離れ——母屋は進駐軍に接収されていた——で、末娘の為子の介護を受けながら闘病していたが、肺炎を起こし、ついに気力も体力も潰《つい》えた。

臨終の直前に、敬虔なキリスト教徒だった為子に洗礼を受け、最期はおだやかに神に召されたとのことだった。

田代は、朋友で松方の娘・花子の夫である松本重治《まつもとしげはる》から訃報を受け、とるものもとりあえず駆けつけた。

松方幸次郎の亡骸《なきがら》は別人かと見まごうほど瘦せて小さく、しかし死顔は俗世の汚濁から抜け出して清らかだった。

松方幸次郎が波乱に満ちた人生に終止符を打ったその日、日本の歴史が大きく動きつつあった。

太平洋戦争終結五周年を間近に控え、ようやくアメリカを中心に戦勝国の対日講和の動きが活性化していた。

六月二十一日には、対日講和条約の準備のためにアメリカ国務長官顧問のジョン・フォスター・ダレスが来日した。講和条約の早期締結は吉田茂の悲願であり最重要ミッションであった。

吉田は政治家生命を賭してダレスとの対話に全精力を傾けた。これが翌年のサンフランシスコ講和条約に結びつくことになる。

六月二十二日、吉田・ダレス会談が行われる。

二十五日、北朝鮮が朝鮮半島を南北に分かつ「北緯三十八度線」を越えて韓国へ侵攻、朝鮮戦争勃発。

二十七日、アメリカのトルーマン大統領が北朝鮮に宣戦布告。

日本は自立、和平への道を懸命に模索し、東アジアでは新たな戦いの火蓋が切って落とされた。

そんな激動のさなか、松方幸次郎は逝った。

六月二十七日、鎌倉の天主公教会大町教会で松方の告別式がとり行われた。祭壇のひときわ高い場所に「内閣総理大臣　吉田茂」との名札とともに供花があがっていた。

吉田が現れなかったのは時局を慮《おもんぱか》れば当然のことであろう。田代はむしろ会葬がかなわない吉田の無念を思った。

教会の表通りは参列者で溢れていた。松方の訃報を伝え聞いて、彼に所縁《ゆかり》のある人々が方々から駆けつけたのだ。

最後にひと目会いたかった、松方さんにはお世話になったと、皆、口々に語り、涙を流し、会葬者同士で再会を喜び合った。松方さんがもう一度私たちを集めてくださった、ありがとう——と。

その様子を目にして、田代は、故人がどれほど多くの人々に頼りにされ、愛されてきたか、どれほど彼らを励ましてきたかをあらためて知った。

その最たるひとりは自分であった、ということも。

「——あのとき、もしも総理が葬儀に駆けつけておられたら……」

遠いまなざしを宙に放って、田代が独り言のように言った。

「松方さんに怒られていたでしょう。こんなところへ来ている場合じゃないだろう、と」

吉田が、ふっと笑った。

「そうだな。……きっと、そうだったろうな」

松方幸次郎は、もういない。

が——。

〈松方コレクション〉は、世界を二分したあの大戦を経て、いま、フランスにある。

それを取り戻すために、田代はまもなくパリへ赴くことになっていた。

2

一九五三年六月　パリ　日本大使館

凱旋門から放射状に伸びる大通りのひとつ、オッシュ通りをふち取って、街路樹のマロニエが石畳の歩道の上に緑陰を作っている。

通り沿いには十九世紀後半に建てられた当時のままの姿を残した瀟洒《しょうしゃ》なアパルトマンが整然と並び立っている。その中のひとつに、昨年再開されたばかりの日本大使館があった。

一昨年九月に、日本に対する平和条約、いわゆるサンフランシスコ講和条約が締結された。日本はようやく「敗戦国」からの脱却を果たし、独立を回復して、一国家として再出発をすることとなった。

これを受けて、条約を批准した各国に日本大使館が開設された。

日本とフランスは、一八五八年に日仏修好通商条約を結んで以来、およそ八十年の長きにわたって交流を続けてきた。それが、さきの大戦で断絶してしまったのである。

しかし、先人たちが築き上げた交流の歴史が功を奏した。戦争を挟んでのち、両国は

員がいち早く日本に復交に着任し、向けて外交に動き始めた。あたった。終戦の翌年、一九四六年にはフランスの軍事代表部

一方、一九五〇年十月、日本政府在外事務所がパリに開設され、外交官の萩原徹《はぎわらとおる》が所長に就任した。その後、一九五二年に日仏国交は正常に回復し、日本大使館再開となった。

戦後初のフランス大使となったのは西村熊雄《にしむらくまお》である。戦前に在フランス日本大使館の書記官を務め、戦後は条約局長に就任、サンフランシスコ講和条約締結に際しては事務を仕切り、総理大臣・吉田茂を助けた人物である。一方、萩原徹は公使となり、西村大使を支えていた。

戦後七年目にして、日本とフランスは再び友好国となった。両国のあいだで戦中にこじれてしまった案件は、早急に解決に乗り出さねばならない。

その最たるものとして、〈松方コレクション〉があった。

敵国の財産——正確には「敵国」ではなく「個人」の財産であるが——としてフランス政府に接収されたまま、フランス国内に留め置かれている〈松方コレクション〉を取り戻すためには、この機を逃してはならない。

コレクション返還のための交渉人のひとりとして日本政府が指名したのは、美術史家・田代雄一であった。

田代は、文部省事務官の雨宮辰之助を伴い、オッシュ通りの日本大使館内にある会議室のテーブルに着いていた。

窓の外では、マロニエの緑の葉が午後の日差しを浴びて輝いている。西村大使の到着を待つうちに、隣席の雨宮は、こくり、こくりと舟を漕ぎ始めた。ついさっき、凱旋門の真下に立ってシャンゼリゼ大通りを眺め渡し、よし、やるぞ！　と、まるで天下分け目の合戦に臨むかのように勇んでいたのに……と、田代はおかしくなった。

ふたりは前日の夜遅くパリに到着し、その日の午後いちばんでチュイルリー公園にあるオランジュリー美術館へ、モネの〈睡蓮〉を観るために出かけた。これが初めての海外出張である雨宮が、時差ボケに苦しんでほとんど眠れなかったというので、連れ出したのだ。海外渡航を何度も経験している田代は、時差ボケを解消するには日光を浴びるのがいちばんであると心得ていた。緑が盛んに生い茂る公園を散策し、モネが描いたみずみずしい睡蓮画を目にして、雨宮はすっかり元気になったようだったのだが。

ノックの音がした。田代が立ち上がると、前につんのめりそうになっていた雨宮もあわてて立ち上がった。

ドアが開いて、西村大使が、続いて萩原公使が現れた。

「ようこそ田代先生。遠路はるばる、よくお越し下さいました」

西村は、すっと右手を差し出した。挨拶のときに辞儀をするのではなく、ごく自然に握手を求めてくるその所作はいかにも外交官らしく、また品のよさが漂っていた。細《ほそ》面《おもて》に黒縁眼鏡が知的な風情の西村と、田代は旧知の仲である。

「大変ご無沙汰をいたしました。閣下にはご機嫌よろしく、再会をうれしく存じます」

握手をしながら、ていねいに挨拶をした。

「閣下はやめてくださいよ。先生にそんなふうに呼ばれるなんて、面映《おもは》ゆいじゃないですか」

西村が言うので、田代は微笑んで返した。

「ではせめて大使と呼ばせてください。フランスにようやく日本大使が戻ってきたのですから、実にめでたいことです」

続いて田代は萩原とも握手を交わした。こちらもよく知った間柄である。

「おひさしぶりです、田代先生。ひさしぶりのパリはいかがですか」

萩原がにこやかに言った。萩原もまた筋金入りの外交官で知仏派であり、在フランス日本大使館再開のために尽力した立役者である。この人物がいなかったら、かくも早く再開は実現しなかっただろう。

互いの再会を喜び合ったのち、田代は雨宮を紹介した。さっきまでのうたた寝はどこへやら、雨宮はハンガーに吊るされたようにぴしりと直立している。

「こちらは文部省の雨宮君です。今回の『返還』の一件で、日本での事務方を務めてくれています」

「雨宮と申します。大使閣下にはご機嫌まことにうるわしくお喜び申し上げます」

深々と一礼をした。

「やあ、ご苦労さま。フランスは今回が初めてですか？」

西村が気さくに尋ねると、

「はい。初めてであります」

頬を紅潮させて、雨宮が答えた。

「確か、昨日こちらへ到着されたのでしたね。長旅で、さぞお疲れになったでしょう」

萩原が労《ねぎら》いの言葉をかけた。

「はい。……いや、はい、ではなく、いえ、長旅ではありましたが、おかげさまで元気であります」

ちぐはぐな返答に、田代は笑いが込み上げたが、そこはこらえて、

「とはいえ、エールフランスが就航したおかげで、羽田からたったの五十時間でもうパリに到着するんですから。たいした時代になりました」

と言った。

「さようですな。戦前は、横浜からマルセイユまでの航路で約ひと月。シベリア鉄道でも満鉄経由で二週間はかかったものだ。それにくらべると格段の進歩です」

西村がそう受けた。

西村も萩原も、そして田代も、それぞれ、かつては長い時間をかけて渡航したものだった。かかったのは時間ばかりではない。高額な渡航費と長距離を移動する体力と気力

も必要だった。ゆえに、海外へ行くとなれば相当な準備と覚悟が備わっていなければ実現しない時代だった。

民間航空機での海外渡航が可能となり、国際交流は今後さらに活性化することだろう。高額な航空運賃は、いま現在、一般人にはとても負担できる額ではない。しかし、これから日本の経済がどんどん成長し、国民の懐がうるおえば、あるいは将来、誰でも気楽に海外旅行を楽しむことができるようになるのかもしれない。そういう豊かな未来がくればいい――と、短い会話の中で西村が胸に宿している希望を、田代は敏感に嗅ぎ取った。

「ときに、吉田総理はお元気ですか」

着席してすぐ、西村が尋ねた。

「ええ、大変お元気です」

言下に田代が答えた。

「こちらへ来る直前に、交渉の策をご教授いただこうと、大磯へお邪魔いたしました。第五次内閣を組閣されたばかりで大変お疲れであろうと拝察し、お目通りかなうかどうか、五分でもご面会いただければ幸運だと思って伺ったのですが……気がつけば三時間ほどもご一緒させていただきました」

松方幸次郎の思い出話に色とりどりの花が咲いたことをかいつまんで話すと、西村も萩原も、興味深そうに耳を傾けた。

「ふむ、なるほど。総理も、いよいよ〈松方コレクション〉の返還が現実味を帯びてきたということで、ご関心が高いご様子なのですね」

萩原の言にはどこか満足そうな響きがあった。田代はうなずいて応えた。

「はい。『戦後』という呪縛からの脱却を図るためにも、実は文化の力が必要なことを、総理はよく理解しておられます」

組閣直後の多忙を極める時期に、かの吉田茂が美術史家との面談に三時間も割くなど普通ならあり得ないことだと、田代自身がいちばんよくわかっていた。それはすなわち、吉田が〈松方コレクション〉返還を重要案件としてとらえていることの表れであった。〈松方コレクション〉が日本に返還されれば、我が国が「敗戦国」の肩書きを返上し復興を遂げた「目に見える旗印」となる。吉田はそう考えているのだと、田代は大磯での会談で知ったのだった。

「あの……わたくし、僭越《せんえつ》ながら、大使、公使、両閣下に是非お伺いしたかったことがあるのですが、お尋ねしてもよろしいでしょうか」

三者の会話を姿勢を正して聞いていた雨宮が、遠慮しながら尋ねた。

「もちろんですとも。貴君はそのために五十時間もかけて飛んできたのでしょう？　なんでも訊いていただいて結構ですよ」

おおらかに西村が応えた。雨宮は、「はい、それでは」と言って、コホン、と小さく咳払いをした。まるで教授と学生のようなやり取りに、田代は思わず頬を緩めた。

「吉田総理は、サンフランシスコ講和会議に臨まれた際に、同会議に出席されたフランスのシューマン外相に、〈松方コレクション〉の返還を打診なさって、交渉が前進したわけですが……それよりも以前、つまり、戦後間もない頃から、総理はフランスに留め置かれている〈松方コレクション〉について気にされていたと、田代先生から伺っております。そもそも、戦中に行方不明になっていた〈松方コレクション〉は、いつ、どこで、どのようにして発見されたのでしょうか。その状況によっては、こちらで交渉の策を練ることができるのではないかと思いまして……」

たとえば松方がパリに所有していたアパルトマンでみつかったとか、中立国であるスイスの銀行の管理下にあったとか、件《くだん》のコレクションが「松方幸次郎個人の所有物である」との証明ができる状況のもとで発見されたのであれば、「敵国の在外財産」として接収された一角を突き崩すのはたやすかろう。しかし、フランス側から日本側に発見時の状況の詳細は伝えられてはおらず、従って、田代もそこは知りたいところであった。

田代が〈松方コレクションが発見された〉との第一報を受けたのは、一九五〇年秋のことであった。知らせてきたのは、松方の娘婿である松本重治だった。

松本の話によれば、在日フランス軍事代表部から、突然、松方三郎《さぶろう》——松方の年の離れた異母弟——宛に連絡があり、「松方幸次郎氏と連絡が取りたい」と通達されたという。松方がすでに他界したことを三郎が告げると、「フランス政府が松方氏旧蔵のコレクションを保管しているのだが、その件についてわかる者はいないか」と問われ、唖然とした。

三郎は、かつて兄が隆盛を極めた時期に欧州で買い集めたというコレクションの存在について知ってはいたものの、それが英仏に留め置かれたままで戦争が始まってしまい、松方もさびしい晩年を過ごして亡くなったので、華やかなりし頃の美術品のことなどは記憶の隅に追いやられ、思い出すことはなかった。ジャーナリストかつ日本を代表する山岳家である三郎は、美術関係にはさほど縁がなく、突然のフランス側からの問い合わせに戸惑って、親戚の松本重治に相談した。

松本は欧米での留学体験を持つ国際派のジャーナリストであり、国内外に幅広い人脈を持っていた。吉田茂も彼をブレーンのひとりとして数えていたし、吉田の国際政策を陰ながら支えた白洲次郎《しらすじろう》は彼の後輩である。戦後は「真の国際交流の拠点を日本に創出するために」と、国際文化会館の開設に乗り出していた。その矢先に敬愛する義父を喪《うしな》い、その遺志を継いで、いよいよ文化の力で日本を復興させようと気持ちを新たにしていたタイミングであった。

松本はすぐに、旧友である田代に連絡をとった。松本の知る限り、〈松方コレクション〉について最も詳しい人物は田代雄一をおいてほかにはなかった。

田代は、松本から電話を受けた瞬間のことをはっきりと覚えている。受話器の奥の松本の声は震えていた。

――先生、よろしいですか、よく聞いてください。

義父《ちち》の、松方幸次郎の、あの〈コレクション〉がみつかりました。

ええ、ええ、そうです。みつかったんです。いや、わかりません。詳しいことは、まだ……。

フランス側から連絡があったんです。松方三郎さんに。松方幸次郎氏と連絡が取りたいと。いま、どこにいるのかと……。

そこまで言って、松本は声を詰まらせた。

信じられなかった。受話器を持つ手がぶるぶると震えた。とるものもとりあえず、田代は家を飛び出した。

田代は、松本重治、松方三郎とともにフランス軍事代表部へ出向き、モーリス・ドジャン代表と面会した。丸顔に口ひげの代表は、神妙な面持ちで三者に向き合った。そして、フランス語で告げた。

――松方幸次郎氏旧蔵のコレクションは、現在、フランス政府が「第二次世界大戦時の敵国の在外財産」として接収し、保管しています。

まずは、このコレクションのいま現在の所有者が、我が政府であることをご認識いただきたい――。

「コレクションが発見されたときの状況については……残念ながら、当方にも詳細は明らかにされていません」

雨宮の質問を受けて、まずは萩原が答えた。

「ただ、現在、コレクションの保管場所は国立近代美術館の倉庫ということです。それだけは知らされています」

「では、戦時中も、コレクションはそこに匿《かくま》われていた——ということなのでしょうか」

雨宮が重ねて訊くと、

「そこのところはわからないのです。戦時中は行方不明になっていた、ということだけ教えられているのですが……」

萩原が、歯切れ悪く応答した。

「どういう経緯か、とにかくコレクションがみつかって、いまは近代美術館にあると。——そして、いまは『フランス政府のものである』と。それが、先方の見解なのです」


在フランス日本大使館を訪ねた日の夜、田代と雨宮は、大使公邸における夕食会に出席するために揃って出かけた。

ふたりが投宿しているのはマドレーヌ寺院の近くのホテルである。さっぱりとシャワーを浴びて、新しいワイシャツにネクタイを締め、ふたりはマドレーヌ広場へと出た。

「うわあ、なんだこの日差しは。もう夜の七時半だっていうのに……まるで真っ昼間じゃないですか」

薄暗いホテルのロビーから外へ出たとたん、かんかんに冴え渡った夏空を仰いで、雨宮が驚きの声を上げた。

「夏至《げし》が近いからな。この時期は十時頃までうすら明るいよ」

田代が言うと、

「ええ？　十時……夜のですか？　まさか、信じられない……」

雨宮が目をしょぼしょぼさせながら訊き返した。

「この日差し……いちおう『夜』なのにこうまでまぶしいとは。日本とはまるきり違うんですね。来てみないとわからないものだなあ」

田代も、初めて欧州を訪れたときの感想はまさにそうだった。見ると聞くとでは大違いなのだ、ということである。

パリは緯度が東京のそれよりも高いので、南中高度、つまり太陽の上がる位置が低く、横から差し込む日差しがやたらまぶしく感じられるのだ。空も吸い込まれそうなほど青く、まぶしい。それもやはり緯度が高いから光の加減でそう見えるのだと知ったのは、欧州で暮らし始めて何年か経ってからのことだった。

田代が初めてパリで過ごした夏——そう、松方幸次郎を追ってロンドンから渡っていったとき——日の暮れなさはもうわかっていたが、ロンドン以上のまぶしさに驚かされた。ロンドンは夏でもどんよりした天候が多く、ときに肌寒いほどで、まぶしいという感じはあまりしなかった。だから、夏のパリのまぶしさにはめまいを覚えるほどだった。いつまでも明るい宵を楽しむために、人々は街角のカフェに集《つど》って談笑する。ようやく日が暮れてもなお通りはがやがやとにぎわい、どこからともなくアコーディオンの音色が聞こえてくる。街なかのあちこちで終わらない宴が続いていた。セーヌ川はテムズ川に比べると川幅が狭く、陽光を水面に集めて流れるさまは、いっそう永遠の都のきらびやかさを際立たせていた。

「それでもなあ。初めてパリの夏を体験してみて、発見したこともあったのだよ」

フィレンツェ時代に帽子の名店〈パニッツァ〉で手に入れたパナマ帽のつばをちょいと上げて、田代が言った。

「発見？　何をですか？」

雨宮が訊いた。汗の粒がこめかみに留まっている。

「印象派だよ」

「――印象派？」

雨宮は首を傾げた。田代は顔をほころばせた。

「君、今日初めてモネの絵を見ただろう？　どう感じた？」

はあ、と雨宮は要領を得ない声を出したが、西洋美術史の権威に尋ねられては答えぬわけにはいかない。

「そうですね……まあ、やはり、あれですね。上手いなあ、と。あれほど大きな画面でも、きちんとまとまりがあり、かつ、均衡がとれていて、モネの技術の高さが……」

「違う、ちがう。それは『感じた』ことじゃないだろう。それは君の頭で『考えた』ことだ。君の心は、目は、どう感じたんだ？」

あらためて問われて、雨宮はきょとんとしたが、すぐに、あっ、と小さく叫んで、

「まぶしい。とても、まぶしく感じました」

にこっと笑って田代がうなずいた。

「そう。それでよろしい」

「は。恐縮です」

雨宮は律儀に頭を下げた。

「印象派の絵はまぶしいんだよ。光に満ちている。モネの絵はその好例だ。なぜ、まぶしく感じるかわかるかい？」

雨宮は、はたと立ち止まって、腕を組み、うーむと片手をあごに当てた。田代は笑いを禁じ得なかった。

「ほら、また。ロダンの彫刻、『考える人《シンカー》』になっている」

「あれっ、ほんとうだ」

あわてて腕をほどいて雨宮が苦笑した。

「雨宮君。君は、オランジュリー美術館のモネの絵の前に立ったとき、まるで睡蓮が咲く池の縁に佇んでいるような気がしなかったかい？」

「ええ、その通りです」

「なぜか。――それは、夏の日差しが降り注ぐ中、自分が見たまま、そのままを、モネ

はカンヴァスに写し取ったからだ」

だから、見る者はモネの目を通して池の風景を見たようなものなのだ——と田代は説いた。

「私が、モネの目を通して……」

雨宮がつぶやいた。

「そうだ」田代は重ねて言った。

「モネの絵ばかりじゃない。印象派や、そのあとに登場するゴッホやゴーギャンやスーラ、新進気鋭の画家たちは、皆、アトリエを飛び出して、外で制作したんだ」

それまでは、画家はモデルを前にしてアトリエで制作するのが普通とされていた。安定した明るさを得るために、多くのアトリエは光が差し込まない北向きだった。印象派以前のフランス絵画の画面を見ると、いかに明るい色彩が用いられた絵であっても、まぶしくて目を細めるなどということはない。アトリエではなく外光の中で制作したことが、印象派の画面にあのまばゆさをもたらしたのだ。

「私は、夏に初めてパリに来たとき、ああ、これだったのかと発見したんだ。この光だったのかと」

モネの、ルノワールの、ゴッホのカンヴァスにあふれている光は、この街にあふれている光だったのだと、若き日の田代は知った。

あれから三十余年。

あの戦争を境に、多くのものが失われ、さまざまなことが激変した。いまなお変わりゆく世にあって、しかし、この街にあふれる光のまばゆさは変わらない。――そう、印象派の昔から。

その事実に、田代はかすかに励まされるのだった。


日本大使公邸は、フランス共和国大統領が執務するエリゼ宮にほど近いフォーブル・サン・トノレ通り沿いの瀟洒なアパルトマンの中にあった。

西村熊雄は大使として着任以来、数々の要人、賓客を公邸に迎えてきたが、打ち合わせを兼ねた私的な会食を持つこともあった。

日本からの来訪客はまださほど多いとは言えない。だから、「同胞、遠方より来る」となれば、もてなさずにはいられない。どうか遠慮せずにくつろいでいってほしいと、会食の冒頭、西村は言ってくれた。明日は厳しい交渉のテーブルに着くのだ、今夜はうまいものでも食べて英気を養ってほしい――と、百戦錬磨の外交官らしい配慮に、田代はありがたく感じ入った。

公邸の食堂では真っ白なクロスをかけたテーブルが客人の到来を待っていた。田代が上座に座らされ、西村、萩原、雨宮の順に着席した。本来なら同席するはずの夫人たちは遠慮したようだ。ややこしい話になるかもしれぬと、大使が事前に伝えたのだろう。

その日の午後、日本大使館で顔を合わせた四者は、翌日に予定されている〈松方コレクション〉返還に関するフランス側との会議について、膝詰めで協議をした。

故・松方幸次郎が、かつて欧州で買い集めた西洋絵画・彫刻の作品群〈松方コレクション〉。総数は数千点にのぼるとも言われていたが、実際は正確な数を誰も把握していない——ということが、それまでの調査でわかっていた。

〈松方コレクション〉は、大きく分けて三通りの運命をたどったということも、すでに田代たちは承知していた。
一、日本へ持ち帰ったものの、松方の生前に競売にかけられ、日本国内外に売却されたもの。
二、ロンドンの倉庫に預け置かれていたが、そこが火災に遭ったため焼失してしまったもの。
三、パリのロダン美術館の倉庫に預け置かれていたが、戦時中に行方不明になってしまったもの。
また、西洋絵画・彫刻とは別に、松方は、膨大な浮世絵のコレクションもかつて所有していた。これは、十九世紀後半から二十世紀初頭にかけて欧州を席巻した日本ブーム「ジャポニスム」の影響で、フランス人宝石商アンリ・ヴェヴェールが収集したコレクションを一括して購入したものだった。この浮世絵コレクションだけは散逸を免《まぬか》れて、戦前に皇室へ献上され、現在は東京国立博物館の所蔵となっている。

今回、フランス政府との交渉のテーブルに載せられるのは、この三番目の「行方不明になっていた」一群であった。

どういう経緯からか、詳細は知らされてはいないものの、とにかく、行方不明になっていた〈松方コレクション〉は戦後発見された。数百点もの著名画家の名作がまとめてみつかったのだ。フランス政府がこれを見逃すはずはなかった。日本人——敵国の人間——が「かつての」所有者であったと判明し、ただちに接収を行い、国立近代美術館の収蔵庫に留め置かれた。

一九五〇年の秋、「松方幸次郎氏と連絡が取りたい」と松方の弟、三郎が電話を受けたときには、接収からしばらく時間が経過していた。あとからわかったことではあるが、コレクションは太平洋戦争が終結した年、一九四五年の前年、ナチス・ドイツに占領されていたフランスが連合軍によって解放された年には発見されていた。つまり、松方家に連絡があった時点で、発見からすでに六年が経っていたことになる。

〈松方コレクション〉がもっとも意欲的に収集された一九二一年、当時リュクサンブール美術館とロダン美術館の館長を兼任していたレオンス・ベネディットが松方のアドバイザーとなり、主たるフランス近代絵画の購入を勧めた。松方は、購入したコレクションをすぐには日本に持ち帰らず、ベネディットの口利きでロダン美術館が収蔵庫代わりに使用していた礼拝堂に保管してもらっていた。同年、田代は松方に連れられて、この礼拝堂にコレクションを見にいったことがあった。

結局、そのまま第二次世界大戦が始まってしまい、コレクションはロダン美術館から何者かによって持ち出され、行方不明になってしまった。

数百点あるともいわれていた作品が一括して行方不明というのも奇妙な話なのだが、戦中の混乱の中で盗み出されたのか、ナチス・ドイツの接収を受けたのか、はたまた秘密の地下室に隠匿されたのか、戦時中にコレクションがどこにあってどのような扱いを受けたのか――それ自体をフランス当局が把握しているのかいないのかも日本側には伝えられておらず、いまもって不明のままである。

が、そこはそもそも論点ではない。とにかく行方不明になっていた作品群が発見されて、現在は国立近代美術館の収蔵庫に保管されている――ということは確認できていた。

フランス当局が松方家に接触を図った理由は、コレクションの「元所有者」が松方幸次郎である、という事実が判明していたからである。

フランス側から連絡を受けた直後、松方家の関係者と田代は、奇跡的に発見された〈松方コレクション〉が、一点たりとも失われず、また損なわれずに、そっくりそのまま松方家に返されるのだろうと信じて大喜びした。コレクションを再び目にすることなく逝った松方幸次郎もこれでようやく浮かばれると、親族は涙していた。

ところが、通達は意外な内容だった。

――〈松方コレクション〉は、松方幸次郎氏旧蔵の財産である。

しかしながら、さきの大戦後、敗戦国の在外財産は連合国各当局が接収を進め、個人の財産であっても賠償として没収されるケースがあった。当コレクションも、同様の理由でフランス当局が接収し、現在の所有者はフランス政府となっている。

当局は、今後、戦後処理を進める上で、「元所有者」たる松方幸次郎氏、またはその親族に、当コレクションの所有権がフランス政府に移管されていることを伝えるべきであろうとの見解に達した。

どうかご理解いただきたい――。


「――フランスは、〈松方コレクション〉を返還するどころか、もうあれは自分たちのものなのだと断りを入れてきたのです。あくまでも、礼儀として元の持ち主に知らせておく……という感じでした」

食後のコーヒーを飲みながら、田代はそう語った。

大使公邸での夕食のテーブルでは、昼間の会議の続きが始まっていた。

公邸ではフランス人のコックを雇い入れ、給仕もフランス人である。日本では「高嶺の花」のフランス料理のフルコースに舌鼓を打ちながら、「フランスの不条理な行為」について議論する。皮肉なものだが、国際外交、特に戦後処理を進めるにあたってはこのような矛盾も起こりうるのだということを、田代は身をもって知った。

「私は、松方三郎君と松本重治君、ふたりの旧友のいわば『相談役』のような立場で、ドジャン駐日代表との面談に同席させていただいたのですが……ふたりとも開いた口がふさがらない、という様子でした。そして、何も……言い返せませんでした」

田代の口調はかすかな苦味を含んでいた。

大使の西村は、角砂糖をデミタスカップのコーヒーに落とし、銀の匙でゆっくりとかき混ぜながら、

「皆さんのお心持ちはいかばかりであったか、お察しいたします」

静かに言った。

「しかし、それが……まさしく日本の立ち位置だったのです。私たちの国は、まぎれもない『敗戦国』だったのですから」

そうなのだ。まぎれもない「敗戦国」、その立ち位置からいかにして脱却を図るか。サンフランシスコ講和条約の際に条約局長として吉田茂を支えた西村は、その難しさと重要性の両方を知り尽くしていた。

「しかし、松本重治さんのご判断で、本件について吉田総理にご相談が上がったのは、誠に的を射ていました。当時、すでに講和条約の準備が大詰めでしたが、総理は本件のためにすぐに動かれたのです」

松本は、フランス当局が何にせよ〈松方コレクション〉の存在を知らせてきたという事実に、かすかな「返還」の可能性を嗅ぎ取っていた。

吉田茂のブレーンのひとりでもあった彼は、すぐさま総理に私的な面会を申し込んだ。〈松方幸次郎氏旧蔵のコレクションについて〉という案件を知らされた吉田は、すぐに会いに来てくれと松本を箱根の別荘に呼び出した。これに田代も同行した。

――義父《ちち》のコレクションがフランスで発見されました。そしていま、それはフランス

政府に接収され、誠に遺憾ながら、彼らのものになっています。

会ってすぐ松本の報告を受けたときの吉田茂の顔を、田代は忘れることができない。最初は驚きが広がった。そして、みるみる不思議な光が射したのだ。

――そうか。……松方さんのコレクションが……。

ひと言つぶやいて、しばらく黙りこくった。それから、おもむろに、吉田茂は言ったのだった。

――だったら、とり返そうじゃないか。

あのコレクションを――この国に。

晩餐のあと、西村は、馥郁《ふくいく》とした香りのコーヒーと焼き菓子《プティフール》を味わいつつ、吉田茂が、いかにして〈松方コレクション〉返還の交渉に乗り出したかを語ってくれた。

「〈松方コレクション〉について、初めて私が総理から聞かされたのは、松方三郎さん、松本重治さんが田代先生とともに、総理に相談に行かれたすぐあとのことでした」

「ということは、一九五〇年の終わり頃……ですか」

田代が訊くと、

「ええ、その通りです」

西村がうなずいた。田代は思わずうなった。

「そうでしたか。それは……大使にとっていちばん難しい時期だったのではないでしょうか」

「いかにも。ご明察ですな」

西村が答えて苦笑した。

「当時、私は外務省で条約局長を務め、外務大臣を兼任していた総理のご指示のもと、講和条約の日本側の取りまとめの真っ最中でした」

戦後、外務省が抱えていた最大の課題は、戦勝国との講和条約を早期に成立させることであった。

対日講和条約とは、第二次世界大戦における連合国諸国と日本とのあいだの「戦争状態」を終結させるための条約である。

日本は一九四五年、連合国諸国に対して「無条件降伏」をした。国際社会においてはあくまでも日本は「敗戦国」であり、連合国の代表を任じるアメリカに占領されている状態、つまりはいまだ「戦争状態」なのである。

この状態から脱却し、一国家としての主権を回復させるためには、連合国諸国とのあいだに講和条約を成立させることが必須であった。

日本がめざしていたのは、あくまでも「全面講和」――つまり、一国も漏らさず、すべての連合国が批准する講和条約の成立であった。

「講和条約の内容は、アメリカを中心として連合国側が決めるということだったのでしょうが、日本側で取りまとめたのは、どういった内容だったのでしょうか」

雨宮が質問をした。昼間の会議のさいにはずいぶん緊張していたが、晩餐のテーブルでは、ワインが入った勢いと持ち前の好奇心も手伝って、戦後史の生き証人である西村熊雄になんでも訊いてみよう、という姿勢に変わっていた。

「ひと言で言うならば、日本の要望をはっきりさせておこう、ということです」

西村は端的に言った。

「アメリカ側が準備している条約の内容は、だいたい把握できていました。なぜなら、いくつかの戦後処理のための文書がすでに存在していたからです」

カイロ宣言、ポツダム宣言、降伏文書、ワシントンの極東委員会の対日基本政策の文書の写しを外務省は入手していた。

そして、一九四六年、パリ平和会議において、第二次世界大戦の敗戦国であるイタリア、ハンガリー、ルーマニア、ブルガリア、フィンランドに対する講和条約ができ上がっていた。

これらの文書を分析すれば、連合国が「新しい日本」をどのように作り上げたいのか、想像するのはさほど難しいことではなかった。

「では、先回りして彼らの要請を分析しておいて、これは受け入れられるけれども、これは受け入れがたい……というように、日本側の姿勢を固めておく、ということだったのでしょうか」

雨宮が重ねて問うた。

　すると、西村は、

「そうであればよかったのですが……外交というのは、ことほどさようには進まないものなのです」

　悟った人の口調で言った。

「田代先生も、雨宮君も、おそらく覚えておいでてしょうが……外務省の事務当局が取りまとめた『想定される講和条約に対する日本の要望』という内部資料が、アメリカの雑誌にすっぱ抜かれたことがありました」

　あっ、と雨宮が小さく叫んだ。

「覚えています。あの記事の内容……文部省では大臣以下誰も把握していなかったので、大きな驚きでした」

「確かに、あれには驚かされました」

　田代も、その一大スクープのことをよく覚えていた。「ワールド・レポート」誌が一九四七年十二月九日号に掲載した記事で、ワシントンと東京、双方に衝撃が走り、物議を醸したものだ。

「しかし、あの一件はすぐに収束したように感じました。何らかの外交的力学があったのでしょうか」

　田代が続けて訊くと、

「そこは、なんとも言えないところなのです」

西村が応えた。

「どこからどう漏れたのか、我々も冷水を浴びせられましたが……もとより公式な文書ではなかったわけですし、ワシントン当局も、『日本も打つ手もなしにただ待っているわけでなく、彼らなりに必死に考えているのだな』と、そういう受け取り方をしたのかもしれません」

西村は取りまとめの長として責任を問われてもおかしくない立場であった。更迭も覚悟したであろうが、吉田がそうさせなかったのだろうと、田代は想像した。吉田が全幅の信頼をおいている腹心であり、何より講和条約が成立するまではしっかり働いてもらおうという心算《こころづもり》であったはずだ。

「とにかく、日本が目指したのは『全面講和』です。それを実現させるには、時間との戦いでした。一刻も早くアメリカと話をつけ、早急に講和を実現させたいと、かなり焦っていたことは事実です」

西村が続けてそう言った。

日本が講和を急いでいたのには理由がある。

連合国の主要二大国、アメリカとソビエト連邦は、当時、かろうじて協調が維持されてはいたものの、戦後処理をめぐって双方の思惑がすれ違い、張り詰めた状態になっていた。何かをきっかけにして均衡の糸が切れ、下手をすると最悪の事態になだれこんでしまうのではないか——という危機感があった。

最悪の事態。それは、東アジアの覇権を巡って、米ソ間で戦争が勃発することであった。

中国にはいまや共産主義国家としてソ連が与《くみ》していた。日本はアメリカが占領している。朝鮮半島は北と南で相反する体制となり、真っ二つに引き裂かれた。日本と朝鮮半島をあいだにはさんで、アメリカとソ連は牽制し合っていた。

もしもこの両国が戦争を始めたら、対日講和条約どころではなくなる。第一次、第二次世界大戦に続いて、世界は三たび大戦に巻き込まれるだろう。そして、日本が両国の主戦場と化す可能性を消すことはできない。

一刻も早く全面講和を——と西村たちが焦った背景には、皮肉にも、和平ではなく戦争の脅威があった。

「いかに総理と外務省が講和を急いでいたか……筆舌に尽くしがたい状況でした」

しばらく黙って皆の会話に耳を傾けていた公使の萩原徹が、静かな口調で話をつないだ。

「連合国の協調が保たれているあいだになんとか、と西村さんが必死に画策されているうちに、しかし、均衡がついに破れてしまったのです」

一九四八年二月、連合国のチェコスロバキアの共産党がクーデターを起こし、共産主義政権が誕生した。裏で糸を引いていたのはソ連である。また、同年六月にはベルリン封鎖が始まり、またたく間にドイツは東と西に二分されてしまった。東ドイツはソ連に与し、西ドイツでは西側諸国主導の民主主義政府が樹立された。

東と西。これらの事件に表されているように、世界は東西に分かれて対立する様相を呈したのだ。

「あのときは、記者にすっぱ抜かれたどころじゃなく、まさか……と戦慄が走りました」

萩原が「戦慄」の一語を口にしたとき、田代の背筋にかすかに怖気《おぞけ》が走った。

「ベルリン封鎖」の文字を新聞の紙面にみつけたとき、田代も暗澹たる気分になったことを覚えていた。これは「全面講和」は無理かもしれない、と直感したからだ。

当時、世論は「全面講和」を待望していた。一国の例外もなくすべての連合国に講和条約を批准してもらわなければ、つまり全面講和でなければ、真の意味で日本が主権を回復したとは言えない――との世論が大勢であった。

しかし、米ソの「冷戦」が始まってしまっては、足並みを揃えて全面講和とはいかなくなる。

日本は極めて難しい局面に立たされた。

世論に従って全面講和の方針を堅持し、それが可能になるまで待つ――つまり、米ソが和解し、再び足並みを揃えるまで待つと日本が決めたなら、どうなるだろうか。

その間に、「最悪の事態＝第三次世界大戦」が起こるかもしれない。そうなってしまっては、元も子もないではないか。

全面講和は待てない。否、待ってはならない。

吉田茂はそう判断した。

ソ連、チェコスロバキア、ポーランドの三国の批准は得られぬものと覚悟を決め、アメリカを中心とした民主主義各国による「多数講和」を目指そうと、吉田は大きく舵を切った。

吉田の算段はこうだった。

まずは多数講和を成立させて、日本の独立を認知させ、主権を回復する。なんといってもこれがすべてにおいて優先されるべきで、唯一無二の到達点《アチーブメント》である。

その上で、外交能力を取り戻し、残る三国と個別に交渉して、別途、関係正常化を図る。

いばらの道ではあるが、この道以外に進むべき道なし、というのが吉田の大英断であった。

「世論ばかりか政府内でも、総理の英断に異を唱えるものは少なくありませんでした」

と西村は回想した。

「世界の情勢は時々刻々と変化する。しかも悪いほうへ。そんな中で世界は対日講和に踏み切れるのか。また、多数講和が成立したとして、その後、いかにして日本は自国の安全を守るのか。憲法で日本の軍備は禁止されたわけですから、もしも戦争に巻き込まれればどうなるか、火を見るよりも明らかです。かくなるうえは、安全保障を第三国に頼らざるを得ない。……つまり、アメリカに」

講和条約と表裏一体のかたちで、日米安全保障条約の締結が検討された背景には、このように切迫した事情があった。

「とにもかくにも、講和に向けて、日米の関係者間で三度、準備の話し合いが行われました。アメリカ当局の担当者が東京へやってきて、対話が始まったのですが……」

西村を始め、外務省の条約局の面々は、この事前の話し合いのために、昼夜を問わず必死に内容を詰めてきた。誠実に向き合えば、こちらの言い分にも聞く耳を持ってくれるのではないかと、かすかな期待もあった。

が、それは話し合いの冒頭で吹き飛ばされてしまった。

アメリカ側の代表は、こんなふうに口火を切った――。

――日本は無条件降伏をした。しかるに、講和条約は我々連合国が作成する。日本は、ただそれにサインをすればよい。

我々は、日本と交渉《ネゴシエイト》をしに来たのではない。話し合い《コンサルト》をしに来たのだ。

「それでも、何も言わずに終えるわけにはいかない。この日のために、私たち事務方は苦労して準備してきたのですから。しかし、『こうしてほしい』というような要望を少しでも見せると、すぐに『ネゴシエイトではない。コンサルトだ』と、再三釘を刺されてしまったのです」

アメリカ側が用意してきた講和の内容は、おおよそ想定内ではあった。

が、いかなる条項に対しても意見を言うことは許されず、ましてや異論を唱えることなどもってのほかである。

忸怩《じくじ》たる思いを胸に、西村はアメリカ当局との「話し合い」を終え、吉田に報告に出向いた。

生真面目に、ありのまま、話し合いの大筋を伝えた。報告しながら、膝の上で両手を固く握りしめていた。

沸々とこみ上げる思いがあった。その思いを言葉にすることなく、西村は報告を終えた。

吉田は終始落ち着いて、西村の話に耳を傾けていた。すべて聞き終わってから、ひと言、尋ねた。

——君の意見はどうだね。

西村は、しばし考えを巡らせたが、

——申し訳ありません。

詫びの言葉が口からこぼれ出た。

——私たちの力及ばず、当方の言い分はすべて封じられてしまいました。……あれは、「話し合い」ですらない。「申し渡し」でした。

吉田はなおも静かに西村の言を受け止めたが、やがて、ぽつりと訊いた。

——くやしいか。

西村の胸にそのひと言が刺さった。熱いものがこみ上げるのをこらえて、西村は正直に答えた。

――はい。……くやしいです。

吉田は西村の目を正面に見て、言った。

――それが、敗北、ということなのだよ。

その気持ちを、決して忘れるな。

「あの日から……私は、総理のお言葉を決して忘れることなく生きてきました。……敗北を、胸に抱きしめて」

敗北。

その苦々しい重さは、吉田の胸にもひとしくのしかかっていたはずだ。

このせつない言葉は、日本人の胸に血を流させ、頬に涙を伝わせた。

しかし、どんなにくやしくても、それから目をそらしてはならないと、吉田は言いたかったのだろう。それを起点に歩き出さなければ、日本に未来はないのだと。

「私たちは、講和に向けて歩みを止めることなく、能《あた》う限りのすべてを準備してきました。百歩も千歩も遅れをとっている日本の外交を、なんとか各国と足並み揃えられるように……」

西村は、遠い目をして言った。

「何しろ、話し合いでもアメリカにこてんぱんにやられてしまったのです。こんな状況が続いている中で、日本の外交が正常に機能する日はくるのだろうか……と不安が頭をもたげたことも事実です。しかし、そのつど、必ずその日はくる、と自分に言い聞かせました。さもなければ、これまでの総理のご尽力が泡と消える。私たち事務方の努力も無駄になる。そうあってはならないと、外交官生命をかけて講和にたどり着こうと決めたのです」

そして——。

いよいよ講和条約締結が翌年に予定される、その日程も視野に入り始めた一九五〇年末。

白金の旧朝香宮邸・外務大臣執務室に、西村は呼び出された。

執務机で葉巻をふかしながら、吉田は西村の到着を待ち構えていた。

失礼いたします、と西村が顔をのぞかせると、吉田はすかさず葉巻を灰皿に置いた。

芳しい紫煙が部屋に立ち込め、窓から差し込む光を背にして、吉田が立ち上がった。

——西村君。おもしろいことになりそうだぞ。

吉田の顔に不敵な笑みが広がっていた。

そこで、西村は、初めて聞かされたのだ。

フランスに留め置かれている至宝。吉田の旧友、松方幸次郎の美術コレクションを取り返す企みを。

「講和条約の内容取りまとめと同時に、日米安保条約の案文作成に関しても大詰めを迎えている時期でしたから、いきなり美術品のコレクションについての話を持ち出されて、これはついに総理も煮詰まってしまったのではないか、はて大丈夫だろうか……と、正直、心配になってしまいました」

そう言って西村はほがらかに笑った。

講和条約策定を巡る外務省とアメリカ当局とのやり取りにまつわる秘話は、大使公邸での晩餐のテーブルに重苦しくもせつない空気をもたらしたが、〈松方コレクション〉のひと言が飛び出したところで一気に転調した。

深刻な外交問題や政局の話題ではこうはいかない。難しい話にさっと涼風を吹き込む、そういうところが芸術・文化のすばらしい特性なのだと、田代は思わずにいられなかった。

「総理が懇意にされていた松方幸次郎さんは、無論、私も存じ上げておりましたし、松方さんが衆議院議員だった時代に何度かお目にかかったこともありました。が、その頃はすでにコレクションを手放され、美術とはなんら関係のない人生を送っておられる時期でしたので、まさか、総理が深い関心を寄せられるほどの立派な作品群がフランスに残留しているとは、思いもよりませんでした」

フランスに留め置かれている〈松方コレクション〉の作品は四百点に及ぶとの情報が、すでに吉田のもとに寄せられていた。

そしてそれはフランス当局により「敵国の在外財産」として接収を受けているため、当局は「フランスの所有である」と主張しているという。

しかし吉田は、必ず取り戻す、と断言した。

西村の目をまっすぐにみつめて、吉田はおごそかに、確固たる口調でこう言った。

――いいか、西村君。これは弔い合戦だ。

松方さんは、日本に西洋美術専門の本格的な美術館を創ろうと、私財を投じて美術品を買い集め、コレクションを形成したのだ。

日本が列強に比肩するためには、軍備や財政ばかりではなく、芸術・文化にこそ注力しなければならん。美術館のひとつも持たずして、大国ぶるのは恥ずべきことだ。松方さんは、そうわかっておいでだったのだ。

わしはその話をずいぶんまえにご本人から聞かされて、いずれそのときがきたら協力したいと、胸に秘めていた。

しかし、夢を果たすことなく、あの人は逝ってしまわれた。

だから、松方さんの代わりに、わしが話をつける。

西村君。この合戦は絶対に敗けられん。

後方支援、頼んだぞ――。

「あのときの総理の目の輝き……忘れることができません」

西村はそう語って、自らも目を輝かせた。

「私たちはさきの戦争で敗けた。完膚なきまでに敗北した。そのうえに、講和を巡るアメリカとの話し合いではすっかりやり込められ、くやしい思いをしていた。……そんな状況の中、総理のお言葉はどれほど私を奮い立たせたことでしょう」

弔い合戦。――そのひと言に、西村の胸中で消えかけていたかすかな灯火が息を吹き返した。

その灯火はなんだったのか。

日本人としての誇り――のようなものだったのかもしれない。

敗北という名の嵐に、いっとき、吹き消されかけていた灯火が、すんでのところで再び燃え立った。

もとより、戦勝国フランスを相手に喧嘩を仕掛けるわけにはいかないし、何を言っても負け犬の遠吠えになってしまう。

しかし、かつて「日本に美術館を」との大義を掲げた松方幸次郎が遺したコレクションを日本に返還してもらう。もしそれがかなえば、敗北に打ちひしがれた日本国民に大きな希望を与えることができる。

そしていつの日か〈松方コレクション〉を基に美術館を創り、コレクションを公開できたなら、松方の志を実現することになるし、国民はすぐれた西洋美術の絵画や彫刻を享受することができる。

そうなれば、〈松方コレクション〉とそれを展示する美術館は、日本の主権回復と復興の目に見える証《あかし》となるだろう。

――ためらう必要はどこにもないではないか。

「その日から、極秘裡に、総理と私は〈松方コレクション〉返還交渉に向けて準備を始めました。その過程で、田代先生にはずいぶんご協力いただき、感謝にたえません」

西村はそう言って、田代に思いを込めたまなざしを向けた。

〈松方コレクション〉返還のために、いかにしてフランスとの交渉の口火を切り、進めていくか。

吉田は策を巡らせた。

そして、かつて松方のアドバイザーとして作品収集のために動いた田代に、この計画実行の中心人物になってほしい、それができるのは君しかいないと、まずは直々に願い入れ、その上で、第三次吉田内閣で文部大臣を務めていた哲学者・天野貞祐《あまのていゆう》を通じて、正式に依頼した。

この依頼の仕方に、田代は、本件を確実に進めようという吉田の配慮を感じとった。

田代はなんら政治とはかかわりのない立場のため、総理大臣が直接願い入れただけでは、私的な用件を非公式に依頼したというほかはなくなってしまう。

一方で、田代はそれまでに文部省の依頼で外国の教育機関や学者、芸術家と交流したり交渉したりした実績があった。従って、文部省を窓口にすることによって、本件がオーソライズされ、日本政府の公式な依頼となるのである。

もとより、田代も〈松方コレクション〉がどうなるのか、このまま一点も日本に戻されぬまま終わってしまうのか、憂慮していた。

そこへ、吉田茂―天野貞祐から返還交渉にかかわってほしいとの正式な依頼がきた。

これを受けずにどうするというのだろうか。

「天野先生からご依頼の伝言を賜ったときには、身が引き締まる思いでした。総理が西村大使に『弔い合戦だ』とおっしゃったお気持ちが、私にも痛いほどわかりました」

西村の言葉を受けて、田代が言った。

「そして、うれしくもありがたくもありました。まるで、松方さんに『もう一度力を貸してくれ』と言っていただいたような気がして……」

田代にとっては、まさしく天啓であった。

海外の美術館やすぐれたコレクションを数多く目にしてきた田代は、各国で芸術・文化が豊かさの指標《バロメーター》になっていることを、身をもって知っていた。

若き日、松方とともにロンドンやパリの画廊を巡り、このコレクションが基になっていつの日か日本に美術館ができるのだ――と夢見ていた。

あの戦争で、そして松方の死で、とうにあきらめていた夢。それが、現実になるかもしれないのだ。

吉田、西村に続いて、田代も立ち上がった。吹き消されそうになっていた灯火を、もう一度赤々と燃やして。

「微力ながら、私もこの案件にかかわらせていただくことになって、兜《かぶと》の緒を締めております」

雨宮が居住まいを正してそう言った。

「雨宮君、それはまだ早いだろう。『勝って兜の緒を締めよ』だ。まだ勝負はついていないのだから」

田代が返すと、

「あ。これは失礼いたしました」

雨宮は照れくさそうに頭をかいた。そこで一同、声を合わせて笑った。

「結局、総理は、フランス外相と直接面談されたのですよね。どのように交渉の口火を切られたのですか」

笑いが収まったところで、あらためて雨宮が訊いた。

「さよう。講和会議のために赴いたサンフランシスコで、ロベール・シューマン外相と会談を行いました。直前まで交渉内容を詰め、どう話を運ぶべきか、総理とともに細かく調整を進めてきました」

西村が答えて言った。

「しかし、最後の最後には、総理の天才的な外交力が物を言いました」

一九五一年九月八日。

吉田茂は、サンフランシスコで開催された日本に対する講和条約の調印式に出席し、調印に臨んだ。

吉田が政治家生命を賭けて取り組んだ講和がここに実現し、ついに日本は主権を取り戻した。

さらに、吉田はこの日、超人的な外交能力を発揮した。

講和条約および日米安全保障条約の調印ばかりではなく、〈松方コレクション〉返還に関して、フランス外相に話をつけたのである。

外務省は、条約を批准する予定だったフランスに対し、外相会談を事前に申し入れていた。

会談の目的は、表向きは日仏国交回復についてであったが、実は〈松方コレクション〉返還に関する申し入れを行う——というのが吉田の狙いであった。

西村はこれに同席した。会談内容は事前に練られていたが、「最後は任せてくれ」と吉田には言われていた。

難しい交渉である。日本が主権を回復したからといって、いったん接収した財産をフランスがやすやすと返すとは考え難い。下手をすれば「ノン」とひと言、突っぱねられて終わってしまうかもしれない。

しかし、ここまできたらもう総理に任せるほかはない。

どうなろうともあとは引き受けようと、西村は心を定めた。

一行はシューマンの投宿先、マーク・ホプキンス・ホテルへと向かった。会談時間はわずか二十分。さあどうする——。

西村の話に、田代も、雨宮も、萩原までも、全身を耳にして聴き入った。雨宮は、まるでいまから吉田—シューマン外相会談が始まるかのように、完全に前のめりになっている。その様子に田代はおかしさがこみ上げたが、そんな自分もテーブルに身を乗り出していることに気がついた。

緊迫した場の空気に反して、西村は、ふっと頬を緩めて言った。

「驚くべきことに……総理が話し出したのは、〈松方コレクション〉のことではなかったのです。まったく関係のない話を始めてしまって……」

「えっ?」と雨宮が、目を瞬かせた。

「二十分しかないのに……ですか?」

「ええ。戦前、総理が若かりし頃の思い出話です」

吉田の口から飛び出した思い出話。それは、彼が外務省に勤務する一外交官だった時代のことである。

外務省には「外務査察使」という役職があった。つど担当が代わる役職で、諸外国の日本大使館に視察に赴くのが業務の一環だった。

ある年、この査察使に任命された吉田は、ソ連の日本大使館視察のためにモスクワを訪れた。滞在中に街なかを見て回ったが、「フランスの美術品をたくさん展示している美術館がある」とのうわさを聞いて、なぜソ連の美術品ではなくてフランスの美術品を展示しているのだろう、と興味が湧き、そこへ行ってみた。

展示室に入ったとたん、吉田は荒々しい美の荒野に足を踏み入れた心地になった。

壁いっぱいに見たこともないような不思議な絵がずらりと並んでいた。あざやかな色彩、自由自在に躍動するかたち。歌い、奏で、踊り、笑い、怒り、泣き、生きる。人も、動物も、風景も、静物も。いっさいがおおらかで、この世界に生きて呼吸している絵画がそこにはあった。

——これはいったい、なんなんだ？

もとより、絵画に明るいほうではない。画家の名前も知らなければ、描かれた時代もわからない。

しかし、そんなことは関係ない。いま、自分が目にしている絵に宿る「命」の輝きはどうだ。ぐんぐんと迫りくるこの力強さは。

——このすべてがフランス絵画だと？　どれもこれも、圧倒的な「傑作」じゃないか。何をもって「傑作」というのかわからない。それでも吉田の脳裡には「傑作」のふた文字以外には浮かばなかった。

体がかっかと燃えるほど吉田は興奮した。胸を熱くしたままで、美術館を後にした。

——すごいものを見てしまった。

吉田は胸のうちで賞賛した。これほどまでの傑作を美術館に揃えたソ連を——ではない。フランスを賞賛したのである。

ソ連国民を感動させるばかりか、日本人の自分の心までも熱く沸き立たせる、そんな傑作の数々はフランスで生まれたものなのだ。

これほどまでに傑出したフランス絵画の大コレクションがソ連にあるのには驚嘆した

が、結果的に、これは、ソ連におけるフランス文化の大いなる宣伝となっている。

これこそが、芸術・文化の底力ではないか。

若き日の吉田は、そう悟りを得た。

その思い出話を、外相会談の冒頭で、切々と語ったのだ。

シューマンは興味深そうに傾聴していた。「ソ連におけるフランス文化の大いなる宣伝」のくだりでは、大きくうなずいた。それを見逃さずに、吉田は畳み掛けた。

――〈松方コレクション〉には、フランス美術が多数含まれていると聞きます。

フランスには当然数え切れないほどの美術品があるわけですから、〈松方コレクション〉がこのさきフランスにあっても、またなくても、ほとんど影響はないはずです。

しかし、それがもし、日本にあったなら、どれほど大きな影響を日本人に与えることでしょう。

日本人はフランス美術をこよなく愛しているにもかかわらず、ほとんどの国民がほんものを見たことがないのです。

松方幸次郎氏は、この状況を憂えていました。だからこそ、私財を投じてフランス美術を収集し、いつの日か日本に西洋美術館を創ろうと考えていたのです。が、志を果たすことなく他界してしまいました。

もしもいっそのこと、フランスが〈松方コレクション〉を日本へ贈ってくれたならば、日本国民はどれほど喜び、また励まされることでしょう。そしてフランスに感謝することでしょう。

そしてもし、それを基に美術館を開設することができたならば、わが国におけるフランス文化の有力な宣伝にもなるはずです。

これはフランスにとって損にはならない。否、必ず有益な結果となる。

いかがでしょうか。

この提案、受け入れていただけませんか――。

「まさしく立て板に水のごとく、総理は一気に話されました。遠い日のモスクワでの思い出話から始めて、最後はきっちりと結んでいた。『〈松方コレクション〉を日本へ戻してほしい』と」

西村が語り終えたとき、全員、テーブルに身を乗り出していた。

「……シューマン外相の答えは……どうだったのですか？」

ごくりと喉を鳴らして、雨宮が訊いた。

西村が、眉をかすかに上げて答えた。

「たったひと言。『ウイ、首相閣下《ムッシュウ・ル・プルミエ・ミニストル》』」

そこで全員、大きく息を放った。

わずか二十分足らずでシューマン外相から肯定的な返事を引き出した吉田の説得力と交渉術の巧みさに西村は心底驚嘆した。そして痺れた。

（やったぞ！）と快哉《かいさい》を叫びたかったが、そこはぐっとこらえて、両人が席を立つ最後の瞬間まで、必死に難しい顔をこしらえた。

感謝を述べて、吉田はシューマンと固く握手を交わし、会談の部屋を後にした。西村と数人の随行員は、全員押し黙ったままで、吉田を先頭に廊下を足早に進んでいき、エレベーターに乗り込んだ。降下するあいだも、やはり全員、黙り込んでいた。

ホテルの車回しで待機していた黒塗りの車の後部座席に吉田と西村が乗り込んだ。ドアが閉められ、車が発進したところで、ようやく吉田が口を開いた。

――せっかくいい返事をもらったのに、君らが難しい顔をしているもんだから、わしもおんなじようにむっつりしてしまったじゃないか。

そして、破顔一笑、高らかに声を上げて笑ったのだった。

「――やったぞ！」と、西村の代わりにひと声叫んだのは雨宮である。

「さすがは我らが吉田総理、お見事です！　ああ、もし僕がその場にいたら、きっと我慢できずに飛び上がってしまっただろうなあ」

雨宮が吉田―シューマン会談の場で欣喜雀躍《きんきじゃくやく》する像が浮かんで、田代は思わず笑ってしまった。西村と萩原も、さも愉快そうに笑った。

「私も貴君のように素直だったらよかったのですが……いかんせん、不器用なもので、ただ『申し訳ありません』と応えるのが精一杯でした」

西村は笑いながらそう言った。

「いや、まったく。総理も大使もお見事としか言いようがありません」

萩原が首を振り振り感嘆して言った。

「私はこの秘話を、西村大使がフランスに着任した直後に伺っておったのですが……何度聞いても胸がすく思いがします」

萩原の言に田代も同感だった。彼もまた、雨上がりの空を仰いだようなさっぱりとした心持ちになっていた。

「ときに、田代先生。吉田総理が若き日にモスクワでご覧になったというフランス美術を集めた美術館について、先生はご存知ですか？」

西村が尋ねた。田代は、「ええ、もちろんです」と言下に答えた。

「プーシキン美術館……帝政ロシア末期に開設された美術館ですが、ロシア革命後、ふたりのロシア人収集家が所蔵していたフランス美術のコレクションを革命政府が接収し、美術館の新たな収蔵品として一般公開しました。総理は、そのロシア人収集家のコレクションの展示をご覧になったのだと思います」

ほう、と萩原が感嘆の声を漏らした。

「さすが、お詳しいですね」

田代はにっこりと笑って、

「実は私も、一九二八年に初めてモスクワへ行ったときに訪れて、これほどまでにすばらしい美術館がこの街にあったのかと、それはもう驚かされました」

と打ち明けた。

「おお、そうでしたか」

今度は西村がテーブルに身を乗り出す番である。

「先生がそこまでおっしゃるからには、やはり相当なものなのでしょうな。そのふたりのロシア人収集家とは、有名な人たちなのですか」

「日本ではほとんど知られていないと思いますが、セルゲイ・シチューキンとイワン・モロゾフという人たちです」

田代が答えて言った。

「シチューキンは織物の輸入商、モロゾフは繊維工場の経営者だったということで、仕事でパリへ通ううちにフランス美術の虜《とりこ》になって、競い合うようにして熱心に集めたそうです。しかも、かつてあのロシア帝国の女帝、エカテリーナが収集した古典的なフランス絵画ではなく、当時最先端の前衛的な絵ばかりを狙いすまして集めたのです」

ソビエト連邦には、世界の名だたる美術館——ルーヴル美術館、ロンドン・ナショナル・ギャラリー、メトロポリタン美術館などに勝るとも劣らぬ大美術館、エルミタージュ美術館がある。これは、帝政ロシア時代の首都だったレニングラード（サンクトペテルブルグ）にある宮殿がロシア革命後に美術館となり、エカテリーナ二世が収集したドイツ、イタリア、フランスなどのヨーロッパ古典絵画の数々が収蔵されている。その数は三百万点に及ぶとされ、世界最大級の美術館といっても過言ではない。

田代はイタリア・ルネサンス絵画の調査でレニングラードを訪れ、この美術館の規模に度肝を抜かれた。

ボッティチェッリ、レオナルド・ダ・ヴィンチ、ラファエロ……いずれも傑作ばかりがずらりと連なって展示されていた。美の森に遊ぶ鹿になったかのように、田代は広大な館内のあちこちを豊かにさまよい、心ゆくまで名画の数々を堪能した。

興奮冷めやらぬまま、田代はレニングラードからモスクワへ向かった。ソビエトの新たな首都にも大規模な西洋美術館があると聞かされていた。これを見ずには帰れまい。エルミタージュ美術館のような古典的な作品が展示されているものと思い込んでプーシキン美術館を訪れた田代だったが、展示室に入った瞬間、期待はいい意味で覆された。彼を待ち受けていたのは、十九世紀から二十世紀初頭に創作されたフランス近・現代絵画のコレクションだったのである。

クールベ、コローに始まり、モネ、ドガ、ルノワールと続き、セザンヌ、ファン・ゴッホ、ゴーギャン、ルソー、ピカソとコレクションは展開していく。中でも白眉だったのは、アンリ・マティスの作品群であった。

めまいがするほど鮮やかな青、緑、赤。くっきりと黒い輪郭線で描かれ、極限まで単純化された人物像、静物画、室内画、風景画。淡々と並べられているようで実は計算し尽くされた構図。当時、マティスはようやくその名を知られ始めた気鋭の画家で、田代はレニングラードで初めて彼の作品をまとめて目にしたわけだが、これはすごい画家が出てきたぞ――と心底驚いたのだった。

それらの近代美術コレクションのほとんどは、シチューキン、モロゾフというふたりの個人コレクターが、つい十数年まえまでにパリで買い集めたものだと美術館の関係者に聞かされて、俄然興味を持った。

――ということは……松方さんのコレクションと大いに被っているじゃないか。

その時期、松方は、社長を務める川崎造船所の経営が傾いていたこともあって、美術品収集からすでに手を引いていた。シチューキンとモロゾフがパリで絵を買い集めていたのは一九一〇年代前後だったそうで、松方がロンドンで収集を始めた頃よりわずかながら早かったものの、ほとんど同時期と言ってもよかった。一九一七年のロシア革命勃発後、彼らは各々亡命し、コレクションは革命政府に接収されたという。

それにしても、どうやって、これほどまでに大胆なコレクションを形成することができたのだろうか。

コレクションには一貫性があった。クールベあたりを起点にし、百年あまりのフランス絵画が辿った革新的な前衛美術の流れを見事に汲んでいる。当時、まださほど評価の定まらなかった前衛画家たち、ゴッホやゴーギャン、現代美術であるピカソ、それにマティスの絵画を迷いなく買っている。コレクションを形成するにあたって、きっと先見の明があるすぐれたアドバイザーがいたに違いないと、田代はそのとき考えた。

「前衛的なフランス絵画を収集したロシア人コレクター……何か、松方さんに通じるものがありますね」

雨宮が言った。

「私財を投じて買い集めたものの、戦争後……というか革命後に政府の接収を受けたというところも……。僕はモスクワに行ったことはありませんが、なんとなく、そのロシア人コレクターたちに親しみを覚えます」

シチューキンもモロゾフも、結局自分のコレクションを二度と見ることなく亡命先で他界した——とも田代は聞いていた。そんなところまで松方に似ている——と思ったが、口には出さなかった。

「同じ頃に両者が似たような傾向の美術品を収集していたのは、偶然の一致なのでしょうか。それとも、時代がそうさせたのでしょうか」

萩原が尋ねた。田代は微笑んで、「公使、いい質問《ボンヌ・ケスチヨン》をありがとうございます。そして、ご名答《ボンヌ・レポンス》です」と言った。

「今世紀の初頭、特に松方さんが美術品を集中的に買われていた一九二〇年代前後は、美術品収集の流行が起こった時代でした。過去にももちろんありましたが、この時期に特徴的だったのは『世界規模』で流行した、ということです」

「それは、つまり……」と西村が口を挟んだ。

「その時期までは、あくまでも局所的に……ヨーロッパの絵画はヨーロッパで売買されて、アメリカや日本に渡ることはほとんどなかった、ということですな」

「そう。その通りです」

田代が返した。

「十九世紀後半には欧米を結ぶ航路が整い、新聞、雑誌、電信など、報道や情報網も整備されました。二十世紀になると、ヨーロッパの流行は時間を置かずに世界へ伝播するようになります。裕福なアメリカ人やロシア人、そして日本人もヨーロッパへ渡航するようになり、最先端の芸術に触れることも可能になりました。そんな中、フランスの近代美術は、実はフランス人が最初に評価したのではなく、目の早いアメリカ人収集家や、シチューキンたちのようなロシア人収集家、そして松方さんのような日本人収集家が、さきに価値を見出したのです」

　前衛芸術家たちの作品、たとえば印象派や後期印象派と呼ばれる画家たちの一派は、いまでこそ欧米で人気を博しているが、最初のうちは酷評され、フランス人はほとんど見向きもしなかった。「印象派」という呼び名も、モネやドガなどの前衛画家たちが自費で場所を借りてグループ展を開催したさいに、モネが出展した作品の題名〈印象　日の出〉をもじって評論家がからかい半分でつけたものである。

「一種の先物買いというわけですね」

　萩原が言った。

「そういうことです」

　田代が応えた。

「先生、日本ではいつ頃前衛芸術が紹介されたのですか。僕は子供の頃に、父が持っていた雑誌でゴッホの絵を見た記憶がありますが……」

今度は雨宮が質問をした。実は雨宮家は祖父の代から三代続いて文部省の役人を務めているエリート一家なのである。

「ボンヌ・ケスチョン、雨宮君」と田代がにこやかに受けた。

「ヨーロッパの近代美術、そしてフランスで起こった前衛美術を、日本で最初に紹介したのは、皆さんご存じの同人誌『白樺』です。柳宗悦《やなぎむねよし》氏、武者小路《むしやのこうじ》実篤《さねあつ》氏、志賀《しが》直哉《なおや》氏、岸田劉生《きしだりゅうせい》氏……いまや日本を代表する文人画人が若かりし頃、個性主義と自由主義を掲げて、一九一〇年に創刊されました。私も学生時代に夢中で読んだものです」

シチューキンとモロゾフがパリでセザンヌやゴッホやゴーギャンの作品を買いに走っていたのとまさに同じ頃、日本でも彼らの芸術をいち早く紹介する媒体があったのだ。

保守的なアカデミズムの思想や技法に則った芸術ではなく、芸術家が思うまま自由に、そして個性を閉じ込めることなく解き放って、悠々と表現された絵画、彫刻、工芸、手仕事。その価値をいち早く見出し、日本に紹介することを使命とした「白樺」に、田代も影響を受けたひとりだった。

「白樺」が早いうちに蒔いた種は、日本の芸術家たちの心に自我を芽吹かせた。「白樺」によってモネを、セザンヌを、ゴッホを、ゴーギャンを知り、彼らを目指す画家たちが続々と現れた。裕福な家庭の子息、あるいは能力があって運にも恵まれた学生は、欧米へ渡ってほんものの作品に触れる機会を得たが、多くの画家の卵たちは、「白樺」

やそれ以降の雑誌や本などで紹介される写真や、展示会や学校で複製画を見て学ぶほかはなかった。

「私も、写真や複製画を見ては『どうにかしてほんものを見てみたい』と憧れを募らせました。幸運にも私の場合は留学することができ、そのあとも仕事で海外の美術館に行くことができた。しかし、多くの画学生や研究者は、ほんものの作品を見ることなく、雑誌の切り抜きを穴が空くほど見て、ほんもののすばらしさを想像するほかはなかったのです」

田代の回想に、ふうむ、と西村が得心の声を漏らした。

「だからこそ、松方さんの思い……日本の若者たちの向学のためにも、実際に西洋美術が見られる美術館を創りたいという念願に結びつく……というわけですか」

田代は黙ってうなずいた。

松方がまずはロンドンで絵画を買い始めたのは一九一六年。そしてパリで田代を伴いフランス絵画の購入を一気に進めたのは一九二一年。日本にはまだ本格的な西洋美術の美術館は存在せず——日本初の西洋美術館は、岡山の実業家・大原孫三郎《おおはらまごさぶろう》が一九三〇年に創設した大原美術館であった——、「西洋美術の実物、しかも最先端の作品を見てみたい」という声が高まっていた。こうした要望を敏感に察知し、日本の文化的状況を変えようと、松方は動いたのだ。

「やはり同じ頃、フランスの前衛美術を猛烈に買っていたアメリカ人がいます。アルバート・バーンズ博士です」

田代は、別の好例を引き合いに出した。

アメリカのフィラデルフィアで製薬事業によって富を築いたバーンズは、フランスの前衛美術に魅了され、世界最高峰のモダン・アート・コレクションを築くと決意する。すべてを擲《なげう》って収集したフランス近代絵画の数は二千五百点以上。しかしながら、バーンズは、学術的な目的以外はコレクションを非公開とした。自らのコレクションはあくまでも私的なもので、一般公開すべきではないとの考えに立脚していたからだ。

「私は戦前に渡米したさい、縁あってこのコレクションを見る機会を得ました。……それはそれは、もう……なんとも筆舌に尽くしがたいほど、見事なものでした」

コレクションの幻を追いかけるかのような遠い目になって、田代は続けた。

「誰かに見てもらいたい、この感動を分かち合いたいと思いましたが……博士の逝去後も、遺言により、いまだに一般公開はされていません。残念ですが、あのコレクションがどんなにすばらしいか……いかなる研究者の口をもってしても、すべてを伝えることはかなわないでしょう」

それから、テーブルを囲んだ三人の目を順にみつめて、言った。

「美術とは、表現する者と、それを享受する者、この両者がそろって初めて『作品』になるのです。……〈松方コレクション〉を、このまま死蔵させるわけにはいきません」

――弔い合戦はまだ終わってはいない。いや、始まったばかりなのだ。

3

一九五三年六月　パリ　ルーヴル美術館

その夜、田代はなかなか寝つけなかった。

日本大使公邸での打ち合わせを兼ねた夕食会が終わったのは午前〇時近くだった。その日はそこそこ飲んだのだが、ちっとも酔いはしなかった。頭の芯は冴えていて、翌日に控えている〈松方コレクション〉返還のための交渉をどう進めていくか、ずっと考え続けていた。

——吉田総理がかくも重き扉を押し開けてくださったのだ。

自分は、そのドアの隙間から、なんとしても〈松方コレクション〉を連れ戻さなければならない。一点残らず、完璧なかたちで。

マドレーヌ広場に隣接した宿の部屋は西向きで、長い日ざしにさらされて熱がこもり暑苦しかった。ベッドの中で田代は何度も寝返りを打った。そのたびに、明日の交渉相手、ジョルジュ・サルの顔がおぼろげに浮かんでは消えた。

フランス国立美術館の総裁、ジョルジュ・サルと田代は旧知の仲である。

一九二一年夏、田代はロンドンから初訪問となるパリへ向かった。そこで松方幸次郎と合流し、絵画収集に協力することになっていた。松方と一緒にパリに滞在したのはそのとき一度きりだったが、以来、戦争が始まるまで、田代は研究や学術交流の目的で何度かパリを訪れる機会を得た。そして、二度目の訪問のさい、当時ルーヴル美術館の東洋美術部門の学芸員を務めていたサルに会ったのだった。

田代よりひとつ年上のサルは、パリのシンボルであるエッフェル塔の設計者、ギュスターヴ・エッフェルが母方の祖父だった。祖父とは違って建築設計関連の仕事には就かなかったが、世界に向かって開かれた目は祖父譲りだったのかもしれない。美術史研究の道に進んだサルは、イラン、アフガニスタン、中国を含むオリエント世界・アジア美術の専門家になり、日本の芸術・文化にも学識があった。そんなこともあって、日本から西洋美術を学びにヨーロッパへ赴いた田代に、ことさらに親しみをもって接してくれた。

田代はサルの自宅に招かれたり、家族ぐるみで食事に出かけたりして、フランスの美術史界を代表する炯眼《けいがん》の士との親交を深めた。のちにサルがギメ東洋美術館の館長に就任してからは、日本の古美術や工芸品について、サルから質問されたり意見を求められたりもした。そのつど田代はどんなに多忙を極めていてもていねいに返信し、真摯にアドバイスをした。逆に田代のほうからも、ヨーロッパにおける研究活動や学術関係者との交流を行うさい、真っ先にサルに声をかけて協力を仰いだ。

田代は東洋人だが西洋に憧れを抱き、サルは西洋人だが東洋文化にのめり込んだ。ふたりは同じ志をもって美術史研究と国際交流に励んだ。文字通り、互いに「同志」と呼び合える存在だった。

その同志が今回の交渉相手であると知ったとき、田代は何か運命的なものを感じずにはいられなかった。それは願ってもない、ジョルジュが相手ならば突っ込んだ話ができる——と安心するのと同時に、これは手強い交渉相手だぞ——と悩ましい気持ちにもなった。

お互いをよく知り、また尊敬し合える仲だからこそ、掛け値なしの交渉になる。

田代は、吉田茂がシューマン外相に掛け合ったとき持ち出したという論法を、胸のうちに反芻《はんすう》した。

——〈松方コレクション〉に含まれるフランス絵画の数々が、フランスにあっても、あるいはなくても、フランス人にはさほど影響はないだろう。しかし、もしそれが日本にあったら、どれほど大きな影響を日本人に与えることだろう。

それは日本におけるフランスの大いなる宣伝となり、フランスのためになる。〈松方コレクション〉がフランスではなくて日本にあることこそが、フランスのためになるのだ——という論法である。これは、シューマンの耳には理にかなって聞こえたのだ。

しかし——。

たとえば自分が同じ説を唱えたとして、ジョルジュ・サルの耳にどう響くだろうか。世界的な視野で〈美術〉〈文化財〉〈美術館〉を見据え、そのあり方と行く末、つまり現在と未来をみつめてきた人物である。世界中の芸術家、コレクター、学者、美術館関係者にネットワークをもち、その中心人物として活躍してきた。国際博物館会議（ICOM）の設立にもかかわり、同会議の次期総裁として有力視されている大切な時期でもある。

サルが日本に対してどう振る舞うか、また〈松方コレクション〉に関していかなる決断を下すのか。フランスのみならず、世界中の美術関係者が注意深く見守っているはずだ。

省《かえり》みて、自分はどうだろうか。

日本は敗戦国なのだから、戦勝国に対して出過ぎたことは言えない。それが講和条約以前の日本の立ち位置だった。

しかし、いまは違う。講和条約以後、日本の独立と主権は世界に認められ、復活したのだ。

西村熊雄が打ち明けた「敗北を抱きしめる」体験は、自分も共有していた。が、憐憫《れんびん》の情に訴えるつもりはさらさらない。

堂々と闘うほかはない。たとえ相手がフランスの――いや、世界の美術館を統《す》べる大物であろうと。

そして心の盟友であろうと。

明け方近く、雨が降った。

その雨音に聴き入るうちに、ようやく眠りに落ちた田代は、雨宮との朝食の約束をすっぽかしてしまった。心配した雨宮が部屋のドアをノックするまで、ぐっすりと眠り込んでいた。

「さすがですねえ、先生は」

薄暗いホテルのロビーからマドレーヌ広場に出ると、雨宮が感心した口調で言った。

「大一番のまえによく眠るのは大物の証拠です。僕なんか緊張してしまって、まんじりともしませんでしたよ」

田代は苦笑した。

「君が起こしにきてくれなかったら、ジョルジュ・サルとの会談もすっぽかして眠り続けるところだったよ」

石畳のくぼみにできた水たまりが通りのそこここに切り取った夏空を浮かべている。それを注意深く避けながら、田代と雨宮はルーヴル美術館へと歩いていった。

チュイルリー公園を見渡すカルーゼル凱旋門の広場で、日本公使・萩原徹がふたりの到着を待ち構えていた。待ち合わせの時間の十五分まえだったが、先を越されてしまった。

「公使。お待たせして申し訳ありませんでした」

田代が詫びると、

「いやいや、私のほうこそ、ずいぶん早く到着してしまいました。チュイルリー公園をぶらりと一巡して、戻ってきたところです。公園はいまがいちばん美しい時期ですからね」

朗らかに言った。

「どうです。会議が終わったら、ご一緒に散策して帰りませんか」

「いいですね」

田代もにこやかに応えた。萩原はうなずいて、

「セーヌ川沿いにちょっといいカフェもありますよ。一杯やっていきましょう」

と誘った。

緊張気味だった雨宮は、おおらかに構えている萩原の様子を見て、ほっとしたようだった。田代は、外交に不慣れな若手役人の気持ちをほぐそうとする萩原に、熟練の外交官の懐の深さを感じた。

三人はルーヴル美術館の職員通用口へ行き、受付の男性に来訪を告げた。しばらくすると若い男性職員が現れ、三人を館内へと案内した。

ジョルジュ・サルはすでにルーヴル美術館を退いていたが、いまは国立美術館全体の総裁として館内に執務室を構えていた。全国にある国立美術館それぞれに館長がいるわ

けだが、サルは彼らを束ねる立場にあった。つまり、サルの意見は全国の美術館を代表する意見であり、サルの意向はフランスの意向ということになる。

ずいぶん偉くなったんだな、と田代は、しばらく会わないうちに彼と自分のあいだにできてしまった距離を思った。盟友だと思い続けてきたが、彼のほうはもうそんなふうには思っていないかもしれなかった。

三人は美術館の舞台裏《バックヤード》の廊下を男性職員の後についていった。雨宮にとってはこれが初めてのルーヴル美術館だったが、残念ながら壮麗な大展示室《グランド・ギャルリ》を見るのは会談後までお預けになるだろう。それでも雨宮は、さも珍しそうに——実際、ルーヴル美術館の舞台裏を見ることのほうが大展示室を見るよりもはるかに珍しいことではあるが——しきりに頭《こうべ》を巡らせて歴史ある舞台裏の隅々を眺めていた。

廊下の奥まったところにあるドアの前で職員が足を止めた。ノックを二回してから、ドアを開けた。どうぞ、と彼は、三人をドアの向こうへ進むように促した。

これからまみえるのは旧友ではなく、交渉相手である——そう自分に言い聞かせたつもりだったが、田代の胸はなつかしさではち切れんばかりになっていた。

それは「執務室」とそっけなく呼ぶのが惜しいほど美しい部屋だった。十九世紀初頭の内装そのままの書斎のような部屋で、左右の壁は床から天井までおびただしい数の書物で埋め尽くされていた。部屋の中央に執務机があり、背後の壁にぽつりと小さな額に入ったエッチングが飾ってあるのが、真っ先に目に飛び込んできた。

部屋の中で、絵というのは小さな色のないそのエッチングただ一点だけだった。ぼさぼさの髪を無造作に結った少女の頭部。翳《かげ》った顔は少女の無垢な頑なさを描き出している。ポール・セザンヌの絵だと、田代はすぐにわかった。

古風な内装の部屋である。しかもルーヴル美術館内にある国立美術館総裁の執務室である。本来であれば、有り余るコレクションの中から何点か大ぶりの古典的な油彩画を選んで掛けてあってしかるべきだろう。それなのに、サルはそうしなかった。

装飾を一切そぎ落とし、セザンヌただ一点を掛ける。しかも油彩ではなくエッチングを。その風景に田代の胸は射抜かれた。

かたわらの椅子の背もたれに静かに手を置いて、すらりと立ち尽くした紳士の後ろ姿。なつかしい背中に向かって、田代は呼びかけた。

「――ジョルジュ!」

と、きれいに整えられた白髪頭が振り返った。

「――ユウイチ!」

ふたりは引き寄せ合うようにして互いに歩み寄ると、両手をしっかりと取り合った。やさしい光をたたえたサルの瞳は昔のままである。面長で端整な顔には皺が刻まれ、トレード・マークだった口ひげはなくなっていた。旧友は、すっかり品のいい老紳士になっていた。

「よく来てくださいました。いつ以来でしょうか……最後に会ったのは?」

田代の手を取ったままでサルが親しげに言った。田代も満面の笑みで、

「もう十四、五年もまえでしょうか。戦争が始まるまえでしたから……」

と流暢なフランス語で応えた。

あの戦争によって否応なしに友とのあいだにできてしまった壁を乗り越えられるだろうか、と田代は懸念していた。が、どうやら杞憂に終わりそうだ。

にわかに明るい心持ちになって、田代は萩原を、続いて雨宮を紹介した。萩原は戦後いち早くパリに開設された日本政府の事務所に着任して以来、サルを見知ってはいたが、あいさつを交わす程度であった。

「このたびはお話しできて光栄です。ご著書『まなざし《ル・ルガール》』は大変興味深く拝読しました」

萩原は今日のためにサルの著作も読み込んでいた。サルはたちまち相好を崩した。

「そうでしたか。それはありがとうございます。さあ、こちらへどうぞ」

三人はマホガニーの大きなテーブルの周りに着席した。同時に、ドアが開いて、背広姿の男性がふたり、入ってきた。フランス政府の役人たちであった。サルとは違って、ふたりとも、田代たち一行と握手を交わしても固い表情を変えはしなかった。

あいさつが終わったところで、一同は着席し、あらためて向き合った。

田代の正面にサルが座っている。ピカソを、マティスを、多くの芸術家たちを親しく見守ってきたやさしいまなざし。昔と変わらないその瞳をみつめて、田代は言葉をなくしてしまった。

なつかしかった。積もる話がたくさんあった。何から話そうか——と、ほんの一瞬、なぜ自分がそこにいてサルと向き合っているのか、己の使命を忘れかけた。

と、そのとき。

「——まず初めに、申し上げておきたいことがあります」

口火を切ったのは、サルのほうだった。

不意をつかれて、田代は相づちすら打てなかった。こちらの様子を気にするでもなく、サルは続けて言った。

「一九五二年、我が国が批准したサンフランシスコ講和条約の発効により、フランス国内に在留している日本の財産は、公式にフランス政府の帰属となりました。よって、〈旧松方コレクション〉は、現在、フランスが所有するフランスの財産です」

ぴしゃりと平手打ちをくらった気がした。

すぐに言い返そうとしたが、言葉がつかえて出てこない。萩原も雨宮も押し黙ったままである。日本側は全員、フランス側の「申し渡し」を拝聴している——という図になってしまった。

「従って」とサルは、一方的に続けた。

「これから話し合われる〈旧松方コレクション〉の扱いは、以後、フランスから日本への『寄贈』という表現に統一することをご確認いただきたい。……よろしいでしょうか」

「それは違う」

田代の口からようやく言葉が飛び出した。

「〈松方コレクション〉は、松方幸次郎氏が私財を投じて購入したものです。つまり、個人の財産です。講和条約では、『敗戦国の』在外財産はそれが所在する国に没収する権利がある、となっているはずです。従って、〈松方コレクション〉はこれに当てはまりません」

サルの目をまっすぐに見据えて、田代ははっきりと言い放った。

「〈松方コレクション〉は、いまも実際には松方家のものであるはずです。そのすべてを『返還』していただきたいのです」

サルは瞬きもせずに田代をみつめていた。青い瞳にかすかに寂しげな色が浮かぶのを、田代は確かに見た。

「あくまでも『寄贈』ではなくて『返還』だと言い張るのであれば……残念ですが、この交渉自体、進められなくなります。それをご承知の上でおっしゃっているのですか?」

淡々とした口調で、サルが言った。

「そんな……」

戸惑った雨宮が日本語で言った。

「そんなことで交渉が進められないなんて、無茶苦茶だ」

が、交渉とはそういうものなのだ。

田代はぐっと息を詰めてサルを見た。サルもまた、田代から目をそらさなかった。

皮肉にもふたりは共有していた。一歩も譲れない、という強い思いを。

これほどまでに旧友が強く何かを主張したのを、田代は初めて目の当たりにし、自分でも滑稽なくらい戸惑ってしまった。

──違う。

田代は頬がこわばるのをどうすることもできなかった。

──いま、目の前にいるのは……自分の知っているジョルジュではない。

自分の友人のジョルジュは、どんなにむずかしい話をしているときでも、穏やかな声色を変えることはけっしてなかった。

美術を愛し、芸術家を支援し、ひたむきに自らの研究に情熱を注ぎ、世界中の美術館をつないで大きなうねりをつくろうと尽力してきた──それが、ジョルジュ・サルという人物だったはずだ。

いま目前に座している人物は──「返還」ではなく「寄贈」なのだと、そのたったひと言に杓子定規にこだわっている、まるで融通の利かない官僚のようだ。

親しく酒を酌み交わし、膝を突き合わせて、美術の話、美術館の未来について飽かず語り合ったジョルジュは……いったい、どこへ消えてしまったんだ？

「たったいま申し上げた通り、〈旧松方コレクション〉はすでにフランスが所有しているものなのです。それを『返還』するというのは、おかしな話ではないですか」

やや語気を強めてサルが言った。

「ご承知かと思いますが、いま一度ご確認願いたい。この会談は、フランス・日本の両政府が双方合意のもと、現在、国立近代美術館収蔵庫に保管されている〈旧松方コレクション〉を、日本へ『移管』するための準備会議です。それが私たち双方にとってのゴールです。……そうですね？」

打ちのめされていた田代は、はっとした。

――いま、確かに「移管《トランスフェール》」と言った。

それはつまり、返還であれ寄贈であれ、フランスから日本へと作品が渡ったのちに、その取り扱いの権限を完全に明け渡す、ということだ。

そのために、いま、日仏両者は交渉のスタートラインに立った。が、これは両者の競走ではなく、バトンリレーなのだ。そのバトンをしっかり受け取ってくれと、サルの声なき声が聞こえてきた気がした。

田代はサルの目を見た。――祈るようなまなざしだった。

「ええ、そうです」

田代はようやく首を縦に振った。

「〈松方コレクション〉を正常に日本へ移管するために、私たちは話し合いを行う。そのために、私は日本からやって来ました」

言いながら、サルの背後の壁に掛かっているたった一点の絵――ポール・セザンヌのエッチング〈少女の頭部〉に、ほんの一瞬、視線を移した。華麗な内装の部屋の中にあって、ただ一点飾ってある絵は、その奥ゆかしさゆえに田代の心に響いた。

それはまるで、一輪の朝顔のようだった。千利休が豊臣秀吉を朝茶に招いたとき、庭に咲き乱れる朝顔をすべて切り落とし、茶室の床の間にたった一輪だけを飾って迎え入れた――という歴史の逸話が、田代の胸にふと浮かんだ。

絵の中の少女はサルの肩越しに田代をじっとみつめていた。その汚れないまなざし。

――信じよう。

田代は自分に言い聞かせた。

――ジョルジュを信じよう。

交渉相手ではあっても、やはり彼は自分にとってかけがえのない友なのだ。

「……貴国より〈松方コレクション〉を『寄贈』していただくことに対し、心より感謝するとの伝言を、吉田茂首相より預かっております」

割って入ったのは萩原徹であった。彼は、はっきりと「寄贈」のひと言を口にした。

田代は目が覚める思いがした。

この交渉における日本側の代表は自分ではない。公使たる萩原がフランス側のカウンターパートである。〈松方コレクション〉をよく知るアドバイザーとして、この交渉に参加している自分が感情的になってしまっては、進むものも進まなくなってしまう。

田代は、ぐっとこらえて萩原に任せた。

「本日は、この場にて、寄贈いただける作品のリストを拝見し、検分させていただくということで、田代先生にも日本からご足労いただいております。――まずはリストをご提示いただけますでしょうか」

整然と萩原が言った。

「ええ。すでにリストの準備はできています」

サルが答えて、かたわらの事務官に目配せをした。事務官は、黒革の鞄の中から書類を取り出し、サルに手渡した。

書類のページをすばやくめくって確認してから、サルはそれをテーブルに載せた。そして言った。

「こちらが『寄贈』リストです」

テーブルの上をすっと滑らせて、萩原に向かって書類を差し出した。

萩原は、表紙だけ確認すると、すぐさまそれを隣席の田代の目の前に滑らせた。

田代は背広の内ポケットから眼鏡を取り出し、書類を手に取った。指先がかすかに震えている。

書類には表紙がついていた。

Direction des Domaines de la Seine / Liste des Peintures dépendant de la Collection MATSUKATA

（国有財産管理局　松方コレクションに属する絵画リスト）

呼吸を整えてから、田代はページをめくった。

通し番号がついており、画家の名前と作品名、制作年、サイズがずらりと並んでいる。「EDMOND-FRANÇOIS AMAN-JEAN（エドモン＝フランソワ・アマン＝ジャン）」から始まり、「ALBERT ANDRE（アルベール・アンドレ）」「ALBERT BAERTSOEN（アルベール・バールトソン）」「EMILE BERNARD（エミール・ベルナール）」とアルファベット順に続く。

田代は指先で画家の名前をなぞりながらページを繰った。英文や仏文の文献を読み込むとき、探している一文を見逃さぬよう、文字面を指先でなぞっていくのが彼の流儀であった。

二ページ、三ページ、四ページ……。20、30、50、100……絵画リストの最後の番号は「330」、つまり三百三十点の絵画《タブロー》が日本へ「寄贈」されるということである。田代は最後の作品の番号をにらんで、かすかにうなった。

画家の部が終わると、彫刻家のリストが現れた。主にオーギュスト・ロダンの作品で、アントワーヌ・ブールデル、ポール・ダルデ、シャルル＝ルネ・ド・ポール・ド・サン・マルソーの名が連なっている。こちらには通し番号がなかった。ひとつひとつ、数えていくと六十七点であった。

絵画三百三十点、彫刻六十七点。――総計三百九十七作品。

書類の最後の一文字まで、田代はていねいに目を通した。

田代がリストを検分しているあいだじゅう、その場にいる全員が息を詰めてその様子を見守っていた。

見始めてからどれくらい時間が経っただろうか。

田代は眼鏡を外し、顔を上げた。

目の前で、ジョルジュ・サルが沈黙していた。その顔にはどこかしら諦観したような表情が浮かんでいた。

「――これで、すべてですか」

ややあって、田代が口を開いた。サルはなおも黙っている。

「ジョルジュ。もう一度、お訊きします」

田代は重ねて尋ねた。

「これが、フランスから日本へ『寄贈』される作品のすべてなのですか」

サルは、ようやく重たげにうなずいた。

「そうです。……そのリストに記載されているものがすべてです」

田代は口を結んでサルの目をみつめた。サルも、黙ってみつめ返している。

重苦しい空気が立ち込めた。萩原は両腕を組んで成り行きを見守っている。雨宮は不安げなまなざしをそっと田代に向けた。

「……そうではありません」

サルから目を逸らさずに、田代が言った。

「これは、すべてではない。フランスに残留しているコレクションには、このリストに記載されているもの以外に、さらなる別の作品が含まれていたはずです」

そして、隣席の萩原にリストを手渡した。萩原は急いでページを繰った。もちろん、彼にとってもリストは初見である。

「絵画三百三十点、彫刻六十七点……」

萩原の日本語のつぶやきを、雨宮がすぐさま帳面に書き取り、

「総計三百九十七点となります」

と小声で言った。

「ほんとうのところ、松方氏がヨーロッパにおいて購入した作品のすべてを、私たちは把握しているわけではありません」

田代はサルに向かって言った。

「しかしながら、パリに留め置かれているはずのいくつかの作品……一九二一年に、私が立ち会いのもと、松方氏が購入を決めた非常に重要な作品の何点か……たとえば、ファン・ゴッホの〈アルルの寝室〉や、ルノワールの〈アルジェリア風のパリの女たち〉、それに……モネの〈睡蓮、柳の反映〉がこのリストには含まれていない」

萩原の顔に驚きが広がった。

「先生。それは、ほんとうですか」

日本語で囁いた。田代は答える代わりに小さくうなずいた。

「……いかにも。いくつかの重要な作品は、そのリストには加えられていません」

サルが言った。明瞭な声だった。

「ここに、もうひとつのリストがあります。……お見せしましょう」

官僚が黒革の鞄から薄い書類を取り出し、サルに手渡した。

サルはページを繰ることなく、そのままそれを卓上に差し出した。今度は田代のほうへ、まっすぐに。

田代は再び眼鏡をかけて、表紙に視線を落とした。

Liste des œuvres du séquestre Matsukata que les musées nationaux désirent conserver pour leurs collections 30 Avril 1953

(国立美術館がそのコレクションのために保持を希望する接収された松方所蔵作品のリスト　一九五三年四月三十日)

——えっ。

田代は、一瞬、目を疑った。

国立美術館——フランスの複数の国立美術館ということだ——が自分たちのコレクションとして保持したい……松方所蔵作品？

どういうことだ――？

田代は急いで表紙をめくった。絵画作品のリストが現れた。――たった一ページのリストが。

ボンヴァン、セザンヌ……クールベ、ゴーギャン……。

小刻みに震える指先が、画家の名前を追いかけてゆく。

ファン・ゴッホ……ロートレック……。

マネ……マルケ、モロー……。

ピカソ……ルノワール……。

画家の名前と作品名を最後まで確認した田代は、うつむけた顔をなかなか上げられなかった。

総数、二十一。

その二十一点は、まごうことなき〈松方コレクション〉のハイライトだった。

――フランスは……まさか、これを返さないと言うのか？

「……先生？　どうなさったのですか？」

雨宮が訊いた。心配そうなまなざしを田代の横顔に向けている。

田代は眼鏡を外すと、止めていた息を放った。

「ジョルジュ。いったいどういうことですか」

怒気を含んだ声で、田代は言った。

「ここに挙げられている作品は、〈松方コレクション〉の中核を成すものです。まさか……フランスは、これらの作品群を除いて、最初のリストにあるものだけを日本に『寄贈』しようというのではないでしょうね？」

田代の言を聞いて、萩原と雨宮、ふたりとも息をのんだ。

萩原も聞いていなかったのだろう、顔をこわばらせて、田代から受け取った書類に目を通した。

「いったい、どういうことなんだ」

萩原が日本語でつぶやいた。

「説明してください、ジョルジュ」

田代は思わず声を荒げた。

「私たちが希望しているのは、〈松方コレクション〉を完全なかたちで日本へ移管することです。一点たりともフランスに残すわけにはいきません」

「お言葉ですが、ユウイチ。〈松方コレクション〉に『完全』は望めません」

冷徹な声色で、サルが突き放した。

「あなたがたもそうでしょうが、私たちだとて、何をもってこのコレクションを『完全』とするのか、わかっていないのです」

一九一六年頃から二六年にかけて、主にイギリス、フランスにおいて収集された松方幸次郎の美術コレクションは、所有者であった松方自身が財産目録を作成しておらず、全容を把握するのは極めて困難な状況にあった。

もしも一箇所に保管されていたならば、リスト作成は容易であっただろうが、松方の生前から作品は分散して保管されていた。そのうちの一部は日本に輸送されたが、多くはロンドンやパリに留め置かれており、松方が美術品収集から手を引いてからは、コレクションは散逸した。

国内外で競売にかけられたもの、銀行の担保にとられて売却されたもの、画廊から画廊へと転売されたもの、さまざまな運命をたどって、世界じゅうに散っていった。

ロンドンの倉庫に保管されていたものは、火災に遭って焼失してしまった。

さらに、第二次世界大戦の勃発によって、パリに留め置かれていたはずの作品は一時期行方不明になっていた。戦後、一点も欠けずに発見されたのかどうか、よくわかっていない。

そして、発見後にフランス政府に接収されて現在にいたるまでのあいだに、一点も失われなかったのかどうかも、田代たちは聞かされていなかった。

〈松方コレクション〉とは、いったい、どういうコレクションだったのか。

それに完璧に答えられる人物はいないのだ。

「ユウイチ。これはきっと、あなたにとってはとても残念な提案だとわかっています。しかし、私は、フランス国立美術館の長として、あなたに申し上げなければなりません」

沈痛な面持ちで、サルは告げた。

「第二のリストにある二十一点は、フランスの宝ともいえる文化財です。他国へ移管することは決して許されません。よって、この二十一点に限り、今後とも永久にフランス国家の所有とし、我が国の美術館において所蔵、展示を行います。異議は受け付けません。――よろしいですね」

午後三時、セーヌ川沿いのカフェのテラスでは日よけの庇《ひさし》が張り出して涼やかな陰を作っている。そこに、田代、萩原、雨宮が座っていた。

ロゼワインのボトルを注文した萩原は、給仕《ギャルソン》に氷も一緒に持ってくるように頼んだ。そして、ワインのグラスに氷の固まりを入れた。

「夏はこうして飲むのもいいものですよ」

田代と雨宮も、真似して氷ワインを作った。

「まずは、乾杯」と萩原が音頭をとって、三つのグラスがカランと音を立てて掲げられた。

冷えたワインがのどをくぐる。ようやく人心地がついて、田代は大きく息をついた。

「生き返りましたね」

同じ気持ちだったのだろう、雨宮が言った。

「ああ。ほんとうに生き返ったよ」

田代は笑って呼応した。

が、その言葉とはうらはらに、彼の胸の裡《うち》は重く澱《よど》んでいた。

〈松方コレクション〉の「返還」——ではなく「寄贈」に関する交渉の会議は、昼まえに終了した。

実際には、とても「交渉」とはいえない一方的な会議であった。田代の長年の朋友であるジョルジュ・サルが交渉相手になったことが完全に裏目に出てしまったと思わざるを得なかった。

もの静かで理知的なサルを慕い敬う芸術家や有力者はあまた存在する。人心をつかむ話術、理路整然とした思考、ここいちばんの粘り強さが、彼のいまの立場を築き上げたのだ。

味方にすればこれほど頼もしい同志はあるまい。が、敵——とは言いたくはないが——に回せば歯が立たないだろうと、よくわかっていた。だからこそ、時間をかけて育んだ友情に一縷《いちる》の望みを託していたのだ。

——ユウイチ。ほかならぬ君がそうまで言うなら、日本側の提案も検討しましょう。

せめて、そのひと言を引き出したかった。

が、結果は惨敗であった。

コレクションは、フランスから「寄贈」される作品と、フランス国内に留めて国立美術館各館の所蔵品とされるものに二分されていた。しかも、日本へ戻ってこない作品群は、〈松方コレクション〉の白眉ともいうべき作品ばかりだった。

フランスにとっての「国宝級」の作品群を国外へ持ち出すことはできない。ゆえに、「寄贈」と「残留」、ふたつのカテゴリーに分けた。それに対する異論は一切受け付けない――というのが、フランスが日本に対して突き付けた最終結論だった。

さらに、フランスは日本に対して、〈松方コレクション〉を寄贈するにあたって条件を提示してきた。

美術館の創設である。

フランスとしては、日本に受け皿がないままに寄贈はできない。従って、早急に設備の整った近代的な美術館を建設し、そこで寄贈品を受け容れること。――この一点を最重要条件として、サルは田代たちに告げたのだった。

日本にはまだ数えるほどしか美術館は存在しない。こと、西洋美術中心の美術館といえば、岡山の倉敷にある大原美術館くらいである。戦後十年近く経ったとはいえ、まだまだ本格的な国立の美術館を構える余裕が日本にはなかった。

が、もとより田代は、一刻も早く国立美術館が国内に整備され、日本が他国に劣らぬ文化的発展を果たす、そのためにこそ自分は働きたいと願っていた。〈松方コレクション〉が還ってくると決まったら、新たな国立美術館を東京に開設することは急務であると、田代自身、すでに政府に働きかけていた。

だから、サルが挙げた条件を、田代は当然のことと受け止めた。

が、日本側の交渉人たる萩原公使は、すぐには首を縦に振らなかった。相手から示された条件についてはその場では是とも否とも言えないのが、彼の立場である。いったん持ち帰って検討する、と返答をした。

フランス側との面談は二時間ほどであった。執務室を辞すとき、田代とサルはしっかりと握手を交わした。

田代は、昔の友、いまの交渉相手に対して、もう何も言わなかった。サルも同様だった。ふたりは、ありがとう、と短い言葉を交わし、笑顔を作って別れたのだった。

せっかくだからと、ルーヴル美術館内を田代は萩原と雨宮を案内して回った。大展示室の壁面を埋め尽くすあまたの絵画を見回して、雨宮は文字通りぽかんと口を開けていた。その様子を見てようやくほんの少し愉快な気分を取り戻した田代は、ふいに松方幸次郎と初めてここを訪れたときのことを思い出した。

うわあ……と、いまの雨宮同様、あっけにとられていた若き田代に向かって、松方は言ったものだ。

――日本にも、このルーヴルに負けないくらいの美術館を創らんといかん。なあ、田代君。わしは、本気なんだよ。

「田代先生。ジョルジュ・サルが出してきた条件は、先生が提唱されていたことと見事に同じでしたね」

昼食を食いっぱぐれたのでここで、ということになり、三人は蒸したヒラメとゆでいんげんを注文した。ヒラメの皿が卓上に載せられたタイミングで、萩原が今日の会議を振り返って言った。

「〈松方コレクション〉が日本へ戻ってきたあかつきには、それを受け容れる箱――つまりは美術館が必要になるはずだと、先生が予見されていた通りでした」

すると、ヒラメの骨をナイフとフォークで外しにかかっていた雨宮が、いかにも大変そうに眉根を寄せながら、

「しかし、それをまさか『条件』にしてくるとは……寄贈をするんですから、その先のことは日本側に任せた、というのが筋なのではないかと思いますが……」

と、ぼやいた。

「大事な箱入り娘の嫁ぎ先に対して、まず家を建てろ、それが娘を嫁にやる条件だ――と言ってるようなものじゃないでしょうか」

「君、なかなか面白いことを言いますね」

萩原に言われて、

「は。恐縮です」

律儀に頭を下げた。

「いや、雨宮君のたとえの通りだ。彼らは、掌中の珠を渡すのだからそれ相応の宝箱を

用意せよと言っているのです。しかし、その言い分は理にかなっています」

田代が言った。

「公使、思い出していただけませんか。もともと、松方さんがコレクションに私財を投じたのも、日本に立派な美術館を創りたいという思いがあってのことでした。ですから、この『返還』を機に……」

「『寄贈』です」

萩原が口を挟んだ。鋭い口調だった。

田代は、「これは、失敬」と、小さく咳払いをして、

「では、こう言いましょう。……『寄贈返還』。いかがですか」

雨宮が、ヒラメの皿から顔を上げた。

「なんでしょうか、先生。その言葉は……初めて聞きましたが」

雨宮が尋ねると、田代は自嘲するようにかすかな笑い声を立てた。

「あたりまえだよ。いま思いついたんだから」

雨宮はきょとんとしている。田代は空《くう》に向かって言い放った。

「しつこいようだが、これは断じて寄贈ではない。松方さんの所有物が松方さんの母国に返される。もらうわけじゃないんだ。それでも寄贈だと言い張るのなら、『寄贈返還』とでも言えばいいだろう。まったく、ジョルジュのやつ、あんなに食えないやつだとは思わなかったよ」

それから、ゆでいんげんにフォークを突き立てて口に運び、猛然と口を動かした。萩原と雨宮は、何も言えずに顔を見合わすばかりだった。

夕風がやわらかに頰を撫でる時刻、田代はひとり、パレ・ロワイヤルの庭園のベンチに腰掛けていた。

ルーヴル美術館をはさんで、セーヌ川とは反対方向、つまり北側には、にぎやかに車が行き交うリヴォリ通りがある。それを越えてさらに北へと歩みを進めると、フランス政府の省庁のいくつかが入居しているパレ・ロワイヤルに行き当たる。わずか五歳のルイ十四世がルーヴル宮から移り住んだ王宮であり、カミーユ・デムーランが「諸君、武器を取れ！」と大衆を煽動し革命の引き金を引いた場所でもある。庭園を囲む建物は当時のままに保存されているが、一階部分には高級洋服店やカフェが軒を連ね、夏の宵をそぞろ歩くパリ市民でにぎわっていた。

庭園にはかたちよく剪定《せんてい》されたマロニエの木々が整然と並んでいる。夕日に照らされた並木が細長い遊歩道の上を覆うように影を落としている。

カフェテラスで遅い昼食を取って長居をしたあと、ちょっと頭を冷やしてから帰るよ、と雨宮に告げて、田代はぶらぶらとここまで歩いてきた。そして、担いできた重荷を投げ出すかのように、緑陰のベンチにどさりと座り込んだのだった。

氷入りワインで酔うはずもない。頭の芯は冴え渡っていた。

「寄贈返還」――と思いつきの言葉が蘇り、苦い笑いが口もとを歪ませた。

――何を言っているんだ、私は。

寄贈でも返還でも、どっちだっていいじゃないか。とにかく、あのコレクションが日本に戻りさえすれば。

そうだ。そして、美術館が創られさえすれば――松方さんの遺志は果たされたことになるじゃないか。

それでもなんでも、くやしいんだ。

くやしい。――何が？

ああ、そうだとも。ジョルジュ・サルがすっかり変わってしまったこと、それがくやしいんだ。

私は、期待していたんだ。信じていたんだ。ジョルジュがいまも変わらずに友情をあたためてくれているはずだと……甘ったるいことを。

何だっていうんだ、私は。いい年をして、友だちだの友情だの、青臭いことばかり考えて。

それでも……それでも、私は。

私は、やっぱり、あの男の友でいたいんだ。

そう考えるのは、間違っているんだろうか――。

「……ユウイチ？」

聞き覚えのある声がして、田代は、はっと顔を上げた。

目の前に背広姿のジョルジュ・サルが立っていた。田代は驚いて立ち上がった。

「ジョルジュ。……なぜ、ここに？」

「それはこっちが聞きたいよ。どうしたんだい？　ひとりで」

「いや、その……少し、会議でのぼせた頭を冷やそうと思ってね」

つい正直に言ってしまった。サルは、昔通りの穏やかな微笑を浮かべた。

「私は、昼間の報告もあって、パレ・ロワイヤルの中にある省庁を訪ねてきたんだ。これから帰宅するところだよ」

「ああ、そうか。……君の細君は元気かい？」

訊きながら、戦前、サルの自宅を訪ねたときに、彼の妻が得意のスフレを焼いてもてなしてくれたことを思い出した。サルはにっこりと笑って、

「ありがとう。元気だよ」

そう答えてから、

「隣に座っていいだろうか」

と尋ねた。

「もちろんだとも。さあ」

自宅の居間のソファに招くかのように田代が勧めた。

並んで腰掛けると、ふたりはそれぞれに遊歩道の木陰を眺めた。

マロニエの繁りのあいだから差し込む夕日を浴びて、子供たちが犬とじゃれ合いながら走っていく。その後から乳母車を押して若い母親がついていく。平和を絵に描いたような光景にも、ついさっきまで田代の心は動かなかった。けれどいまは目を細めてみつめている自分にふと気がついた。

「昼間の会議の結論……君はきっと納得していないのだろうな」

独り言の口調で、ふいにサルがつぶやいた。田代はサルに目を向けた。横顔のままで、サルは言った。

「私がもし君の立場だったら、君と同じことを言っただろう。……しかし、わかってほしい。いま、私はフランス全土の国立美術館を束ねる立場だ。いくら相手が親しい友人であっても、国の決定を正しく伝えるほかはないんだ」

それから、自身に言い聞かせるように言葉を続けた。

「フランスでは、それが誰の所有であれ、最重要文化財の国外輸出は禁じられている。――実は、〈松方コレクション〉を日本へ戻すべきではない、という声は、関係者のあいだでいまも根強くあるんだ。君の言っていた通り、コレクションは『完全』であればあるほど重要性は増すものだからね。……言い訳をしたくはないが、コレクションのうちの二十一点のみフランスに残留させてあとはすべて寄贈する――という結論にもっていくまで、ずいぶんと苦労したよ。正直にいえば、これが精一杯だった」

吉田茂とフランスのシューマン外相の合意のもとに、日仏双方で進められた〈松方コレクション〉寄贈＝返還の道のりは、決して平坦ではなかったと田代も承知していた。

西村熊雄大使からは、ここに至るまでの道のりにおいて交渉が何度も頓挫しかけたということも聞かされていた。戦後間もない頃、フランス領インドシナにおいて、日本軍兵士によるフランス軍兵士虐殺が明るみに出、日本に対して温情をかける必要はまったくないと、寄贈＝返還に断固反対する強硬派がフランス政府内には少なからずいたという。

これが精一杯だった——というサルの言には真実の響きがあった。

田代は、ようやく理解した。サルは、フランスのために、ではなく、むしろ日本のために、精一杯尽くしてくれたのだと。

そして、交渉相手としてやって来る友が反発することを百も承知で、正直に珠玉の二十一点を選んだ。

あの二十一点がどれほど価値のあるものか。それを正しく知り、共有しているのは、おそらく、ジョルジュ・サルと田代雄一、ただふたりだけなのだ。

田代は、サルの執務室で見たセザンヌのエッチング〈少女の頭部〉をふと思い出した。収蔵品の質・量ともに世界の美術館の頂点と言ってもいいルーヴル美術館に執務室を構え、フランス全土の美術館を率いる立場のサルが、わずか二十一点の作品を戻さないといえば、日本の交渉団の目にはいかにも強欲に映るだろうと、きっと彼はわかっていたはずだ。

しかし、サルは本来そういう人間ではない。彼は、ささやかな一枚のエッチングにも感動を見出すことができる、美の本質を知りぬいた人物なのだ。

奇しくもあのとき、田代の胸裡に千利休の朝顔の逸話が浮かんだのは、友の心根を知っていたからこそ――ではなかっただろうか。

田代は、サルの本意をあらためて知り、目の奥が熱くしびれるのを覚えた。

立ち上がってサルの目の前に立つと、田代は朋友に向かって呼びかけた。

「よくわかったよ、ジョルジュ。……その上で、頼みがある」

サルは、一瞬、まぶしそうに目を細めて田代を見上げた。田代は、サルの青い目をまっすぐにみつめて、祈るような気持ちで言った。

「あと三点だけ、『寄贈リスト』に入れてもらえないだろうか」

サルの瞳がかすかに揺れた。反射的に何か言いかけたが、それをのみ込んだようだった。まずは君の言い分を聞こう、というサインだと見てとって、田代は続けた。

「もう、ずいぶんまえのことになるが……君と出会った直後に、私は君に話しただろう。松方さんがパリで美術品の数々を猛烈な勢いで購入したとき、私が同行してアドバイザーを務めたと。覚えているだろうか」

「ああ、もちろんだとも」

ようやくサルが口を開いた。

「よく覚えているよ。……どんなに心躍る体験だったか、君はまるで昨日の出来事のように生き生きと話してくれた」

田代は微笑んだ。

いま、目の前に座っているのは、昼間の会議のさいにマホガニーのテーブルの向こうに座していた国立美術館総裁のジョルジュ・サルではない。田代同様、美術を愛するひとりの人間、ジョルジュ・サルなのだ。

「そう。いまでもあのときのことを、昨日のことのように……いや、ついさっきの出来事のように思い出すよ。松方さんと私は連れ立ってパリの街中を名画を探して訪ね歩いたものだった」

——それが、田代にとって初めてのパリだった。

学校の教員を辞し、周囲に無茶だと言われながらも、どうしてもヨーロッパに留学したい、ほんものの西洋美術に触れて美術史を学びたいと、その一念でやって来た。英語、イタリア語、フランス語、三カ国語の辞書を持ち歩き、読むべき書物は原書ですべて読み、ボッティチェッリの〈ヴィーナス誕生〉の写真を穴が空くほどみつめ、精一杯努力を重ねてきた。それでも、自分の論文は所詮机上の空論であるとわかっていた。なぜなら、一度たりともほんものの西洋美術を目の当たりにしたことがなかったのだから。

なんとしてもフィレンツェへ、どうにかしてパリへ、ヨーロッパへ。その思いが結実して、ロンドンを経てついにパリに到着したとき、三十歳の田代は、この世界にこんなに華やかで美しい街があるのかと、夢の王国に迷い込んだ気持ちになった。

もちろん、その後に訪れたフィレンツェだとてパリに勝るとも劣らぬ美の都であり、歴史の宝庫である。ロンドンも。が、パリは何かがほかの都市とは決定的に違っているといまでも思う。

一九二一年——第一次世界大戦が終わり、人類史上比するもののない規模の第二次世界大戦がやがて始まるまで、まだ少し時間があった。

残酷な未来が待ち受けていることを知らないパリジャン、パリジェンヌは、夜ごと着飾ってはダンスや観劇に出かけ、街角のカフェにたむろして談笑していた。

夏だった。街路樹が通り沿いにどこまでも緑のさざ波を作り、澄み渡った青空のカンヴァスに彩りを添えていた。

日が沈む頃、コンコルド広場から凱旋門へとまっすぐに続くシャンゼリゼ大通りでは、自動車のヘッドライトが光を連ねてきらめく首飾りを作っていた。田代はその風景をまるで幻影を見ているようなまなざしで眺めていた。

その光景のすべてを、あのとき、田代は共有していたのだ。——松方幸次郎と。

「日本では野暮ったい格好をして教鞭を執っていた自分が、新しい背広を着込んで、億万長者と肩を並べてパリの街を闊歩する。こんなに心躍ることがほかにあるだろうか。どうだい、ジョルジュ？」

田代は茶目っ気たっぷりに言った。その口調にくすぐられて、サルは小さく声を立てて笑った。

「背広はパリで新調したのかい？」

訊かれて、田代は、

「いいや、ロンドンの仕立屋で作ったんだ。あの松方幸次郎のお供をして画廊巡りをするとなったら、多少ぱりっとしていかなくちゃとはりきったのさ」

と胸を張った。

「松方さんと私は、横に並んで通りの舗道を歩いていったんだ。彼は話し好きで、歩きながらもずっと話していたものだから、こっちは必死に話に追いつこうとして、行き交う人と肩をぶっつけ、ぶっつけ……車に引っ掛けられそうになったこともあるし、一度、停車中の馬車の馬にぶつかって、怒った馬に嚙みつかれそうになったこともあるよ」

サルがこらえ切れないように笑い声を上げた。

「ずいぶん熱中して話し込んでいたんだな」

「いや、話し込んでいたのは松方さんのほうで、私はもっぱら相づち役さ。画廊に到着するまではね」

通りにあっては聞き役の田代だったが、ひとたび画廊に到着すると、その役割は逆転した。

画廊のドアを開ける——正確には開けさせる——のは田代の役目だった。まずは呼び鈴を鳴らす。画廊の番頭が出てくる。「ムッシュウ・マツカタが到着しました」と告げる。番頭はうやうやしくドアを開け広げて、ふたりを中へ通す。それから店の奥へすっ飛んでいく。奥の部屋から画廊主が現れて迎え入れる。ようこそムッシュウ、よくおいでくださいました、さあさあどうぞ奥へ、とっておきの作品をあなたのためにご準備してお待ちしておりました——と、下にも置かぬ大歓待である。

店中の人間を総動員して、倉庫から次々に作品が出てくる、出てくる。額装してあるもの、まだカンヴァスのままのもの、油絵の具が乾き切っていないかのように見える出来立てほやほやの作品もあった。

「ある画廊では、クールベの大画面が出てきたかと思えば、その前に重ねてコローの絵、さらにギュスターヴ・モロー、シャヴァンヌを重ねて、次から次へと名画の壁が目の前にできていく……なんて、信じられない光景が繰り広げられて、最初はもう、何がなんだかわからず、興奮して、松方さんそっちのけで絵に飛びついたよ」

話しながら、田代の目の前に当時の光景がありありと蘇った。

画集や研究書の質の悪い写真でしか目にしたことがなかった名画の数々。細部まで冴え渡るクールベの画面。白粉《おしろい》をはたいたように霞《かす》んで幻想的な色彩のシャヴァンヌ。モローの色は真の宝石かとみまごうほどきらめいていた。

田代は、ほんものの作品だけが持つ強烈な磁力を全身で感じた。もちろん、そのときまでにロンドンでほんものの名画をすでに見てきた。が、美術館で見る絵と画廊で見る絵では、決定的に違うことがあった。

画廊にある絵は売ることが前提になっている。つまり、手に入れることができるのだ。
——松方がその気になりさえすれば。その事実にこそ、田代は血がたぎるほど興奮した。
むろん、自分のものになるわけではない。しかし、松方の構想——日本に一流の西洋美術館を創る、その計画が現実になったなら、これらの名画を日本へ持ち帰ることができるのだ。

自分は幸運にも留学を果たし、実際にほんものの名画に接することができたが、日本にはそうしたくてもできない学生や研究者、画家の卵があまた存在する。子供たちだって、これほどまでに個性的で力のある絵の数々を見ることができれば、きっと新しい目を開くことになるだろう。

どうにかして、持ち帰りたい。いや、連れて帰りたい。

ほんものの絵《タブロー》を——。

「私は夢中になった。そして、一点、一点、早口で、松方さんに説明したんだ。これは美術史的観点から非常に価値があります、とか、これは何々の流派《エコール》だから、あっちの何々と一緒に組んで買うと影響のあとが見て取れて面白いです、とか。もうあふれるように言葉が出てきてね。買ってほしいばっかりに、松方さんの気を逸らすまいと、そりゃあもう、一生懸命に解説したんだ」

田代は顔を輝かせながら語った。聴き入るサルの表情も明るかった。

「君の説明を、ムッシュウ・マツカタはどんなふうに聞いていたんだい？」

サルが訊くと、田代は苦笑して答えた。

「ずいぶんそっけなかったなあ。『ふうん』とか『そう』とか。最後には、決まって『もういい』」

そこでふたりは声を合わせて笑った。

「だけど、私はお構いなし。目の前に名画が待っているんだからね。連れていってくれと、絵の中から声が聞こえてくるんだ。このチャンスを逃してなるものかと、もう必死だったよ」

松方幸次郎とそのアドバイザー——画商たちの目には単なる「お供」に見えていたかもしれないが——は、またたくまにパリじゅうの画廊のあいだで知られる存在となった。

一九二〇年代当時、古典的な絵画を売買する画廊が主流ではあったが、なんといっても近代美術を扱う画廊に勢いがあった。

つい二、三十年まえまでは「タブローのなんたるかを知らぬ愚かものたちの落書き」などと批評家に手厳しく揶揄《やゆ》された画家たち——マネ、モネ、ルノワール、ピサロ、シニャック、ドガ、セザンヌ、ゴッホ、ゴーギャン、スーラなどを、時代の最先端に立ち、保守的な画壇の様式と考え方に果敢に切り込む「前衛《アヴァンギャルド》」の画家と目し、彼らを売り出した画商たちがいた。アンブロワーズ・ヴォラール、ポール・デュラン＝リュエル、ダニエル＝ヘンリー・カーンワイラー、ベルネーム＝ジュヌ兄弟。前衛画家たちの作品をあえて取り扱うことは、彼らにとっては大きな賭けであった。世間の嘲笑をかい、見向きもされなかった印象派とそれに続く画家たちの作品群は、当初ほとんど売れず、画家たちへの支払いも滞り、共倒れになりそうな時期もあった。それでも彼らはあきらめずに、こつこつと、新しいもの好きな人々のもとへ、生まれたばかりの前衛美術を届け続けた。

その甲斐あって、世紀の変わり目を迎える頃には一定の成功を収めた。たとえば、モネはフランスではなく、まずアメリカで名声を博した。デュラン＝リュエルが思い切ってモネの個展をニューヨークで開催した結果である。次々にパリへやって来たアメリカ人富裕層が、色眼鏡をかけずに生まれたての芸術を見て、面白い、何かがあると感じ、迷わずに購入する様子を見定めたデュラン＝リュエルは、パリで彼らの到来を待ち受けているのではなく、こちらから向こうへ出向いて売り込もうと決心した。彼の読みは当たり、個展は大成功を収めた。現在、アメリカの美術館に印象派やそれに続く近代美術の名品が数多く所蔵されているのには、このような理由があってのことなのだ。

二十世紀になってからは、前衛美術を積極的に収集するコレクターが次々に現れた。皮肉なことに、フランス人が見向きもしなかった前衛美術に外国人のほうがさきに価値を見出した。アメリカのレオとガートルードのスタイン兄妹、バーンズ博士、ロシアの富豪シチューキンとモロゾフ——そして、松方幸次郎。

実際のところ、最初のうち松方が前衛美術に価値を見出していたのかどうかと聞かれれば、答えは「否《ノン》」であろう。が、間違いなく彼は「前衛美術をいまのうちに収集しておくこと」には価値があると考えていた。そこはビジネスマンとしての勘が働いたのかもしれない。

美術的価値を判断するには明るくないことを、松方は最初から自認していた。だからこそ、田代やほかの専門家にアドバイスを求めたのだ。

ステッキを突きつき、アドバイザーを従えて松方が画廊に現れると、さあ倉庫がからっぽになるぞと、画商たちはほくほく顔で、彗星のごとく現れパリの美術市場をにぎわせている日本人コレクターを出迎えた。

「わずか数カ月のあいだに、何点の作品を予約《リゼルブ》したかわからない。あとにもさきにも、あんなに豪気な買い物をする場面に立ち会ったのは、あの一時期限りのことだった……」

なつかしさで胸をいっぱいにしながら、田代は話を続けていた。サルもまた、目を細めて、パレ・ロワイヤル庭園の並木道に視線を放っていた。

「そして……私たちは、ついに巡り会ったんだ。『運命の絵』と」

松方の供をして画廊巡りを始めてしばらく経ったある日、八区のラ・ボエシ通りにある画商、ポール・ローザンベールの店へ出かけたときのことである。

いつものように四方山話に花を咲かせながら、松方と田代は連れ立って画廊街を歩いていた。

それまでのあいだにかなりの数の作品を見、購入を決めてきたが、ここしばらく胸がすくほどの傑作に行き当たらないと田代は感じていた。松方はあまり自分で「これがほしい」と積極的に言わないのが常であり、田代やほかのアドバイザーが勧めるのを判断材料として、「じゃあ買おう」と決めることがほとんどだった。

その頃、松方の主要なアドバイザーになっていたのは、リュクサンブール美術館の館長で、ロダン美術館の館長でもあったレオンス・ベネディットであった。確かに彼は目利きで、美術界に広く人脈を持つ人物だったが、田代から見ると疑問を感じるような作品も勧めていたので、田代の中には松方の目を正しく開かせたい思いが強くあった。ベネディットの進言ばかりに耳を傾けるのではなく、自ら「これがほしい」と傑作を選びとるようになってほしいと願っていたのだ。

そのためにも、ぐうの音も出ないほどの傑作に巡り合いたい。

田代の留学先、フィレンツェに向かう時期が近づいていた。自分がパリにいるあいだにさらなる傑作を見出したいと、気持ちが急いていた。

通りに面した呼び鈴を押し、画廊の番頭が出てきた。ようこそムッシュウ、お待ちしておりました、とドアが開かれる。杖を突きつき松方が先に、田代が後から、店内へ入っていく。

ポール・ローザンベールが両手を広げてふたりを迎え入れた。広々とした画廊の壁にはあまたの絵が掛かっている。しかし、ふたりに見せられる絵はここにはない。とっておきの傑作は、松方の到来を奥の間でじっと待ち受けているはずだ。

そうして、ふたりの目の前に、一点の絵《タブロー》がしずしずと運び出された。

それこそがフィンセント・ファン・ゴッホ作〈アルルの寝室〉であった。

ポール・ローザンベール画廊の応接室に松方幸次郎とともに通された田代は、色鮮やかなタブローが目の前に運び出されるのを、まるで幻でも見るかのように呆然とみつめていた。

パレ・ロワイヤル庭園のベンチにジョルジュ・サルと並んで座りながら、田代は熱っぽいため息をついた。

「あのときの衝撃を、なんと表現したらいいんだろう。ああ、ジョルジュ、私はまったく、己の語彙《ごい》の乏しさを呪うよ」

「いや、じゅうぶんだよ、ユウイチ」

自分も一緒にたったいま名画を目の当たりにしたかのように、サルが感動のこもった声でそう返した。

「君がどれほど衝撃を受けたか……想像に難くない。あの作品は、まごうかたなき稀代の傑作だ」

〈アルルの寝室〉は、縦約五十七センチ・横約七十四センチの油彩画、一八八九年制作、ゴッホ晩年の作品である。

「それで、あのタブローは、どんな一撃を君にくらわせたんだ？」

サルが愉しげな口調で訊いてきた。絵の解説をするのも聞くのも、友はどんなことより好きなのだ。

田代は、一瞬、口ごもって、自分の片頬を平手でぴしゃりと叩いた。

「……なんて言うか……私は……いや、何を言っても追いつかない。私は、感電した。フィンセント・ファン・ゴッホという名の雷《いかずち》に」

初めて目にしたゴッホの絵。――ぐうの音も出ないほどやられてしまった。それは、まさしく芸術の神の打擲《ちょうちゃく》であった。

南仏の町アルルで、ゴッホが晩年に暮らしたつましい一室。灰色がかった青い壁、ライラック色の床。ベッドと二脚の椅子、脇机がひとつ。かすかに開きかけた窓には、まぶしい緑の照り返しが映っている。窓の横に掛けられた鏡は、南仏の強い光を弾いて白く見える。ベッドに載せられた白い枕も、ほのかに戸外の照り返しを映しているのがわかる。毛布の赤が画面全体をぴりりと引き締めて、強いアクセントになっている。

ベッドが接している二方向の壁には、額入りの小振りの絵が脇に四枚、枕の上に一枚。男女の肖像画と風景画は、いちばんお気に入りの自作の絵に違いない。

部屋は画面全体が歪んで見えるほど極端にデフォルメされている。まるで奥にある窓が空間全体をぐぐっと力強く引っ張っているかのようだ。無人の部屋は、それ自体が呼吸し、脈打って、躍動感が満ち溢れている。

動きのある画面と同じくらい田代が驚かされたのは、陰影がいっさい描き込まれていないことだった。床に置かれたベッドにも、脇机にも、椅子にも、壁の額にも影がない。それぞれのオブジェが画面にぺたりと貼り付けられたように平面的である。それでいて、そのすべてに、ふうっと浮かび上がってしまいそうな浮遊感があった。

極めて平面的、つまり正しく「絵画」的な絵。それなのに、映画の一コマが飛び出してきたような動きのある絵。具象的なのに、抽象的。にごりのない色彩と大らかな色面。まるで、彼が愛したという日本の浮世絵のような——。

——奇跡の一枚であった。

「私は……完全に自分を見失ったまま、松方さんへの解説なんぞ、もうすっかり忘れて、ただただ魅せられてしまった。——ひと目惚れだったよ。くやしいけれど、その言葉以外にはない」

田代の声は熱を帯びていた。サルは、ふっと微笑んで、「ひと目惚れか……」とつぶやいた。

「君がそんなふうになってしまって、ムッシュウ・マツカタはどうだったんだ?」

訊かれた田代は、知らず知らず込めていた肩の力を抜いて、思い出し笑いをした。

「それが、ひどいんだ。むっつり黙って眺めてから、ひと言。『なんだこれは?』」

声を上げてサルが笑った。

「さもありなん。それまで彼が見たことがないたぐいの絵だっただろうからね」

「まったくだ。松方さんは人一倍、正直者なんだよ。わからないものはわからない、以上。そういう人だった。私が芸術の神のいたずらに翻弄されて俗な解説をすっ飛ばしてしまった結果、さして興味をそそられなかったようで、さっさと画廊を出ていってしまったんだ」

ええっ？　とサルが、今度は驚きの声を漏らした。

「そんな無茶な。目の前に傑作がぶら下がっているのに？」

「そうなんだ。全然わからん、って、帰る道々、ちょっと怒ってたくらいだよ」

苦笑して田代が答えると、「確かに正直な人だな」と、サルは半分呆れ、半分感心しているように言った。

「結局あの絵がコレクションに加わったのは、なぜなんだ？」

「そこなんだ。松方さんのすごいところは」

田代はすかさず返した。

ぷいと画廊を出ていってしまった松方を、田代はあわてて追いかけた。肩を怒らせてずんずん歩いていく松方の前になり後ろになり、あの絵がどれほどの傑作か、コレクションに加えればどれほど価値があるか、いずれ美術館を創ったときにあの作品があれば日本の青少年をどれほど驚かせることになるか、腕を振り回し口角泡を飛ばして、全身全霊で説得した。

にもかかわらず、松方は田代のほうをちらとも見ずに、無言のまま、投宿先のホテル「ル・ムーリス」へ帰ってしまった。

「もう、がっかりだよ。あれほどまでの傑作には二度と巡り合えないだろう、なんという馬鹿をやってしまったんだと、その晩はひとりでやけ酒さ」

「ひと目惚れの片恋は成就しなかったんだな、そのときは」

愉快そうにサルが言った。

「そう、そのときはね」と田代が応えた。

――ところが。

三日後、あの絵がどうなってしまったか、さては恋敵のバーンズ博士に持っていかれてはいまいかと、気が気ではなかった田代は、ひとりでこっそりポール・ローザンベール画廊を訪ねてみた。

すると、画廊主のローザンベールが、いつもと変わらぬほくほく顔で現れて、これはムッシュウ・タシロ、せんだってはありがとうございました、おかげさまで〈アルルの寝室〉をムッシュウ・マツカタがお買い上げくださいまして、いやもうさすがにお目が高いですな――と言うではないか。

「おいおい、何が起こったんだ？」

サルが尋ねると、さも面白そうに笑って田代が答えた。

「それがなあ。御大、すぐに画廊へとって返して、『さっきの絵を買う』と申し入れたらしい。そんなこと、私にはちっとも教えてくれずに、知らん顔をしていたんだ。――どうだい、すごいだろう？」

「なんと、そりゃあすごいね。さしずめ、それも芸術の神のいたずらだったのかもしれないな」

ふたりは哄笑した。

西日が金色の矢になってマロニエの並木のあいだから差し込んでいた。そのきらめきのさなか、ふたり並んでベンチに腰掛けながら、田代の思い出話は尽きなかった。

「ほかにも、芸術の神のいたずらはちょくちょく起こったんだ。その最たるひとつとして……クロード・モネの家を、松方さんと一緒に訪問したときのことだ」

モネの家は、セーヌ川の支流、エプト川流域のジヴェルニーという小村にあった。松方と田代は、パリから車で二時間ほどかけて、画家に会いに出かけた。

そよ風が鏡面のような睡蓮の池を音もなく渡っていった。そのほとりに佇んで、モネは、たおやかにゆらめく柳の枝が映り込む池の風景を、すばやい筆触で横長の大きなカンヴァスに写し取っていた。その様子をしばらく黙って見守っていた松方は、拙《つたな》いけれどていねいなフランス語で、つっかえつっかえ、画家に向かって言ったのだった。

──先生。過去に描いたものでもいい、〈睡蓮〉の大作を、ひとつ、私に譲っていただけませんか。

柳が揺らぎ睡蓮が浮かぶ池は日本らしい水辺の風景であると、先生はご存知なのでしょう。だからこそ、それほどまでに愛情を込めてお描きになっているのでしょう。

私は、こんなにも日本を愛してくださっているあなたの代わりに、その絵を日本へ連れて帰りたいのです。

どうか、お聞き入れくださいますように──。

「――結局、モネが松方さんに譲った〈睡蓮〉の大作を私が見ることはなかった」

睡蓮の池をまぶたの裏に描きながら、田代は語った。

「けれど松方さんがことさら熱心に眺めていた一枚は覚えている。横長の大画面の下辺に赤や白の睡蓮が咲き、柳の枝が水面に映り込んで――〈睡蓮、柳の反映〉がその作品に違いない」

田代は静かに立ち上がると、もう一度、サルの目の前に立って続けた。

「名画との忘れがたい出会いは色々あったが、もうひとつはルノワールとの出会いだった」

松方と田代がルノワールの傑作〈アルジェリア風のパリの女たち〉を目にしたのは、ポール・デュラン＝リュエル画廊であった。

ルノワールが描いたのは、当時、画家であれば一度は取り入れてみたかったであろう魅力的な題材、ハーレムの女たちである。ただし、そこは写実を重んじたルノワールである、行ったこともも見たこともないイスラム世界の女性を空想で描きはしない。あくまでも「アルジェリア風」の装いをしたパリの女たちをモデルに描いたものである。

あたたかみのある褐色を基本色に据えて、アラブ風の絨毯の上に憩う三人の女たち。中央の金髪の女性は白いやわ肌をさらして鏡を眺めている。両脇の黒髪の女たちは彼女の化粧を手伝う召使い役だ。エキゾチックな衣装や装飾品、オリエント世界への憧れが色濃く漂い、画面全体に蠱惑《こわく》的な空気を醸し出している。

「ハーレムの女たちに扮したパリジェンヌは、ほのかな色香をまとっていて、いつまでも飽かず眺めていたい気持ちが込み上げてくる……そんな一作だった。ルノワールの作品は、それまでにリュクサンブール美術館で見たことがあったんだが、あの絵は題材も特殊だし色も抑え気味で、それまでに目にしたルノワールとは一風違っていた。ルーヴルにあるドラクロワの名品、〈アルジェの女たち〉を下敷きにして描いたのだということには、すぐには気づけなかったけれどね」

思い出深い三つのタブローにまつわるエピソードを話し終えると、田代はサルの目をまっすぐに見ながら澄んだ声で語りかけた。

「ジョルジュ、お願いだ。このかけがえのない三点を、日本へ連れて帰らせてくれないか。——いまは亡き松方さんのためにも」

ベンチに座ったままのサルは、夕映えの空を見上げるようなまなざしを田代に向けた。

田代は、祈りを込めてサルをみつめ返した。そして、待った。友のたったひと言を——ウイ、とただそのひと言だけを。

サルは、ゆっくりと立ち上がると田代に向き合った。そして、言った。「ありがとう」と。

「大切な話を聞かせてくれたことに感謝するよ。けれど……いますぐ答えることはできない。しばらく時間をくれないだろうか」

友は「ウイ」とは言ってくれなかった。が、「ノン」とも言いはしなかった。

そこに一縷の光明を、田代は見出したのだった。

田代が投宿先のホテルに帰り着いたのは、夜九時を過ぎた頃だった。ようやく日が翳《かげ》り始め、マドレーヌ寺院の周辺は明るい宵闇で満たされていた。カフェテラスには人々が鈴なりで、長い夏の宵をまだまだ楽しんでいる最中である。ホテルのロビーに入っていくと、雨宮が待ち構えていた。田代の顔を見るなり、「先生！」と駆け寄った。

「ずいぶん遅いお帰りでしたね。何かあったのではと心配しました」

「ああ、すまなかった。実は、思いがけない人とばったり会ってね」

田代が思わせぶりに言ったので、雨宮は色めきたった。

「誰に会われたのですか。まさか、外相とか……」

「いや、もっと重要な人物だ」

そう言ってから、ふうっと大きく息をついて、

「ジョルジュ・サルだよ」

と答えた。

「偶然、パレ・ロワイヤルの庭園で行き会ってね。長いこと話し込んだ。……公式な会議では話せないことを、たくさん話したよ。そして、思い切って申し入れたんだ。ルノワールの〈アルジェリア風のパリの女たち〉、ゴッホの〈アルルの寝室〉、それにモネの

〈睡蓮、柳の反映〉。この三点だけでいい、日本に連れて帰らせてくれと」

雨宮は押し黙って田代の目をみつめている。何か様子がおかしいと気づいた瞬間、小声で告げられた。

「先生。実は、一時間ほどまえ、田代先生に会いたいといって……見知らぬ日本人の男が訪ねてきました」

「……見知らぬ日本人の男？」

雨宮はうなずいた。

「どうしても先生に会って、お願いしたいことがあると。用件を先に聞かせてほしい、さもなければ会わせられないとつっぱねると、その男が打ち明けたのです」

――フランス政府が接収している〈松方コレクション〉、それをナチス・ドイツから守ったのは私です。

田代は目を見開いた。

「いま、角のカフェで先生を待っています」

――男の名前は、日置《ひおき》釭三郎《こうざぶろう》。

戦前から川崎造船所の社員としてフランスに駐在し、松方の助手をしていた男。

その男が、田代を待っていた。〈松方コレクション〉の秘密のすべてを、何もかも、話すつもりで。

一九二一年七月　パリ　北駅

4

もうもうと白煙を上げてパリの街中を走り来た蒸気機関車が、次第に車輪の回転をゆるめ、少しずつ、少しずつ、減速していく。

窓際の席に陣取り、車窓に貼り付くようにして、パリの街並みが流れゆくさまに見入っていた田代雄一は、鉄骨で組み上げられた駅舎のガラスの大屋根が見えてくると、

「おお、着いたぞ！　パリだ！」

ひと声、日本語で叫んで、がたがたと窓を押し上げた。

たちまち白煙が車内に流れ込んできた。目の前に座っていた紳士が、ぶはあっと息を吐いて、

「おい、あんた！　やめてくれよ、けむたいじゃないか！」

咳き込みながらどなった。降りる支度をしようと立ち上がった周囲の乗客たちも、さかんにむせている。

「あ、すみませ……エクスキュゼモワ……」

フランス語に切り替えて、田代はあわててあやまった。

ひときわ長い汽笛が鳴り響き、シュ―ッとため息のような最後の蒸気を吐き出して、ゆっくりと汽車が停止した。

手に手に旅行鞄を提げた乗客たちがわれ先にと出口へ向かう。田代はもみくちゃにされながら、大きな鞄を引きずるようにして、ようやくホームへ降り立った。

「おーい。田代！　こっちだ、こっち！」

日本語で呼びかける声がして、田代は顔を上げた。きょろきょろとあたりを見回すと、人波の中にカンカン帽《キャノチエ》を被ったなつかしい顔をみつけた。東京帝大の同窓生、成瀬正《せい》一《いち》である。

「――成瀬《なるせ》！」

人波をかき分けて近づくと、ふたりは固く握手を交わした。

「よく来たなあ。遠路はるばる、ロンドンから……いや、日本からだな。元気だったか」

成瀬がねぎらうと、田代は顔をほころばせた。

「ああ、おかげさまで。どうだい、君のほうは。パリ生活も二度目なら、慣れたものだろう」

「そうだな。何しろ、今回はワイフも一緒なものでね。独り身で、しかも戦時中だった前回とは大違いだ」

「なんだなんだ、のろけやがって、こいつ」

ふたりは笑い合いながら、荷物は成瀬が手配していたポーターに任せ、混み合う駅の構内を進んでいった。

表通りにはピカピカに光るシトロエンの最新型の車が待ち構えていた。田代は眼を見張った。

「おお、すごい。さすが、御曹司は違うね」

運転手にドアを開けてもらって、後部座席にふたりは乗り込んだ。

「出してくれ《アレジ》」

きれいな発音のフランス語で成瀬が告げると、「ウイ、ムッシュウ」と運転手が応え、発進した。すっかりパリジャン風のふるまいを身につけた成瀬の横顔は、年下ながら田代の目にまぶしかった。

田代雄一は三十歳、西洋美術史の研究を極めるべく、この春に初めてヨーロッパの地に踏み入った。

横浜港を出発して、海路でロンドンに入ったのが五月、二カ月ほど滞在したところである。そして今回、パリで夏を過ごしたのち、汽車を乗り継ぎ陸路で留学先のフィレンツェへ向かうことになっていた。

フィレンツェでは、ルネサンス研究の第一人者、アメリカ人美術史家のバーナード・ベレンソンに師事する予定だ。自らの研究に本腰を入れるまえに、せっかくヨーロッパに来たのだから、芸術の都パリを体験しておこうと、船でドーバー海峡を渡り、フランスの北部にある港町カレーから汽車に乗って、ようやく北駅にたどり着いたところである。

一方、成瀬は、前回のパリ留学から三年と空けずに二度目のパリ滞在を満喫中であった。

十五銀行の頭取を務めた父をもつ裕福な家庭に生まれ、一高から東京帝大英文科に進み、卒業後は渡米してニューヨークのコロンビア大学大学院に籍をおいた。その秀才ぶりは二年上の田代も舌を巻くほどで、帝大在学中に芥川龍之介や菊池寛らとともに文芸誌「新思潮」を創刊し、注目を集めた。ノーベル文学賞を受賞したフランス人作家、ロマン・ロランの研究に注力し、第一次世界大戦中にスイスに亡命していた作家本人に会いにいくほどの熱烈さであった。

最初のフランス留学から帰ってまもなく、川崎造船所の創立者、川崎正蔵の孫娘、福子と祝言をあげた。フランス文学者を志して訪問した前回のパリは、まさに第一次世界大戦の真っ最中だったため、ロランに会うことはできたものの、まともに研究はできなかった。「前回の仇討ちだ」と勇んで、この春、妻の福子を伴ってのパリ再訪となった。

田代は、ロンドンからパリにいる旧友に電報を打った。——北駅に何日何時に到着する汽車で行く。特に迎えにきてほしいとは打電しなかったが、案の定、友情に篤い成瀬はわざわざ駅まで出迎えにきてくれた、というわけだ。

「それで、ロンドンの滞在はどうだったんだい？　初めての外国だし、なんでも面白く感じただろう」

成瀬に問われて、田代は答えた。

「ああ、まったくもってその通りだよ。何もかもが新鮮だった。新しい目が開かれた気がするよ」

堅牢な煉瓦作りの建物は木造が基本の日本の家屋とはまったく違うし、整備された街並みには電柱も電線もない。成熟した都会の景観にとにかく圧倒されたと、田代は興奮気味に話した。

「そうか。君が感銘を受けたのもわかるよ。僕もニューヨークに着いた当初はそうだったからね。しかし……先に言っておくが、パリは別格だぞ」

まるで自分の秘密の恋人を紹介するかのように、成瀬は少し声をひそめて言った。

「この街は正真正銘の花の都だ。さしずめ妖艶な美女ってところかな」

「ロンドンはつんと取り澄ましているようなところがある、いわば気取った貴族の奥方のようだ。ニューヨークはにぎやかで雑多という言葉がしっくりくる、こちらはおきゃんな女学生という感じ。

「じゃあ、パリはどうなんだい？」

田代が訊くと、

「そりゃあもう。運命の女《ファム・ファタル》、だね」

にやりと笑って、成瀬が答えた。

「言ってくれるね、妻帯者が」

「僕が絶世の美女たるパリに夢中なことを、ワイフは百も承知なのさ」

車はラファイエット通りを軽快に走っていき、オペラ座の前をかすめて通り、ヴァンドーム広場を突っ切って、リヴォリ通りへと出た。角を曲がるたびに、田代は、「おお、これがラファイエット通りか！」「うわあ！　オペラ座だ、オペラ座！　なんと壮麗な！」「ヴァンドーム広場だって？　すごいぞ！」と、いちいち歓声を上げずにはいられなかった。

成瀬は苦笑を禁じ得ない様子だったが、逐一説明をしてくれた。この美しい街並みは、一八五三年から一八七〇年にかけて、ナポレオン三世の命を受けたセーヌ県知事のジョルジュ・オスマンが陣頭指揮を執って大改造したものだ、通り沿いのアパルトマンの階高がぴったり合っているだろう、三階がバルコニー付きでいちばん高級なんだ、このまえオペラ座でプッチーニの「蝶々夫人」がかかったのでワイフに着物を着せて連れていった、あの店はプルーストやエミール・ゾラが通った「平和《ラ・ペ》」という名前のカフェだ、ヴァンドーム広場の円柱はナポレオン一世がローマのトラヤヌス記念柱を模して造ったものだ――云々、云々。

車はリヴォリ通りを走っていき、やがて高級ホテル「ル・ムーリス」に到着した。ポーターが荷台からトランクを下ろし、「お名前を伺えますか」と聞いてきた。

「いえ、私は泊まりません。こちらに泊まっている紳士を訪問するだけです。荷物はクロークで預かってください」

田代は初めてフランス語で答えてみた。「ウイ、ムッシュウ」とポーターは答え、荷物をクロークへと運んでいった。

「なかなかやるね。通じたじゃないか」

成瀬がからかい半分に言うので、

「ま、だてに美術史をやっているわけじゃないからね」

と胸を張った。

「じゃあ、行こうか。御大、君の到着をお待ちかねだよ」

エレベーターホールへ向かいかけた成瀬に向かって、「待ってくれ」と田代が言った。

「ちょっと確認したいことがあるんだ。しばらくここにいてくれるか」

きょとんとする成瀬を尻目に、田代は足早にホテルの外へ出た。

リヴォリ通りをはさんで向かい側にチュイルリー公園の豊かな緑が広がっている。右手にはコンコルド広場の記念柱《オベリスク》、通称「クレオパトラの針」の先端が青空を突き刺すように屹立《きつりつ》しているのが見える。田代は、みずみずしい木立のあいだを抜けて吹きくる風を――実際には目の前を行き交う車の煤煙で淀んだ空気を――胸いっぱいに吸い込んだ。

――ああ、ついに。

ついにやって来たんだ、憧れの芸術の都に……！

感激が体の隅々まで痺れさせるようだった。数え切れないほど多くの芸術家たちの人生に深くかかわった街。逃れがたい魅力に引きつけられて、彼らはここへたどり着き、芸術家としての使命に目覚め、自らの進むべき道を切り開いたのだ。

運命の女よ。――花のパリよ！

田代は、盛んに行き交う車を注意深く避けながら、リヴォリ通りを横断し、チュイルリー公園側の歩道へと移った。そこで振り返って、通りの向かい側にそびえ立つル・ムーリスの尊大な建物を仰ぎ見た。

ずらりと並んだ窓、窓、窓。開け放たれている窓、鎧戸《よろいど》で閉ざされた窓、緑色の日よけが出ている窓。すべての窓とバルコニーを眺め見て、田代はくすっと笑い声を立てた。

――さすがに、出してないな。

ロビーに戻ると、成瀬が人待ち顔で立っていた。

「すまない、待たせたね」

ふたりはエレベーターに乗り込んだ。

「いったい何を確認してきたんだ」

成瀬の問いに、田代は、

「いや、何も」

くすくす笑った。

ロンドンで初めて松方幸次郎を訪れたとき、緊張気味の田代を出迎えたのは、高級アパートの窓辺に干された褌《ふんどし》だった。さしもの松方も、パリではそれを差し控えたのかもしれない。

七月初旬にロンドンを発ってパリ入りした松方は、つい先ごろ、なんとレジオン・ドヌール勲章を受章したのだという。その情報をパリにいる成瀬から電報で知らされた田代は、仰天してしまった。

パリに美術品を買いにいくから君も来なさい、ちょっと急ぐから先にいくよ、とだけ田代に告げて、松方はさっさと行ってしまったのだ。受勲するなんてひと言も教えてくれなかった、松方さんも人が悪いなあと、田代は叙勲式に出席してみたかったくやしさもあり、松方の大雑把さを少々恨んだ。

フランスの美術市場をうるおしたことに対する政府の謝意に違いないとは、成瀬の解説である。が、なんにせよ、日本人として名誉なことである、まずは心からの祝辞を述べようと、パリに着いても自分の宿には立ち寄らず、こうして松方の投宿先に直行したのだった。

田代が松方と出会ってほんの二カ月である一方、成瀬は子供の頃から松方を知っていた。

成瀬の父、正恭《まさやす》は、松方が社長を務める川崎造船所の主要取引銀行である十五銀行の頭取であった。その縁あって、松方は新婚のふたりをまるで我が子のようにかわいがっているようで、特に成瀬には、自分がパリを訪ねていったら美術品購入アドバイザーになってほしいと、ロンドンで田代に言ったのと同じようなことをすでに依頼している――ということだった。

「今日、このあとの松方さんの予定はどうなっているんだい？」

上昇するエレベーターの箱の中で田代が尋ねると、

「まずは今日までにパリで松方さんが購入を決めた作品について、僕から説明をしよう。そのあとで、早速画廊に出向くかもしれん」

成瀬が答えた。田代は続けて訊いた。

「パリでは、松方さんの相談役は君だけではないんだろう？」

「まあ、僕はどちらかといえば美術は門外漢だからね……それでも、ギュスターヴ・モローやなんかの面白い作品に出くわしたら、買うことを勧めているよ。そうしたら、松方さんは、まず迷いなく買うね」

松方は、「自分は美術はわからん」と嘯《うそぶ》いているものの、買うとなったら一切迷いがない。ロンドンにおけるアドバイザーの中心的存在だった芸術家ブラングィンの推薦であれ、息子ほども年下の成瀬であれ、彼らの熱意のある態度に押されれば、「君が言うならば間違いないだろう」と購入を決めるのだった。

実は人を見て絵を見ていないようなところはある――と成瀬は正直に言った。

「パリでのアドバイザーのひとりに、リュクサンブール美術館の館長で、ロダン美術館の館長も兼任しているレオンス・ベネディットという人物がいる。このベネディットがかなり幅を利かせているという印象だ」

田代は即座に、ベネディットがパリにおけるブラングィン的存在なのだと理解した。

「正直、僕の目で見ても、ベネディットが紹介してきた絵の中にはいまひとついい作品がないように思えてならない」

長い廊下を歩きながら、成瀬がぼやいた。

「君はまだ美術商の世界の熾烈な厳しさや泥沼を知らないだろう。きれいごとだけでは済まされないようなこともときには起こるんだ。特に巨額の資本が動くときにはね」

絶世の美女の裏の顔を教えるかのように、成瀬が声をひそめて言った。田代はうなずかなかった。が、成瀬が言わんとしていることはわかる気がした。

億万長者のコウジロウ・マツカタが、相当な金を持参しつつ若き美術の専門家を伴ってパリへやって来たことは、ほとんどの画廊主たちの耳もとに聞こえてきていた。

相手は世界中のブルジョワジーを相手に商いをしてきた画商である。専門性も高いし商売上手で狡猾《こうかつ》でもあるから、攻めばかりではなくて守りも重要だと成瀬は説いた。

「心して臨まないと、余計なものまでつかまされるからな。気をつけなくちゃならん。君もとにかく肝に銘じておくべきだよ」

廊下の一番端までくると、そのドアの前で成瀬は立ち止まった。

「きっかり二回、ノックがルールなんだ。いいかい？」

居住まいを正して、成瀬がドアを、言葉通りに二回、ノックした。田代は思わず背筋をしゃんと伸ばした。

「ウイ？」

ドアの向こうで声がした。

「セ・ナルセ・アヴェック・タシロ」

成瀬が答えた。と、音もなくドアが開いた。

ドアの向こうに現れたのは、松方ではなく、見知らぬ日本人青年だった。

松方が現われるものだと思い込んでいた田代は、怜悧《れいり》な刃物のようなまなざしを投げかけられて、面食らってしまった。

「ああ、日置さん、これはどうも」

田代のとなりにいた成瀬がその男に話しかけた。日置と呼ばれたその男は、成瀬とは顔見知りなのか、険しい顔つきを一瞬緩めて、

「……どうぞ、お入りください」

招き入れてくれた。

成瀬が先に、田代が後に、部屋の中へ入っていった。絹張りの壁、シャンデリア、猫足の寝椅子、手入れの行き届いた調度品の数々――いかにも富豪が泊まりそうな部屋である。が、松方の姿は見えなかった。

「誰もいないぞ」

田代がつぶやいた。成瀬は部屋の中を見回してから、ひと声、叫んだ。

「松方さん！　田代雄一が到着しました！」

「おお、来たかぁ！」

どこからか声が聞こえてきた。ふたりは顔を見合わせた。

「どこにおられるのですか？」

成瀬がまた大声で尋ねると、

「便所だ！」

大声で返ってきた。田代はぶっと噴き出してしまった。

「承知しました、どうぞごゆっくり！」

成瀬が笑いをこらえながら言ったが、田代はもうたまらずに、腹を抱えて笑い出した。

いまや欧州中にその名をとどろかせている大富豪の美術コレクター、松方幸次郎は、実は気取りのない、あけっぴろげな性格であった。

——こういうところが人間くさくて面白いんだよな、松方さんは。

ややあって、松方が現れた。口ひげ、恰幅のいい体、ひとなつっこい笑顔。杖を突きつき、田代のもとへ歩み寄ると、

「おう、待たせたね。よく来てくれたな、田代君！」

がっちりと握手を交わした。そして、さもうれしそうに背中をぽんぽんと勢いよく叩いて、

「どうだ、パリは？　いいだろう。なんといっても花の都だ。煤《すす》っぽいロンドンとは違

う。緑豊かで花咲き乱れ、飯もうまい、美人も多い。いやあ、まことに極上の街だ。気に入ったか？　もう田舎くさいイタリーになんぞ行きたくなくなったんじゃないか？」

まるで踊り出しそうな勢いである。成瀬は苦笑して言った。

「田代はさっき着いたばかりですよ、松方さん。まだどこにも寄っていませんよ。セーヌの水面《みなも》すら見ていないくらいです」

「なんだって？　まだセーヌを見ていないのか、君は？」

松方が丸い目をさらに丸くして言うので、田代は笑いをこらえつつ、「はい。残念ながら」と返事をした。

「そりゃあいけない。セーヌはパリの王妃だからな。ここへ来て王妃への拝謁《はいえつ》を怠ってはならん。ヨーロッパ随一の美女だぞ、きっと君もその魅力に取り憑かれるはずだ」

「はい」田代はすなおに答えた。「望むところです」

「よろしい。じゃあ、君にわしの王国を一望してもらおう。さ、こっちへ来たまえ」

すっかりパリの覇者になりきっている松方の後に続いて、田代と成瀬はバルコニーへ出た。

「おお！」

田代の口から感嘆の声がこぼれ出た。

五階にある部屋の目の前にはチュイルリー公園のしたたるような緑が広がっていた。右手にはコンコルド広場のオベリスクが青空に挑むようにして屹立し、彼方にはエッフェル塔がすっくと立ち上がっているのが見える。アンヴァリッドの金色のドームが夏の陽光を弾いて王冠のように輝いている。左手にはルーヴル宮の壮麗な連なりが眺め渡せる。

なんという開放感、なんという華やぎ。

ああ――ついにここまで、パリまで来たんだ！

憧れの街を眼下に見晴るかして、田代は、感激のあまり涙ぐみそうになった。

「公園の向こう側に流れているのがセーヌ、その向こうが左岸《さがん》。画家たちが多く住んでいるモンパルナスはあっちのほうだ」

成瀬が公園の向こう側を指差しながら説明した。

「日本の画家も住んでいる。藤田《ふじた》嗣治《つぐはる》という、おかっぱ頭に丸メガネの変わった男だ」

第一次世界大戦が終結し、戦勝国となった日本からは、かつてないほど大人数の日本人がパリに渡航していた。一般の人々には洋行など夢のまた夢であったが、積極外交を目論む日本政府は、富裕層はもちろんのこと、学術研究、技術習得、芸術交流のために、専門家や芸術家が洋行することを後押ししていた。そんなこともあって、世界の中心たる芸術都市・パリには、それなりの数の日本人芸術家や文化人が集まっていたのである。

「フジタか。噂に聞いたことはあるが、いま、この街にいるんだな」

藤田嗣治の名前だけは耳にしていた田代がつぶやくと、

「おととい、一緒に飯を食ったぞ」

松方が何気なく言った。

「えっ、もう会われたのですか?」

「うむ。おもしろい男だった。男のくせに耳飾りをつけて、派手な上着を着て現れたんだ。あんまりおもしろかったから、絵もひとつ、買ったよ」

どんな絵か知らないが、アトリエにあるいちばん出来のいいものを持ってきてもらう約束をしたという。

田代はあっけにとられてしまった。成瀬がくっくっと笑い声を立てて、(な? 僕が言った通りだろ?)と田代に耳打ちをした。

——松方さんは、絵ではなく人を見て、絵を買うところがある。確かに、成瀬がぼやいていた通りであった。

「ここへ直行したということは、君はまだルーヴル美術館を見てないということだな」

ルーヴル宮のほうを眺めながら、松方が問うた。田代は、「はい」とうなずいた。

「では、今日はこれからまずルーヴルへ行って、セーヌのほとりで乾杯するか。川沿いにはなかなかいいカフェーがあるからな」

「はい、ぜひ」

田代は勇んで答えてから、

「ああ、でも松方さん。今日は、僭越ながら、私に献杯させていただけませんか。駅からここへ直行したのは、何はさておき、お祝いを申し上げようと思ってのことです」

と申し出た。そして、居住まいを正し、

「このたびは、レジオン・ドヌールご受勲、まことにおめでとうございます」

あらたまって一礼をした。

「なんだなんだ、ずいぶん殊勝じゃないか」

破顔一笑、松方が言った。

「そう言われるとうれしいものだね。いや、受勲のほうじゃない。君が駅から直行してくれた、そっちのほうがよっぽどうれしい。ありがとう」

すなおに礼を言った。田代も笑顔になった。

「それじゃあ、ルーヴルまで車を手配しましょうか」

成瀬が気を利かせて尋ねると、

「気持ちのいい日だから、歩いていこうじゃないか。そこに見えているくらい近くなんだし」

上機嫌で松方が答えた。そして、杖を突きつき、バルコニーから室内へと移動した。コート掛けに引っ掛けてあったパナマ帽をひょいと被ると、

「さ、行くぞ」

さっさと部屋を出ていってしまった。

「まったく、せっかちだなあ」

成瀬がため息をついた。

「昔からあんなふうなんだよ、松方さんは。全然じっとしていられない。どんどん先に行ってしまうから、追いかけるのが大変なんだ」

文句を言いながら、成瀬の口調は父親を思いやる息子のようだった。

「松方さん、ちょっと待ってください。鍵はどうするんですか」

廊下の向こうへ歩いていく後ろ姿に向かって、成瀬が大声で訊いた。

「テーブルの上にある、かけておいてくれ」

振り向かずに答えが返ってきた。やれやれ、と成瀬は部屋の中へ戻り、ドアに鍵をかけて、

「まったく、手のかかる親父だよなあ」

くすくす笑っている。

三人揃ってエレベーターに乗り込んだ。降下を始めてから、おや、と田代は気がついた。

そういえば、松方の部屋を訪ねたとき、ドアを開けてくれた男――「日置」の姿が見えなかった。

が、松方も成瀬も、べつだん気にも留めていないようである。

――何者だったんだろうか。

田代は不思議に思ったが、松方に尋ねることもなく、陽光まぶしい表通りへと繰り出していった。

田代が初めて足を踏み入れたルーヴル美術館は、うわさに違わぬ美の迷宮であった。もともとは十二世紀のフランス王、フィリップ二世の命のもと、要塞として建設されたルーヴル城が、いくたびかの改修を経て、歴代の王が収集した美術品を陳列する宮殿に変わり、革命後には王室の美術コレクションを公開する場所、つまりは美術館として一般開放されることとなった。コレクションの内容は、言わずもがな、質・量ともに世界一である。

たとえば、あのレオナルド・ダ・ヴィンチの「モナ・リザ」は、十六世紀にフランソワ一世が所蔵したものである。そのほかにも、枚挙にいとまがないほどすぐれた王室コレクションがいまに伝えられているが、ナポレオン一世の時代に戦利品としてフランスへ持ち帰った名品・珍品の数々も含め、古代エジプトのミイラやギリシャ・ローマ時代の装飾品まで、幅広い時代と国と地域のさまざまなものが展示されているのも特徴である。

松方、成瀬とともに、ルーヴルでもっとも有名な大展示室「グランド・ギャルリ」を訪れた田代は、数百メートルもあろうかという広大な壁を埋め尽くす名画の数々に、文字通り口をぽかんと開けて、ただただ見入ってしまった。

――す……すごい……！

ジオット、ボッティチェッリ、レオナルド・ダ・ヴィンチ、ラファエロ。名画でないものをみつけるのが不可能なほど、すべてが傑作である。これからフィレンツェへ行ってルネサンス美術を本格的に研究する予定の田代は、研究対象の「実物」を間近に見て、感激のあまり涙ぐんでしまった。

ボッティチェッリのフレスコ画〈若い婦人に贈り物を捧げるヴィーナスと三美神〉の前に佇んだ田代は、絵の中に体ごとのめり込んでしまうのではないかというほど没入した。

白黒の写真でしか見たことがなかったのだが、実物は震えるほどあでやかな色彩であった。黒だと思っていた婦人の衣服は深いすみれ色であり、女神のまばゆい裸身の上に踊る羽衣は薔薇色、三美神の衣装はオレンジ色、白、緑に紫。ああ、そして彼女たちの頬には赤みがさし、唇は生き生きとした紅なのだ！

躍動する色を、すみずみまで明るくすなおな人のかたちを、命が宿ったこの絵のすべてを記憶に焼きつけようと、田代は全身を目にしてみつめた。みつめ続けた。

どのくらい時間が経っただろうか。ふと我に返った田代は、はっとして振り向いた。

展示室の真ん中に長椅子が置かれてあった。そこに座り、杖に両手を置いて、松方がこちらをじっと見ている。田代はあわてて松方のもとへ歩み寄った。

「すみません。僕の研究対象の画家の絵があったものですから、つい……」

「いや、かまわんよ」

松方が鷹揚に応えた。

「成瀬はどうしましたか」

「とうに別の展示室へ行ってしまった。あの男はどうもせっかちだからな。じっとしていられんのだよ。昔からそうなんだ」

そんなことを言うので、田代はおかしくなった。

「ずいぶん熱心に見ていたね。君がそんなふうになるくらいだ、よほどの名画なのだろうな」

「ええ、名画中の名画、傑作です。サンドロ・ボッティチェッリという、初期ルネサンスの画家の作品で、十五世紀後半の絵です。僕は、質の悪い図版でしか見たことがなくて……こんなに鮮やかな色だとは、まったく想像もできませんでした」

田代は興奮気味に言った。ほう、と松方が感嘆の声を漏らした。

「四、五百年もまえのものなのか」

「いいえ、違います。四百三十六年から四百三十八年ほどまえのものです」

田代が正した。

「細かいな」松方が眉根を寄せると、

「美術史家になるつもりですから」そこは譲らないつもりで、田代が応えた。

「その心意気や、よし」

松方が笑った。そして、

「じゃあ、もうひとつ訊こう。あれを買うとしたら、いくらくらいだ?」

そう尋ねた。田代はたちまち神妙な顔つきになった。

「いくら、と言われましても……値段はつけられません」

「なぜだ?」

松方も神妙な顔になった。

「ルネサンスの画家であれば、出処はイタリーだろう? その昔、フランス国王がイタリーの商人から買ったんじゃないのか。だからここにあるんだろう? とすれば、値段だって推測できそうなものだ。君は専門家なんだから、そのくらいわかるんじゃないのか」

自分の研究対象に値段をつけるだなんて、と田代は、かすかに幻滅を覚えた。

「僕は……絵そのものの分析はいくらでもしますが、経済的価値は門外漢ですので……」

生煮えな返事をした。

松方は田代をみつめていたが、

「それでは、君はなんのためにパリへ来たんだ?」

と問いかけた。

「君は、美術品に値段をつけることは『悪』だと思っているふしがある。なるほど、君は自分の研究対象を崇高なものとして見ているから、値段をつけるなんてけしからんと考えているのかもしれん。だが、そんなことでは、わしがこれからやろうとしていることの助けには、ちっともならん。こんなところにいたって時間の無駄だ、さっさとイタリーへ行ってもらってかまわんよ」

すっぱりと切り込んできた。

「君には、ロンドンでわしが絵を買い集めるのに同行してもらった。君はほんものを見分ける目利きだと信じてのことだ。わしは絵のことはわからん、それでも絵を買い集めるのだと決心した。だから、美術館だろうが画廊だろうが個人の家だろうが、そこに絵が掛かっているのを見れば、値段を知りたくなる。それが名画ならば、願わくば買いたいと思う。なぜか。――美術館を創りたいからだ」

かつての君のように、ほんものの絵を見たくても見られない若者が、日本にはごまんといる。

白黒ではないほんものの絵を、彼らのために届けたいんだ――と松方は語った。

「日本にも、このルーヴルに負けないくらいの美術館を創らんといかん。……なあ、田代君。わしは、本気なんだよ」

松方のひと太刀は、田代の胸をまっすぐに貫いた。

田代は恥じた、己の思慮の浅さを。そしてあらためて松方の大きさに感じ入ったのだった。

ルーヴル美術館は、一日がかりで回っても回りきれないほど見応えがある美の殿堂であった。

松方と成瀬はすでに何度もルーヴルを訪れていたので、何を見ても驚くことはなく慣れた様子であったが、田代は違った。

ひと目でいいからこの目でほんものを見てみたいと、年若い頃から憧れ続けた名画の数々を前にして、落ち着いていられるはずもない。あちらの絵からこちらの絵へ、咲き乱れる花々の芳香に惑う蝶のごとく、田代は名画の花園を飛び回った。

広大な館内でいつしか連れのふたりとはぐれてしまったが、ようやくそうと気づいたのは、施錠係の男に「もうおしまいです、ドアを閉めますよ」と声をかけられたときのことだった。

驚いてあたりを見回したが、松方と成瀬の姿が見えない。あわてて行きかけると、「そっちじゃない、こっちだ」と係の男が言う。

「出口はどこですか」と訊くと、

「ここをまっすぐ行って、左。もう少し先を、右。で、また左、その先を右、また左」

目が回りそうである。

「わかりました、ありがとう」

全然わかってはいなかったが、とにかくそう言って歩き始めた。

背後のドアが次々にきしみながら閉じられていき、鍵を閉める音があちこちで響き渡っている。ギイイ……バタン、ガチャリ。ギイイ……バタン、ガチャリ。その音に追い立てられるようにして、田代は足早に進んでいった。

いくつもの展示室を通り抜けた。ギリシャの壺、メソポタミアの列柱、ローマの彫像、古代のガラス細工、ロマネスクのレリーフ、バロックの肖像画――。ひとつひとつの作品が後ろ髪を引く。その磁力をどうにか振り払って、田代はようやく出口へたどり着いた。

外に出たとたん、正面玄関の重々しい扉が閉じられた。間違いなく自分が美術館に居残った最後のひとりだったと知って、ルーヴルの至宝たる美術品の数々を、ほんの数分間ではあっても独り占めしたのだ、してやったり、と田代はほくそ笑んだ。

「おーい、田代！」

遠くで呼ぶ声がした。見ると、中庭の向こう側、カルーゼル凱旋門の下に松方と成瀬が葉巻をふかして憩っている。田代は手を上げて合図し、ふたりのもとへと駆けていった。

「お待たせして申し訳ありません」

田代が詫びると、松方はニヤリとして言った。

「君は美の囚われ人になって永遠に戻ってこないかもしれんなと、いま正一君と話していたところだ」

田代は頭を掻いた。

「ご明察です。危うくそうなるところでした。施錠係に追い立てられて……」

閉じ込められたならそれでもよかった、と言いかけたが、やめておいた。そして、

「どんなに見ても見尽くせない、何日いても飽きることはないでしょう。とてつもない美術館ですね。……こんな場所がこの世界にあること自体、奇跡のような気がします」

と言った。美術史家を目指す研究者としては拙《つたな》すぎる感想だとわかっていたが、正直な気持ちだった。

田代の言葉を聞いて、松方は微笑んだ。

「そうだろう。だからこそ、こういう『奇跡のような場所』を日本にも創りたいと、わしは望んでいるんだよ」

と言った。

「なんだかわからんが、美術館ってのは、こう……たまらなく、わくわくするものじゃないか」

あの玄関をくぐれば、さあ見るぞと胸が躍る。じっくりと美術品に向き合ったあとは、豊かな気分で玄関から出てくる。

何も名画と対峙するからといって、襟を正してしゃっちょこばる必要はない。心を開いて向き合えば、絵の中から声が聞こえてくる気さえする。時を超えて画家と対話することだってできる。

美術館とは、そういう場所なのだ。

「だから、そんな場所が日本にもあったらいいんじゃないかと、素人なりに考えたんだよ。大人も子供もわくわくする。君たちも、もちろんわしも、わくわくする。……どうだい？　面白いアイデアだとは思わんかね？」

松方の言葉が胸に気持ちよく響き、田代は思わず笑みをこぼした。

研究者たる自分は、絵に対して、この制作年はどういう時代背景だったとか、誰々の影響を受けているとか、構図がどうのとか、とかく頭で考えがちである。ほんものの絵に触れたことがないにもかかわらず――いや、この目で見たことがないからこそ、時代や様式にとらわれて、頭でっかちになってしまいがちなのだ。

それにくらべて、松方のおおらかさはどうだろう。

ロンドンで知り合ってのち、彼の画廊訪問に同行し始めた頃には、裕福な懐にあかして「買い漁って」いるように田代の目には映った。

成瀬が言っていた通り、松方は絵ではなく人を見て買っているところもあった。田代は、松方との付き合いが始まってすぐ、それを知ることとなった。

イギリスでの松方の最大のアドバイザーは、ロイヤル・アカデミーの会員でもある画家、フランク・ブラングィンであった。この人物を気に入って、松方はとことん入れあげていた。ブラングィンの絵を大量に購入していたし、ブラングィンの推薦する画家の作品はあまり吟味もせずにコレクションに加えていた。挙句には、日本にぜひ創ろうと意気込んでいる美術館の設計までブラングィンに依頼していたのだ。

松方に連れられて、ロンドンの住宅街ハマースミスにあるブラングィンのアトリエを最初に訪問したとき、構想中の美術館の模型を見せられて、田代は二度、うならされた。

美術館設立という見果てぬ夢を単なる夢物語ではなく実現に向けて着実に進めているということにまず驚き、その片棒を一画家であるブラングィンに担がせているということでさらに衝撃を受けた。

大丈夫なのだろうか、とあやうさを感じつつも、いや、この人はきっと成し遂げるだろう、と感じ入りもした。

とにかく、松方幸次郎は、田代がそれまでに会ったどんな人物とも違っていた。世界を渡り歩いて仕事をする姿勢も、桁外れの財力も、とことんまっすぐな性格も。

また、非常に強い好奇心の持ち主であることもわかってきた。知らないことは、是非とも知りたい。行ったことがないところには、率先して行ってみたい。やったことがないことならば、まずはやってみたい。この好奇心こそが、松方幸次郎の核心となって彼をかたち作っている。そして、その好奇心が常に新しい体験を求め、それを吸収し、日々学んでいるのだ。

経験を重ねたからといって老獪《ろうかい》にならず、「面白いじゃないか」と少年のように心躍らせることを恥じない。

普通は、なかなかそうはいかない。経験を積めばずる賢くもなるし、大のおとなが欣喜雀躍するなど恥ずかしくてできるものではない。

が、松方は普通ではない。それでいいし、そこがいい。

彼はいつも新しい何かを追い求める人。——そう、いつだって「新しい人」なのだ。

「さて。明日からは美術館ではなく、画廊巡りに付き合ってもらうよ。いいかね、田代君？」

ルーヴル美術館からセーヌ河畔のカフェへ向かう道々、松方が問いかけた。

「はい、もちろんです。ふつつかながらお供つかまつります」

田代は即答した。

「僕もお供しますよ、お忘れなく」

成瀬がすかさず割って入った。

「さしずめ桃太郎一行だな」

松方が茶化すと、

「画商相手に鬼退治ですか」

成瀬が愉快そうに応えた。

「彼らは名画という金棒を持っておるからな、なかなか手ごわいぞ」と松方。

「ならば奪ってやりましょう、その金棒を」と成瀬。

「これは、おだやかじゃありませんね」と田代は苦笑した。

まるで冒険の始まりのような高揚感が満ち満ちていた。

松方幸次郎。

この大きな人、新しい人に、どこまでもついていこう。

パリでの初日、田代は心に決めたのだった。

セーヌの川辺のカフェで夕食を済ませたあと、「ル・ムーリス」へ松方を送っていき、成瀬と田代はお役御免となって、サン・トノレ通り沿いにある酒場へ繰り出した。

夏至前後のヨーロッパでは、夜七時は宵の口というよりもまだ昼間と呼びたいような明るさである。九時を回ってようやくたそがれじみてくる。

ロンドンにいるとき、すでにいつまでも暮れない宵を体験済みの田代だったが、パリの宵の明るさはまた格別だった。セーヌのきらめきのせいだろうか、はたまたどこまでも続く街路樹の緑のまばゆさのせいだろうか。

通りを眺めるテラス席に陣取って、田代は赤ワインを注文し、成瀬はメニューにコニャックの銘酒「ナポレオン」をみつけてそれを頼んだ。

「気取ってるな」と田代が言うと、「松方さんに教えてもらったのさ」と自慢げに言い返された。

「このまえなんて、ちょっといいレストランで特別な年代物の『ナポレオン』をみつけて、目玉が飛び出るほど高かったんだが、松方さんはそれを一杯注文するどころか、瓶ごと一本買ったんだよ。僕は、こいつはご相伴に与《あずか》れると思って喜んでいたら、『いい手土産ができた』って、その場では開けてくれなかったんだ。もう、がっかりさ」

「手土産？　そんなすごいものを、いったい誰に貢ぐというんだ？」

田代の質問に、成瀬は意外な答えを返してきた。

「クロード・モネさ」

「クロード・モネ？　……画家の？」

成瀬はうなずいた。

「三年まえにパリに来たとき、黒木三次《くろきさんじ》さんの紹介で初めて会ったらしい」

「黒木さんか。そういえばいま、こちらにおられるんだったな」

田代は得心した。

黒木三次は黒木為楨《ためもと》陸軍大将伯爵の嫡男である。松方幸次郎の兄で前十五銀行頭取・松方巌《いわお》の娘、竹子《たけこ》と結婚したのち、パリへ留学中であった。成瀬はやはり十五銀行の頭取を務めていた父を持ち、松方幸次郎が社長を務める川崎造船所の創設者の孫娘を娶《めと》ったという点で、黒木とは縁故があった。田代にとって黒木は東京帝大の先輩であったが、伯爵家の嫡男ということもあり、近づきがたい存在であった。

黒木夫妻はパリにしばらく在住していることもあり、日本の名士という身分も手伝って、パリの社交界では知られた存在になっているようだった。オペラや美術鑑賞など、芸術に関心を寄せるのはこの国の社交上大切なことであると心得て、夫妻は芸術関係者とも交流をもっていた。

その中のひとりに画家モネがいた。かつては、アカデミックな絵画の規律から逸脱し、落書きじみた絵を描く「愚かもの」扱いされてきたモネだったが、いまや名士の仲間入りを果たし、フランス政府と絵の制作に関してやりとりをするほどになっていた。

かねてから日本の美術に深く傾倒し、日本への憧憬を隠さなかったモネは、黒木夫妻と面会して、それはそれは喜んだ。黒木夫妻もモネの絵をすっかり気に入って、画家本人から直接作品を購入したのだという。

黒木夫人の竹子は、モネのおおらかさはきっと叔父の琴線に触れるだろうと考えて、松方幸次郎がパリを訪れた際、モネに会いにいくことを早速提案した。

モネはパリ市内ではなくて、車で二時間ほど行ったところにあるジヴェルニーという小村に住んでいた。松方は姪夫妻の手引きでモネに会いにいき、竹子の予想通り、すぐに意気投合した。

手入れがゆき届いた美しい庭園には太鼓橋が架かった大きな池が造作されており、睡蓮の花が水面に浮かび、柳が枝葉を揺らしていた。池のほとりにイーゼルを立て、畳一枚ほどもある大きな画布をその上に掲げて、画家は絵筆を走らせていた。その様子を目にして、松方はつくづく感じ入った。帰る頃にはすっかりモネの虜《とりこ》になってしまったようで、もしもあなたがお許しくださるのなら、この屋敷にあるすべてのあなたの絵を買わせていただきたい、と申し入れたのだった。

田代は少なからず驚いた。

クロード・モネといえば、田代が愛読している文芸・美術雑誌「白樺」でも紹介されて、日本の若い画家たちや美術研究者のあいだでは重要な現存画家と目されている。そのモネにすでに会いにいっているとは。

「じゃあ、松方さんはモネの作品を持っているのか」

田代に問われて、

「持っているらしいよ。買ったものを僕は見たことはないが、黒木さんが教えてくれた」

成瀬が答えた。

「やはり、松方さんは、絵そのものよりも人を見て購入を決めているんだよ。モネの絵が気に入ったんじゃなく、モネという人物が気に入ったにすぎないのかもしれん。が、しかし……しかしだ。とにかくモネ、だからな」

田代は深くうなずいた。まさにその通りである。絵を見ずに人物を見て買ったとしても、モネの絵ならば何の文句を言うことがあろうか。

「それで、松方さんは、またモネに会いにいって、さらに絵を画家本人から直接買いたいから、その日のために特別な手土産を用意しておこうと。それが、くだんの『ナポレオン』というわけさ」

なるほど、と田代は膝を打った。

「さすが、策士だな」と感嘆すると、

「まったく。そういうところは、あの人は抜け目がないよ」成瀬が相づちを打った。

いまや押しも押されもせぬフランス画壇の巨匠、クロード・モネを陥落させるためにナポレオンで攻め入るとは。田代には想像もできない策である。

成瀬は、手に持ったコニャックのグラスをくるりと優雅に回して、

「実は、松方さん、君の到来を待っていたんだぜ」

思いがけないことを言った。

「ぜひ、ジヴェルニーに連れていきたいと言っていたよ。君をモネに会わせたいんだと」

田代はにわかに色めきたった。

「ほんとうか？」

「ああ。君さえよければ、すぐにでも連れていってくれるよ」

田代は躍り上がりそうになった。

なんという幸運だろうか。白黒の図版でしか見たことのないモネの絵。ほんものの作品をこの目で確かめられる。しかも画家本人に会えるとは。

いったいどんな色なのだろう。きっと、ルーヴルで見たボッティチェッリのヴィーナスのように、想像もしなかった鮮烈さに違いあるまい。

「まえもってリュクサンブール美術館へ行って、そこに掛かっているモネの絵を見ておくといい。よかったら館長を紹介するよ。松方さんの最強の相談役だ」

リュクサンブール美術館館長兼ロダン美術館館長、レオンス・ベネディット。

この人物には遅かれ早かれ会うことになるだろうからと、成瀬は言った。

翌朝は、投宿先の部屋のドアをせわしなくノックされるまで、田代はぐっすりと眠りこけていた。

最初は控えめに、徐々に激しく、ノックの音が高まった。

「田代！　おい、田代！　いるのか、返事をしろよ！」

成瀬の声である。田代はようやく起き上がって、目をこすりながらドアを開けた。その向こうには、パリッと糊のきいた白シャツにタイを締めた成瀬が立っていた。

「やあ、おはよう」

田代が寝ぼけた声であいさつすると、

「まだ寝ていたのか。松方さんがお待ちかねだぞ」

と言われ、ようやく目が覚めた。ベッドの枕もとに置いた懐中時計を見ると、九時を回っていた。うわっと叫んで、大あわてで出かける支度を始めるありさまだった。

パリ二日目、今日から松方に同行して画廊巡りが始まる。

手早く身支度を整えて階下へ降りていくと、狭いロビーの肘掛け椅子に松方が腰掛け、新聞を広げていた。

「おはようございます」田代は声をかけて、深々と頭を下げた。

「申し訳ありません。こちらから出向くつもりでいたのですが、つい、寝過ごしてしまいまして……」

新聞の向こうから口ひげの丸顔を覗かせると、松方はにこやかに応えた。

「なに、別段あやまることなんぞない。こちとら朝の散歩が日課だからな」

田代の投宿先はマドレーヌ寺院にほど近い安宿で、松方が泊まっている最高級ホテル

「ル・ムーリス」を宮殿とすれば、こちらはまったく庶民の長屋のようなものである。徒歩十分ほどの距離ではあったが、それにしても松方に出向かせるのはいかにも悪かったと田代は恐縮した。が、松方は気にも留めていない様子だった。

「詫びはもういい。さ、早く行こう。タブローが待っておるぞ」

杖を突きつき、夏の日差しの中へと勇んで出ていった。田代と成瀬は急ぎ足でその後に続いた。

その日、松方がいの一番に田代たちを伴って出向いたのは、「ギャルリ・ドリュエ」という名の画廊であった。

ロワイヤル通りに面したその画廊に到着すると、まず成瀬が表玄関の呼び鈴を鳴らした。ほどなくしてドアが開き、こざっぱりとした様相の小僧《ギャルソン》が顔を出して、三人の日本人を認めると、ドアを大きく開けて通してくれた。

「名乗りもしないのに、ずいぶん通りがいいんだな」

田代が成瀬の耳もとにささやくと、

「日本人が画廊に現れるとなれば、それはすなわちムッシュウ・マツカタなのさ」

成瀬が得意げに返した。

画廊の中では、色鮮やかな大小の油彩画に混じって、何点もの白黒写真が額縁に入れられて飾ってあった。しかもその写真は、面白いことに、肖像写真や風景写真ではなく、彫刻や絵画を被写体として撮ったものだった。

油彩画と「美術品の写真」が同列に展示されているのを見て、田代は新鮮な驚きを覚えた。まるで写真がいっぱしの芸術作品のように見える。その中のひとつに見覚えのある絵の写真があった。丸みを帯びた花瓶に活けられたひまわりの花の絵——の写真。

「おや、これはひょっとして、ゴッホの絵なんじゃないか」

思わず口走ると、

「そうだよ。面白いだろう。ここの画廊主が撮った『絵の写真《フォト・ドウ・タブロー》』さ」

成瀬が言った。

画廊主、ウージェーヌ・ドリュエは写真家であり、その主な被写体は絵画や彫刻で、フィンセント・ファン・ゴッホ、ポール・セザンヌ、オーギュスト・ロダンなど、この頃人気の画家や彫刻家の作品を数多く撮っていた。

成瀬いわく、実はドリュエの写真によってその名を知られるようになった画家もいるのだそうだ。ゴッホはその好例で、ドリュエの写真の被写体となったゴッホの絵は、ヨーロッパのみならず、アメリカや日本の人々の目にも触れ、強い印象を残すことになったのだと。

つまり、田代が日本の雑誌で目にしていた〈ひまわり〉の写真の出処は、意外にもパリで最初に訪れた画廊の主人だったのである。

「おはようございます、ムッシュウ・マツカタ。ようこそおいでくださいました」

ひまわりの絵の写真に見入っていた田代の背後で、やわらかな女性の声がした。振り向くと、ほっそりとしたドレープの白いドレスを身にまとった初老の婦人が微笑を浮かべて佇んでいた。松方は彼女の手を取ると、いかにも慣れた様子でその甲にかすかに口をつけた。そして、少したどたどしいものの、フランス語で語りかけた。

「ごきげん麗しく、マダム・ドリュエ。今日は、私の若き友人を紹介させていただけますか」

彼女は画廊主の夫人、つまりこの写真を撮った写真家の妻なのだと知って、田代は胸をときめかせ、挨拶をした。

「はじめまして、マダム。ユウイチ・タシロと申します」

夫人はゆったりと笑いかけて右手を差し出した。田代は女性の手にくちづけをする西洋の上流階級の挨拶にどうもなじめず、無粋とはわかっていたが、彼女の手をそっと握るにとどめた。

「彼は西洋美術史を学ぶために、この春、ヨーロッパへやって来ました。専門は初期ルネサンスです。パリの後にはフィレンツェへ赴き、そこでアメリカ人の美術史家に師事する予定です」

成瀬が流暢なフランス語で紹介してくれた。西洋美術史、ヨーロッパ、ルネサンス、フィレンツェ、アメリカ人と、やたら世界規模の重厚な単語を並べるのは、フランス語を巧みに操り、フランスの文化人の思考をよく知る成瀬の作戦である。日本人だとて国際的に活躍しているのだと、フランス人に対して印象づけなければならない、自分たちはそれを松方さんに学ばねばならないのだ、松方流・西洋社会での処世術その一だと、ついきのう、成瀬は酒場でナポレオンを飲みながら力説していたところであった。

「まあ、ご立派ですのね」

マダム・ドリュエが目を細めた。

「いいえ、そんなことは……」田代は言いかけて、すぐに、「ありがとうございます」と言い直した。

成瀬から伝授された、松方流・西洋社会での処世術その二。決して自らを卑下するなかれ。過ぎたる謙遜は却って自らを矮小化《わいしょうか》する。

成瀬はフランス語で説明を続けた。

「こちらの画廊では、設立当初から現代美術を扱っている。画廊には以前、カフェも併設されていたそうで、そこにあのオーギュスト・ロダンが通っていたということなんだ」

画廊のカフェに通い始めてほどなく、ロダンは画廊主、ウージェーヌと懇意になり、自分の作品の写真を撮ってみないかと、彼に写真の手ほどきをした。写真の面白さ、美術作品を写真に撮るという独特の被写体の選び方をドリュエに教えたのは、なんとロダンだったのである。

十九世紀末に普及し、絵画の代わりにもっぱら記録の手法として定着した写真だったが、完成度と芸術性の高いものは芸術作品として扱われるべきなのではないか。「芸術としての写真」を早くから提唱し実践してきたドリュエは、パリにいるあまたの画廊主の中でもひときわ個性的な存在だった。

成瀬のフランス語の説明に必死に耳を傾けて、田代は、

「すばらしい。ご主人のご活躍は、美術の世界に新しい風をもたらしたに違いありませんね。しかも、あのロダンに写真を教わるとは。めったなことではありません」

めいっぱいフランス語で褒めちぎった。

松方流・西洋社会での処世術その三。将を射んと欲すればまず馬を射よ。男であれ女であれ、その伴侶を褒めておけばまずは間違いなし。

が、ロダンに彫刻ではなく写真の手ほどきを受けたとは、実際にめったなことではない、お世辞抜きで。

「かなうものならば、ムッシュウ・ドリュエにお目にかかりたいものです。画廊主は、本日はこちらに？」

田代が問うと、マダム・ドリュエはかすかに口もとに笑みを浮かべて答えた。

「五年まえに亡くなりましたの。いまはわたくしが画廊主です」

田代はしゅんとなった。どうやら調子に乗りすぎてしまったようである。

若者たちがマダム相手にフランス語で会話を繰り出す様子を見守っていた松方だったが、ようやくそこで本題を切り出した。

「レオンス・ベネディットから聞きました。私のために、こちらの画廊でモーリス・ドニの絵を確保してあるのだと。見せていただくことはできますか？」

松方に問われて、今度はマダムの顔いっぱいに笑みが広がった。

「そうなんですのよ。いますぐにご覧に入れましょうか？」

松方もたちまち顔をほころばせた。

「ええ。ぜひとも見せてください」

モーリス・ドニという名前は、田代には初耳だった。新進の画家なのだろうか。

三人は画廊の奥にある応接室に通された。白い壁の前に空のイーゼルが大小ふたつ立てられている。その正面にある長椅子に松方がゆったりと腰掛けた。成瀬がその左手に、田代が右手に、それぞれ肘掛け椅子に座った。

ほどなく白い前掛け《タブリエ》を着けた給仕人《ギャルソン》が入ってきて、銀の盆に載せたポットとコーヒー、ホット・チョコレートをテーブルに置いた。松方はアメリカ仕込みで朝はコーヒーと決まっていたが、甘いものにも目がない。マダムはすでに顧客の好みを熟知して、もてなしに熱いチョコレート《ショコラ・ショー》を添える気の配りようである。紅茶責めだったロンドンの画廊とはひと味違うふるまいにパリらしさを感じて、田代は微笑んだ。

ギャルソンと入れ替わりに、画廊の使用人がふたりがかりで金色の額縁に入れられた絵を運び入れ、大きなほうのイーゼルに置いた。

「おお……！」

田代と成瀬は同時に感嘆の声を漏らした。松方は、口をつけかけていたチョコレートのデミタスカップをがちゃりと受け皿へ戻した。

三人の目の前に現れたのは、ばら色の街の風景だった。

縦長の構図の上部には、冷たい水色の空を背景にして、小高い丘に教会の鐘楼が凛と佇んでいる。その塔を頂点に、なだらかな丘陵に広がる石造りの街並み。家々はやわらかな緋色、すみれ色、だいだい色などのあたたかな色調に彩られ、まるで咲き乱れるばら園のようである。

画面の左手前には墨色のローブを身にまとったひとりの女性が、胸に両手をひたと当てて空を仰ぎ見ている。右手上部の教会の鐘楼と彼女は対をなしている。それによって、彼女が聖なる啓示を受け取っていると暗示しているのだ。

影をあえて描き込まない平坦な色面なのに、不思議な奥行きがある。決して写実的ではないのに、目の前にどこまでも街並みが広がっているように感じられる。

田代はあっけにとられた。

近年、フランスの画壇には革新的な画家が続々と登場して、世界中で評判になっている。日本もその例外ではなく、新しい表現に果敢に挑戦して名を成した画家、あるいは名を成さずして他界し、死後評価が高まっている画家の数々が盛んに紹介されている。

田代も十代の頃から彼らの「絵の写真」に親しんできた。ゴッホ、ゴーギャン、セザンヌ、ルノワール、モネ。なぜこんなにも綺羅星のごとき才能がフランスにばかり集中して現れるのか、不思議でならなかった。

彼らの多くは、ここパリで画業に励み、ある者は花を咲かせ、ある者はつぼみのままで終わった。なぜだろうか。ひとえにパリが芸術の都、だからだろうか。

田代がパリへやって来た理由。それは、松方のコレクション形成に協力するということではあったが、実はそれ以上に、かくも芸術を育む豊かな土壌となっているフランスという国、パリという街の秘密に迫ってみたいという思いがあったからなのだ。

だからこそ、初めて訪れるパリの画廊で最先端の美術に触れるのを楽しみにしていた。最初に何が出てくるのだろう。それがもしモネならばうれしい。いや、ゴッホでもゴーギャンでもうれしい。その色を、筆触を、この目で確かめられる瞬間を心待ちにしていたのだ。

ところが、最初に現れたのは、田代がその名を知らぬ画家、モーリス・ドニのタブローであった。

いきなり平手打ちをくらったように、田代は愕然としてしまった。

鮮烈な色、形象、構図。何もかもが田代の目には新鮮に映った。ただただ、驚きであった。画家の力量にも、この画家を扱っている画廊の感性にも、そしてこの画家をすでに知っている松方のコレクターとしての資質にも。

「お気に召しまして？」

おっとりとマダムが問うた。松方は両腕を組んで、うむ、と深くうなずいた。

「実におもしろいですな。……正直に言いますと、私は、最初この画家がよくわからなかったのですが……一枚、二枚とタブローを見るようになって、だんだんと好きになりました。まず、とにかく明るいのがいい。そして、明るいだけではなくて、この画家は、深い。とても」

松方が絵を前にして自らの感想を口にすることは、ロンドンではそうそうはなかった。これもまたパリゆえだろうかと、田代は思わずにはいられなかった。

聞けば、モーリス・ドニは五十歳、最近つとに人気が高まっている画家である。かつてポール・ゴーギャンらとともに、フランス北西部のブルターニュ地方にある小村、ポン＝タヴァンに暮らし、その後、パリ郊外のサン＝ジェルマン＝アン＝レーにアトリエを構え、制作を続けている。絵画の平面性と色彩に関して独自の理論をもち、それを実践してきた。また、敬虔なキリスト教徒でもあるドニは、宗教的なテーマに新しい解釈で取り組んでもきた。

ウージェーヌ・ドリュエはロダンを始め、現代美術家との交流を重んじてきた。その中の代表的なひとりがドニであった。

ギャルリ・ドリュエはドニの個展をたびたび開催してきた。リュクサンブール美術館兼ロダン美術館の館長、レオンス・ベネディットがドニの個展を訪問し、同館のコレクションに加えたいとドリュエに購入を申し入れたのがきっかけとなり、ベネディットとドニの交流が始まった。そして松方が前回パリを訪問したときに、ベネディットが彼にドニの作品を紹介した、というわけだった。

その日、田代が初めて目にしたドニの作品には〈シエナの聖カテリーナ〉という題名がつけられていた。

松方はすぐに購入を決めた。アドバイザーたる田代は、まったく出る幕がなかった。

松方は、鋭い直感を備えたコレクターとして、すでに歩み始めていた。

その後、五軒の画廊を見て回ったが、どれほど松方が重要視されているかを田代は目の当たりにした。

どこへ行っても表玄関のドアがさっと開く。松方は杖を突きながら、堂々と中へと入っていく。たちまちぴりりと場の空気が張り詰める。さあムッシュウ・マツカタのご来訪だと、画廊主以下、使い走りの小僧までが、ひとりの日本人のために、隅々まで気を配り、何も買わずに去っていかないようにと、手厚くもてなす。

松方のほうは、いかにも余裕綽々《しゃくしゃく》でもてなしを受ける。がつがつすることは何もない。決定権はこちらにあるのだから、どんな名画が出てきても前のめりにならずに、まずはとにかくどんと構えている。

目の前の作品を購入するか否か、松方の決め方はふた通りだった。ひとつはその場で返事をせず持ち帰る。もうひとつは即決。そのどちらかであった。

松方式タブロー購入の流儀その一。

画廊主から詳しく説明を聞いて――成瀬が通訳する――ふむふむと控えめに相づちを打つ。このとき、松方の表情は微塵も変わらない。いわゆる「ポーカーフェイス」である。無表情ではないが、神妙な顔つきでもない。茶飲み仲間と世間話に興じている好々《こうこう》爺《や》の顔——とでも言ったらいいのだろうか。とにかく、これから何十万円もの絵を買おうという顔つきではない。

　説明を聞いたあと、「君、どう思う？」とかたわらの青年たちに問いかける。成瀬は慣れたもので、これは珍しいから買いだと思います、買っておいて損はないですよと、あまり詳しく説明はせず、単純明快に答える。彼が詳しく説明するとなると、きっと専門のロマン・ロランの著作から引用文のひとつも持ち出して滔々《とうとう》と語ることになってしまうだろう。自分でそれをわかっていて端折《はしょ》っているのである。

　一方、田代は、ここは自分の専門性を発揮すべき場面だと心得て、美術史に照らし合わせて解説を試みた。

　この絵には十九世紀の誰々の影響の片鱗が見られる、この構図の作り方は誰々の作品を思い出させる、そもそも前衛芸術の発祥と発展にはなかんずく時代性が色濃く反映されており……云々、云々。

　松方はポーカーフェイスで、ふむふむと聴き入っている様子。初めのうちは遠慮しながら話し始めるも、田代の解説は熱を帯びてくる。松方は、「ふうん」「そう」と相づちを打つ。そして、さあここからが聴かせどころだというときに、「もういい」。田代はしゅんとなり、成瀬は笑いを噛み殺す。

「いったん持ち帰って考えましょう」と松方が立ち上がる。ドアを押して通りへ出たところで、「あれは買いだ」とようやく本心を口にする。実は田代の解説もちゃんと聞いていて、その作品を自分のコレクションに加えるべきかどうか、松方なりに胸算用していたのだ。

「あんまり物欲しそうな態度を見せたら、向こうは値段をふっかけてくるだろう。欲しいと思っても、すぐにそのそぶりを見せちゃあいかん。取引というのはそういうものだよ」

松方式タブロー購入の流儀その二。

クロード・モネやモーリス・ドニなど、彼が特に思い入れのある現代画家の作品が出てくると、あまり吟味をすることなく「買おう」とすぐに口にする。あるいは、信頼のおけるアドバイザー――ロンドンであれば画家のフランク・ブラングィン、パリであればリュクサンブール美術館兼ロダン美術館館長のレオンス・ベネディットが勧めてくれた画家の作品であれば、絵も見ずして購入を決定することすらあった。「絵ではなく人を見て絵を買う」と成瀬に言われるのは、このためである。

松方の「即決」を引き出すために、パリの画廊はこの新興コレクターの好みを知ろうとやっきになっていたようだ。ベネディットが松方の相談役になっていることはすでに有名な話で、それぞれの画廊がまずはベネディットに取り入ろうとしている。君も早く彼と会っておいたほうがいい――と田代は成瀬に忠告されていた。

ロンドンでもそうだったが、パリではなおさら、松方はその存在感を際立たせているように田代の目には映った。

彼のいまいるところがたとえ世界有数の強大国だろうと、あらゆる芸術家が恋い焦がれる美の都だろうと、松方には関係ない。彼がいるところこそが世界の中心なのだから。

しかし、松方自らそうは言わない。言わずして周りにそう思わせる力が彼にはある。

これほどまでに強い磁力をもった人物に、田代はそれまで出会ったことがなかった。大きな人。新しい人。そして強い人。それが松方幸次郎という人物なのである。

彼が強い意思をもって動く。すると周りも動く。つまりは世界が彼を中心に回り始める。その力に、すでに自分は取り込まれつつあるのだ——と田代は感じていた。

ならばとことん巻き込まれてみたい。何が起こるのか、この目で確かめてみたい。

田代の胸は大いなる期待でいっぱいに膨らんでいた。


画廊巡りを終えた夕刻。

最後の画廊を出たあと、成瀬は、先においとまします、と告げて帰っていった。

「細君とオペラ観劇だよ。わしにばかり付き合っていると『餅を焼かれる』らしいからな」

楽しげに松方が言った。

「うらやましい話ですね」

冗談めかして田代が返した。が、本音であった。

成瀬とは東京帝大の同窓生でよき友人であったが、なんであれ、自分にくらべて成瀬はすいすいと先んじていく。実際は年下なのに、ときおり彼のほうが年長なのではないかと思うほど、知識も経験も自分をはるかに超えて老成している。

さきの世界大戦のまっただなかに、心酔するロマン・ロランを追いかけてスイスへ行ってきたと聞かされたときには、度肝を抜かれた。自分の学生時代には、実家のある横浜から東京の学校へ通う汽車賃すら惜しんでいたのに——と。

パリに長期滞在するのはこれで二度目の成瀬は、妻をエスコートして優雅にオペラ鑑賞である。差をつけられたものだなと、田代はこっそり苦笑した。

画廊の前で最新型のシトロエンが松方の帰還を待ち構えていた。乗り込もうとする松方の背中に向かって、田代は言った。

「僕もこちらで失礼します」

松方が振り向いた。

「君もオペラ鑑賞かね？」

田代は笑った。

「まさか。僕はこのへんをぶらぶらしてから宿に戻ります。松方さんも一日画廊巡りでさぞお疲れでしょうから、どうかごゆっくりなさってください」

松方が神妙な顔をした。

「なんだ、わしに遠慮しているのか。だったら、君も車に乗りたまえ。遠慮は無用だ」

「いや、しかし……」

「いいから、いいから。もう少し付き合ってくれ。そうだ、君に見せたいものがある。そこまで行こう。さあ」

問答無用で、田代は車に引っ張り込まれてしまった。

そうして到着したのが、エトワール広場であった。

車を降りてすぐ、田代は、「ああ」と声を上げた。

西日を浴びて、広場の中心に凱旋門がどっしりと構えて佇んでいた。

一八〇六年、皇帝ナポレオン・ボナパルトの命により、前年のアウステルリッツの戦いにおける勝利を記念して建設が始まった門である。が、発注したナポレオン自身は、その完成を目にすることなく一八二一年に幽閉先のイギリス領セントヘレナ島で死去している。

門が完成したのは一八三六年、ルイ・フィリップの七月王政時代になってからのことである。そして、ついにナポレオンがこの門をくぐったのは、セントヘレナ島からパリへと改葬される際、棺に納められてのことであった。

近世フランス美術史とナポレオンの存在は不可分である。ゆえに、田代もナポレオンと凱旋門の逸話は知っていた。なんという歴史の皮肉であろうかとつくづく思ったものだ。

その凱旋門が、いま、目の前にある。ルーヴル美術館に行っても、セーヌ川を見ても、感激の連続であったが、パリの象徴的建造物のひとつである凱旋門を見上げて、新たな感動が田代の胸に湧き上がった。

想像以上に大きく、驚くべき迫力である。「門」という言葉に惑わされて、もっとずっと規模の小さなものだろうと思っていた。ここでもまた、見ると聞くとでは大違いであることを思い知らされた。

「これはすごい。『門』というよりも『城』といったほうがいいくらいですね」

田代が言うと、

「その通りだな」

松方が笑った。

古代ローマの建築様式を手本にして造られたという新古典主義の意匠である。田代はまぶしげな目を門に向けて、感慨深い声で言った。

「しかし、ナポレオンは想像もしなかったでしょうね。これを創らんと命じたときには、向かうところ敵なし。フランス皇帝にしてヨーロッパの覇者だった。それがまさか、死んでからこの門をくぐることになろうとは……」

威風堂々としたこの門の姿を、ナポレオンはさぞかし見たかったに違いあるまい。

歴史を学ぶ者として、ときおり田代の心中に去来する言葉がある。栄枯盛衰——その四文字を、凱旋門を見上げながら、田代はやはり思い浮かべていた。

「そうだな」と松方が、何を胸中に描いたのだろうか、ふとため息をついて、言った。

「ナポレオンでなくとも、誰であれ、おのれの行く末のことはわからんものだ。行く末どころか、明日のことすらわからんものだよ。だからこそ、わしはいつも、いまこの瞬間をどう生きるべきか、考えている」

どうすれば、いまこの瞬間を明日につなげていけるか。そして、その明日を未来につなげていけるか。

一瞬一瞬が一生に一度しかない瞬間なのだ。この一瞬をおもしろく生きずして、おもしろい人生にはできぬ。

松方の言葉には、幾多の荒波をかいくぐってきた者だけに許される真実の響きがあった。

実は松方幸次郎という人物が何者なのか、田代はまだよく知っているわけではない。フィレンツェに留学するまえに立ち寄ったロンドンで紹介され、会っていきなりアドバイザーになってくれないかと頼まれて、気がつけば巻き込まれ、この人についていこうと決めてしまった。

出会ってまだ二カ月ほどしか経っていない。それなのに、自分はこの人を追いかけてパリまで来てしまったのだ。

なぜだろうか。

自分は、松方幸次郎という人が、どんなかたちでかはわからないが、ひょっとすると歴史に名を残すかもしれぬと勘づいているからではないだろうか。

この人が歴史の一部となっていく瞬間に、歴史家の端くれとして立ち会ってみたい。

——そんなふうに思っているのかもしれない。

美術史という歴史学の一分野を専門とする田代は、いつの世にも歴史を塗り替える大人物が登場する「偶然＝必然」を理解しているつもりである。

ある歴史上の人物が出てくるのは、その時点では単なる「偶然」でしかない。しかし、後世のある時点に立脚して、歴史の中でその「偶然」をみつめたとき、それがいかに「必然」であったかがよくわかる。

たとえば、レオナルド・ダ・ヴィンチという稀代の天才が出現したのは、たまたまそうなったわけではなく、何百年ものあいだの歴史の積み重なりの中で、少しずつ、少しずつ、準備されていき、その結果、ひとりの天才が生まれたという必然であったのだといえる。

つまり、さまざまな職人たち——その頃はまだ芸術家という呼称はなかった——が試行錯誤しながら何十年、何百年もかけて発展させてきた絵画様式や技術が下積みとなって、レオナルド・ダ・ヴィンチというひとりの天才の出現を支えたとみなすことができるのではないだろうか。

自分が松方とともに、いま、こうしてパリにいること。それは予想もしなかった偶然である。

しかし、いつか……何十年か経ったあとに、あの偶然は必然だったのだと思い返す日がくるような気がする。

その「いつか」に向かって、いま、松方とともに、ここにいる。

こうして凱旋門を見上げ、街路樹の緑が連なるシャンゼリゼ大通りを眺めている。会話を交わし、パリの街を呼吸している。

いま、生きている。

そのこと自体が、田代には、どんなことよりも面白かった。

「せっかくここまで来たんだ、少し歩かんかね」

松方に誘われて、田代は笑みをこぼした。

「ええ、ぜひ」

車を帰して、ふたりは「ル・ムーリス」まで歩いて帰ることにした。

エトワール広場の凱旋門を中心に、十二本の大通りが放射状に延びている。その中で、シャンゼリゼ大通りはひときわにぎやかな美しい通りである。

石畳の大通りの中央は車や荷馬車が行き交い、両脇には広々とした舗道があって、人々がそぞろ歩いている。タブロイド紙を小脇に抱えたムッシュウ、着飾ったマダム、戯《たわむ》れながら走っていく子供たち、荷担ぎ人夫、すもも売りの商人、花売り娘。彼方から風に乗って夕鐘が聞こえてくる。きっと、ノートルダム大聖堂の鐘の音《ね》だ。

パナマ帽にステッキを突きつき、ゆっくりと進む松方と並んで歩きながら、田代は、いま、自分たちふたりがこのパリの風景の一部になっている、その不思議を思わずにいられなかった。

腕を組んで歩いていく男女とすれ違いざまに、松方が田代に訊いた。

「ときに、田代君。君には、いつの日かオペラに連れていきたいような相手はおらんのかね」

松方と出会ってからというもの、ついぞ自分の身の上について詳しく話をする機会がなかった田代は、唐突に尋ねられて思わず苦笑いをした。そして、

「実は……妻がいたのですが、逃げられました」

正直に告白した。松方は目を丸くした。

「逃げられたって……君が離縁したのではなく？」

「違います。どうしてもフィレンツェへ行くと言い張ったら、じゃあ行ってくれば、と。私は実家へ帰ります。……そう言われました」

松方は、ぷっと噴き出した。

「それでも、君はここまで来たのか」

「はい」清々しく田代は答えた。

「予想もしない行く末でした。が、そのおかげで、面白い人生になりそうです」

夕日を背にして、松方と田代は石畳の舗道をそぞろ歩いた。いつまでも明るい宵である。舗道沿いに軒を並べるカフェのテラス席には人が鈴なりで、ワインを飲み交わして談笑している。

「どうだい、田代君。一杯、引っかけていくか」

松方に誘われ、田代は「いいですね」と即答した。

テラス席の最前列に陣取ったふたりは、冷えたシャンパーニュで乾杯をした。田代は、自分がまるで夢物語の主人公になったかのような気分をまだ拭えなかった。

最初の一杯を飲み干して、松方が、

「パリは実にいい。だろう？」

吐息とともにそう言った。田代はうなずいた。

「同感です。ロンドンより開放的なところもいいですね。カフェーひとつとってみても」

「パリはカフェーが文化を作ってきたというからな」

ロンドンにはテラス付きのカフェがない。年中寒いのと、工場の煤煙や自動車の排気ガスで空気がひどく汚れているので、どうもテラスに集《つど》って酒を飲む気にはなれない。だからかどうかは知らないが、人間もパリにくらべて内向きだし保守的だと、松方は解説した。

「君がこれから行こうとしているフィレンツェという街も、さぞかし魅力的なところなのだろうな。細君と離縁してまで行きたいというんだから、よっぽどだ」

田代は苦笑した。

「どんな街かは僕にもわかりませんが、どうしても見たいタブローと、会いたい人がそこにいるのです」

絵のほうは、ボッティチェッリという初期ルネサンスの画家のもので、フィレンツェにある世界有数の美術館、ウフィツィ美術館に所蔵されている。人のほうは、ルネサンス美術の世界的権威、アメリカ人美術史家、バーナード・ベレンソンである。

「僕は、帝大時代にベレンソン先生の著作を読んで、どうしてもこの人に会いたい、かなうことなら師事したいと思い続けてきました。西洋美術史研究を深めていくためには、日本から出ないとダメだとわかっていました。どんなにすぐれた論文を書いたとしても、実際の作例を見ていないのであれば、それは机上の空論ですから」

ベレンソンは、ある時代の特定の作例を研究する上で、同時代のほかの作家や世界の潮流、歴史的背景を比較することに着眼していた。

美術史の研究者は、重箱の隅をつつくようにひとつの作例を突き詰めていくものだが、ベレンソンは違った。広い視野を持つことの重要性を彼は説いていた。

「最初は、先生に質問状を送りました。すると、ていねいな返答がきて、いままで自分が思いつかなかったような視点で、先生が絵画をみつめていることを知ったのです」

ベレンソンとの往復書簡を重ねるうちに、どうしても会いにいきたい、この人のそばで学びたいという気持ちが日に日に増してきた。ベレンソンからも、手紙だけでは伝えきれない、フィレンツェへ来なさいと誘われた。ほんものの絵を見ずして美術史の真髄に触れることは決してできないと。

行きたい気持ちは爆発寸前だった。が、先立つものがない。公立校の教師だった田代は、成瀬正一のように妻を連れて渡欧できるような恵まれた経済状況ではなかった。

それでも、なんとかしてヨーロッパへ行きたい。その思いの強さが状況を変えた。一高・帝大の同窓生や、教鞭をとっていた東京美術学校のつてで、渡欧のための資金を募った。田代の秀才ぶりは一高時代からつとに有名であり、帝大を首席で卒業した実績や語学力は高く評価されていた。しかし、それ以上に「世界的視野に立って研究を極めたい」という彼の信念、情熱こそが、最初は無茶だと言っていた周囲を動かした。

「どうにか渡欧する資金が集まり、留学中の滞在費は政府の援助を受けることも決まったんです。ついにヨーロッパ行きが実現する。天にも昇る気持ちでした。が……問題は家内でした」

田代には結婚して三年目の妻があった。子供はまだいなかった。帰ってくるまで待っていてくれるだろうか、いや、待っていてもらうしかないと、ヨーロッパ行きの計画が全部整ったところでようやく打ち明けた。すると、実家に帰らせていただきますとあっさり言われてしまった。

「正直、まさか向こうから離縁を持ち出すはずがないと高をくくっていました。けれど、子供もなく、僕も働きづめで、寂しい思いをしていたのでしょう。びっくりするほどあっけなく、夫婦生活は終わってしまいました。……申し訳ない気持ちもありましたが、むしろ心がはっきりと定まりました。やはりいま、行くしかないんだと」

気持ちのよい宵であり、酒の力も手伝って、田代は不思議にせいせいした気持ちで打ち明けた。

いつもの饒舌を封じて、松方は田代の身の上話に耳を傾けていた。ひと通り話を聴き終えると、松方は尋ねた。

「君をそこまで駆り立てたものは、いったいなんなのだ？」

田代は、しばし唇を結んでいたが、ひと言で答えた。

「タブローです」

「タブロー……？」

「はい。僕は……なんだかんだ難しいことを言っても、結局、ただ単純に絵が好きなんです。何よりも」

田代はもと地方藩士だった父と神戸出身の母のもとに生まれた。姉がふたり、弟がひとりの四人きょうだいである。

父は横浜にある商館の番頭を務めていた。まじめな性格で雇用主の信頼もあつかったが、一家六人の家計はいつも苦しかった。

息子に商売の道へ進んでほしいと望んだ父は、田代を商業学校に進学させた。

田代は尋常小学校の時代から読み書きに秀でており、加えて作画の才があった。遊び心で雑誌の挿絵などを紙に写し描いているうちに、だんだんと深く作画に興味を持つようになった。

絵を本格的に学びたいという思いとはうらはらに、父に命じられるままに商業学校へ進んだが、算盤がからきし苦手で、どうにもついていけなくなってしまった。算盤以外はなんでもできる「文系」の秀才であるとようやく父も気がつき、県立の文系中学校に転校、その後は一高の英法科、帝大英文科へと進学した。

一高時代には、洋画家主宰の画塾に通って作画を学び、帝大時代には文展に入選も果たした。いっとき、画家になることも本気で考えたが、中央画壇では、浅井忠《あさいちゅう》、黒田清輝《くろだせいき》、藤島武二《ふじしまたけじ》、岡田三郎助《おかださぶろうすけ》など、洋行帰りの画家たちがすでに活躍していて、本場仕込みのすばらしい作品が展覧会で発表されるのを見るにつけ、自分の才の小ささを思い知らされた。

それに、田代には高価な油絵の具や画布を買う余裕がなかった。実家は息子の学費すら捻出するのに苦労をしていた。田代は水彩画を売ったり、英文の美術書の翻訳を手がけたりして、学費の足しにしていた。ましてや洋行など夢のまた夢である。画家になるにはあまりにも色々なものが足りなかった。

「僕は、洋行帰りの画家が模写してきたフランス絵画やイタリー絵画を展覧会で見たり、『白樺』で紹介されていた欧州の絵画の写真を眺めたりして、ほんものはさぞすばらしかろうと想像することしかできなかったのです。そして、自分ではついに描くことができなかったタブローへの憧れがいや増して、西洋美術史を極めたいという気持ちが深まりました」

とはいえ、日本にいて西洋美術史を学ぶのには何かと限界があった。日本には本格的な西洋美術館がない。ゆえに、実際の作例を見たければ、洋行するほかはない。しかし、先立つものがない。

ないないづくしの状況で、これ以上研究を続けるのは難しいと、何度挫折しかけたことだろう。

そんな中、敬愛する美術史家、ベレンソンの手紙に励まされ、いつか必ずボッティチェッリの、レオナルド・ダ・ヴィンチのほんもののタブローをこの目で見るのだという希求に導かれてひた走ってきた。その道はヨーロッパへ、ロンドンへとつながり、そしてついにパリまでやって来たのだ。

「ふり返ってみれば、僕は裕福でもなく、家族に恵まれているわけでもなく、ただ……ただひたむきに、タブローが好きで、かかわりをもちたい、少しでも近づきたいと、その思いひとつでここまでやって来ました。そして、ロンドンで松方さんと出会い、こうしてパリでお供をして、すぐれたタブローの数々を目にすることができた。……まあ、いってみれば僕は、タブローのことばっかり考えて夢中になっている、どうしようもない愚かものです。ほかには、なんにもない。……それでも、とても幸運な、幸福な愚かものなのだと思います」

田代の話に聴き入る松方は、息子をみつめる慈父のまなざしをしていた。

「……そうか。だから、だったんだな」

得心したように、松方がつぶやいた。

「わしは、君に初めて会ったとき、すぐに話をしたね。日本に本格的な美術館を創りたいんだと。君はすぐに『それはすばらしい案です』と言ってくれた。……たいがい、初対面の相手に美術館構想のことを話すと、怪訝《けげん》な顔をされたものだ。『本気ですか？』とね。しかし、君は違った。君は、目を輝かせていた」

松方幸次郎と田代雄一。

年齢も、生まれも、育ちも、経歴も、何もかも違うふたり。

しかし、共通するたったひとつのこと——タブローへの熱狂が、ふたりを結びつけていた。

松方は、新しい葉巻に火をつけると、ゆっくりと煙を吐き出しながら言った。

「君の身の上話のあとだと、わしの来《こ》し方は少々破天荒に過ぎると思われるかもしれんが……それでも、ちょっと君に聞いてもらいたくなった。なぜ、西洋美術館を創るなどという大それたことを思いついたのか」

宵風にのって晩鐘が聞こえてきた。群れからはぐれた都鳥が一羽、あかね空を横切っていく。

そうして、松方は話し始めた。人生という名の大通り《ブールヴァール》を、いかにして突き進んできたのかを。

5

一八六六年一月　薩摩国　鹿児島

松方幸次郎は、一八六六年一月、薩摩藩の藩士、松方正義の三男として生まれた。

開国後の日本で、貧しい下級武士だった父は、島津久光の側近として働き、異例の出世を果たして、明治政府樹立ののちに日田県知事となる。以後、政府の要職に就き、大蔵卿時代には日本銀行設立の立役者となった。のちに第四代・第六代と二度、内閣総理大臣に就任し、近代日本の黎明期を支える要職を歴任した。

正義は子沢山で十五男七女に恵まれた。幸次郎は三人目の男子であり、父がもっとも目をかけた子でもあった。

とにかく腕白な男子であった。チャンバラごっこをするのにも本気を出す。あるとき、チャンバラの相手の友だちを驚かそうと、屋根の上から飛び降りて奇襲攻撃をかけた。驚いたのは母親と乳母である。遊びのつもりがアキレス腱を切る大けがとなってしまった。松方が歩くときに杖を手放せないのは、このときのけがの後遺症のせいだった。

九歳のとき、すでに中央官僚となっていた父に呼び寄せられて東京での生活が始まる。

腕白な少年は周囲も一目置く秀才となり、共立《きようりゆう》学校から東京大学予備門へと進学した。しかしその後落第を続け、学校の体制への不満をもった松方は、仲間を煽って卒業式をボイコットし、結果、退学処分となる。大蔵卿だった父は世間体が悪いとして、なんとか復学できるように取りはからったが、松方はむしろ父に代替案を持ちかけた。アメリカ留学である。

兄ふたりはドイツとベルギーへそれぞれ留学していた。ならば自分はアメリカだと、心密かにチャンスを狙っていたのである。

「留学したいならまず予備門を卒業しろ」と、父はなかなか首を縦に振らなかったが、とうとう根負けした。一八八四年、ついにアメリカへ渡る船に乗り、松方はラトガース大学に留学した。十八歳のときのことである。

同校はアメリカにおける日本人留学生の主たる受け入れ先の大学であった。日本人の校友たちとビリヤードやアメリカンフットボールに明け暮れて、理工系の専門課程にはどうしても興味を抱けずにいた。

次兄・正作《しようさく》はベルギーに外務省の研修生として留学中だった。兄からは変革めまぐるしいヨーロッパ情勢を知らせる手紙が届き、松方は、兄にくらべて自分がぬるま湯につかっているように感じてしまう。「これからは国際情勢を知らなければやっていけない。外交官になろう」と決心し、エール大学の法学部に編入するために猛勉強を始めた。結果は合格。その後、大学院まで進み、民法学の博士号を取得する。

二十四歳で帰国するまでの六年間で、松方は国際人としての感覚を我がものにしていた。

一八九一年、父・正義が内閣総理大臣に就任し、第一次松方内閣を組閣する。松方は首相秘書官となり、父の政務を支えることになる。

しかし第一次松方内閣は短命であった。組閣直後に来日中のロシア皇太子が巡査に襲撃される「大津事件」が発生、いきなり冷水を浴びせられた。翌年の総選挙も混乱をきたし、結果、わずか一年三カ月で松方内閣は退陣となった。

父とともに松方も在野の身の上となったが、すぐれた国際感覚を持ち得たこの青年に実業界が目をつけた。

神戸の川崎造船所の創業者、川崎正蔵は、大病を患い、後継者を探しているところだった。三人の息子たちはすでに他界していた。縁あって松方の留学費用の面倒をみていた川崎だったが、本人に会ったことはなかった。後継者としてふさわしいかもしれぬと、ここへきてようやく松方とまみえることになった。

松方正義邸を訪問した川崎が、中庭に面した待合の間で待っていると、庭を挟んで向こう側の縁側で青年が葉巻をふかしているのが目に入った。そこへ正義が現れて、

「葉巻なんぞふかしおって。お前には早いわ」

と取り上げた。すると青年は涼しい顔で、背広の内ポケットから新しい葉巻を取り出し、火をつけた。正義は呆れ顔をして「そんなに葉巻が好きなのか」と訊いた。

すると青年は、にっと笑って、「はい。好きです」と答えた。

「青二才が……」正義が言うと、

「それでもなんでも、好きなものは好きです」

青年は、きっぱりと返した。

この青年が、松方幸次郎であった。

川崎は、彼こそ大成の器であると悟り、その日、正義に向かって乞うたのだった。

――川崎造船所の社長は、ご子息をおいてほかにはいないと。


一九一四年晩秋。

神戸港を見渡す高台の地がしらじらと朝日に照らされている。

やわらかな朝もやに包まれて、神戸・山本通に鬱蒼《うっそう》と木の生い茂る一角があった。ぐるりと塀に囲われたその場所は、傍から見ると、奥深くに神社が祀られた鎮守の森のようである。

南側には大きな黒門がそびえ立っている。朝六時きっかりに、ぎしぎしときしみながら門《かんぬき》が開けられる。ギギ、ギイイッ。二人の男が通りに向かって内側から門を開け放つ。カッカッカッカッ、敷地の奥からひづめの音が響いてくる。通行人は歩みを止めて、敷地の中をのぞき込む。

まもなく二頭立ての馬車が現れる。ガラガラガラと車輪を勢いよく鳴らして、馬車が西へと向かって走り去るのを、何かありがたいものでも見たように、居合わせた通行人たちは見送っていた。

幌をたたんだ座席にいるのは、松方幸次郎である。

ウールのコートに山高帽、口ひげに葉巻が定番のスタイルである。きりりと冷たい風を受けながら紫煙をくゆらせるのもまた、毎朝のことだった。

座席には英字新聞と、自身が社長を務める神戸新聞が載っている。どちらの紙面にも世界大戦の戦況を伝える文字が連なっていた。

「ふむ、そうか。もうすぐ三カ月が経つか……」

英字新聞を手に取ると、松方はつぶやいた。

松方が三十歳で川崎造船所の社長に就任してから二十年近くが過ぎていた。日本が近代国家としての歩みを進めるのに呼応するように、松方の人生もまた大きく動いた。

二十世紀になって世界はよりいっそう海路で結ばれるようになった。人も物も世界規模で移動するようになり、そのためには船舶がかかせない。船が負う役割はいっそう大きくなった。

また、軍備増強を図る上でも列強各国は軍艦の開発にしのぎを削っていた。日本も例に漏れず、巨大軍艦を建造することは国策として必須であった。

川崎造船所の社長に就任したばかりだった松方は、これを商機ととらえて逃さなかった。

会社の経営をしたことはなかったし、ましてや造船などまったく未知の世界である。が、人一倍豪胆な気質である。「やったことがないならばやってみるまでだ」と業務拡張に乗り出した。

アメリカ帰りの松方のまなざしは常に世界に向けられていた。これからは、日本は自国のことだけを考えていたのでは世界に遅れをとる。世界の中での自国の立ち位置を意識し、各国との力関係を見極め、均衡を保っていかなければならない。

その中で、川崎造船所をどう発展させていくか。

日本の地方都市の一企業であるからといって、小さく縮こまっている場合ではない。世界的視野の中で会社を大きく成長させること、そこに注力しようと、最初から松方は決めていた。

社長に就任してすぐ、松方は乾《かん》ドックの建設に取りかかった。これは、創業者の川崎正蔵が、自分の代では実現できなかったが、なんとしても早急に完成させてほしいと松方に託した事業であった。

川崎造船所には船を修理するための船架があったが、台車とロープで船を陸上に引き上げるもので、大型船の修理には対応していなかった。国内のほかの大手造船会社は大型船対応のためのドックを所有しており、船の建造よりも修理のほうがより収入を見込める造船業界としては、ドックを持たずして勝負はできないという実情があった。

川崎正蔵はドック建設を早くから考えていたが、地盤調査の結果、造船所の周辺は掘削すると砂と泥ばかりで建設には向いていないと判明し、いったんは着工を断念せざるを得なかった。

が、さらなる掘削調査を重ねてみると岩盤にあたった。川崎は「やはりドックを造ろう」と決意した。すぐれた技師と財源を確保するところまでは川崎が整え、あとは若き後継者、松方にこの難事業を託したのだった。

言葉では尽くせないほどの労苦の果てに、ついにドックが完成したのは、松方が社長に就任して六年後のことである。

その間、松方は神戸新聞社の社長に就任、また、旧三田《さんだ》藩主で華族の九鬼隆義《くきたかよし》の次女・好子《よしこ》と結婚してふたりの男児をもうけるなど、人生の節目を重ねていた。

そして一九〇四年、日露戦争が勃発する。

ロシア帝国の大陸南下政策をにらんでいた日本は、満州および朝鮮半島を関所と目していた。万が一にもこの関所をロシアに突破されては、自国の安全が脅かされてしまう。そうなるまえに朝鮮半島を独占し、日本の安全保障を確保したい。ロシアの南下を阻止するという名目で開戦に踏み切った。

ロシアは日本を「極東の小国」とみくびっていた。が、日本は一気に黄海を制し、朝鮮半島から満州へと攻め入って、戦局を有利に運ぶことに成功した。

大陸での戦いのためには兵員と軍事物資の輸送が肝になる。日本は海上輸送に総力を注いだ。軍艦、潜水艦、一般船舶——日本の造船業界は、非常事態に直面して一気に活況を呈した。

すでに造船業界の大手にのし上がっていた川崎造船所は、海軍から潜水艇建造の注文を受ける。ほかにも駆逐艦や輸送船など合計十七隻の艦船建造を受注した。

限られた工期で一日でも早く進水させなければならない。松方は社員に檄《げき》を飛ばした。

「お国の一大事だ。日本の命運が君らの仕事にかかっているんだ。いいか、心して臨んでくれ。ともに戦おうじゃないか！」

昼夜を分かたず現場は稼働し、松方自らもときには社長室に泊まり込んで様子を見守った。

一九〇五年、日露戦争が終結した。世界中の誰もが「無謀な戦争をしかけた日本が完膚なきまでにロシアにやられるだろう」と想像していたが、結果は逆だった。

日本が名実ともに列強の仲間入りを果たしたこの戦争を通して、統率が行き届いた日本の軍隊・艦隊の強靱さを世界が知ることとなった。

川崎造船所も、軍の要望によく応えて功績を上げた。日本の地方都市の一企業とはいえ、この会社には無尽蔵な底力がある——と、日本政府はもちろん、世界が注目することになったのだ。

そのトップである松方幸次郎は、四十歳を迎える頃には「大物」と目される存在になっていた。

この前後に、松方は二度、渡欧した。最初は一九〇二年、乾ドック完成後に出かけ、二度目は一九〇七年、造船業視察のために出張している。いずれも会社の業績が伸び、次に何を仕掛けるべきか、世界的視野に立って勝ち抜いていくにはどうするべきかを見極めるために自ら動いたのだった。

パリにも立ち寄ったが、ほんの数日間のことだった。せっかく芸術の都を訪れたといっても、美術館や画廊に行くなど、そのときの松方はまったく考えもしなかった。

この二回の渡欧のあいだ、松方の頭の中には会社のこと、仕事のこと、造船のこと以外は何もなかった。ロンドンやパリの名士の家に招かれ、華やかな肖像画や心休まる風景画などが飾られているのを目にしても、壁紙の一部くらいにしか思っていなかった。

一九〇八年には神戸商業会議所の会頭に就任。また、九州電気軌道の社長にも就く。順風満帆の人生を着々と歩んでいたが、戦後不況のあおりが訪れ、成長一辺倒だった川崎造船所は会社の規模縮小を余儀なくされる。

「わしらは皆、家族だ」と松方は、常々社員に語りかけ、気持ちをひとつにして、ドック建設の難事業も戦時下も、辛苦を分かち合って乗り切ってきた。それなのに人員削減を避けられない事態に直面してしまったのだ。

社員ひとりを切るということは、その両親、妻子をともに切り離さなければならないということだ。松方は涙を流しながら彼らに辞職勧告をした。社長を務めて十数年、人前で泣いたのはこのときが初めてだった。結局、五千人もの人員削減を断行した。

一九一一年には三度目の渡欧をする。このときは欧州の企業との技術提携や各種の特許権取得が目的だった。やはり、絵画は壁紙の一部としか見えていなかった。

この頃、世界は軍備拡張時代に突入していた。そのため、各国の造船会社はよりすぐれた艦船の開発にしのぎを削っていた。

遅れをとってはならじと、松方は自ら欧米を視察して回った。五千人もの社員を切ったのだ、その犠牲を無駄にしてはならない。そんな状況下で絵画を眺める余裕は皆無であった。

しばし日露戦争の勝利に酔っていた日本だったが、このさきは世界情勢を無視しては存続できないとわかっていた。列強に遅れをとらぬためにも、当然軍拡に向かうほかはない。

欧米で最新の情報と技術を収集して帰ってきた松方は、日本海軍から巡洋戦艦「榛《は》名《な》」の建造を受注する。そして大阪ガスの前身となる神戸瓦斯の社長に就任、複数の会社の社長を兼任して、経済界の重要な一角に君臨することとなった。

さらに大正時代を迎えた一九一二年、総選挙に立候補し、トップ当選を果たして衆議院議員となる。政界・財界の双方の境界線を超えて、日本を盛り立てていきたい——強い決意が無尽蔵なエネルギーとなって松方を動かしていった。

一九一四年六月、オーストリア領ボスニア・ヘルツェゴビナ共和国の首都サラエボを訪問していたオーストリア＝ハンガリー帝国の皇位継承者、フランツ・フェルディナント大公夫妻が、セルビア人民族主義者に暗殺されたのを端緒に、またたくまにヨーロッパ全土を巻き込む戦争が始まった。この戦争はのちに「第一次世界大戦」と呼ばれることになる。

それぞれに軍備増強を図りつつ、均衡をかろうじて保ってきた列強各国は、この戦争をきっかけにしてヨーロッパの覇権を巡り激しく火花を散らしていた。

二十年まえに日清戦争に勝利し、また、十年まえには日露戦争でも勝利を収めた日本は、欧米にアジアの近代国家として認められ、世界の列強と肩を並べるほどに発展を遂げていた。

イギリスの同盟国である日本は、ヨーロッパで起こった大戦にいかに対応すべきか、政府内で参戦派と非参戦派が対立したが、結局、連合国の陣営となって、八月二十三日にドイツに対して宣戦布告した。

世界大戦勃発のニュースを耳にして、松方は考えた。——川崎造船所にとって最大の好機が到来したと。

多くの日本人にとって、欧州で起こった世界大戦はまったく対岸の火事に過ぎなかった。

しかし、松方は違った。欧米を視察することによって世界が軍拡へとむかってゆくのを肌身で感じてきたのだ。

たとえ直接参戦がなくとも、日本もこのさきさらに軍拡していかなければ列強の脅威に怯えることになる。日本はもはや世界の近代国家に列したのだ。もうあとには引けない。

松方の読みは当たり、日本は連合国の一員として参戦した。かくなるうえは「榛名」を一刻も早く完成させ、海軍に引き渡さなければならない。

「がんばっとるか。調子はどうだ?」

松方は、目が回るほど忙しい日々の業務の合間を縫って、建造現場をたびたび訪れた。自分が行けば社員が喜んでくれる、何よりも励まされるのだとわかっていた。

あんなに忙しい社長が自分たちの様子を見に足を運んでくれるのだ。自分たちももっとがんばらなくては——と、松方がくればその場は活気づき、社員たちの手は一層速く懸命に動いた。

また、松方は自分ばかりが海外出張するのではなく、中心になって動いている社員、技師、職人をどんどん海外へ派遣した。「建艦技術習得」を目的に、六十七人もの社員、技師、職人が東南アジアやヨーロッパへ送り込まれた。

「君たちもヨーロッパへ行ってこい」

松方が職人たちに指令を飛ばすと、地下足袋姿の親方は神妙な顔をして、

「せやけど社長、わてら船造りしか能があらへんのです。イギリスやらフランスやらへ行ったかて、言葉も通じへんし、どないしたらええんでしょうか」

と困惑しきりである。

「船造りができればそれでいいんだ。もっと立派な船を造れるように、向こうの技術を盗んでこい」

松方は発破をかけた。実際、言葉など通じなくとも、技師同士は図面を突き合わせ、職人同士は手を動かせばそれでどうにかなった。

イギリスやフランスの技師や職人たちも、あの大国ロシアを打ち負かした小国の造船の技術や職人技に大いに興味をもっていたので、こちらから技師や職人を送り込めば歓迎してくれるはずだと、松方はわかっていた。

――ヨーロッパで起こった世界大戦がどのくらいのあいだ続くかわからない。が、この間に、世界はよりすぐれた、より多くの艦船を必要とするだろう。と同時に、世界は深刻な鋼鉄不足に陥るはずだ。

そうなるまえに、少しでも多く資材を調達し、一隻でも多く艦船を造っておいたらどうだろう。

そうだ。そうするほかはない――。

毎朝六時きっかりに、松方は二頭立ての馬車に乗り込み、山本通の自邸を出て、川崎造船所に向かった。片道二十分ほどの道のりは、松方にとってかけがえのない大切な時間であった。

馬車の座席で葉巻をふかしながら新聞に目を通す。世界情勢の潮目を読み、このさき会社をどうするべきか、何を仕掛けていくべきかを考える。

しかし、長く考え込んではいけない。あくまでも二十分限定だ。誰にも邪魔されず、さわやかな朝の空気を胸いっぱいに吸い込んで、さあどうする？　と自分に問いかける。

松方は、このひとときがたまらなく好きだった。

その晩秋の朝、松方の胸に湧きあがったのは、とてつもない野望であった。

――世界は今後船不足になる。それは火を見るよりも明らかだ。ならば、そうなるまえに、船を造ってしまえばいい。

「ストックボート」というアイデアである。

注文を受ける以前に自社で先行投資して艦船を造ってしまう。そして、欲しい欲しいと買い手が殺到したところで、値段を吊り上げ、できる限り高値で売りさばく。需要と供給の論理が必ず働くはずだと読んでいた。

「守る」のではなく「攻める」。川崎造船所は、まず八隻の建造をすることに決定した。

ところが、始めてすぐに壁に突き当たった。戦争が激しくなるにつれ、材料となる鉄鋼の輸入量が激減し、価格が高騰したのだ。

原価が高すぎては利益は望めない。ましてや、不足した鉄が手に入らなくなってしまったら、それで終わりだ。

それまでも何度も危機的状況に直面してきた川崎造船所だったが、戦時下に思い切った攻勢に舵きりしたのが、今度こそ本当に裏目に出てしまったかもしれぬ。このままでは会社が潰《つい》えます、ストックボート建造は中止すべきですと、側近からは矢継ぎ早に進言があった。

しかし、松方の考えはまったく違っていた。

「鉄を手に入れられないなら、自分たちで作ればいいじゃないか」

そして、ただちに技師と職人を官営の八幡製鉄所に送り込んで、鉄を作る技術を習得させたのだ。

これにはさすがに側近も度肝を抜かれた。が、もうここまできたらやるしかない。

造船を専門にしていた職工たちではあったが、鉄を一から作るとなるとまったく話は違う。戸惑う職工たちに向かって、松方は檄を飛ばした。

「船ばっかりじゃなくて鉄まで自分たちで作れるようになったら、これほど強いことはないじゃないか。向かうところ敵なしだ！」

確かにその通りである。職工たちは慣れない冶金《やきん》や溶鉱炉の操作を必死になって修練した。のちにこの製鉄技術が、鉄鋼大手「川崎製鉄」誕生の基礎になろうとは、いったいこのとき誰が想像したであろうか。

ところが造船のスピードに製鉄が間に合わない。やがて材料が底をつくとわかって、松方はまたもや窮地に立たされた。

さすがに社長は無茶しすぎた、やはりストックボートはあきらめなければなるまいと、会社の経営陣が白旗を上げかけていると——。

「鉄を仕入れに行ってくる」

そう言って、アメリカ行きを決定した。

かくなる上は、アメリカで直接交渉して鉄をできる限り安く仕入れるほかはない。そして完成した船を高値で売る。売り先は日本ではない。ドーバー海峡をドイツに脅かされているイギリス、フランスが商売の相手だ。

経営陣も側近も、この決定には啞然とした。アメリカはともかく、世界大戦が真っ盛りのヨーロッパへ出かけるなど正気の沙汰ではない。いま行くべきではない、命にかかわるといっせいに止められたが、松方はせいせいと答えた。

「死んだらそれがわしの天命だ」

こうと思ったら鉄砲玉である。一九一六年、松方は部下数人を引き連れてアメリカへ旅立った。

鋼材の輸出交渉は簡単なことではなかった。しかし、結局は、留学時代に培った松方個人の人脈と「いますぐに必要なのだ」との熱のこもった粘り強い交渉が功を奏した。ついに日本に向けてアメリカから鋼材輸出の段取りが整った。休む間もなく松方はロンドンへと向かった。

戦局は激化の一途をたどっていた。それでもなんでも、いま、行かなければならない。船不足にあえぐイギリスでストックボートを売りさばくのだ。

この欧州出張に松方は川崎造船所の命運をかけた。のみならず、自らの命運も。

到着先のロンドンで彼の生涯を左右することになる出会いが待ち受けているとは、想像だにせずに。

ロンドン・シティの街角に佇んで、松方は、ビルの壁に貼り出されてある一枚のポスターを見上げていた。

軍隊を背にして、ひとりの男がこちらに向かって人差し指を突きつけ、呼びかけている絵。

〈この中にいないのは誰だ？　君か？〉

挑発的な文言が躍っている。イギリスでは志願兵制度から徴兵制度に切り替わったところだった。すべてのイギリス人青年は戦力に加担しなければならない。愛国心を鼓舞し、ともに戦う意欲を搔き立てるために、イギリス政府は大量のプロパガンダ・ポスターを製作し、街じゅうのいたるところに貼り出していた。

ロンドンに来てからというもの、戦局を見据え、より高く船を売るために相場を見極めることに心を砕いていた松方だった。当然、絵を眺める余裕など一瞬たりともなかったが、街じゅうに溢れているポスターの絵はいやおうなしに視界に入ってきた。

力がある――と松方は思った。

たかが一枚の紙切れだ。しかし、勇壮な兵士の絵には見る者を衝き動かす力があった。国のために自分も何かできるのではないかと、この絵を見た若者の中には、おのれの中に湧き上がった思いを行動に移す者もいるのではないだろうか。

　戦時下である。非常事態に直面して人心は揺れ動いているはずだ。一枚の絵にすら、その運命は左右されてしまう可能性がある。

　松方は身震いをした。不思議なことだった。――それまで、たとえ会社が潰れるかもしれない状況下にあっても、戦時下の欧州へ渡ることになっても、身震いひとつしたことがなかったのに。

　――そんなことが、あるのだろうか。いや、そんなことがあってもいいのだろうか。一枚のポスターを、そこに描かれている絵を目にして、若者が自らの命を賭してしまうようなことが。

　松方は、徹頭徹尾ビジネスマンであった。頭の中には商売のこと以外ない。したがって、参戦論者でも非参戦論者でもなかった。ビジネスマンとして戦局を見ることはしても、それに対して批判をすることはなく、また鼓舞することもなかった。

　それなのに――。
若者の心を参戦に向かわせる「絵の力」にふと気がついて、突然、空恐ろしくなったのだ。

　ひとつ先の角を曲がると、また別のポスターが視界に飛び込んできた。
赤みを帯びた一色の画面。丘の上に大砲が轟《とどろ》き、兵士が戦場にくずおれている。別の兵士は体を起こして、苦悶の表情で助けを求めている。その絵とともに、大きな文字が呼びかける。

〈君の友は必要としている。君が「男」になることを〉

ううむ、と松方は思わずうなった。

こんなポスターを貼り出さなければ乗り切れなくなっているイギリスの状況を憂えているわけではない。ひょっとすると、一枚の絵は軍艦一隻に相当する力を秘めているかもしれない――と思い至ったのだ。

なぜだかわからない。しかし、その絵を描いた人物に会ってみたいと強く思った。

どんなことであれ、商売に結びつくかどうかを基本にして考えてきたが、このときばかりは絵が商売に直結するとは思わなかった。ましてや、画家に会うことなどなんの役に立つというのだろうか。

それでもなんでも、とにかく画家に会ってみたくなった。

川崎造船所のロンドン出張所は、松方の盟友の実業家、金子直吉《かねこなおきち》が経営する商社・鈴木商店ロンドン支店の一角に構えられていた。鈴木商店は松方の依頼によりストックボート売却の営業に加わっていた。

その日、松方は、出張所に出勤するや、鈴木商店のロンドン支店長を務める青年、高《たか》畑誠一《はたせいいち》に「ちょっと来てくれ」と声をかけた。

「なんでしょう」

松方に呼び出されれば、それだけで高畑は色めきたった。松方が声をかけるときにはいつだってとてつもないことが動き出すと、すでに彼は習得していたのだ。

ところが高畑が連れ出されたのは、街角に貼り出された一枚のポスターの前だった。

珍しくもなんともないポスターを指差して、松方は言った。

「わしはこの画家に会ってみたい。高畑君、探し出して連絡をしてくれんか」

突然のことで、高畑は、はあ、と気の抜けた返事をした。

「ええと、それはつまり、その……新しいご商売を始められるのですか？　ポスター販売……でしょうか」

そう言われて、松方は思わず笑い出した。高畑のほうはわけがわからずに、きょとんとするばかりであった。


翌日。

バッキンガム宮殿にほど近いロンドンの中心街、セント・ジェームズにある画廊のショーウィンドウの前で、松方は立ち止まった。

鈴木商店ロンドン支店内出張所から、仮寓となっている高級アパート、クィーン・アンズ・マンションへの帰り道である。杖を突きつき、ゆっくりと歩きながら、いつものように仕事のこと、戦局のこと、鋼材のこと、ストックボートのこと、あれこれあれこれ、考えを重ねていた。

通勤時間は松方にとって大切な思考の時間である。神戸の自邸から川崎造船所まで二頭立て馬車で通勤する道すがらそうであったように、馬車こそないものの、ロンドンでも通勤途中で考えを巡らせるのが常だった。

その日も、「早く船を売ってください」と日本からしきりに届く催促の電報に接して、「まだ売らん。しばし待て」と返事をしたところだった。

「松方社長、もうそろそろ売りどきではないでしょうか」

見かねて進言したのは高畑であった。

彼が得た最新の情報では、船不足が最高潮に達しつつあるいま売れば、一隻あたり原価の六倍から七倍の価格がつく。確実に売れる上に莫大な利益を得ることができる。どう考えてもいま売るほかはない、と高畑は説明した。

「わかっておる。が、売らん」

それでも松方は首を縦にふらなかった。高畑はあからさまにがっかりして肩を落とした。松方のほうは飄々《ひょうひょう》としていた。

「高畑君。君は若く、なかなかの知恵者だ。しかし、君の最大の欠点は欲がないところだ。いいか、商売をするにはとことん欲深くなければならん。原価の六倍、七倍なんぞ生ぬるい。相場はまだまだ上がるはずだ。焦らず待つ。それだけだ」

そう言い残して事務所を出た。

セント・ジェームズ街を歩きながら、十倍だ、とにかく売値が原価の十倍になるまで待つんだと自分に言い聞かせ続けた。いつもの曲がり角をつい通り過ぎて、ひとつ先の角まで歩いてしまった。そのとき、ショーウィンドウの前で足を止めた。

ガラスの中に、一枚の絵が飾ってあった。松方は、最初は何気なくそれに目をやったが、すぐに吸い込まれるようにして、ショーウィンドウのガラスに近づいていった。

──これは……。

造船所の絵であった。赤茶けた色の画面。巨大な船を背景に、労働着姿の男たちが汗水滴らして槌をふるい、溶接をする。鋼を打つ音、飛び散る火花。一刻も早く船を仕上げよと怒号が飛び交う、容赦なき労働の現場──。

それは、松方にとって、まったく不思議な邂逅《かいこう》であった。

絵といえば、ふつう、美人や花々や清らかな風景を描いたものである。そういうものに松方は関心を寄せたためしがなかった。

しかし、そのとき松方が目にした絵には、美人も花々も清らかな風景も描かれてはいなかった。その代わりに、松方にとってもっとも近しい存在の──というよりも不可分の「造船所」が描かれていたのだ。

もとより、戦時下のロンドンで、華美な絵、やさしく穏やかな絵を公衆の面前に掲げることはタブー視されていた。とはいえ、画廊もなんらかの絵を売って生き延びなければならない。苦肉の策で、「華美ではない」社会的な絵を売り出そうとしていたのかもしれなかった。つまり、いまの世の中で売れる絵を──との画廊の要望に応えた画家がいるのだ。

松方は、瞬時にして、彼にとっては未知の世界である美術市場の「需要と供給」の図式を、ショーウィンドウの中に飾られた一枚に読み取った。

しかも、その絵の構図や色彩の力強さには見覚えがあった。

——あのポスターの画家ではないか？

ほとんど反射的に、松方は画廊のドアの呼び鈴を鳴らした。

ややあって、ドアが半開きになった。そこに杖をついた東洋人が立っているのをみつけて、店番らしき青い目の青年は怪訝そうな表情を浮かべた。

松方は、ひとなつっこい笑顔を作ると、

「こんにちは。表のショーウィンドウに飾ってある絵について、ちょっと話が聞きたいのですが」

流暢な英語で語りかけた。青年は、はっとして応えた。

「ええ、もちろんですとも。さあ、中へどうぞ」

目の前でドアがさっと開いた。松方は、杖を鳴らして店内へ入っていった。

生まれて初めて画廊の中へ足を踏み入れたが、その気配を見せることなく、勧められるままに、ゆったりとソファに腰を下ろした。

画廊主が登場して握手を交わした。画廊主は、日本人の訪問客は初めてです、と笑顔で語りかけつつ、すばやく松方の全身に視線を這わせた。着ているもの、持っている杖、靴がよく磨かれているか、爪の手入れは行き届いているか、画廊主は客の全身を見て、ひと目で絵を買う財力があるかどうか見極めるのだと、あとから松方は知ったが、このときもそうだった。すぐに香り高いイングリッシュ・ティーとクリームがたっぷりと載った焼き菓子が銀の盆に載せられて運ばれてきた。画廊主は松方が可能性のある顧客と見てとったのだろう、彼が興味を持った画家について教えてくれた。

　画家の名前は、フランク・ブラングィンといった。人気の高い画家で、政府の依頼でプロパガンダ・ポスターの絵も手がけているという。画廊主の詳しい説明を聞いているふりをして、松方は、もう何も聞いていなかった。

――高畑に探してもらう必要はなくなったな。

　店内に足を踏み入れた瞬間に、彼は決めていた。

――この画家の絵を買おう。できる限り多く。

　松方が、絵の力に――タブローに衝き動かされた瞬間だった。

　ストックボートを売るのは明日か、いやもっと先かと、機運を見極めていたこの時期、川崎造船所のロンドン出張所に詰めっぱなしなのにほとほと飽きた松方は、空き時間をみつけてはロンドンの中心街、モーティマー・ストリートにある日本人会に顔を出した。

　そして、そこでふたりの人物に出会った。岡田《おかだ》友次《ともじ》と石橋《いしばし》和《わ》訓《くん》である。

　岡田は、主にアメリカとイギリス向けに東洋の陶磁器や古美術を販売する美術商「山中商会」ロンドン支店の支店長であった。同店は、十九世紀末に欧米で広がった日本ブームに乗じて販路を広げ、ロンドンでは一流店舗が軒を並べるボンド・ストリートに店を構えて、英王室以下多くのイギリス人顧客を抱えていた。バッキンガム宮殿に出入りを許された唯一の日本企業というので、松方は俄然興味をもった。イギリスにおいて王室御用達《ロイヤル・ワラント》以上に強い手形はないのである。

石橋は南画のすぐれた画家として日本で名声を得ていたが、二十七歳のときにイギリスへ留学、ロイヤル・アカデミーに学び西洋画家に転じた。精巧な筆致の肖像画を得意とし、山中商会の岡田の紹介でイギリス人の肖像画も数多く手掛けていた。イギリスの上流階級の人々は肖像画を発注するのが伝統であったため、石橋は自然とその集まりの中に入っていくことになった。

岡田は三十六歳、石橋は四十歳。松方は憂さ晴らしに日本人会でこのふたりと飲食をともにすることが多かった。

あるとき、日本人会のバーでいつものように三人でグラスを傾け、四方山話に花を咲かせていた。商売をしていくうえで欧米人といかに対等に闘っていくか、それがいまの日本人にとって最重要課題だとぶち上げる松方に向かって、岡田が進言した。

「松方さん。欧米人と互角に勝負するつもりであれば、いい方法がありますよ」

岡田は仕事を通して欧米の事情や欧米人の性質を知り尽くしていた。自分同様、欧米通の岡田の意見には、なんであれ、松方は耳を傾けるつもりであった。

「美術品です。アートを買って、コレクターになるんですよ」

が、松方は、「美術」のひと言を聞くと、たちまち顔をしかめた。

「わしは、美術だの芸術だの、高尚なことはよくわからんのだ」

すると、石橋がすかさず口をはさんだ。

「そんなことはありませんよ。現に、松方さんは僕らとこんなに懇意にしてくださっているじゃありませんか。岡田君は美術商、僕は画家です。いってみれば、僕らは美術界のど真ん中に腰を据えた人間です。その僕らと昵懇《じっこん》にしておられるんだ。松方さん、あなたもすでに美術界のど真ん中にいるようなものですよ」

「それはどうかな」

松方は、ふふんと鼻で笑った。

「美術界のど真ん中と君は言うが、君もわしも日本人。世界の中では辺境のちっぽけな島国の国民だ。美術だのなんだのと言ったところで、しょせん相手にされていないんじゃないかね」

自虐的なことをあえて言ってはみたが、本意ではなかった。

世界の列強がかつては日本のことを「辺境のちっぽけな島国」と思っていたことは確かである。が、そのちっぽけな国が大国である清にもロシアにも打ち勝ったのだ。世界的視座において日本が無視できない存在になっていることは、松方も十分承知していた。世界国際政治という観点のみならず、ビジネスでも日本はもっと世界の中で存在感を高められるはずだ。そうわかっているからこそ、自らストックボートを売り込みに大戦真っただ中のイギリスまでやって来たのである。

が、美術となると松方はからきし自信がなかった。もともと興味がなかったから、世界の美術界において日本の美術や美術関係者がどういう立ち位置なのか知ろうともしなかったし、現況がどうなっているのかもよくわかっていない。ゆえに、専門家である岡田や石橋から美術の話題をふっかけられることをずっと避けていたのだ。

それでも、最近、セント・ジェームズ街の画廊のショーウィンドウでみつけた画家、フランク・ブラングィンの絵を一点、買い求めたりもしていた。まったくの行き当たりばったりだったが、造船所の風景を描いた一枚の絵にただならぬ縁を感じ、強く魅かれて即座に買ったのだ。ただし、そのことはまだふたりの若い友人たちには話してはいなかった。

「そんなことはありません。現に、王室のやんごとなき方々を始め、多くの力をもったイギリス人が日本の美術を愛好しているのです。だからこそ、我が社もロンドン支店を継続できているのです」

岡田が少しむきになって返した。

「そうですよ。私だって、多くのイギリス人の肖像画を受注しています。日本人だからといって敬遠されるようなことはありません」

石橋も反論した。うーむと松方は困惑した様子である。岡田は続けた。

「アメリカ人やイギリス人、そのほかのヨーロッパの王侯貴族やブルジョワ、知識人、それにビジネスマンは、伝統的に芸術をたしなみ、美術を愛好してきました。ビジネスの場面でも露骨に商売の話をするのは嫌われて、まずは文化・芸術の話から入り、それによってお互いのパーソナリティを知り、言い方は悪いですが、値踏みをするのです。欧米人が競うようにして美術品を買い求めるのは、自分に文化的素養があることを目に見えるかたちで表すためなのです。それによって相手を安心させ、ビジネスの糸口にする。それが欧米人のスマートな手法です」

まるであなたのやり方はスマートではないと言っているかのようだ。しかし松方は、そんなことくらいで腹を立てたりする小物ではない。

「だったら、どうすればいいんだ。なんでもいいから美術品を買えばいいというのか」

美術の専門家の進言をとことん聞いてやろうと、むしろ腹を据えた。すると、今度は石橋が意外な提案をした。

「松方さん。日本のために、美術館を創ってはいただけませんか」

松方は、何を言われているのかすぐにはわからず、目を丸くして石橋を見た。

「なんだって？　美術館を……？」

石橋と岡田はふたりそろってうなずいた。目を瞬かせている松方に向かって岡田が言った。

「実は、少しまえから石橋さんとふたりで話していたんです。日本が世界と互角に勝負していく上で、なんといっても足りないのは文化力である。それを改善し向上させるために日本が必要としているのは『美術館』ではないかと」

自分たちは幸運にも外国に滞在する機会を得た。ここロンドンにはすぐれた美術館がいくつもあり、イギリスのもののみならず、世界中から集められたほんものの美術品を直接見ることができる。

一方で、日本はどうだろう。もし自分たちが外国に出ることなく、日本に留まっているだけだったら、こんなふうに日常的に美術に接することができただろうか。否、けっしてできなかっただろう。

日本には多くの画学生や美術に憧れをもつ若者が存在している。彼らは皆、ほんものの美術品に触れたいと渇望している。しかし、彼らのうちで外国へ出かけられる者がいったいどれほどいるだろう。

たとえ才があっても財力がなければとうてい外国へ渡ることはできない。ほんものの美術品を目にして、感化されれば才能を伸ばすことができるかもしれないのに。彼らのうちには世界でも認められるような大芸術家になる素養をもった者がいるかもしれないのに。結局、花開かせられずに終わってしまうつぼみがたくさんあるのだ。

ひとりの若者が画家になれなかったからといって、それが国家の大事となるだろうか。直接的にはそんなことはないだろう。しかし、長い目で見れば、日本人芸術家は育たず、一般国民も大半が美術に昏《くら》いままだろう。そんな状況では政界財界でもすぐれたリーダーが登場する確率は低くなる。つまりは日本が文化後進国となり、世界の列強に遅れをとることに結びつくのは間違いない。

そうなってはならぬ。では、どうすればよいのか。

財力と志をもった人物が、ほんものの美術品を外国で購入して、日本へ持ち帰り、多くの青少年のために「美術館」を創ってはどうか。

きっと、その人物は外国でも日本でも尊敬され、長く歴史にその名を残すことになるはずだ——。

「そして、その人物は、松方さん——あなたではないだろうかと、僕たちは考えたのです」

岡田はそう言って、話を結んだ。

美術には明るくないと自認していた松方も、欧米で商いを続けてきた岡田の話には一理あると理解ができた。

しかし、突然「美術館を創ってくれ」と言われても、いったい、何をどうするべきなのかさっぱりわからない。

どんな美術品を集めればいいのか。作品を買い集めるにはいくらくらいかかるのか。どこで、どうやって買えばいいのか。

美術館を建てるといっても、どこに建てるのか。土地と建物はどうするのか。いくらくらいかかるのか。

建てたとしても、それを誰が運営するのか。利益は得られるのか。

自分は会社の社長をいくつも兼務しているが、美術館の運営をするなどとは、まったく想像できなかった。

「美術の門外漢のわしが美術館を建てられると、どうして君らは思ったんだね？」

率直に訊いてみた。すると、石橋が答えて言った。

「松方さんは、ご自分が日本人だからといって縮こまることはいっさいなく、いつも大局を見据えておられるからです」

もしも日本に美術館を創るなら、中途半端なものであってはならない。世界の美術館と比肩するほどのものを創ろうとの大志をもって挑める人物でなければ、この偉業は果たすことはできないだろう。

当然、ひとりきりでは何事も進められまい。多くの協力者も必要になる。

必要なのは財力だけではない。成し遂げようとする強い意志と、周囲を巻き込む力、そして大義だ。

日本を国際的な文化大国にする。その大義のために動ける人こそ美術館の創立者《ファウンダー》にふさわしい。

「どうです。そんな人物が松方幸次郎をおいてほかにいますか？」

「そうだ、どう考えても松方さんしかいない。どうです、松方さん。ひとつ、日本のために美術館を創ってみては？　お願いしますよ」

岡田と石橋は、両側から松方をはさみ討ちにした。ううーむ、と松方は、両腕を組んで困惑した。

降って湧いたような「美術館創立」の提案。

むろん、断るのはたやすい。いつもの自分なら、そんなものには興味はないと笑い飛ばすところではある。

が、しかし。

松方の胸の裡《うち》には、一枚の絵が浮かんでいた。仮寓の居間に掛けて毎日眺めている、フランク・ブラングィンが描いた造船所の絵。

あの絵を眺めては、神戸の造船の現場を思い出し、汗水たらして働き続ける職工や社員たちに思いを馳せていた。

ストックボートを売り抜く機会を見計らって、異国でひとり、じりじり待ち続ける重圧の日々を、一枚の絵が励ましてくれる——そんな気持ちになっていた。松方には、あの絵がもはや家族のように感じられさえするのだった。

一枚の絵に励まされた、などといえば、その絵を見たことがない者には笑いぐさにしかならないだろう。

……それはいかにも口惜しい。

ならば、ほんものの絵の力を見せてやればいいじゃないか——。

日本人会で思いがけない提案を受けた日から三日後。

松方は、石橋と岡田に伴われて、住宅街のハマースミスにある画家のアトリエを訪ねていた。

〈松方コレクション〉の最初の一枚となった造船所の絵を描いたフランク・ブラングィンのアトリエである。

とある画家に会ってみたいのだがと言われて、岡田と石橋は驚きつつもたいそう喜んだ。ふたりとも、松方が美術に対してはカタブツだとわかっていたのだが、何しろ大人物であるから、ひょっとすると大義を掲げて美術館創立の話を持ち込めば、少しは気持ちが動くのではないかとにらんで、思い切って提案してみたのだ。ところが、松方は、実はすでに絵を購入していて、その画家に会うことができたら、それを足がかりに美術品収集を始めてみるのも悪くないかもしれない――と、かなり遠巻きにだが、コレクション形成と美術館創立に対して興味を示したのだ。ふたりが喜ばないはずがない。

ブラングィンは、油絵はもちろんのこと、ステンドグラスからくだんの戦意高揚ポスターまでさまざまなものを手がけていた。依頼主の要望でどんな絵でも描く、懐の深さと器用さもこの画家の特徴であった。

名だたる貴人や富裕層の邸宅を訪問したことはあっても、画家のアトリエに足を踏み入れたのは、松方にとってこれが初めてのことだった。話がかみ合うかどうかとの懸念もあったが、まったくの杞憂であった。ふたりは出会ってすぐに意気投合していた。松方のひと言が画家の心の扉をすぐに開いたのである。

「あなたの描いた絵を居間に飾って、毎日飽かず眺めています。いまでは、まるで家族のように感じています」

驚いたのは石橋と岡田である。日本人会ではついぞそんなセリフを耳にしたことがなかったのに。まったく、商売人であれ画家であれ、相手の心を開かせるのは松方にはお手のもののようだ。

ブラングィンはすっかり喜んで、

「そちらの椅子に座って、どうぞくつろいでください。すぐさまあなたの肖像画を描いてお見せしましょう」

と申し出た。おもしろい、と松方は、肘掛け椅子に腰掛けて、ゆったりとパイプをふかして、これも生まれて初めてのことだったが、画家のために「ポーズ」をとった。

ブラングィンはまたたくまに松方の肖像画を仕上げた。最後に、カンヴァスの裏面に「一時間で描き上げた」と記し、まだ絵の具の乾かないそれを松方に謹呈した。

「こりゃあ、すごい早業だな。松方さん、画家の筆によって絵の中に残されましたね。たった一時間で、永遠を手に入れたようなものだ」

石橋が感心して言った。

その言葉が、松方の心のひだにすっと入ってきた。

——永遠を手に入れる。

〈松方コレクション〉は、こうして始まった。

6

一九一九年十一月　東京　黒田清輝邸

東京・平河町にある瀟洒な日本家屋の門前に、黒光りする一台の車が停まった。

運転手がうやうやしくドアを開けた後部座席から、三揃えのツイードのスーツを着込んだ松方幸次郎が現れた。黒革の鞄を提げ、慣れた足取りで門をくぐっていった。

「おお、来たか。待っていたぞ」

待ち切れないように玄関先まで迎えに出たのは、画家で東京美術学校西洋画科教授の黒田清輝である。

松方と黒田は、同じ年（一八六六年）に、どちらも薩摩藩士の家に生まれた。松方はアメリカに留学し、黒田は十年近くものフランス滞在経験がある。松方は「絵はわからん」が口癖の実業家となり、黒田は西洋画家となって成功を収めた。家同士の往来もあって自然と友情を育み、互いに頼りにし合っているのだった。

黒田がパリに留学したのは一八八四年から九三年にかけてのことである。法科の学校に入ろうとして渡航したのだが、折しもパリではちょうど美術市場が面白くなってきているところであった。印象派以降の画家たちがいっせいに台頭してきた頃だ。モネやピサロやシニャックが描くまばゆいばかりの画面に、黒田は目も胸も射抜かれる思いがした。黒田は日本にいた頃画塾に通い、鉛筆画や水彩画を巧みに描いて、ひょっとすると自分は絵の道に進むべきなのではないかとうっすら感じつつ外国へ出た。最先端の美術に触れて、黒田の意志は揺らいだ。

日本からは何人かの画家の卵が新しい時代の表現を求めて渡仏していた。山本芳翠《やまもとほうすい》や藤雅三《ふじまさぞう》、そして画商の林忠正《はやしただまさ》との出会いは黒田の気持ちをタブローへぐっと引き寄せた。「何を迷っているんだ。フランスまで来て画家にならずに帰るなんて、もったいないぞ」林に発破をかけられ、もう後戻りができない画家への道を歩み始めた。

日本の画壇における黒田の功績は大きい。印象派の制作スタイルを踏襲した彼の絵は「外光派」と呼ばれるようになる。自然の光のもとで人物像を描き、光あふれる風景画にはしっとりした空気が満ちていた。絵の中に光や湿り気があるという感覚は、それまでの日本の美術にはなかった。黒田はまったく新しい感性を日本の画壇に持ち込んだのだ。

一八九六年には洋画団体「白馬会」を発足させ、また、東京美術学校に西洋画科を創設するため奔走したのも黒田であった。彼の目は常に世界に向き、新たな美術の動向を追いかけてせわしなくうごくレーダーのようであった。

そんな黒田を、松方は「絵の世界ではいちばん成功している者」と評して、絵の良し悪しについては口にすることはなかったものの、とにかくすごい奴だという認識でいた。が、去年、欧米出張から帰ってきた松方は、ひさしぶりに旧友の顔を見ようとやって来た黒田に会うなり、こう言ったのだ。

——おい、黒田。わしは、日本に美術館を創るぞ。

「まったく、とんだ冗談を言うものだと思ったよ。あの絵画音痴の松方幸次郎が本気で美術館を創ろうだなんて、いったい誰が信じるものか」

黒田の家には洋間があり、暖炉がしつらえてあった。マントルピースの中では赤々と火が燃え、ときおり薪がぱちんとはぜている。その前に置かれた長椅子に腰掛けて、松方と黒田は、テーブルの上に広げられた設計図をしげしげと眺めていた。

「いやあ、わしとて自分で信じられん気がしたよ。まさかこのわしが絵を集めるだなんてなあ。それも西洋の絵を……」

松方は葉巻をくゆらせながら、愉快そうに言った。

卓上の設計図は目下計画中の美術館であった。松方のアドバイザーとなった画家、フランク・ブラングィンが描き、松方のもとへ送られてきたものである。それを受け取ってすぐ、旧知の黒田に見せるために、松方は神戸から東京へとやって来たのだ。

一九一八年十一月——ちょうど一年まえ、足かけ三年に及ぶアメリカ・欧州出張を終えて、松方は日本に帰り着いた。

出張に出かけたとき、欧州は大戦まっただ中であった。そして、終戦の知らせを帰国途中の船上で知らされたのだった。

戦時中という危険極まりない状況下であえて出張した目的は、ふたつあった。なるべく安く鋼材を買うことと、なるべく高くストックボートを売ることである。

松方は、世界を巻き込んだこの大戦が長引くと読んでいた。長引けば長引くほど船不足になる。だから、焦って売り急がずともよい。まだまだ、まだだ。

が、松方の読みは外れた。戦争は終わったのだ。ストックボートは十数隻も売れ残ってしまった。それでも引き下がるわけにはいかない。帰国後も粘り強く国と交渉して、かなりの高値で売り切った。この先また戦争が起こらないとは誰も断言できない。日本としては、国際情勢が安定した時期にボートをストックしておくのが得策である——という松方の説得に、国がとうとう動いたのだ。

結果的には、松方のストックボート作戦は大成功であり、会社に巨額の利益をもたらした。

いまや松方は日本の実業界を代表する巨頭となっていた。そして、意外なことに、松方の名前を一躍多くの人々に知らしめることになったのは、ストックボート戦略の成功によってではなかった。

出張中の欧州で、偶然、ブラングィンが描いた一枚の絵を手にいれる機会を得た松方は、その後、堰《せき》を切ったように絵画を買い求めた。

ブラングィンは、彗星のごとく現れたこの日本人パトロンの絵画購入の相談役となり、当代一流の西洋絵画、特にイギリスゆかりの画家たちの作品の数々を購入するために助力した。絵画のみならず、家具、調度品、版画、彫刻、タペストリーなども、ブラングィンの助言によって加えられた。設計や室内装飾も手がける多才な芸術家だったブラングィンは、コレクションには絵画ばかりでなく、さまざまな芸術的要素のある品々を揃えるように助言したのである。

それに加えて、フランス人宝石商アンリ・ヴェヴェールから八千点の浮世絵版画の購入を持ちかけられ、松方はこれにも応じた。

ヴェヴェールはこよなく日本美術を愛好するコレクターだったが、欧州各地に戦火が広がる中、コレクションが散逸することを恐れ、譲渡先を探っていたのだ。

この取引は、山中商会ロンドン支店長の岡田友次が一切を仕切った。もともと松方に「日本に美術館を創ってください」とのアイデアを持ちかけた岡田に対する松方の信頼は篤く、結局、短期間に集めた膨大な作品の管理と日本への輸送のすべては彼に任されることとなった。岡田は危険を顧みず、ドイツの潜水艦が不気味に潜むドーバー海峡を渡って、ヴェヴェールから引き渡された浮世絵八千点すべての状態確認《コンディション・チェック》をし、ロンドンへ持ち帰るという離れ業をやってのけた。

いまや松方幸次郎の名は、欧州においては実業家としてと並ぶほどコレクターとしても知られ始めていた。その松方が次に目指すのが美術館だった。

松方が持参した美術館の設計図を検分して、黒田は両腕を組み、「これはすごいな……」と、いかにも感心したように頭を振って見せた。

松方の依頼を受けてブラングィンが手がけた設計は、四千平方メートルの大規模なもので、平屋建てで噴水のある中庭を囲む典型的なルネサンス様式の回廊式建築である。建物の壁は赤レンガが基調となっており、玄関ホールには丸天井に金と青のモザイクが施され、ブラングィンが創るステンドグラスがはめ込まれた窓がある。きらびやかで壮麗な美術館の導入部だ。

中に入ると、一転、壁は落ち着いた雰囲気の灰色で、そこに掛けられる絵画が映えるようにとの配慮がなされている。天井やドアはチーク材で、いかにもヨーロッパの美術館然としている。

「いやはや、これが日本にできたら相当なものだ。ここに西洋美術がずらりと並ぶとは……考えただけでもすっかり興奮するな」

黒田はすなおに感服している。松方は、「そうだろう、そうだろう」とうれしさを隠しきれない様子である。

「それで、結局どのくらいの作品が日本に到着しているんだ？」

設計もさることながら、黒田はコレクションのほうが気になって仕方がない。この一年のあいだ、数回にわたってその片鱗を見せてもらっていたのだが、いったい総数はどのくらいなのか、皆目見当もつかなかった。

松方はのんびりと葉巻の煙を吐き出すと、

「そうだな。ざっと千三百点以上だ」

と答えた。黒田はたちまち前のめりになった。

「なんだって。千三百点⁉」

「絵画だけでなく、彫刻や家具、調度品も含めてだがな。山中商会の岡田君が優秀で、目録もすっかりまとめてくれた。助かったよ」

「じゃあ、例の宝石商が持っていたとかいう浮世絵の八千点を加えるとなると……一万点近くなる、というわけか」

黒田はあっけにとられている。松方は旧友のそんな表情をついぞ見たことがなかった。そんなことひとつをとってみても、政治や経済にはない力を美術は持っているのだとよくわかるのだった。

「そんな大きな建物を、いったいどこに建てるつもりなんだ」

黒田の問いに、松方はすぐさま返した。

「麻布の仙台坂の土地を、父に都合してもらうことになった。最初は神戸に、とも思ったんだが、やはり、日本初の西洋美術館となったら、首都に開設したほうが全国から人が集まりやすいだろう」

去年、欧州出張から帰ってきたあと、「美術館を創る」と打ち明けたときの黒田の喜びようを思い出して、松方は、ふいに笑いが込み上げてきた。

まったく、黒田ときたら、川崎造船所の社長に就任すると決まったときも、ストックボートを売りさばきに欧州へ出張すると告げたときも、へえそうか、うまくいくといいなと、「我関せず」を貫いていたくせに、美術館を日本に創るためにならどんな協力も惜しまないと公言してはばからないのだ。

「美術館の名前はどうするんだ」

次々に質問が飛んでくる。松方はニヤリとした。

「ブラングィンに世話になったから、彼の名前を冠して『ブラングィン美術館』。どうだ？」

「そうか……ブラングィン美術館……」

黒田は復唱して、考えるそぶりになった。

「いやしかし、せっかくなのだから、何も画家の名前ではなく、君の名前を冠して、後々まで残せばいいではないか。正々堂々、『松方美術館』ではどうだ？」

「違う、違う。そうじゃないんだ」

すぐさま松方が切り返した。

「わしは、わしの名前を残そうと思って美術館を創りたいというわけではない。ひとえに、全国の青少年の教育のためなんだ。ほんものの西洋美術に直接触れたことのない日本人のために、美術館の門戸を開きたいんだ。それなのにわしの名前を冠してどうする。来るたびに、へえ、ここは川崎造船所の松方が家も何も担保に差し出して、私財を投じて集めた美術品を、ありがたく拝む場所なのか……そんなふうに思われては不本意だ」

「その心意気だ」

黒田は膝を打った。

「本来、美術館には創立者のそういう強い思いが必要なんだ。君が本気でそう思っているなら、この美術館は必ずや成功する。間違いない。この私が保証する」

そこまで言ってから、

「しかし実際、名前はどうするんだ?」

困ったように訊いた。

松方は、満足そうに口ひげを指先で撫でながら、

「実はもう、考えてあるのだ」

ようやく本音をぶち上げた。

黒田が、またぐぐっと前のめりになった。それを確かめてから、松方は高らかに言った。

「共楽美術館。ともに楽しむ美術館――という意味だ。どうだ、なかなかいい名前だろう?」

美術館建設用地は松方幸次郎の父、松方正義が所有していた麻布・仙台坂の高台の土地がそれと決まった。その場所には四方に縄が張り巡らされ、〈美術館建設用地〉との立て札が掲げられた。

松方は欧州滞在後半のごく限られた期間に一気に絵画を購入して、またたくまに一大コレクションを作り上げてしまった。

そうするためには荒業、離れ業も必要だった。実際に神戸の自宅や株券などを担保に入れて金を工面し、絵を買い続けた。しまいにはさすがに妻も困り果てて、「後生ですからおやめ下さい」と悲痛な手紙をよこすようになったほどである。

帰国後は黒田を中心とした芸術家や文化人のグループを諮問委員とし、美術館実現に向けて動き始めた。とにかく机上の空論が嫌いなのが性分である。やるとなったら実現のために自分が動き、周りも動かす。それが松方のやり方であった。

当然、商売のほうを留守にするわけにはいかない。ストックボートを売り抜くかたわら、新規事業に着手した。すなわち飛行機の製造である。

世界大戦を間近に体験して、松方は「飛行機の時代がくる」と直感した。次に戦争が起これば、陸・海のみならず、そこに「空」が加わるはずだ。輸送も今後は船でなく、飛行機が担うようになるだろう。人も物も空を飛んで国から国へと移動するようになれば、格段に時間が短縮されるし、人や物資や情報の往来はもっと頻繁になる。

——空の時代だ。

松方は、そう目していた。

そうして、あるとき、ひとりの逸材に出会った。

海軍航空隊が神戸で飛行披露をしたさい、松方は招かれて視察した。そのとき、果敢に空を攻めるパイロットをみつけた。松方は直感的に、そのパイロットに声をかけた。

――君、私と一緒に働かないか？

男の名前は日置釭三郎。

〈松方コレクション〉の運命の片棒をこの男が担ぐことになろうとは、このとき松方は知るはずもなかった。


一九二〇年十月、東京・三田の松方正義邸は、ひさしぶりに朝から活気づいていた。

三日まえから庭木職人たちが植木を剪定し、落ち葉ひとつなく掃き清めた。女中たちは総出で広大な邸宅の隅々まで拭き掃除をし、広縁は顔が映るほど磨き上げられた。二間続きの客間は畳が入れ替えられ、新しい青畳の清々しい香りに満たされていた。

「ご準備が整いました」

仏間でひとり正座をし、仏壇に向き合っていた松方幸次郎に、女中頭が声をかけた。

松方は立ち上がると、仏壇の横の壁に掛かっている肖像画に向かってつぶやいた。

「見守ってください、おっ母さん」

肖像画は、母・満佐子《まさこ》を描いたものだった。母はつい先月、帰らぬ人となった。そうなるまえに、ロンドンで知己となった画家の石橋和訓に肖像画の制作を依頼した。まさかこんなに早く他界するとは、そのときは想像だにしなかったのだが。

いまは政界を退いた父、正義は、母亡きあとに気落ちし、すっかり老け込んだ。兄や妹たちが父の面倒をみてくれてはいたが、このひと月は松方も忙しい仕事の合間を縫って父の様子を見に東京へ足を運んだ。

時を同じくして、ロンドンからは山中商会の岡田友次に発送を委託していた美術品が続々と到着していた。この一年間、数回に分けて送られてきていたが、美術館建設予定地も決まり、設計図も固まってきたので、できるだけ早く全部送れと松方がせっついたのだ。岡田は千三百点にも及ぶ美術品——浮世絵コレクションを入れれば一万点近い——の検品を一点一点行い、送り出したのだった。

荷は横浜港に到着し、ただちに松方が借りていた横浜港構内にある倉庫へ運び込まれた。その中のいくつかは松方正義邸の敷地内にある蔵へと移送された。

松方は、黒田清輝ほか文化人、経済人に「共楽美術館」創立のために協力を仰いでいた。彼らにコレクションの一部を見せる目的で、すでに何度か内覧会を父の邸で開催していた。

父は当初、「美術館を創るとは、いったい何を考えているんだ」と呆れ気味であったが、一方で、こうと思ったら突き進み、夢を夢で終わらせない息子の性質を誰より知っていた。何より、外国へ渡航がかなわない日本の青少年のためにほんものの芸術を届けたい、という大義に感銘を受けもした。そして、自ら所有する土地を美術館のために提供することを快諾してくれたのだった。

母は到着した絵の中のひとつ、ジョゼフ・マロード・ウィリアム・ターナーの絵を目にして、その色彩の美しさに酔いしれたようだった。じっくりと眺めたあと、ありがとう、いいものを見せていただきました――と息子に礼を述べた。そのひと言が松方の胸にいつまでも響いていた。

仏間を出た松方は、客間へ入っていくと、両腕を組んで、しばらくのあいだ何も掛かっていない床の間の壁をみつめていた。ふむ、と息をついてから、廊下に控えている使用人頭に、

「ブーダンを持ってこい」

と言った。頭は、はいと答えて足早にその場を離れた。

ややあって、ふたりの男が額縁に入った油彩画を運んできた。床の間の天井の桟には掛け金が打ってあり、そこから二本、鋼のワイヤーが下がっていた。男たちは慎重な手つきで、そこに油彩画を掛けた。

霞がかった空を背景に、川辺に浮かぶ小さな舟々。向こう岸の煙突から煙がやわらかく立ち上り、かすかな風に揺らいでいる。のどかな川辺の風景を、松方はしばし眺めていた。

それからいっときのち、松方正義邸の前に一台の車が停まった。後部座席から現れたのはひとりの将校であった。

福田《ふくだ》馬之助《うまのすけ》、海軍造船中将である。

供の士官が後に続こうとすると、「ここで待っておれ」と門前で止めた。そうして、ひとり、門をくぐっていった。

玄関前では松方が父とともに福田の到来を待ち構えていた。父は体調が芳しくない中、羽織袴を身につけ、息子に背中を支えられて立っていた。福田が現れると、ふたりは深々と頭を下げた。

「ようこそお越しくださいました」

松方がうやうやしく挨拶をした。福田は、父と息子、両人の顔を見てうなずいた。父は体調不良のため同席できぬ非礼を詫び、自室へ戻っていった。松方は福田の先に立って中庭に面した広縁を歩いていった。

――福田馬之助海軍造船中将が幸次郎さまとのご面談を希望しておられます。

神戸にいた松方のもとに、先週末、父の秘書から電報が届いた。

――ご当主さまのお邸にてのご面談、日にちもすでに整えてございます。その際に、幸次郎さまご所蔵の絵画をひとつでいいから見せよとのご所望あり。急ぎ整えるべく、ご指示お待ちしております――。

客間へ通された福田は、すぐさま床の間を背にして上座に座ろうとした。ところが、上座に座布団も脇息《きょうそく》もない。一瞬、福田は戸惑った。それを見逃さずに松方が言った。

「恐れ入りますが、本日このときばかりはこちらにお座りいただけますでしょうか」

見ると、下座には絹で包んだ分厚い座布団と螺鈿《らでん》の脇息が準備してある。福田は、むっと顔を歪めたが、勧められるままに下座に座ると、床の間に向き合った。その瞬間、福田の顔に驚きが広がった。

目の前に、一枚の絵が掛かっている。ウジェーヌ＝ルイ・ブーダンの描いた川辺の風景である。

何の変哲もない、おだやかな初冬の一日。人影は見えず、ただのんびりと小舟が川面をすべっている。

日の光に満ちているわけではない。花々が咲き乱れているわけでもない。美しい女人たちが戯れているわけでもない。神も天使も天地創造も、そこには表されていない。ただただ平々凡々とした一日が、のんびり、ゆったりとするばかりの絵――。

福田は立ち上がると、つかつかと床の間のそばまで行き、身を乗り出して絵の表面に顔を近づけた。隅々までじっくりと見入っている。松方は口もとに笑みを浮かべた。

「誰が描いたのだ、これは」

絵から顔をそらさずに、福田が訊いた。

「ブーダンという、フランスの画家です」

言下に松方が答えた。

「名のある画家か」

続けて尋ねられて、松方は軍服の背中に向かって言った。

「はい。そういうことのようです。詳しくはわかりませんが、小さいながらも舟が描かれているのが気に入って、先般、渡欧した際に買って参りました」

福田が振り向いた。

「実につまらん絵だな」

松方は苦笑した。

「いかにも。つまらん絵です。が、私はこのような絵ばかりをたくさん買って参りました。平々凡々とした絵であっても、数が集まれば、互いに響き合って力を発揮すると知ったからです」

そう言ってから、

「まるで、人間と同じです」

福田の目を見据えた。中将の目尻がぴくりとうごめいた。

「どのくらい買ってきたのだ」

「絵画のみですと千点ほどでしょうか」

「いくら遣ったのだ」

「それは申し上げられません」

「なぜだ」

「お聞きになれば、愚かものだと呆れられてしまうからです。その金を元手に最新の船でも飛行機でもじゅうぶん造れるだろうに、と」

福田は口をつぐんで松方をみつめた。その表情が不思議に明るんでいるのを、松方は認めた。

茶菓が運ばれてきたのを潮に、座布団と脇息があらためて上座に整えられた。今度は床の間を背にして福田が座した。紫檀《したん》の座卓をはさんで、松方は畳の上に正座をした。ブーダンの絵を背景にした海軍の造船中将と向き合うことになろうとは、まったく想像もしなかった展開である。

――いったい、何の話をされるのだろうか。

海軍の造船中将とは、艦隊戦略を構築する責務を担い、艦船を造船会社に発注する責任者である。その中将に突然面談を――しかも所蔵の絵画を見せよとの要望とともに――申し入れられてから今日までずっと、松方はあれこれ想像を巡らせてみた。

世界大戦が終結し、勝利を収めた連合国軍側についた日本は、しばらくのあいだ好景気に沸き返った。川崎造船所もこの恩恵に与《あずか》り利益を上げてきたが、一九二〇年になると、濡れ手で粟の好景気から一転、雲行きが怪しくなり、不況の波が一気に押し寄せた。川崎造船所は調子に乗ってストックボートを造り続けていたのだが、売れ行きがすっかり止まってしまった。日本の海運会社がアメリカの同業者に市場を奪われ、新しい船を購入する余裕がなくなってしまったのだ。

深刻な資金不足に陥った川崎造船所では、経営陣が松方を責め立てていた。美術館を創るなどと馬鹿なことを言うな、絵にうつつを抜かしている場合ではない、そんな金があるならそれを元手に最新型の船でも飛行機でも造れるではないか。

しかし、窮地に追い込まれてなお、松方の強気の姿勢は変わることはなかった。たとえ民間の海運会社に商船を売れなくなったとて、海軍に軍艦を売ればよいではないか。

それが松方の肚《はら》であった。

世界の列強が軍拡へ向かう中で、日本がそうなるのも当然の理である。大戦終結後、日本海軍が建艦に血道を上げていることを、松方はじゅうぶんすぎるほどわかっていた。海軍がこの夏打ち出した「八・八艦隊案」を、川崎造船所のみならず、造船各社は起死回生の好機とみなしていた。艦齢八年未満の戦艦と巡洋戦艦各八隻の大艦隊を、今後八年間で完成させる。予算はなんと十億円である。

川崎造船所は海軍から多数の軍艦建造を受注し、これによって生き延びることができていた。

したがって、海軍はいま現在、川崎造船所にとって最重要顧客となっている。海軍の造船計画の長たる福田中将は下にも置けぬ存在である。

その中将直々に面談を希望しているとなると、これは新たな建艦の発注に間違いないと松方は踏んでいた。

ただ、解せないのは、購入した絵画を見たいと言ってきたことである。

美術品収集をしていることは、この時期、愚かもの扱いをされはしても決して褒められたものではないと、松方自身、よくわかっていた。

中将に絵心があろうとは聞いたことがない。それでも、評判を聞きつけて、ひとつ自分に譲ってくれと言い出すのだろうか。

であれば、もちろん、それに応えねばならない。どうせなら、どの画家のものでもい い、船に関係した絵がよいのではないか。

ロンドンに滞在していたとき、最初に購入を決めた絵――ブラングィンの描いた造船所の絵がふさわしいようにも思うが、他人に譲ったとなれば、ブラングィンが悲しむだろう。

ならば、ブーダンの舟の絵はどうだろう。いかにものんびりした絵ではあるけれど、意外にこういうのも悪くないかもしれぬ。名の知られた画家ということでもあるし。

いやしかし、生ぬるいと言われてむしろ立腹させるやもしれぬ。

はて、いったいどうしたものか――。

茶碗の蓋を取り、ひと口煎茶をすすると、福田が言った。

「確か、貴君が欧州におったのは二年そこそこであったな。そんなに多くの絵を短い期間にどうやって集めたのだ」

――また絵に関する質問だ。

これは大型軍艦発注の話を持ちかけられるかもしれないと、松方の胸を明るい予感がよぎった。

そうだ。大きな発注の端緒をつけるために、わざと関係のない話を続けているのだ。

ならばとことん付き合わねばなるまい。

「ロンドン、そしてパリで、一流の美術品を買い集めるために、専門家についてもらって助言を得ました」

ロンドンではフランク・ブラングィンという画家に協力してもらったこと、そしてパリではブラングィンの紹介でリュクサンブール美術館の館長、レオンス・ベネディットに会ったこと——などを話そうかとも思ったが、話が長くなってしまいそうだったので、言い止まった。

福田は何か考え込んでいるような顔つきになったが、また質問をした。

「どんなところで買ったのだ」

「主には画廊です。画家から直接買い求めたこともありました」

一度に何点もの作品を買ったこと、噂を聞きつけてロンドンじゅう、パリじゅうの画廊主が滞在先のホテルのロビーに集まって、ぜひうちにも来てくれと盛んに袖を引かれたこと、会社の社長としてでも普段は会えないような人物に美術品収集家としてならば驚くほどあっさり会えたことなどを、松方は言葉を選びながら話した。そうしながら、福田の関心がどこにあるのかを探ってみた。

どうやら、ロンドンやパリで松方がどのように受け止められていたのかを知りたがっているようでもある。が、その真意がなんなのか、いまひとつわからない。

欧州での豪勢な美術品購入の逸話をひとしきり聞かされたあと、福田はしばらく黙って卓上の一点をみつめていた。何か深く考え込んでいるようだった。松方も口を結んで、中将の沈思黙考に付き合った。

「……美術館を創る計画があるそうだな」

ややあって、福田が言った。松方は「いかにも」と答えた。

「私は絵に関しては素人です。しかし、外国に滞在し、見るともなしにあちこちに飾られている絵を見るうちに、その効力に気づいたのです」

一枚のすぐれた絵は、ときに幾千万の言葉に匹敵するほど人心を動かし、前へと進ませる力がある。あるいは立ち止まらせ、考えさせる機会を与えてくれる。自分のようなズブの素人ですら、心底感動した絵があるのだ。

日本の青少年の多くはほんものの西洋画を見たことがない。彼らのために一流の作品を集めた美術館を日本に創ったらいいではないか。

こっちから向こうへ絵を見にいくことがかなわないならば、向こうからこっちへと絵に来てもらえばいいのだ。

「そのために私財を投じて本気で美術品を集めようと決心を固めました。一度こうとなったら止められないのが私の性分なのです」

「では、これからも集め続けると?」

福田が割って入った。松方は深くうなずいた。

福田がぽんと膝を叩いた。立ち上がって床の間のほうを向き、しばしブーダンの絵をみつめていた。やがて、松方のほうを振り向くと、思いがけないことを言ったのだった。

「松方君。我が軍のために、もう一度欧州へ行ってくれんか」

気前のいいコレクターを演じ続けてほしい。そして、密かに入手してきてほしいのだ。

——ドイツが誇るUボートの最新型の設計図を。


一九二一年五月上旬。

松方幸次郎は、広大な緑地帯を眼下に眺めていた。ニューヨーク、マンハッタンにあるセントラル・パーク。その南側に位置する高層ホテル「ザ・プラザ」の一室である。一室といっても、居間、書斎、寝室と三部屋続きの最高級の客室である。北に面した大きな窓からはセントラル・パークのしたたるような緑が遠くまで見渡せた。パークの周辺には高層ビルが建ち並び、まるで緑の池を囲んでいるようである。

まだ若く、活気に溢れた街である。ここは神戸のように山海に挟まれた土地ではない。パリやロンドンのような歴史的建造物も少ない。空を突く摩天楼群と、そのはざまに人造のオアシスがある。緑地を都市の中心部に据えて、草木に親しみたい人々はここへ来ればいいようにした。個々人の家に庭はないが、壮大な公園を皆の共有物にしようという考え方だ。

パークの東側、五番街のずっと先に白亜の建物が小さく見えている。あれはメトロポリタン美術館ではないか、と松方は気がついた。もう何度かニューヨークを訪れていたが、ついぞ足を踏み入れたことがない。なんでも、ニューヨークの富豪たちが自ら所有するコレクションや資金を寄付して一大コレクションを作り上げたということらしい。全米屈指の美術館だと、ホテルの支配人が誇らしげに教えてくれた。

きのうチェックインのとき、松方は、宿帳の「肩書き」の欄に「会社社長」と書いてから、それを二重線で消し、「美術コレクター」と書き込んでおいた。その後、夕食を取るためにホテルのレストランへ出向くと、支配人が挨拶に現れた。彼はうやうやしく歓迎の言葉を述べた上で、ご用命がございましたらなんなりとお申し付けください、と言った。それですぐに、自分は美術に興味があるのだが、ニューヨーク一の美術館はどこかと訊いてみた。

それはメトロポリタン美術館です、と言下に支配人は答えた。そのコレクションがどれほどすばらしいか、まるで自分の所蔵品を自慢するかのような話しぶりであった。松方はいかにも興味深そうに聞き入ってから、こんなふうに言ってみた。

――私は近いうちに日本に美術館を開設する予定だ。そのためにもコレクションをさらに充実させようと思っている。

美術品を買うために、このあとロンドン、パリへ行く予定だ。聞けば、ニューヨークのコレクターたちも、地元ではなくてパリで買い集めているそうじゃないか。この街にはろくな画廊もないということかね。

支配人は、さようなことはございません、と返した。この街にも画廊は数多くあります。あなたさまのようなご立派なコレクターが見えたとなれば、マンハッタンじゅうの画商がお招きしたがるでしょう。いらっしゃるお時間がないようでしたら、彼らをここへ呼び出しましょう。店いちばんの名品を持ってすっ飛んでくるはずです――。

電話が鳴り響いた。支配人からであった。

『おはようございます、ミスター・マツカタ。お迎えの車が到着いたしました。それに……』

一拍おいて、支配人は告げた。

『日本を代表するコレクターであるあなたに是非とも面会を、と希望する画商たちが集まっております。僭越ながら、私から声がけしておきました』

松方は、にやりと笑みを浮かべた。

「わかった。すぐに行こう」

短く応えて、受話器を置いた。

エレベーターに乗り込んで、ゆっくりと降下するあいだ、こういうことか――と松方は目が覚める思いがした。

五年まえ、戦時中に鋼材を買いにアメリカへ来たときは、誰に面談するのもひと苦労であった。川崎造船所がいかに成功を収めた会社か、また自分がいかにうまく艦船を売りさばくことができるか、それが日米双方の国益にどれほどつながるか、口角泡を飛ばして説明した。それでも交渉は難航続きであった。東洋人に対する蔑視も感じられ、業を煮やしつつも、ぐっと我慢してなんとか突破したのだ。

それがどうだ。「コレクター」と肩書きに書き込んだとたん、向こうのほうから会いにやって来る。コレクターというだけで信用に足りると彼らは思い込むのだ。

きっとロンドンでもパリでも同様だろう。

そうだ。川崎造船所社長としてではなく、コレクター・松方幸次郎として注目を集める。海軍からの密命、Uボートの設計図を入手するためには、確かに絶好の「隠れ蓑《みの》」になる。

やってやろうじゃないか――。

昨年末のことである。

神戸・山本通にある自邸の洋間で、松方は妻・好子と向き合っていた。

暖炉には赤々と炎が燃え盛り、マントルピースの上にはブラングィンの描いた造船所の絵が掲げてあった。松方がロンドンの街角で偶然みつけ、生まれて初めて買い求めたタブローである。

その絵を背にして、松方は一人掛けのソファに身を預けていた。

「なんですの、お話って……」

好子が不安そうな声で問いかけた。

松方は、少しやつれて色のない顔をしばしみつめた。松方より四歳年下の好子は、五十を過ぎてなお品をたたえた優美さがあった。

好子は旧三田藩主の九鬼隆義の次女であり、松方がアメリカ留学していたちょうど同じ頃、ワシントンの女学校に留学していた才媛であった。

ふたりの出会いはワシントンの日本公使館で開かれた舞踏会だった。驚くべき美人をみつけて、松方は胸をときめかせ、ダンスを申し込んだのだ。その後会うことがなく残念に思っていたのだが、松方が川崎造船所の社長に就任したのち、好子との縁談が持ち込まれた。松方がふたつ返事で受け入れたのは言うまでもない。

初めてのダンスから十年もの時を経て、好子が自分のところへ嫁いでくれたことに不思議なえにしを感じたものだ。もっとも、ときおり夫が威張り過ぎると、「わたくしをダンスにお誘いになったのはあなたのほうでしてよ」と、ぴしゃりと言われるのはたまったものではなかったが。

年の瀬が近づいて会社も家庭も大忙しだったが、その日、松方は午前中会社を休んで、ちょっと話があるからと、好子とふたりきりで向かい合わせに座ったのだった。

「そう切実な顔をするな。せっかくの美人が台無しじゃないか」

妻があんまり深刻な表情を浮かべているので、松方は茶化してみた。

「いやですわ。おふざけにならないで」

好子は少し頬を赤らめた。松方は微笑んだ。それから、落ち着いた声で告げた。

「実は来年の春、またヨーロッパへ出張してこようと思っている。まだ会社の了承はとっていないが、まずはお前の了承が先だと思ってな」

好子の顔がたちまち曇った。その様子をみつめながら、松方は続けて言った。

「お前が反対することはわかっている。が、どうしても行かねばならなくなったんだ。許してほしい」

そして、「この通り」と頭を下げた。

好子は着物の膝の上で固く両手を握りしめていたが、

「……どうしてですの」

不安げな声で尋ねた。

「いつだって外国へご出張なさるときは、わたくしに断りなく決めていらしたじゃありませんか。それが、なぜ急に頭を下げたりなさるの。おかしいわ、そんな……」

夫の様子がいつもと違うことに、好子は敏感に気づいていた。やはり女房だけは敵に回せないなと、松方はつくづく感じ入った。このさい、真実を伝えておいたほうがいい。

「……誰にも言わずにいてくれるか」

松方の言葉に、好子は無言でうなずいた。松方もうなずき返すと、密やかに告げた。

「今回の渡欧は、海軍の密命によるものだ。――ドイツ軍の所有する潜水艦、最新式のUボートの図面を極秘で入手するのが目的だ。つまり、『スパイ行為』を命じられたのだ」

好子の顔に衝撃が走った。松方はたじろぎもせずに話を続けた。

「お前も知っての通り、さきの大戦で連合国軍はからくも勝利したが、ドイツ軍のUボートにさんざん脅かされてきた。うちも軍艦を造っているからよくわかるのだが、あれは間違いなく世界最強だ。あれに匹敵するものを開発しなければ、このさき、世界の列強はドイツに脅かされ続けることになるだろう」

世界大戦の終結後、連合国各国は敗戦国となったドイツ所有のUボートを戦利品として分配した。日本も七隻のUボートを手に入れた。

が、一隻だけ完成していた最新式のUボートは、ドイツ軍がその情報の漏洩を恐れ、終戦直前に自らの手で破壊してしまった。図面も同様に破棄されたと伝えられてきた。

が、どの国もそれを信用していなかった。

――どこかに最新式Uボートの図面があるはずだ。

海軍造船中将の福田馬之助が言っていた。

――我が軍としては、列強に先駆けて、なんとしても図面を入手したい。……が、誰が、どうやって実行するのか。

軍人が行けばそれだけで怪しまれるし、かと言って民間の素人には任せられない。欧州での人脈と土地勘があり、語学に秀でていて、行動力と交渉力を持った人物。加えて、船の知識が豊富な者。

となれば、それは――松方幸次郎をおいてほかにはない。

さらには、貴君は我が国に美術館を創るために欧州で相当数の美術品を収集したと、いま、話してくれた。つまり貴君は、実業家としてはもとより、美術品の収集家として、ロンドンやパリではつとに有名だとわかった。収集家と名告《なの》れば、ふだん会えないような人物にも会うことが可能であるということも。

収集家を隠れ蓑にすれば、怪しまれることなく、この密命を果たすことができるだろう。

むろん、かなりの機密費を軍から支給する。その金で絵を買うなりなんなりしてもらって構わない。

成功のあかつきには、川崎造船所に新たな軍艦の発注もする。

頼む、松方君。君の双肩に我が軍の、ひいては日本の命運がかかっているのだ――。

「あの傲慢な海軍の中将が、わしに向かって頭を下げたんだ。よほど切羽詰まっているとわかったよ。……断れるはずがないだろう」

松方の話に、好子は体を硬くして聞き入っていた。相づちも打たず、何も言わずに。

やがて、うつむけていた顔を上げると、正面に夫を見据えて、好子は訊いた。

「……長くなりますか」

ようやく妻が口を開いてくれたので、松方はほっとして答えた。

「そうだな。少なくとも一年か……もう少しかかるかもしれん」

好子は、一瞬、声を詰まらせたが、

「また、美術品をお買いになるのね」

念を押すように言った。

「ああ。出張のための予算は会社と海軍、両方に出してもらうよ。が、気に入った絵があれば自分で買うつもりだ。共楽美術館のためにもな。……かまわないか？」

好子はかすかにうるんだ目で夫をみつめると、こくりとうなずいた。

前回の渡欧時には、自宅を担保にして美術品を買う金を工面した。好子からは「いい加減になさいませ」と釘を刺す手紙が届いたりもした。

が、いまや好子は共楽美術館のいちばんの理解者であった。購入した美術品をまっさきに見せたのは、亡き母と好子であった。好子は目をきらきらさせてコンスタブルやコローやゲインズバラやトロワイヨンの絵に見入っていた。

ストックボートの売れ行きや時代の怪しい雲行きについて、妻と語り合うことはついぞなかったが、美術館について好子の意見を聞くのは、松方にとっても楽しみであった。日本の青少年の教育のためにも、また美しくやさしいものを愛する婦女子のためにも、すばらしい美術館ができますようにと、好子はその完成を待ち焦がれているのだった。

「一度でいいから、わたくしもご一緒したいです。ほんものの絵を本場で見てみたいわ」

ため息をついて、好子がつぶやいた。期待とあきらめが入り混じった声だった。しかし、密命を帯びての渡航となる今回も、その願いはかなえてやれない。

次の渡欧が実現すれば、これで五度目となる。子供たちを抱えて家庭を守る役目だった好子を帯同することはいつもかなわなかった。

いつの日か、美術館や画廊巡りをするためだけに好子を連れて欧州旅行をしたいものだと、松方は思った。

いや、そのまえに、共楽美術館を開設しよう。そして、思う存分、妻にコレクションを楽しんでもらおう。美術に親しんでもらおう。

それまで、もう少しの辛抱だ。

「どうかお気をつけて。……ご無事で帰っていらしてください」

もはや凪《な》いだ声になって、好子が言った。松方は力強くうなずいた。

――待っていてくれ。

たくさんの名画とともに、必ず帰ってくるから。


「ザ・プラザ」のロビーには、十人以上もの画商たちが群れて、日本からやって来た大コレクターが現れるのを待ち構えていた。

画商たちに混じって、地元紙「ザ・ニューヨーク・タイムズ」の記者までが駆けつけていた。日本のコレクターがこのホテルに宿泊するのは初めてのことでもあり、日本に美術館を創ろうとしているということもニュースになると踏んだ支配人が、懇意にしている記者に声をかけたのだった。

松方がロビーへ出てくると、画商たちがいっせいに取り囲み、握手を求めて殺到した。

「ミスター・マッカタ、ニューヨークへようこそ」「当画廊では、コンスタブル、ターナーなど、イギリスを代表する名画を取り揃えております」「当画廊にはモネ、ドガ、ルノワールがございます」「是非ともお越しください」「是非、当画廊へ、ぜひ！」

松方は愛想よく笑いながら各人と握手を交わしている。新聞記者がすかさず質問を飛ばした。

「美術館創設のためのコレクションをしておられるとのことですが、どれくらいの予算をお持ちですか？」

画商たちはたちまち静まり返った。松方は、悠然とハバナ葉巻に火を着け、長い煙を吐き出すと、

「そうですなあ。三千万くらいかな」

ごくりとつばを飲み込む音が聞こえた。

「さ、三千万ドル……？」

誰かが訊き返した。松方は笑って、

「いや、ドルじゃなくて日本円です」

と訂正した。それにしてもとてつもない予算だということはじゅうぶん伝わったようで、画商たちのあいだからどよめきが溢れた。

が、松方はきっぱりと続けた。

「しかし、ニューヨークではいっさい買いません。ヨーロッパの名画はパリで買うに限

る。ここは通過点に過ぎん。ゆえに、諸君の支店、あるいは本店がパリにあるなら、そっちへ打電しておいてくれるかね。もうすぐ松方が行くからと」

翌日、ニューヨーク・タイムズの文化面に躍った文字を見て、松方はひとり、ほくそ笑んだ。

〈謎の東洋の大コレクター現わる〉

首尾は上々であった。

7

一九二一年七月　パリ　チュイルリー公園

チュイルリー公園を彩るマロニエの葉を揺らして、さわやかな朝の風が吹き抜けてゆく。

日の光が次第に強さを増す午前九時、緑陰の中を足早に進んでいくのは田代雄一である。

さわやかな風に誘われて朝の散歩にひとり出かけた。投宿先の近くで朝食を済ませ、コンコルド広場へと歩いていった。広場の中心にあるオベリスクから四方を見渡すと、西にシャンゼリゼ大通りと凱旋門、東にチュイルリー公園とルーヴル美術館、北にマドレーヌ寺院、南にセーヌ川に架かるコンコルド橋が位置している。どれもが田代にとって本の中で見るばかりだった歴史的建造物である。そのすべてが歩いていける距離にあるのが、やはり信じ難い。初めてパリに来て三日目になるが、どうもまだ夢見心地が続いていた。

きのう、松方幸次郎に凱旋門へ連れていかれて、シャンゼリゼ大通りをそぞろ歩きながら、「ル・ムーリス」までともに帰った。途中、長い寄り道をした。通り沿いのカフェのテラスでシャンパーニュを飲みつつ、松方の人生の物語を聞かされたのだ。

大河のごとき話であった。まるで長編小説を読み聞かされているかのような。さまざまな出来事と登場人物が入れ替わり立ち替わり現れた。どのようにして松方が美術品の収集を始めたのかもよくわかった。そしてなぜ日本に美術館を創ろうとしているのかも。

前回の渡欧、一九一六年から現在までの五年間の出来事は、何か明かせない事情でもあるのか、あまり詳しくは話してくれず、かなり駆け足で話が進められた。美術館の完成を楽しみにしていた母親が亡くなったことだけをしんみりと語り、それ以外はこれといって話してはくれなかった。

パリの夏の夕暮れ、美酒に酔いしれたのか、松方はすこぶる上機嫌だった。彼はこんなふうに言って「自伝」をしめくくった。

――前回までは、わしはあくまで船を売りさばく商売人としてここに来ていた。ちょっとした興味本位で絵を買い始めてはいたものの、絵のなんたるかをよく知っていたわけではないのだ。

が、いまは違う。今回のヨーロッパ出張は、日本に「共楽美術館」を開設するため、よりよい作品をより多く仕入れるためにやって来たのだ。

いまのわしは、川崎造船所社長の松方ではない。――美術コレクター、松方幸次郎なのだよ。

松方が豪語するのには理由があった。〈松方コレクション〉は、すでに数千点に上る一大コレクションに成長していた。田代はそのコレクションを検分したわけではないが、これまでの話や現在の松方の画廊での買いぶりを見るにつけ、欧州の美術市場をにぎわせているというアメリカやロシアの大富豪たちのコレクションに比べても決して遜色ないものであるはずだ――と確信できた。

――どうせ美術館を創るなら、世界に比類なき美術コレクションにしてやろうじゃないか。

たとえ極東の島国でもこんな立派な文化的施設があるのだということを、他国にも知らしめたいんだ。

松方の言葉の端々に、日本人がもつ「島国根性」を叩き直したいという気持ちが汲み取れた。

世界は広いのだ。井の中の蛙となって大海を知らずに過ごすのではなく、世界の中の日本の立ち位置をいつも認識する努力を怠らない。我々日本人はそうあるべきだ。

そして、そのためにも、美術はよき鏡になるはずだ。文化・芸術をいかに国民が享受しているかということは、その国の発展のバロメーターになる。すぐれた美術館はその国の安定と豊かさを示してもいる。もっと言えば、国民の「幸福度」のようなものを表す指標にもなるのではないか。

自伝に続いて、自らの「美術館哲学」を連綿と語りながら、最後に松方は、こんなふうに結んだ。

――すばらしい美術館を持つ国は、無敵艦隊を所有する国よりも、ずっと品格がある。それだけで勝っているような気がするよ。

そう言ってから、いや、無論、こんな時世では無敵艦隊のほうが必要だがな……とすぐに前言を正した。

しかし田代は、松方は本意を聞かせてくれたのだと感じた。

川崎造船所の社長である以上、国にとって艦隊所有よりも美術館開設のほうがためになるとは口が裂けても言えないはずだ。

けれど、美術に触れ、次第にその世界にのめり込みつつある松方には、彼にしか到達できない地平が見えつつあるのではないか。つまり、決して他人には見えない真実が見えているのではないだろうか。

それは、ひょっとすると――。

――艦隊ではなく、美術館を。

戦争ではなく、平和を。

そういうことなのではないか。

それがもしも誰にも打ち明けることのできない、彼の真の思いであったなら。

自分は、松方の思いに賛同する。そしてそれを心に固く留めて、一生涯口外すまい――。

コンコルド広場からチュイルリー公園の木立の中へと歩いていきながら、田代はつらつらとそんなことを思い続けた。

さきの世界大戦の真っ最中に、松方はロンドン、そしてパリへと乗り込んだ。ストックボートを売りさばくのが目的だったが、その合間にタブローとの出会いを果たしたのだと教えてくれた。

造船会社の社長と名乗ってもなかなか開かなかったドアが、コレクターであると名乗れば立ちどころに開くということも、身をもって知ったのだと。

タブローが、松方幸次郎という不世出の実業家の心を動かし、彼の生き方を変えようとしている。美術のもつ底知れぬ力に彼は驚き、そのすばらしさを「こんな時世」だからこそ日本国民に伝えたいと願っているのだ。

——役に立ちたい。

田代は、切実にそう思った。

自分は名もない研究者だ。金も人脈も後ろ盾も、何もない。あるのは、ただただ、タブローへの溢れる熱情ばかりで。

松方が豪華客船だとすれば、自分は艀《はしけ》のような存在だろう。それでも、艀には乗客を本船へと運ぶ重要な役割がある。乗客を乗せなければ本船は出航できないではないか。

微々たることしかできないかもしれない。が、それでもなんでもいい、自分はあの人の役に立ちたい。

この世界に、日本人コレクター、松方幸次郎の存在を知らしめるために。

そのためにはどうしたらいいのか。

――タブローだ。

名画を、傑作をみつけて、それを日本に持ち帰ってもらうのだ。そのためにこそ、自分は尽力したい。

ロンドンのアパートに飾っていた絵と、画廊の倉庫に取り置きしてある作品以外は見てはいないが、これまでもかなりの数の佳作を手に入れているのだと、山中商会のロンドン支店長、岡田友次にも話を聞いたし、朋友である成瀬正一も同様のことを言っていた。

が、自分が見た限りでは、目の覚めるような傑作はまだ手中にしていないようである。成瀬にいたっては、「松方さんは絵ではなく人を見て買っている」と二言目には文句を言う始末だ。

せっかく潤沢な資金と揺るぎない志があるのだ。それを無駄にしないためにも、自分が躬になって、傑作を本船に運び込むために働かなければ。

チュイルリー公園から北側に出てすぐ「ル・ムーリス」がある。田代は、松方と落ち合う予定時刻より一時間ほども早くロビーに到着した。すると、長椅子に座って「ル・フィガロ」を広げている成瀬をみつけた。

「やあ、ずいぶん早い到着だな」

声をかけると、成瀬は新聞を畳んで笑顔を見せた。

「君の宿に行ったら、フロントマンが君はとっくに出かけたというから、きっと早めにこっちへ来るつもりなんだろうと、先回りしたのさ」

「そうか、僕のところへ寄ってくれたんだね。留守してしまって悪かったな」

「いや、かまわんよ。それより、松方さんに会うまえに、今日面談する人物について、君に入れ知恵をしておきたかったんだ」

田代が肘掛け椅子に座って向き合うと、成瀬は身を乗り出して話し始めた。

「おととい、少しだけ話したが……レオンス・ベネディット。彼はいま、松方さんに対してもっとも影響力をもつ人物だ」

ベネディットは、パリの六区にあるリュクサンブール美術館の館長である。かつ、二年まえに開館した国立ロダン美術館の館長を兼務している。

リュクサンブール美術館の歴史は古く、十八世紀半ば、リュクサンブール宮殿の一角に王室コレクションを展示するために創られた。当初はレオナルド・ダ・ヴィンチ、ラファエロ、ルーベンスなどの古典的な絵画を収蔵していたが、それらはルーヴル美術館へ移管され、いまでは主に十九世紀後半に登場した前衛画家たちの絵画や現存する画家たちの作品を展示する、いわば「現代美術館」のような場所である。印象派の画家たちの作品も数多く展示されていて、成瀬が田代に「もし松方さんとモネに会いに行くことになったら、リュクサンブールでまず彼の作品を見ておくといい」と助言したのは、このためである。

ベネディットは現存する画家たちや現代美術を扱う画商たちと幅広く交流があり、リュクサンブール美術館に収蔵する作品の多くはベネディットが決めていた。そのため、画家も画商も彼に取り入ろうと躍起になっているらしいと、成瀬は解説した。

ロダン美術館の館長を兼務することになったのも、生前のロダンと親しく付き合っていたからという理由によるものだろう。

「松方さんは、古典的な絵画よりも現存画家が描いたタブローのほうを好むだろう？　ロンドンでも、ブラングィンは自分を含めて現存画家のものをたくさん紹介していたようだし……だから、ベネディットは松方さんにとってちょうどいいアドバイザーになった、というわけなんだ」

松方は、前回の在欧のさい、パリへ行くまえにブラングィンに依頼した。せっかくだからパリでも絵を買ってみたいが、不案内なので誰か適切な助言をしてくれる人物を紹介してほしい。すると、ブラングィンは即座にレオンス・ベネディットの名を挙げ、すぐに打電して伝えましょうと約束した。

パリへ渡った松方は、開館間近のロダン美術館でベネディットと面会した。

ベネディットもまた、松方に約束してくれた。この国であなたが会いたいと望むすべての画家、すべての画商、すべての美術関係者をお引き合わせしましょう。そして、あなたが手に入れたいと望むすべての作品を集めるお手伝いをいたしましょう——と。

「それはまた、ずいぶん大風呂敷を広げたものだな」

田代は半ば呆れ、半ば感心して言った。そうまで言うとはよほど自信があったのだろう。パリでの頼もしい水先案内人を得て、松方はがぜんやる気になったに違いない。

「ベネディットの勧めで傑作ばかりを手に入れてくれたのなら、そりゃあ文句はないさ。しかしなあ……僕が見た限りでは、必ずしもそうとは思えんのだよ」

成瀬は、ベネディットの助言によって松方がパリで購入した絵画の一部を見せてもらったことがあった。その中には名品もあったが、首を傾げたくなるようなものも混じっていたと、正直に感想を述べた。

「いままでにパリで買った作品はどこにあるんだい」

田代が訊くと、

「それが、どこだと思う？　実は、ロダン美術館に保管されているんだ」

とっておきの秘密を教えるように、ひそひそ声になって成瀬が答えた。

前回のパリ滞在は短期間ではあったものの、松方は相当数の作品の購入を決めた。それらの一部はすでに日本へ送られたが、大多数はベネディットの指示のもと、現在、ロダン美術館の倉庫の一角に保管されていた。

「なんだって。それは、公私混同ってことにならないのか？」

田代は少なからず驚いた。

ロダン美術館は国立美術館である。そこで日本の一私人のコレクションを保管するなどということは、普通ならば考えにくい。ベネディットの采配でそうなったのであれば、国から館長が公私混同していると非難されても仕方がないのではないか。そうなれば、松方もフランスでの立場が悪くなってしまうだろう。

いったい、ベネディットは何を考えているのだろうか。

「ところが、さすがというか、そこはベネディットも抜け目がない。コレクションを保管する代わりに、ある提案を松方さんに持ちかけたということなんだ」

その提案とは、ロダンの彫刻の購入であった。

オーギュスト・ロダンは、近代彫刻の祖として、生前すでに名声を博していた。一九〇八年に旧公爵邸だったビロン館を買い、アトリエとしてそこを使った。一九一一年に国が館をロダンから購入することが決まったが、その際に、自作のコレクション、自作のキャスト（型）と鋳造の権利、セザンヌやゴッホなど彼が愛好した画家たちのコレクションをすべて国に寄贈するから、この館を美術館にして一般に公開してほしいと申し出た。彼もまた、自作とコレクションをのちの世に伝え、後進に役立てるために美術館を遺したいと願ったのだった。

美術館創設は約束されたが、一九一七年、ロダンは自宅のあるムードンで亡くなった。その後開館にこぎつけたものの、ロダン美術館の船出は決して順調ではなかった。運営費を捻出するために、ロダンの作品を鋳造して売っていかなければならなかった。

ベネディットは松方に、作品購入の助言および購入した作品の保管を請け負う代わりに、ロダンの作品を購入してほしいと持ちかけた。松方がこの申し出を断るはずもなかった。

「そうだったのか。では、松方さんはすでにロダンの彫刻を買ったんだな」

ロダンの彫刻の近代性、そのすばらしさを、田代は愛読していた同人誌「白樺」を通じて知っていた。

白樺の同人たち――柳宗悦、武者小路実篤、志賀直哉ら――が、どれほどロダンを敬愛し、その作品を渇望していたか。「白樺」では、特集を組んで「ロダン号」を発行する熱の入れようだった。その一冊を、十代だった田代は隅々まで熟読したのだった。だから、松方がタブローばかりではなくすでにロダンの彫刻も購入していたと知って、田代の心は沸き立った。

その数、なんと三十八点。

政府も、松方が少なからぬロダン作品を購入したということで、ロダン美術館で松方のコレクションを保管することを許可したということだった。

レオンス・ベネディット。――なかなかの策士ではないか。

形良く刈り込まれた植栽に囲まれ、夏空を映す池を正面にして、瀟洒な館が建っている。

成瀬からひと通りの話を聞いた田代は、松方幸次郎の同伴者として、初めてロダン美術館を訪れた。

「ようこそ、コウジロウ。お越しを心待ちにしていました」

諸手を広げて近寄ってきたのは、館長のレオンス・ベネディットである。とがった顎髭の細面いっぱいに笑みを浮かべて、ベネディットは松方と固く握手を交わし、いかにも親しげに抱擁をした。

松方のほうも満面の笑みで応えて言った。

「今日は私の若き友人を紹介しましょう。ユウイチ・タシロ、日本ではまだ珍しい西洋美術専門の美術史家です」

松方に紹介されて、田代は上気した顔でベネディットと握手を交わした。

「初めまして、お目にかかれてうれしく思います。……ええと、その……私はロダンを心から敬愛しています。彼の彫刻を初めて見られるこの日を、とても楽しみにしていました」

つっかえながらの、しかし生真面目なフランス語のあいさつに、ベネディットは頰を緩めた。

「これは驚いたな。日本のようなはるか遠くの国でも、われらがロダンは知られているのですか？」

「はい。最新の西洋美術を積極的に紹介している雑誌がありまして……『白樺』というのですが、ロダン特集をしたことがあります。多くの日本人が、この雑誌によってロダンの存在を知りました。特集には彫刻の写真が掲載されていて、私が見たことのあるロダンといえば、それだけです」

田代が説明すると、横から松方が割って入った。

「どうです、レオンス。私の言った通りでしょう。日本の若者たちは向学心のかたまりなのです。ヨーロッパの最新の芸術について知りたがっている。けれど、日本にいては西洋美術の実物を見ることができない。田代君のように、せいぜい雑誌に掲載されている写真を見て満足するほかはないのです」

「ええ、わかっていますとも」

ベネディットは深くうなずいた。

「だからこそ、あなたはすぐれた絵画や彫刻をロンドンやパリで収集して日本に持ち帰り、日本の青少年の啓蒙と教育のために役立てたい——ということでしたね」

前回のパリ訪問で初めてベネディットと会った松方は、そのときはまだ美術館の構想を固めてはいなかったが、美術品収集の目的について熱っぽく語った。

——自分は美術に関しては何もわからない素人だが、美術品を買い集めるのは自分の使命であると思う。

それを聞いたベネディットは、この謎の日本人収集家に興味を持ったのだという。

「フランスやイギリスのコレクターは、美術に対する見識をもった人ももちろんいるのですが、たいがい『こんな名品をもっている』とか『自分は裕福だからこんなに集められるのだ』とか、自慢したい人がほとんどです。コレクターにしてみれば、美術という美しい鎧を着て、より自分を大きく、強く見せたいというのが本音なのかもしれません」

ベネディットは、西洋人の収集家がもつ虚栄心について語った。

「虎の威を借る狐、というやつだな」

成瀬が田代の耳もとでささやいた。なるほど、まさにそういうことである。

「しかし、ムッシュウ・マツカタにはそういったところがまったくない。自分のためではなく、日本の若者たちのために――と一貫しておっしゃっている。おそらく、美しいものがお好きなご婦人方のために……というのも、実はこっそり含まれているのでしょうが」

ベネディットに言われて、松方は「いやあ、かなわんな」と頭を掻いて見せた。そこで和やかな笑いが起こった。

ベネディットは松方に向かって語りかけた。

「覚えていますか、コウジロウ。あなたは、こんなふうにもおっしゃいました。『私は美術のことはさっぱりわからないが、すばらしい美術品を見ることが、ものづくりに携わる人々にとって、最善の教育になるということはわかるのです』。私は、その言葉を聞いて、ああこの人はきっといまの日本に必要な教育者なのだと理解しました。ですから、喜んでお手伝いしようと決心したのです」

「いやはや、そんなふうに言われると、どうも照れるな」

日本語でつぶやいて、松方はしきりに頭を搔いている。そんな様子は初めて見たので、田代には微笑ましかった。

「それよりも、レオンス。田代君にこの美術館のすばらしいコレクションを見せてやってください。彼はロダンが見たくて見たくて、うずうずしているでしょうから」

ベネディットの肩を軽く叩いて、松方が言った。

「ええ、喜んで。さあ、こちらへ」

ベネディットに導かれて、市松模様の大理石の床の上を三人は歩いて行った。玄関ホールから扉を開けて中に入ると、十八世紀に建造された貴族の館らしい壮麗な装飾の部屋が現れた。そこここに、大理石や石膏で創られた白い人物像、ブロンズで鋳造された褐色のひとがたが佇んでいる。すっくと佇む均整のとれた裸身、とろけあって睦み合う男女。さしずめ彫刻が林立する森のようである。

田代は息を止めたまま、彫刻の木立のあいだへと分け入っていき、〈接吻〉の前に立つと、ようやく息を放った。

それは、写真でも見たことのない、田代が生まれて初めて見るロダンの造形であった。やわらかな愛の抱擁の場面である。たくましい男の膝にしなやかに女が抱かれ、くちづけを交わす。どちらも裸体だが、性愛の生々しさは微塵もなく、ふたりの身体は研ぎ澄まされた愛のかたちに昇華されている。これがタブローだったら、きっと官能的すぎると問題視されていただろう。白い大理石で創られているからか、神聖な空気をまとっているかのようにすら見える。この世でもっとも美しいのは愛し合う人間のかたちなのだと、彫刻家は証明したかったのではないだろうか。

恋人たちの濃厚な時間を凝縮し、永遠に止めてしまったロダンの卓越した表現力に、何か神がかったものを感じて、田代は思わず背筋をぞくりとさせた。

「どうだ、田代君。見事だろう」

吸い寄せられるようにして彫刻に見入っている田代に向かって、松方が声をかけた。それで田代はようやく我に返った。

「……これは、なんというか……いや、もう、どんな言葉もありません」

田代が応えると、

「美術史家の舌も痺れさせるほどの魔力がある、ということですね」

成瀬が言った。松方は満足そうにうなずいた。

「ロダンが近代彫刻の父と呼ばれているのにはいくつか理由があります。その中のひとつに、彫刻を台座から解き放った――ということが挙げられます」

ブロンズ彫刻〈青銅時代〉の前に佇んで、ベネディットが言った。

「ご覧なさい。この彫刻は、私たちと同じ位置に立っているでしょう。なめらかなブロンズの肌に、すぐに触れられる位置にあります」

〈青銅時代〉は一八七六年から七七年にかけて制作されたロダンの初期の傑作である。裸身の青年がモチーフになっているが、彼はアポロンでもなければダヴィデでもない。

神格化されたひとがたではなく、血の通った「人間」なのだ。両腕を虚空にやわらかに振り上げ天を仰ぐ姿は、降り注ぐ雨に打たれているのか、まぶしい陽光の腕《かいな》に抱かれているのか。深い苦悩から解き放たれて、清々しく息を吹き返した若者。その全身にみなぎる生命の輝きは、驚くばかりである。

発表された当時は、あまりにも写実的な肉体表現が批判され、「本物の人間で型を作ったのではないか」とさえ噂された。

この彫刻が人々を戸惑わせたのには、これほどまでに写実的な裸身像が台座に載せられていない――ということもあった。それまで、彫刻というものは大仰な台座に載せられているのが普通だった。台座に載せられることによって、たとえ性器があらわになっている男性の裸体でも「これは彫刻だから」と、作り手も見る側も安心できる。言ってみれば、台座は一種の「免罪符」的役割を担っていたのだ。

ところが、ロダンは、彫刻を台座から降ろして見る人の目の高さに立たせた。彫刻を生身の人間の延長線上に置いたのだ。そうすることによって、彫刻に人間の苦悩や生きる喜びを表現させた。現実世界の愛や苦しみを、あるいは人生を、見る者が感じ取ることができる、そういう彫刻を創り出すことに成功したのだ。

ベネディットは、指先でかすかにブロンズの青年の脇腹に触れて、言った。

「このような彫刻をロダンが生み出したことによって、芸術家たちはずいぶん楽になったと私は思います。――因習にしばられることなく、もっと自由に創っていいのだと」

なるほど、と田代は感じ入った。

確かに、ルーヴル美術館に展示してあった彫刻はすべて台座に載せられていた。それが当然のものなのだろうと思って見ていたが、こうして自分の目の高さに置かれている彫刻を見ると、不思議な親近感が湧いてくる。それでいて生々しさはない。彫刻家の感性が、人間の命の輝きや深い苦悩を、洗練させて、石塊やブロンズに写し取っているからである。

十九世紀に印象派の画家たちがアカデミーの因習からタブローを解き放ったのと同様に、ロダンは彫刻を解放した。両者はともに激動の時代を乗り越えてきた闘士なのだと、田代は胸を熱くした。

「わしも、この話をレオンスに聞かされてね。すっかりロダンが好きになってしまったんだよ」

田代の胸中を察したかのように、松方が日本語で言った。

「彫刻なんぞ、わしは、ニューヨークの〈自由の女神〉か、ロンドンのトラファルガー広場のライオン像くらいしか思い出せなかったんだがね。いまは、彫刻といえばロダンだ。むろん、『共楽美術館』のために、ロダンの彫刻をたくさん買ったよ」

そうであった。三十八点もの作品を一気に買ったのだと、成瀬が教えてくれたではないか。田代は急にうれしくなって、ベネディットに尋ねた。

「松方さんが買われたロダン作品は、ここに保管されているのですか？」

ベネディットは首を横に振った。

「ムッシュウ・マツカタの美術館が完成する頃に鋳造して、送り出す予定になっています。ご覧の通り、かさばりますからね。ここで保管するにしても、限界がありますから」

「どんな作品が含まれているのですか」

すぐにも見たい思いで、田代が重ねて訊くと、

「あなたを含めて日本の方々が見たいと思うものは、すべて含まれていますよ。ご安心ください」

そう言って、ベネディットは片目を軽くつぶった。

「ところで、レオンス。私のコレクションを田代君に見せてやりたいのですが、構いませんか?」

松方が訊くと、ベネディットはすぐに答えた。

「もちろんですとも。そのためにあなたがたはここへ来られたのでしょうから」

再びベネディットに導かれて、一行はいったん館から外へと出ていった。緑の芝生がまぶしいフランス式庭園には名残りのバラが咲き、あちらこちらにロダンの彫刻が見えている。〈カレーの市民〉や〈考える人〉もあった。成瀬は〈考える人〉を指差して、

「あれは台座に載っているぞ。話が違うじゃないか」と指摘した。すかさず田代が応戦した。

「あれは、別の作品——ダンテの『神曲』に着想を得て創られた〈地獄の門〉という作

品の一部で、門の中央に載せるために創られたものらしいよ。そこからあれだけを選んで大きく創り直したんだそうだ」

「だから台座がないと収まりが悪いってことか。せっかくいったんなくしたのに……ロダンも苦労をしているんだなあ」

まるで知り合いを心配するかのような成瀬の口調に、田代は笑みがこみ上げた。

一行が連れていかれたのは、意外な場所だった。館に隣接する礼拝堂である。

かつて、王侯貴族は邸宅内や敷地内に礼拝堂を持ち、朝夕祈りを捧げるのが常であった。ここの館の礼拝堂はいまではロダン彫刻の展示室になっているのだろうか。とすれば、なかなか面白い試みである。日本でならば仏間に高村光雲の彫刻が展示してあるようなものではないか。いや、それはちょっと違うかな……などと考えていると、「おい、中に入るぞ」と成瀬に声をかけられ、あわててついていった。

松方のコレクションはこの礼拝堂内に収蔵されていた。大量の木箱が積み上げられ、また何十点ものカンヴァスが重ねて壁に立てかけられているのを見て、田代は度肝を抜かれてしまった。

「信じられない。……これが全部、松方さんの買ったタブローなのですか?」

田代が心底驚いているのを見て、松方はまたもや満足そうにうなずいた。

「さよう。全部、わしのものだ」

「いったい、これは……何点くらいあるのでしょうか」

続けて田代が尋ねると、

「いいや、わからん。いちいち数えていなかったからな。わしが日本に帰っていたあいだも、レオンス任せにしておったし……いまはいったいどのくらいになっているのか、見当もつかんよ」

田代はあっけにとられてしまった。

大雑把というか、おおらかというか……これほどの数の作品を所有しておきながら、まったく数には執着していない。それどころか、保管状態にも関心がないようだ。

これが日本であれば湿気にやられてしまうところだろうが、ヨーロッパは空気が乾燥しているし、堂内には日光もさほど入らない。そうか、とすれば、礼拝堂はタブローの保管にはうってつけの場所といえるかもしれない。日本でいえば正倉院のようなものか。いや、ちょっと違うかな……。

田代は壁に立てかけてある作品のいくつかを見てみた。巧みな構図と落ち着いた色合いの写実的な風景画がまとまってあった。律儀に描き込まれた木々や野辺や人々、雲を浮かべて澄み渡る空。完成度の高いタブローである。いわゆる「泰西名画」と呼びたくなるような。が、一見して誰が描いたものなのか、田代にはわからなかった。

「そちらはアンリ・マルタンです。手前はコッテ。それはシャバ……」

ベネディットが画家の名前を挙げた。田代にはあまりなじみのない名ばかりで戸惑いを感じた、そのとき。

薄暗い部屋の片隅でほのかな光を放つタブローがあるのを、田代は見出した。睡蓮の池――モネのタブローだった。

画面いっぱいに広がっているのは、青空を映して静まり返る池の水面。その中にぽつり、ぽつりと赤や白の花々を灯しているのは、睡蓮である。

――これは……。

「田代君、気づいたか。それはモネの絵だよ」

美しい蝶を逃すまいと、そろりそろりと近づいていく足取りになっていた田代の背中に向かって声をかけたのは、松方である。

「これが、クロード・モネ……」

田代は無意識につぶやいて、床に置かれて壁に立てかけてある睡蓮の絵の前に佇んだ。

実に不思議な絵である。

一見して、その場に並んでいるほかの絵とは明らかに違うとわかる。

何が違うのか。――何もかもが違う。構図、筆触、色の扱い方、対象への迫り方。こんな風景画は見たことがない。いや、これははたして風景画といっていいものかどうかすらわからない。

確かに睡蓮が浮かぶ池を描いている、その点では風景画には違いないだろうが、田代が知っている西洋の風景画とはあまりにもかけ離れている。

いちばん驚かされたのは構図である。池を描いているのだが、水面を画面いっぱいに広げて描いている。ただただ水面だけがおおらかに目の前にあるのだ。

これが普通の風景画ならば、空と水面、あるいは地上と水上を分かつ水平線か、なんらかの「境界線」が描かれていて当然だろう。そうすることによって、それが風景の一部の池であることがわかる。

ところが、この絵はどうだろう。「境界線」がまったくない。池の水面の一部を切り取って、そのままカンヴァスに広げているような感じだ。そして、風景のもうひとつの主役たる雲の浮かんだ空は、その水面に映り込んでいる。つまり、水面が描かれているのに、同時にそこに空までもが描かれているのだ。そして、池に向かってやわらかに枝葉を垂れているみずみずしい柳も、空を背景にして映り込んでいる。

さらに目を凝らすと、描かれているのは水面ばかりではない。水中でたゆたう緑の藻までが描かれている。じっとみつめていると、水の中に見え隠れする藻がいまにもゆらりと揺らめきそうだ。

水面と水上と水中。三つの異なる世界がひとつのタブローの中で、なんと美しい調和を見せていることか。

田代は、みつめるうちに胸の奥のほうがじんと痺れて熱くなるのを感じた。何かとてつもないものを見せられている、そんな気がした。

「君が見ているその絵は、わしが前回こっちに来たときに、モネの家を訪ねて見せてもらったものだ」

すぐ近くで松方の声がした。いつのまにか田代の隣に立ち、まぶしそうなまなざしで睡蓮の絵をみつめながら、松方は語った。

「モネなんて聞いたこともない名前だったし、なんの知識もなかったが、こっちに住んでいた姪の竹子が夫婦で画家の家へ遊びにいったとかで、どうしてもわしを連れて行きたいと言ってなあ。時間もなかったことだし、面倒でもあって、さてどう言って断ろうかと最初は困っていたんだが……竹子の夫の黒木君が、さっさと車を仕立てて、さあ行きましょうと迎えにきてしまったものだから、神輿《みこし》に担がれて、連れていかれてしまったんだ」

そういえば、松方がモネに会いにいってすっかり意気投合しすぐさま絵を所望したことを、事前に成瀬に教えられていた。今回もまた行くつもりで、そのときには田代を連れていきたいと言っていた、とも。

田代にとって、クロード・モネとは、写真で見る限り、輪郭がぼんやりとしたはっきりしない絵を描く画家である——という印象だった。同じ時代の画家、たとえばゴッホやゴーギャンの絵とくらべてみても、彼らのように明瞭な線描や大きな色面がないため、まさしく画家がおのれの印象に基づいて半分想像で絵を描いているのではないか、という気がしていた。そういう意味では純然たる風景画とは違っていて当然だろう。もっとも、ゴッホもゴーギャンも半分空想で風景を描いているようなところはあるのだが。

「驚きました。モネの絵には、これほどまでに豊かな色があったんですね」

田代はすなおに感想を口にした。ごく単純な言葉が口をついて出てしまったのだが、ほかになんと言ったらいいのかわからなかった。

ロダンの彫刻を初めて見たときもそうだったが、自分が美術史家の端くれだということを忘れてしまうほど、彼らの作品はすべての言葉を奪い去ってしまう。圧倒的な力、そこはかとない輝き。そして画面から溢れ出る画家の思いが見るものの感性に揺さぶりをかけてくる。

そういう作品を「傑作」と呼ぶのかもしれない。とすれば、ロダンの彫刻も、このモネの〈睡蓮〉のタブローも、まごうかたなき傑作だ。

「あなたがたはご存じでしたか。モネは、日本美術にそれはそれは深く傾倒しているのです」

背後でベネディットの声がした。

「日本美術がなければ、いまのモネはなかったに違いありません」

十九世紀後半にパリで開催された万国博覧会に日本が出展し大好評を博した。長らく鎖国をしていた日本がようやくヨーロッパで紹介されたのだ。

人々は初めて目にした「日本」に熱狂した。日本画や工芸品が大いにもてはやされ、女性たちのあいだでは日本の着物や扇子が流行し、日本趣味の愛好者は「ジャポニザン」と呼ばれた。

「もちろん、何であれ新しいものを誰よりも好むのが芸術家たちです。印象派の画家たち、そしてゴッホやゴーギャンも、皆、日本の美術に夢中になりました」

中でもモネは、日本美術に触発されたことによって、「モネ様式」とも呼べる自身の作風を打ち出すことに成功した。

モネは、広重や北斎などの浮世絵をパリ在住の日本人画商、林忠正から大量に購入し、隅々まで研究した。

西洋美術の様式においては考えられない大胆な構図。極端な遠近法。新鮮な画題。鮮やかな色とかたち。たとえば風景であっても、構図の中に目に見えるすべてを収めようとせず、むしろ描きたい対象にぐっと近づいてそれだけを抽出して描く。そんな手法を、モネは日本美術に教えられた。

「この〈睡蓮〉の絵は、モネがいかに多くのことを日本美術に学んだかを物語っています。本作はムッシュウ・マツカタが直接画家から買い求めたものですが、きっと日本的な感性をこの絵に認めたからこそでしょう。いかがですか、コウジロウ？」

ベネディットに水を向けられた松方は、ふむ、と軽くうなって、

「そうですな。日本的な何かをはっきりと感じたわけではないが、親しみを感じました。ほかの画家の絵を見たときには感じなかった感覚でしたな」

と答えた。

親しみ、というひと言に田代は共感した。

この絵には、ひょっとすると、西洋人には感じられない特別な何か——日本人だからこそ感じられる何かが込められているのかもしれない。

ベネディットは微笑んで言った。

「コウジロウ。あなたは二言目には『絵のことはわからない』とおっしゃいますが、いい絵かどうか、たとえわからなくても、あなたは感じているのですよ。つまり、『頭』ではなく『心』で見ているのです。それは、コレクターとしてとても大切なことであると私は思います」

「これはまた、うれしいことを言ってくれますね。レオンスに認められたとなれば、私もまずまず、本格的なコレクターになってきたということかな」

照れ笑いをして、松方が言った。

その様子を見ていた成瀬が田代に目配せをした。言いたいことは、すぐにわかった。

「あんな感じで、ベネディットはとにかく持ち上げ上手なんだ」

本館へ戻る道々、楽しげに会話をする松方とベネディットの後ろからついていきながら、成瀬が田代に小声で言った。

「松方さんはすっかり彼を信用して、自分が日本に帰ってからもいい出物があったら買ってほしいと依頼していたんだよ。だからあんなに作品が集まっているんだ」

「なんだって。じゃあ、まったく見ずに買ったものもあるのか」

田代が驚いて訊くと「そうなんだよ」と成瀬が困惑した顔で返した。

「確かにベネディットはこの国では顔がきくし、審美眼の持ち主でもあるとは思う。しかしねえ……僕はどうにも腑に落ちない。いくら絵がわからないからと言って、まるっきり人任せにするのはどうかと思うよ」

「君は、それを松方さんに意見したのか」

「まさか。言えるわけがないだろう。だから、君が松方さんの買い物に同行してくれることになったのは、大いによかったと思っているんだよ。松方さんがパリにいるあいだに、できるだけ彼に付き合って、あのモネの〈睡蓮〉のような傑作をみつけるために力になってあげてほしいんだ。ベネディットですらみつけられないすごい作品が、まだまだどこかに眠っているはずだからね」

頼んだぞ、と成瀬は田代の肩をぽんと叩いた。それから、前を行くふたりを急いで追いかけていった。


生まれて初めてモネの絵を目にした五日後。

田代は、松方とともに幌付きの車、シトロエン10HPの後部座席に乗っていた。パリッと音がするほど乾いた晴天である。車はシャンゼリゼ大通りから凱旋門の周辺をかすめて、やがてセーヌ川沿いに走っていった。

その日、田代は松方の供をして、ジヴェルニーに住むモネを訪ねることになった。ロダン美術館で〈睡蓮〉の絵に遭遇し感動していた田代を、松方はすぐに誘ってくれたのだ。「実際の睡蓮の池と絵をくらべてみたら、もっと感激するぞ」と言って。

「それにしても、面白い時代になったものだな。そう思わんか？」

時速六十キロの風を浴びながら、松方は軽快な口調で言った。

「会いにいきますと電報を打てば、お待ちしていますと翌々日には返事がきて、それでこうして車に乗って、日帰りで会いに行けるんだからな。クロード・モネに！」

自分が若かった頃には考えられない技術の進歩だと、しきりに言っている。そっちのほうか、と田代はこっそり苦笑した。自分は、こうして現存画家に、しかもクロード・モネに連絡してすぐ会いに行けるということのほうが、時代の恩恵だと思えるのだが。

ジヴェルニーまではパリから車で二時間ほどであった。市街地を抜けるとのどかな田園風景がどこまでも続く。行き交う車はまれで、乗り合い馬車や牛が曳《ひ》く荷車とすれ違う。

ジヴェルニーを流れているセーヌ川の支流、エプト川には土手が作られておらず、草木が生い茂る地面ぎりぎりのところまで水が迫っている。したたる緑と夏空を映す川面は燦々と輝き、川はただ悠々とゆく。

実に気持ちのいいところだ。ベネディットが教えてくれたのだが、モネは売れない時代にセーヌ川流域の小村を転々として、川辺の風景を描き続けたのだという。いまではフランスの国民的画家となったモネにも赤貧の時代があったという事実は、田代の胸を打った。

貧しさのどん底にあっても、モネは風景を描き続けることを決してやめなかった。彼の絵が認められる時代がやがてくることを、彼は当然知らなかった。その時代は永遠にこないかもしれなかった。それでも彼はあきらめなかったのだ。

モネの絵がやさしく美しいだけではなく、底知れぬ強靱さをもっているのは、画家の信念が込められているからこそ——なのかもしれない。

「まあ、ようこそお越しくださいました。ムッシュウ・マツカタ。おなつかしいですわ」

玄関のドアが開くと、ぽっちゃりとした白髪の女性が現れた。モネの義理の娘、ブランシュである。

「またお目にかかれてうれしいです、ブランシュ。あなたの先生《メートル》はお元気でいらっしゃいますか」

ブランシュを抱擁して、松方が言った。ブランシュは微笑んで応えた。

「ええ、もちろん。あなたのご到着をいまかいまかと待っていますわ。あなたのお若いご友人のことも」

田代はブランシュと握手を交わして挨拶をした。

「先生のお仕事のお邪魔ではありませんか」

田代の遠慮がちな質問に、ブランシュは目を細めた。

「その逆です。すべての日本人の来客を、先生は歓迎なさいますよ」

それから、松方に向かって言った。

「先生はいま、池のほとりでお仕事の最中です。ひと区切りするまで客間でお待ちになりますか？　それとも……」

「もちろん、池のほとりまで行きましょう」

松方が笑顔で答えた。

婦人に導かれて、ふたりはモネの家の庭へと歩み出た。

まるで宝石箱のような庭である。夏の花々が咲き乱れ、花びらをかすめて蝶が優雅に舞い飛んでいる。赤、黄色、青、紫……見たこともないような姿かたちの花々が芳香を放ち、競い合うように咲き誇っている。田代は思わずため息をもらした。

「なんて美しいんだ。まるでムッシュウ・モネの絵そのものですね」

フランス語で言うと、先を行くブランシュが振り返って微笑んだ。

「皆さん、そうおっしゃいますわ。この庭はクロード・モネの最高傑作だと」

専属の庭師を数人雇っているものの、どの花をどこに植えるか、どんな色にするか、すべて細かくモネが指示を出しているのだという。とすれば、この庭はモネの広大なカンヴァスで、色とりどりの花々はモネの絵の具なのだ。

小径をしばらく歩いていくと、小川に行き当たった。エプト川の支流、リュ川から引いてきたこの小川で、睡蓮の池が造られたということだった。

竹林を通り過ぎると、ぱっと視界が開けて、目の前に池が現れた。

水面に睡蓮が群れて咲き、白い顔を空に向かっていっせいにほころばせている。夏空は静まり返って池の鏡面に映り込み、入道雲がその中央に勇ましい姿を立ち上がらせている。柳はたおやかな長い腕を水面すれすれに揺らし、かすかに風があることを知らせている。

対岸ではパラソルが白い大きな花のように開いている。その傘の下で、白い髭の老画家――クロード・モネが一心に筆を動かしていた。

そよ風が睡蓮の池の面を撫で、かすかなさざ波が立った。風の行方を追いかけるようにして、煙草をくわえた白髭の顔がこちらを向いた。

「コウジロウ！」

少ししゃがれた、けれどチェロの音色にも似たよく響く声でモネが呼びかけた。松方も大きく手を上げて、「クロード！」と大声で応えた。

「よく来てくださいました。きっとまた会えると信じていましたよ」

パラソルのもとへ駆け寄った松方とモネは固い握手をかわした。松方は満面に笑みをこぼして、

「あなたが元気で毎日描いておられると聞いて、どうしてももう一度お会いしたくて、飛んできました」

心底うれしそうに言った。それから、田代のほうを振り返ると、

「彼はユウイチ・タシロ、西洋美術史を研究しています。フィレンツェへ留学する途中で、私がパリへ誘ったのです」

そう言ってから、

「あなたの〈睡蓮〉を見て、彼はいたく感激していました。だから、実際の睡蓮の池を見たら、どんなにモネの絵がすばらしいかわかるからと、連れてきたのです」

田代を連れてきた経緯をさらりと説明した。人を紹介するのも、松方はほんとうにうまい。こういうところは逆立ちしても真似できない。

「はじめまして、お目にかかれて光栄です。日本の雑誌で、あなたの絵の写真を拝見して、いつかほんものを見てみたいと願っていました。……まさか、ご本人にお会いできるとは夢にも思っていませんでした」

田代は画家に向かってまっすぐに右手を差し出した。

モネはその手をきゅっと握ってくれた。絵の具がこびりついた、まごうかたなき画家の手であった。

「今日は、あなたのためにとっておきのおみやげがありますよ」

松方は茶目っ気を含んだ声で言って、提げていた鞄からコニャックの瓶を一本、取り出して見せた。たちまちモネの顔つきが変わった。

「おお、『ナポレオン』じゃないか！」

「そうですとも。パリでみつけたので、買っておいたのです。一緒に飲もうと思ってね」

ああ、これのことだったか、と田代は頰を緩めた。

成瀬が言っていた。目の玉が飛び出るほど高価なコニャックを、モネが好きだから持って行ってやるんだと、松方が高級レストランで買い求めていた――と。

モネは大喜びで、「ナポレオーン、ナポレオーン！」と歌うように連呼した。松方も一緒になって、ふたりで踊り出さんばかりのはしゃぎようだ。ブランシュは口に手を当ててくすくすと笑っている。田代も思わず笑ってしまった。

「不思議な方ですわね。ムッシュウ・マツカタは」

田代に向かって、ブランシュが小声で語りかけた。

「一度お会いしたきりなのに、先生はすっかりあの方を昔からの友人のように感じているみたいで……初めてお目にかかったときも、お互いに、なんだか初めて会った気がしないと言い合ってね」

ふたりは今日と同様、この睡蓮の池の端で会った。松方は、そこでモネの絵を初めて目にしたという。

わざわざジヴェルニーまでやって来る客は当然モネの絵をよく知っている人ばかりだったので、モネにとっては、自分の絵を「初めて見る」客を迎えたことが、むしろ新鮮に感じられたようだった。

どうですか？　とモネが尋ねると、松方は、うーむとうなったきり、ただじっとイーゼルに立てられた描きかけのカンヴァスをのぞき込んで、何も答えられず、石彫のように動かなくなってしまった。

「画家本人に感想を求められて、松方さんもさぞや緊張されたのでしょうね」

田代は同情を禁じ得なかった。自分だったら、なんとかごまかしてその場を逃げ出してしまったかもしれない。

「ところがね、違うのよ」

ブランシュは、なおもくすくす笑いながら話を続けた。

しばらくカンヴァスをみつめたあと、松方は巨匠に向かって、つっかえながらも臆することなくフランス語で語った。

――先生、本当のことを申し上げましょう。

私は造船会社の経営者で、別段絵に詳しくないし、それほど興味も持っていませんでした。仕事で行ったロンドンでたまたま目にした造船所を描いた絵に興味がわき、それからなんとなく絵を買い始めたのです。

そのうちに、日本の青少年の教育のためにも、ほんものの西洋画を展示する美術館を日本に創ろうという計画をもつようになりました。

そんなわけで、色々な人の協力を得て、次第に絵が集まってきた。しかし、その中に先生の絵はありませんでした。

実は、ここに来ることになるまで、先生の名前すら存じ上げなかったのです。それなのに、姪夫婦に連れられて来てしまった。困ったことになったと、この場所に足を踏み入れる直前まで来たことを後悔していたのです。

ところが、どうです。この絵。この色。この景色。――なんと……なんと、すばらしい……！

「それからね、こうおっしゃったのよ。『いま、この屋敷にある絵を全部見せてください。それを全部買います。何十枚でも、何百枚でも！』」

ブランシュの話に誇張はないと田代にはわかった。松方は「鉄は熱いうちに打て」という考え方の持ち主だ。気に入ったのだから全部買うとは、いかにも彼らしいではないか。

が、モネのほうはさすがに面食らったようだった。それでも熱心な松方にほだされて、ではアトリエでいくつか作品をお見せしましょう、ということになった。

大型の絵画を制作するために二年前に造ったという広大なアトリエに、松方は招き入れられた。そこには完成した作品もまだ完成していないものもあった。松方はそれらを息をつめてみつめた。その瞳がうるんできらめいているのを、ブランシュは確かに見たという。

松方は、結局何も感想を述べなかった。感想の代わりに、モネに向かって言ったのは——。

——やはり買いたい。ここにあるものを全部、お願いします。

モネは笑って返した。

——ご勘弁ください。私は普通、画商を通してしか絵を売らないのです。

松方は重ねて頼み込んだ。

——いいえ。いますぐに買わせていただきたいのです。全部が無理なら、いくつかでも。けれど、できるだけたくさん。

私は絵のなんたるかを知りません。何もわからない。お恥ずかしい話です。けれど、私は……なんというか、私は……先生の作品が好きです。

「そのひと言にね、先生の胸は射抜かれてしまったのよ。そんなふうに言ってくれた人は、それまでひとりだって現れなかったんですから」

自分の胸に手を当てて、ブランシュが言った。

巨匠クロード・モネのタブローを賞賛する常套句は、すでにあまた存在していた。宗教画の高みにまで昇華された高潔な精神性の宿る風景画。風景の狩人たるモネは、光の反映と移ろいゆく時間が織りなす絶妙な綾を見事に画布に写し取った天才だ。フランス芸術の神髄であり極致である——云々、云々。

けれど、〈あなたの絵が好きなのだ〉——と、画家に向かってそのひと言を告げる批評家や収集家はただのひとりも現れなかった。

だからいっそう、松方のすなおな言葉は画家の胸に清らかに、まっすぐに響いたのだ。

「思えば、あれは、ムッシュウ・マツカタからクロード・モネへの愛の告白……のようなものだったのかもしれないわね」

ブランシュがなんとなくうれしそうに言うので、田代は思わず微笑した。

「ひとめぼれ、というところですか」

田代の言葉に、ブランシュは少女のように肩をすくめて、ふふ、と笑った。

「そういうことかしらね」

モネと松方は、ひとしきり再会を喜び合ったあと、早速「ナポレオン」で乾杯となった。

女中が四つのグラスとオリーブの塩漬けを盆に載せて運んできた。

「私はご遠慮いたします。殿方の飲み物ですから」

ブランシュが慎ましやかに言うと、

「何をおっしゃいます。先生とあなたのために買ってきたのですよ。さあ」

松方が勧めた。ブランシュははにかみ笑いをして、盆に残された最後のグラスを手に取った。

琥珀《こはく》色の液体がクリスタルのガラスにきらきらと注がれた。モネは杯を目の高さまで上げて、そこにぐっと顔を近づけた。

その瞬間、田代はどきりとした。モネの目がひどく白濁しているのを認めたのだ。

――まさか……白内障《しろそこひ》？

モネの目がこちらをちらりと向いたので、はっと視線を逸らした。と同時に、松方が晴れやかに発声した。

「先生の成功と健康に、乾杯！」

風が水面を渡り、さざ波がきらめいてその通り道を示していた。睡蓮の花々はやわらかに揺らめいて、いっせいに笑みをこぼしているかのようだ。その光景はいかなる言葉にも換えられぬ美しさであった。

こんなとき、人は画家に憧れるのだと田代は思った。言葉にできない情感を、画家は絵筆と絵の具でカンヴァスに表すことができるのだから。モネのようにすぐれた感性と目を持った画家であれば、なおのこと。

画家はしきりに煙草をふかし、客人たちには葉巻を勧めてくれた。松方と田代は睡蓮の池のほとりに佇んで葉巻を愉しんだ。格別にうまく感じられたのは、高級品だったからというばかりではない。クロード・モネに勧められたものだから、そして松方と並んでふかしているからこそだった。

目前の情景にひとしきり感じ入った田代は、モネがどんなふうにこの情景を写し取っているのか、よくよく見てみたいという好奇心が抑えられなくなってきた。田代はぐいと杯をあおると、申し出た。

「先生。よろしければ、カンヴァスの近くに寄って拝見してもよろしいでしょうか」

「ああ、もちろんだとも」

モネは機嫌よく応答した。

「ここに立ってみたまえ」

田代は胸をときめかせながら、イーゼルに据えてある大型のカンヴァスの前に立ってみた。そして、ぎょっとした。

──これは……。

間近に見る描きかけの絵は、異様なほど不明瞭であった。画布の表面を青や緋色の絵の具が固まりになってのたくっている。実際の風景にくらべて、色の具合がおかしい。霞《かすみ》がかかっているような……いや、しかし……実際の風景は、まったくこんなふうに見えないが……。

田代が真剣な面持ちで黙りこくってしまったのを見て、「どうした、田代君?」と松方が日本語で声をかけた。田代は返事をしなかった。

田代の中でふたつの感情がぶつかっていた。(これは、あのモネがいま描いているタブローなのだ。最先端の芸術なのだ)と理解しようとする気持ちと、(いいや、違う。いくらなんでもこんな色はないだろう)と反発する思いが。

「何か思うところがあるのかね?」

モネが尋ねた。田代は画家のほうを向くと、思い切って言った。

「先生。僭越ながら申し上げます。──この色は、おかしいのではないでしょうか? この風景は、こんな色には、私には見えません」

松方とブランシュが息をのむのがわかった。言ってしまって、田代はすぐに後悔した。

「すみません、失礼なことを……撤回します」

青くなって田代が言うと、

「いいんだ。気に入ったよ。君は正直だ」

モネが笑って応えた。

「初めのうち、私の絵はどの絵もみんなおかしな色だと言われたものだ。でも時が経てばわかる。私がどんなふうにこの風景を見ていたのか――」

モネはそう言った。チェロのようによく響くおだやかな声で。

その言葉は池の面を撫でる風のように田代の心を揺らし、静かなさざ波を立てた。


その日、松方は再びモネに絵を譲ってほしいと申し入れた。

〈睡蓮、柳の反映〉。一九一六年に完成して、モネが手元に置いていた大作である。縦二メートル近く、横四メートル以上。赤や白の睡蓮がほころぶ池に薔薇色がかった青空が溶けて広がり、柳の枝がしんと静まり返ってさかさまに映り込んでいる。初めてアトリエを訪問したときに、そこにある何点かの作品の購入を許された松方だったが、この一点は許されなかった。が、今回の再訪で松方は粘った。この作品こそ「共楽美術館」に展示したいいちばんの作品である。日本の国民のために、どうか譲ってほしい。ジヴェルニーを日本に連れ帰らせてほしい――と。

松方の熱意に、巨匠は打たれたようだった。そして、もう少し考えさせてほしいと言った。お待ちしています、と松方は言った。あなたがこの絵を日本へ送り出してくださることを――。

太陽が長い軌跡を残しながら西へと傾き始めた頃、松方と田代は帰路についた。

後部座席に松方と並んで、田代は、その日いちにちの出来事を夢から目覚めたばかりのように胸中で追いかけていた。

ふと、隣の松方がつぶやいた。

「君の言う通りだ、あの色はおかしい」

田代は松方のほうを向いた。松方は、ふっと笑い声を立てた。

「でも、わかったかい、田代君？　あの絵は、傑作だ。色がどうとか、理屈じゃない。モネが、あの大画家が、もうよく見えんのに、必死に絵筆を動かしている様子を見ていると、わしはなんだか、わけもなく泣けてくる。そうやって、画家がおのれの全部をぶつけて描いた絵を、傑作と言うんじゃないのか？」

そのとき、田代は初めて耳にした。万感の思いを込めて松方が「傑作」の一語を口にしたのを。そして、知らされた。自分が心ではなく頭でタブローを見ていたことを。

——すごいものになる。

明るい予感が夕映えのように田代の胸に広がった。

この人が創る美術館は、きっとすばらしいものになる。

そのために、力を尽くそう。自分もタブローを心で見よう。この人と、ともに楽しもう——。

気がつけば田代がパリにやって来て早や二週間が経っていた。

その間、夢見心地がずっと続いていた。本の中でしか見たことのなかったパリの名所や美術館訪問、ジヴェルニーにモネを訪ねたこと……どれをとっても「夢なのではないか」と思わされることばかりであった。

しかし、田代には、いまや確たる「使命」が芽生えていた。やがて日本に開設されるであろう松方の私設美術館「共楽美術館」のために、傑作をみつけることである。八月いっぱいは松方の供をして画廊巡りをし、ブラングィンもベネディットも成瀬も見出せなかった傑作を必ずやみつけて、なんとしても日本へ持ち帰ってもらおう。そうしてこそ初めて自分がパリに呼び寄せられた意味があるはずだ。

八月の初め、田代はいつものように松方の投宿先「ル・ムーリス」に出向いた。その日、松方の供は田代ひとりだった。その週から成瀬は夫人とともに避暑地に出かけるということで、あとは頼んだよ、と涼しい顔で言われたのだ。まったくブルジョワジーは気楽だなと言いたくもあったが、成瀬の留守中に傑作をみつけて、帰ってきたらびっくり仰天させてやろうという気持ちにもなった。

さりとて、ひと月ほどのあいだに傑作がみつかるというめどはなんら立てられない。すでにいくつもの名だたる画廊はひと巡りしてしまった。このさき、どこで、どんな作品に出会えるのか、あるいはまったく出会えずに終わるのか。実際のところ、田代には皆目見当がつかなかった。

約束の時間、九時十分まえに田代はロビーに到着した。松方はいつも約束の時刻ぴったりに姿を現す。待たせるわけにはいかないので、必ず十分まえには到着するようにしていた。

その日もいつも通り、松方は時間ぴったりにエレベーターから降りてきた。いつもと違ったのは、日本人の男が後をついてきたことである。

ふたりは何やら会話を交わしながらロビーまで来た。田代はソファから立ち上がって、その男が誰であるかを思い出した。

松方が滞在している部屋を初めて訪ねたとき、ドアの向こうから現れた——あの男だ。松方の助手だとかで、後で成瀬に名前も聞かされたような気がするが、それきり会うこともなかったので、すっかり忘れてしまっていた。

「やあ、田代君。おはよう」

松方に声をかけられて、田代は笑顔でそれに応えた。

「おはようございます。今日もまたいいお天気ですね」

「ああ、じっとりと暑い日本と違って、こっちは八月もからりとしたもんだ。過ごしやすくて、夏のあいだは毎年パリにいたいくらいだな」

機嫌よくやりとりするあいだに、男はまた姿を消してしまっていた。少し気になったが、やはり松方から紹介されるでもなかったので、きっと雑事を頼む使用人のような存在なのだろう。

「今日はどちらへ?」

田代が訊くと、

「ローザンベールの画廊へ行こう」

すぐに松方が答えた。田代が知らない画廊である。

「ローザンベールは、レオンスとポールの兄弟がそれぞれに画廊をやっているんだ。どっちも前衛画家のものを扱っているんだがな……兄貴のレオンスのほうが扱っている絵は、これはもう、からきしわからんのだよ。わからんにもほどがある、というくらいわからんのだ」

「絵がわからん」は松方の常套句だったが、わからんにもほどがある、とは、いったいどんなものなのか。

「説明不可能だ」と松方は言った。

「ばらばらの断片を継ぎ合わせたような画面で、色は茶色とか灰色とかで……よくよく目を凝らすと、人の顔や帽子や新聞なんかがばらばらになって描いてあるんだ。摩訶不思議というか、なんというか……」

わからなさ過ぎてむしろ痛快なくらいだったので、ほんの一瞬「買いだ」という思いがよぎったという。が、値段を聞いてのけぞった。パブロ・ピカソという聞いたこともない名前の画家のそれは、英国王室御用達の画家、ジョシュア・レイノルズの肖像画よりはるかに高値だったのである。それであきらめたということだった。

田代は驚いた。松方が目撃したその絵は、世界中をあっと驚かせた「キュビスム」の絵であることは間違いなかった。

キュビスムは、パブロ・ピカソとジョルジュ・ブラックという、ふたりの若い画家が協働して生み出した画期的な絵画手法で、一九〇七年頃から始まった。人物、静物、風景など、対象物を解体して立方体《キューブ》に置き換え、カンヴァスの上に再構築する——という斬新なアイデアのもとに創作されるタブローである。

あくまでも「再構築」そのものが主題であり、対象物をリアルに再現することや色彩は二の次である。優先されるべきは画家自身の目と意識であるから、見る者に理解を求めない絵であると言ってもいい。もっと言えば、見る者の目の楽しみや心のやすらぎのために描かれるタブローではない。従って、「むしろ痛快なぐらいわからない」とは言い得て妙だと田代は感じた。

世界中の画家にとってはもちろんのこと、田代のような研究者にとっても、キュビスムの誕生は新時代の美術の幕開けを告げる「事件」であった。その筆頭たるパブロ・ピカソは、変幻自在に画風を変化させる天才画家としてすでに世界中にその名を知られつつあった。田代にとってもほんものを見てみたい画家のひとりである。ひょっとして今日、見ることができるかもしれない。田代は鼻息を荒くした。

「では、これからもう一度、その痛快なほどわからん絵を見に行くのですね」

松方は自分の意見を聞いてあらためて購入を検討したいと考えているに違いない。が、

だ。

松方の答えは「ノン」であった。

「弟のポールの店に行くんだ。そっちのほうがいくらかまともだからな」

梯子を外されてしまったが、すぐに気を取り直した。「いくらかまともな」絵を見られるというのだから、弟の店でも画期的かつ前衛的な面白いものを見せてもらえるはずだ。

ふたりはあれこれ話をしながら歩いていき、八区のラ・ボエシ通りにあるポール・ローザンベール画廊に到着した。玄関口にある呼び鈴を田代が押すと、待ち構えていたようにドアがさっと開いた。

「ようこそ、ムッシュウ・マツカタ。お待ちしておりました」

画廊の番頭だろうか、きっちりと栗色の髪を撫でつけた紳士がうやうやしく挨拶をした。松方はひとつうなずいて、杖を突きつき中へと入っていった。田代がその後に続く。その瞬間から、特別な何かが待っているような、不思議な予感が田代の胸中にあった。

奥まったところにある広々とした応接室には数々のタブローが掛けられていた。しかし、松方のために用意されている特別な作品はここにはないと田代にはわかっていた。上客の到着を待って、それは画廊のもっとも奥から密かに姿を現すはずだ。

「これは、これは。ムッシュウ・マツカタ。またお目にかかれて光栄です」

画廊主のポール・ローザンベールが諸手を広げて近づいてきた。

「そろそろおいでになる頃ではないかと、今日か明日かと首を長くしてお待ちしておりました」

「パリに到着してから、順番に名だたる画廊を巡っているところです。あなたのところにそろそろ名品が到着している頃ではないかと想像して、ようやくやって来ました」

なかなかうまいことを言う。ポールは満面に愛想笑いを広げて、

「なんと、奇遇な。まるであなたのご来訪を予見したかのごとく、特別な作品がついきのう到着したところですよ」

こちらも負けずに応戦した。

「お供のお若い方、あなたも幸運だ。ムッシュウ・マツカタとご一緒に、驚くべき名品をいまから見られるのですからね……ムッシュウ・ナルセ？」

「タシロです」と田代は、ローザンベールと握手を交わして訂正した。

「ああ、これは失礼。ムッシュウ・タシロ」

ローザンベールが言い直した。

「とにかく。とっておきの名品をお目にかけますので。おい、フランソワ。あのタブローを、ここへ」

助手が奥へすっ飛んでいった。ローザンベールは揉み手をしながら、松方の気を逸らすまいと懸命にご機嫌取りをしている。田代は壁に掛かっているタブローの前に立って、それを眺めるそぶりをしながら、期待に胸を膨らませていた。

壁に掛かっている作品は、海を望む窓辺に夏服の女性が佇んでいる絵であった。陰影

のない、ぺたりとした絵。明瞭な色彩が際立つ、これもまた見たことのないたぐいの絵であった。ふとそれに気がついて、田代はその絵に見入った。

「こちらは、マティスという画家の絵です。鮮やかな色が特徴です」

近くで見守っていた番頭が、小声で説明をしてくれた。

「アンリ・マティスですか。なんというあでやかな色だ」

田代はマティスも画集で目にして知っていたが、こんなにも色鮮やかだとは想像もできなかった。番頭は「ご存知でしたか」と笑みをこぼした。

「この画家は人気があるのですか」

田代が訊くと、

「ええ。最近、アメリカ人の収集家が熱心に買って行かれます」

「アメリカ人が？」

「化学者のバーンズ博士とおっしゃる方です。ロシア人収集家のムッシュウ・シチューキンも、ずいぶんたくさん買われました」

前衛的なタブローにフランス人はあまり興味を示さないのだそうだ。だから、外国人コレクター——松方のようなきっぷのいい日本人コレクターが現れれば、前衛画家を売り出している画廊はすかさず飛びつく、というわけだ。

それにしても、芸術の楽園たるフランスには古典的な作品ばかりが残り、アメリカやロシアに自分たちと同時代の画家たちの名品が持っていかれるというのは皮肉なものだ。

そしていま、日本にも持っていかれようとしている。日本人としてはとてもありがたいことではあるが、フランス人としては、ほんとうのところどうなのだろうか。——そんな思いが田代の胸をよぎった。

「おい、田代君。出て来たぞ」

背後で松方の声がした。田代は、はっとして振り向いた。

ふたりの目の前に一枚の絵がしずしずと運び出された。田代は息をのんで目を見張った。

——ゴッホだ。

田代は、思わずため息をついた。

——間違いない。これは、白樺派の芸術家たちが憧れた、あのフィンセント・ファン・ゴッホの絵だ。

南仏の町アルルで、ゴッホが晩年に暮らしたつましい一室。灰色がかった青い壁、ライラック色の床。ベッドと二脚の椅子、脇机がひとつ。

その部屋は、戸外の南仏の光の照り返しを部屋全体が反射して、まるで咲き誇るひまわりのごとく、黄色く燃え上がっているように見えた。

幻を見ているのだろうか。言葉をすっかり奪われて、田代は熱に浮かされたようにぼうっとしてしまった。

——なんという……なんという激しい絵なんだ。

いや、これはもう……絵といっていいかどうかもわからない。

これは、タブローという名の「奇跡」じゃないか。

「……いかがでしょうか、ムッシュウ・マツカタ？　お気に召されましたか」

ローザンベールの声がして、ようやく田代は我に返った。

松方は、両腕を組んでむっつりと黙り込んだまま、目の前に置かれた絵をじっとみつめている。

田代が何か言おうとするのよりも一瞬早く、松方が口を開いた。

「……なんだこれは？」

不機嫌な声だった。

ローザンベールの顔色がさっと変わった。が、彼は懸命に笑顔を作ると、「オランダの画家、ヴァン・ゴーグの作品〈アルルの寝室〉です」とフランス語の言い方で画家の名を口にした。

「近頃つとに人気が上がってきまして、世界各国のコレクターが買い求めています。それでも、まだまだお買い得で……」

「いや、わからん。さっぱりだ」

ローザンベールの説明をさえぎって、松方が怒気を含んだ声で言った。

「これはわしの手には負えん。期待しておったんだがな」

そして、踵《きびす》を返して出口に向かい始めた。田代はびっくりして、あわてて松方を追いかけた。

「待ってください、松方さん。帰らないでください。いま帰ったら、あの絵はアメリカかロシアに持っていかれてしまいます」

田代はすがるようにして嘆願した。

「あれこそが、僕がいままで見た作品の中で最高の傑作です。あれを、どうかあれを持ち帰ってください、日本へ——お願いです」

松方は振り向かなかった。背中が「ノン」と言っている。田代を振り切るようにして、そのまま無言で出ていってしまった。


分厚いカーテンの隙間から差し込む一条の光が、ベッドに転がる田代の顔の上に白い筋を作っている。

田代は重いまぶたを上げた。体が鉛の塊になってしまったかのようだ。床には脱ぎ捨てた靴とむしり取ったネクタイが散乱している。昨夜、ひとりで深酒をして、酔っ払って服を着たまま眠りこけてしまったのだ。

ズボンのポケットを探って懐中時計を取り出した。長針と短針が重なって十二を指している。「えっ」と声を上げたのと同時に、正午を知らせる教会の鐘の音が鳴り響いた。

田代はネクタイを拾い上げて締め、急いで靴を履き、部屋を飛び出した。

きのう、ポール・ローザンベール画廊からの帰り道、田代は必死の説得をくり返した。

わずか一、二カ月の限られたあいだに、市場に出ている傑作と巡り合えるかどうか。それはまったく千載一遇であると田代にはわかっていた。幸運にも傑作が出てきたとして、はたしてその絵を松方が気に入り、日本に持ち帰ってくれるかどうか。それは自分の説明にかかっている。

そうだ、そうなのだ。ついに傑作が出てきたのだ。が、その幸運に酔いしれている場合ではない。なんとしても松方を買う気にさせなければ。田代は、勢い込んだ。ゴッホの〈アルルの寝室〉がどれほどの傑作か、コレクションに加えればどれほど価値があるか、いずれ美術館を創ったときに日本の青少年をどれほど驚かせることになるか。脇目もふらずに杖を突きつき歩いていく松方の前になり後ろになり、身振り手振りで、あらゆる美辞麗句を総動員し、熱情の限りを尽くして、田代は懇願した。――どうか買ってください、松方さん！

ところが松方は食い下がる田代には見向きもせず、髭の下の口をへの字に結んだまま「ル・ムーリス」にたどりつくと、さっさと中へ入っていってしまった。田代は回転ドアに阻まれて入り口で足を止めた。そしてがっくりと肩を落とした。

――なんてことだ。

ああ、なんという馬鹿をやってしまったんだ。松方さんはひとりで静かに検討したかっただけなのかもしれないのに。

たいした実績もない若造の研究者にまくしたてられて、へそを曲げてしまったんだ、きっと。

あんな傑作には、もう二度と……巡り合えないかもしれないのに。

逃した魚はあまりにも大きかった。田代はいたたまれず、その日は投宿先の近くのカフェでしたたかに酒を飲んだ。

——こんちくしょう、何が「共楽美術館」だ。

あの傑作を買わずして、ともに美術を楽しむなんざ、できっこないじゃないか。

聞いてくれる相手もいないのに、田代は日本語でまくし立てた。どのくらい飲んだのか、まったく記憶にない。気がつくと正午だった——というわけだ。

「ル・ムーリス」の受付係《フロントマン》、ジャンとは顔なじみになっていた。田代は足早にフロントに近づいていくと、

「やあ、ジャン、ごきげんよう。ムッシュウ・マツカタはもう出かけましたか？」

息を切らしながら訊いた。

ジャンは「ごきげんよう、ムッシュウ・タシロ」とにこやかに応えて、意外なことを言った。

「ムッシュウ・マツカタは、今朝、ご出立なさいました」

えっ。

まったく想像もしなかった展開に、田代は戸惑いを隠せなかった。

「出立？　ど……どこへ、ですか？」

田代の質問に、ジャンは微笑みを絶やさずに答えた。

「さて、私は存じ上げませんが……あなたさまにとおっしゃって、お手紙をお預かりしております」

飴色のカウンターの上に白い封書を載せた。それを手に取ると、田代は急いで封を切った。


小生、連日の画廊巡遊に少々疲れたり。瑞西《スイス》にてしばし休養いたすことにせり。八月末には巴里に再来す。貴君との再会を念じつつ。

松方幸次郎

「スイスへ……」

田代は思わずつぶやいた。

急に出発しなければならないほど、画廊巡りには飽き飽きしてしまったのだろうか。それとも何か急な用事があってのことなのだろうか。

そういえば、松方はロンドンからパリへ移ったときにも、何の前触れもなく出発した。思い立ったが吉日、ということなのか。松方らしいといえば松方らしい気もするが……。

「なんと書いてありましたか？」

今度はジャンが質問した。手紙を畳んで麻の上着の内ポケットにしまいながら、田代は答えた。

「またパリに帰ってくるということです」

「そうですか。あなたさまもご出立で?」

「いや、私は……」

ふと、自分もすぐにパリを発ってフィレンツェへ向かうべきなのかもしれない、との思いがよぎった。

田代は松方の当初の予定に合わせて九月いっぱいパリにいるつもりにしていたが、さて、どうしたものか。

ひょっとすると、松方さんは帰ってこないかもしれないし……。

田代はどきりとした。

——これっきり、もう松方さんに会えないのだろうか。

さびしさがぽつりと落ちてきて、波紋のように胸の中に広がった。それを打ち消すように、田代はきっぱりと言った。

「……私は、パリにもうしばらく残ります。そして、待っています。ムッシュウ・マツカタが帰ってくるのを」

画廊訪問の三日後。

あの傑作がどうなったか、どうしても気になった田代は、ひとりでポール・ローザンベール画廊へ出かけていった。

ひょっとすると、強敵コレクター――アメリカのバーンズ博士か、はたまたロシアの富豪・シチューキンに持っていかれてしまったのではないかと、夜も眠れないほど気がかりだった。

ところが田代が画廊に現れると、ポール・ローザンベールがほくほく顔で出迎えて、こう言ったのだ。

「これはムッシュウ・タシロ、せんだってはありがとうございました、おかげさまで〈アルルの寝室〉をムッシュウ・マツカタがお買い上げくださいまして、いやもうさすがにお目が高いですな」

なんと、松方は田代と別れたあと、すぐにローザンベールのもとへ引き返したらしかった。そして、「さっきの絵を買う」と申し入れた――ということだった。

田代は唖然とした。やはり言葉が出てこない。ローザンベールは満面の笑みで、

「あなたのおかげですよ、ムッシュウ・タシロ。ありがとうございます」

と礼を述べた。

「ムッシュウ・マツカタは、あなたの情熱に動かされたとおっしゃっていました」

――あの生意気な若者はたいした目利きなんだ。彼が言うからには傑作に違いない。

私には、よくわからんがね。いつかわかる日もくるだろう。

その日を気長に待つとしよう――。

田代は言葉をなくしたまま、画廊を後にした。

熱に浮かされたような足取りで表通りを歩いていった。足取りは次第にリズミカルに、だんだん速くなって、やがて駆け出した。

「——やったぞ！」

日本語で叫んで、田代は飛び跳ねた。舗道を歩く人々がびっくりして振り返ったが、お構いなしだった。

あのゴッホが、〈アルルの寝室〉が、ついに〈松方コレクション〉の仲間になったのだ。

うれしくてうれしくて、たまらなかった。自分で買ったわけでもないのに。自分のものになったわけでもないのに。

あの傑作が日本へ来る。日本の美術館のコレクションになる。

それが、ただただうれしくて、たまらなかった。

九月二十一日。

北駅のホームに日本人の一群が集まっていた。

成瀬正一とその妻、福子。黒木三次とその妻、竹子。画家の橋本関雪《はしもとかんせつ》。朝日新聞の海外特派員、坂崎坦《さかざきしずか》。画家の和田英作《わだえいさく》。そして田代雄一。

彼らに囲まれて笑顔を見せているのは、松方幸次郎である。

約束通り、八月末に松方はパリへ帰ってきた。スイスでよほどゆっくりできたのか、さっぱりした顔つきになって、大変機嫌がよかった。

何かいいことがあったのですか、と訊いてみると、ひとつ仕事が片付いたんだ、と言って、思わせぶりに片目をつぶってみせた。それがどんな仕事だったのか、田代にはわからなかったが。

パリでの滞在を終えた松方は、いったんロンドンへ戻り、しばらく滞在ののちに日本へ帰国することになっていた。

旅立つ松方を壮行するために、パリで画廊巡りをともにした人々が集まった。自分よりも年若い友人たちに囲まれ、花束や菓子折りや本や絵、数々の贈り物を手渡されて、松方は華やいでいた。

「松方さんがおられなくなったら、パリじゅうの画廊が意気消沈ですよ。この街を元気づけるためにもまた帰ってきてください」

成瀬が言った。少しさびしそうな声だった。

「ああ、もちろんだ。帰ってくるとも」

確信に満ちた声で松方が応えた。

「美術館のためにはもっと傑作がほしいところだ。まだまだ買うつもりだから、手伝ってくれ」

威勢のいいことを言った。

ほんとうのところ、松方がパリに帰ってくるかどうかはわからない。それでも、再び松方とともにパリで画廊や美術館を巡り歩く日を夢見て生きようと、田代は心密かに決めた。

「田代君。……世話になったな。ほんとうにありがとう」

田代と向き合って、松方は礼を述べた。田代は笑みをこぼした。

「お礼を申し上げるのはこちらのほうです。すばらしい経験をさせていただきまして、ほんとうにありがとうございました」

まるで冒険物語の主人公になったかのような、心躍る日々であった。

松方とともに、名だたる美術館の数々を訪問し、パリじゅうの画廊を行脚《あんぎゃ》して、数多くの名品を目の当たりにし、手に入れた。ゴッホ〈アルルの寝室〉を筆頭に、モネの睡蓮画、ルノワール〈アルジェリア風のパリの女たち〉、ゴーギャン、マネ、ドガ、ピサロ、モローなど、どれもが「日本に来てほしい」と田代が願う秀逸なタブローばかりであった。

作品購入もさることながら、「共楽美術館」をどんな美術館にするべきか、松方と意見を交わし、ときに議論するのも得難い体験となった。美術館の展示室はこんな感じにしたいとか、こんな額に入れて飾ったらどうかとか、しまいにはオープニングの記念レセプションには誰を呼ぶか、引き出物は何にするか、そんなことまで話し合い、杯を重ね、ときには夜が白むまで語り明かした。

そのたびに、田代は思ったものだ。これは夢じゃないか？　と。

いま、パリにいて、松方幸次郎と膝を突き合わせて、タブローの、美術館の話をしている、この瞬間は夢なのではないだろうか。

いいや、違う。夢ではない。夢を夢で終わらせない、それが松方幸次郎という人なのだから。

松方は、田代の目をまっすぐにみつめて、

「君には、ずいぶん面倒をかけてしまったな」

しみじみと言った。

「わしにはどうにもわからん絵が多かったからなあ。実をいえば、君の説明がなければ買わなかった作品も少なくなかったよ」

「いいえ」

田代は、即座に否定した。

「『わからない』とおっしゃいますが、松方さんは、頭ではなく、心でタブローを見ておられました。……松方さんは、日本一……いや、世界一すばらしい、真のコレクターです」

真のコレクター。

ひと夏をともに過ごして、田代が松方の中に見出したのは、まっすぐにタブローに向き合う真実のコレクターの姿だった。

田代の言葉に松方の瞳が揺れた。ジヴェルニーのモネの庭、睡蓮の池の面を風が通り過ぎたかのように。

「ロダン美術館に保管されているコレクションは、いつ日本へ送られるのですか」

田代が尋ねると、

「いっぺんに送るのは難しいから、少しずつ送る予定にしているんだ」

松方が答えた。

「じゃあ、それまではずっとロダン美術館に?」

「ああ、そのつもりだ。レオンス・ベネディットが管理してくれることになっているが、もうひとり、作品の面倒をみるように頼んでいる者がいる。パリに常駐している日本人だから、管理については心配は無用だ」

そして、「おい、日置。日置はどこだ?」と辺りを見回した。

「――はい、社長。ここにおります」

背後で声がして、田代は振り向いた。

少し離れたところに男が佇んでいた。それが誰であるか、田代はすぐに思い出した。「ル・ムーリス」で、二度、見かけたあの男だった。最初は松方の部屋のドアをノックした直後に。二度目は、松方とともにロビーへ出てきたときに。

中肉中背、切れ長の目で静かなまなざしを向けるその男は日置釭三郎といった。

もともとは海軍士官技術士兼飛行操縦士であった彼は、在仏日本国大使館付き武官でもあった。飛行機の開発を目論んでいた松方に見込まれて川崎造船所の嘱託技師となり、五年まえにフランスの飛行機製造会社に出向する。飛行機の開発計画はいったん棚上げになったものの、そのままパリに居住して、松方の助手となり、コレクション管理の担当者となった。——が、その事実を田代が知ることになるのは、もっとずっと後になってからのことだった。

ようやく松方の紹介を受けて、田代と日置は挨拶を交わした。

「私も来週にはフィレンツェへ行きます。松方さんのコレクションの管理のお手伝いをすることはかないませんが、私にできることがあれば、なんなりとおしらせください」

田代が言うと、日置はかすかに笑ったのか、奇妙に口を歪めて応えた。

「——コレクションは私が守ります」

静かな熱のこもった声だった。たったひと言だったが、それには真実の響きがあった。日置の言葉は長く尾を引いて田代の胸に残った。しかし、それはいつしか消え果て、

松方とのパリ再訪も夢と潰えた。

二度目の世界大戦が勃発し、再び世界は分断され、日本は敗戦国となったからだ。

失意のうちに松方が他界し、フランスに残された〈松方コレクション〉を取り戻しにパリへ赴くまで、田代が日置を思い出すことはなかった。

一九五三年六月　パリ　マドレーヌ広場

8

夜九時半を回って、西の空に長らく居座っていた太陽の最後の光が、あかね雲の彼方へと消え去りつつあった。

代わりに三日月がうっすらと中空に姿を現し、やがて通りに連なったガス灯に明かりがともった。

カフェのテラス席に陣取った人々に帰る気配はなく、ようやく始まった夜をいっそう楽しもうと、華やいだ顔ばかりが並んでいる。

その中にあって、田代雄一は、目の前に座った男の顔に不安の気色ばかりが濃く浮かび上がるのをみつめていた。

日本政府に委託され、〈松方コレクション〉返還の交渉担当者としてパリに赴いた田代の前に現れたその男の名は、日置釭三郎といった。

ジョルジュ・サルとのふたりきりの対話から戻ったホテルで、雨宮辰之助からその名を聞き、いったい彼が誰なのか、思い出すのにさほど時間はかからなかった。

――〈松方コレクション〉について、すべてを話しましょう。

田代の留守中に訪ねてきた日置は、雨宮にそう伝言したという。田代が来るのを近所のカフェで待っている――と。

はたして、テラスの片隅のテーブルにぽつりとひとりきり縮こまって座っている老いた日本人の男の姿を田代はみつけた。それが三十二年ぶりに再会した日置であった。

「どうです、ぶどう酒でも。それとも、コニャックですか。なんでも好きなものを頼んでください」

田代はメニューを広げると日置の目の前に置いた。日置は黙ったままでそれに視線を落としていたが、給仕《ギャルソン》が注文を取りにくると、

「牛フィレ肉のグリル、それにグラスの赤ワインをお願いします」

よどみないフランス語で告げた。それで田代にはふたつのことが伝わった。ひとつは日置がおそらくずっとフランスに暮らし続けていたこと、もうひとつはこんな時間になるまで夕食も取らずに腹を空かせていたこと。

田代はポケットから煙草の箱を取り出して、日置に勧めた。日置は「ノン・メルシー《いいえ結構です》」と反射的にフランス語で返したあと、

「……肺をやられていまして」

日本語で言い訳をした。それから派手に咳き込んだ。

芝居がかっているな、と思ったが、しばらく咳が止まらない。どうやら、ほんとうに肺をやられているようだ。田代は口にくわえた煙草を元通りに箱に戻すと、訊いた。

「医者に診《み》てもらったのですか」

ようやく咳が収まったところで、日置は弱々しく頭を横に振った。

「医者なんて……そんな金は……」

苦しそうに息をつないだ。田代は給仕を呼び止めて、水差し《キャラフェ》に入った水を持ってこさせた。

「これ、飲んでください」

コップに注いだ水を勧めると、日置はそれを一気に飲み干した。空になったコップを、トンとテーブル上に置くと、ひとつ、息をついた。

痩せこけた頬は白い無精髭に覆われ、くぼんだ眼孔の中の目は濁って落ち着きなく動いている。田代はその顔に松方の助手であった男の面影を探したが、むなしい努力であった。そもそも彼がどんな顔をしていたか、まったく思い出せなかったからだ。

田代が日置と最後に言葉を交わしたのは、かれこれ三十二年もまえのことだ。しかも、ほんの二言三言である。そう、確か、ロンドンへと旅立つ松方を見送ったとき——北駅で。

思えば、あれが日置と言葉を交わした唯一の機会であった。

あのとき、どんな会話をしただろうか。

松方がロンドンへ発った一週間後、田代もまた留学先のフィレンツェへと旅立った。松方の見送りには大勢の日本人が集ったが、自分の出発はさびしいもので、到着したときと同様、朋友の成瀬正一ひとりが送りにきてくれた。成瀬は夫人とともにもうしばらくパリに滞在する予定だった。フィレンツェにも来いよと誘ったのだが、いいや、とすげない返事だった。松方さんも君も、やれロンドンだスイスだフィレンツェだと飛び回っているけれど、僕にはパリでじゅうぶんだ――と言っていた。

そんな微細なことを覚えているのに、はて、なぜだろうか、日置との会話は何も残っていない。まるで――そう、まるで彼は松方の影のようだった。ぴったりと付き従っているのに、その存在を誰にも意識させない影のような。

ワインの入ったグラスがふたつと肉料理の皿が運ばれてきた。皿がテーブルに置かれるやいなや、日置は飛びついた。ナイフで肉を刻むのももどかしそうに、肉の大きな塊を口に突っ込んで、赤ワインで流し込んでいる。田代は呆気にとられた。

たとえ戦時中の物資不足にあえいだ時期であっても、こんなふうにがっついてものを食べる日本人を見たことがなかった。ほんの瞬間、田代の胸中に、ゴヤの晩年の絵〈我が子を食らうサトゥルヌス〉の黒い画面がふっと浮かんで消えた。

目の前に座った男がただ食事をしているだけなのに、何か見てはいけないものを見せられているような気がして、田代は中空へと視線を泳がせた。通りの向かい側にはアパルトマンがずらりと連なっている。五線譜上の音符のように煙突が並び、その上に太った三日月が引っかかっていた。

料理の皿がすっかりきれいになるのに数分とかからなかった。日置はグラスをほとんど垂直にあおって、底に残ったワインを一滴残らず飲み干すと、大きくため息をついた。それから、ようやく正面に田代を見据えて、

「……何からお話ししたらよいでしょうか？」

観念したようにそう言い放った。田代は思わず苦笑した。

「そうですね。……あなたが何をご存じなのかにもよりますが……」

日置がまったく唐突に自分の滞在先に現れたことが、何よりまず田代には不審に思われた。田代の宿舎はなんの変哲もないホテルで、日本大使館が手配したものである。パリでは大使館関係者以外は知らないはずだ。それをなぜ日置が知っていたのか。そもそも、自分がいまパリに来ていることをなぜ知り得たのか？

まずはそれをはっきりさせなければ——このビフテキ、おごり損になってしまうぞ。

「いまパリに来ていることを、私は大使館にしか知らせていません。それなのに、あなたはこうして私を訪ねてこられた。それがなぜなのか、まずは教えていただきたいのですが」

日置は、田代の言葉の一言一句を全身で受け止めている様子だった。日本語を学び始めた外国人が言葉の意味を懸命に追いかけている、そんなふうに見えた。

少し間をおいてから、日置は、自分の日本語が正しいかどうか確かめるかのように、

ゆっくりと言葉を選びながら答えた。

「それは……その……私は、ほとんど毎日、日本大使館へ行っていました。戦争のあとに、再開されてから、いままで、ずっと」

「大使館へ？」

「はい」

「何をしに……ですか？」

「大使に会わせてくれと、頼んでいました。会って、話したいことがあるからと。大切な、とてもとても大切なことを、話したいからと……」

そこまで言って、日置は田代の反応を確かめる目つきになった。田代は重ねて問うた。

「とても大切なこととは、なんですか？」

そう問われるのを待っていたかのように、すぐに答えが返ってきた。

「川崎造船所の社長、松方幸次郎さんがこの国に残していったコレクション。それが戦時中、どこにあったのか、私は知っていたのです。戦後、フランス政府に接収されてしまったことも」

田代は息をのんだ。そして、日置のくぼんだ眼孔の中の目をみつめた。濁ってはいたが、嘘をつく人間の目ではなかった。

「そうですか。それで、大使はあなたと面会を？」

努めて落ち着いた様子を保ちながら、田代は尋ねた。

日本の首相たる吉田茂の命を受けて、在フランス日本国大使である西村熊雄は、戦後、敵国の在外財産としてフランス政府に接収されてしまった〈松方コレクション〉の返還に乗り出した。いまでは日本における西洋美術史の権威となった田代がパリへやって来たのは、西村を助け、フランス当局と返還を巡る直接交渉に臨むためである。それができるのは君しかいない――と、吉田茂直々に頼まれてのことだ。吉田は、〈松方コレクション〉の形成に関わった田代こそが、フランスからコレクションを奪還するためにもっともよく働いてくれるはずだとわかっていた。心血を注いで創り上げたコレクションを再び見ることなく他界した旧友・松方幸次郎の無念を晴らすためにも、そのコレクションを間近に見たことのある人物が交渉にあたるべきだと。

それにしても、西村大使との打ち合わせの際に、戦後、いかなる経緯で〈松方コレクション〉が発見されたのか、そのあたりの詳しいことは一切聞かされていなかった。ましてや、その一件に、この目の前の落ちぶれた日本人が――日置釭三郎がかかわっていたなどとは、ただのひと言も出てこなかったのだが……。

「いいえ。大使に会ったことは、ありません。ただ、下役の方には、会うことができました。大使館の門の近くで待ち伏せをして……つい最近のことです」

下役――萩原徹を指しているようだった。

「その人には、あなたが松方さんのコレクションについてこれまでの経緯を知っていることを、話したのですか」

田代の問いに、日置はうなずかなかった。

「話したかったのですが、まったく取り合ってくれませんでした。それで……あなたの名前を出したのです。あなたに会ったことがあると」

――私は、田代雄一さんを知っています。戦前、松方さんと一緒にタブローを買って回った、美術史家の先生です。

日置がそう告げると、萩原は足を止めた。そして、田代先生を知っているのですか、と驚いた顔をされたという。

「ようやく話を聞いてもらえるかと思ったら、こう言われたのです。本当に田代先生を知っているのであれば、先生はまもなくパリへ来られるから、直接話してみるといい。そうなれば、先生から私に相談があるでしょう。話を聞くのはそれからにしよう、と」

そのくせ、いつ田代がパリに来るのか、どこに泊まるのか、いっさい知らせずに立ち去ってしまった。

そこで日置は、来る日も来る日も日本大使館へ行き、田代がやって来るのを待ち続けた。そして二週間後、ついに田代の姿を認めて、こっそりと後をつけた。マドレーヌ寺院近くのホテルに入っていくのを見届けて、今日、とうとうこうして向き合って話をすることがかなった――というわけだった。

「そうでしたか。それはずいぶんなご苦労をおかけしましたね」

平静を保ちつつ田代は言った。が、そのじつ背筋をひやりとさせていた。後をつけられていたとは、まったくうかつだった。

考えてみれば、貴重な文化財を巡る国家間の難しい交渉に臨んでいるのだ。スパイが課報活動を繰り広げていたっておかしくはない。気をつけなければならない。

この男は、確かに松方の助手だとかいう日置釭三郎ではあるだろうが、現在の素性がどのようなものかわからない。ひょっとすると、こやつこそフランス政府の回し者かもしれないではないか。

警戒の鎧《よろい》を心中で着けなおして、田代は尋ねてみた。

「毎日大使館へ来ていたということですが、仕事はどうしているのですか？　勤め人であれば、そんな自由はきかないはずでしょう」

それから、ありえないとわかっていたものの、重ねて訊いた。

「ひょっとして、いまも変わらずに川崎造船所の……もとい、川崎重工業の社員なのですか？」

松方の在仏の助手、つまり川崎造船所の嘱託社員であると、三十二年まえに会ったとき、日置がごく短く自分の身の上を明かしたことを、田代は突然思い出した。

日置はうすら笑いを浮かべて、

「まさか。無職です」

乾いた声で答えた。

「松方社長が帰国されてしばらくのあいだは、頻繁に連絡をいただいていましたが、あの戦争が始まってからは、連絡が途絶えてしまいました。結局、戦争のごたごたで給料の支払いも止まってしまって……私は、仕方なく、社長が約束してくださっていたことを実行せざるを得なくなったのです。……生き延びるために」

松方と日置のあいだの約束事。——田代がまったくしらない取り決めがふたりのあいだにはあったようだ。

「それはいったい、どういう……？」

日置は田代に向けていた視線をテーブルの上に落とすと、ひと言、消え入りそうな声で答えた。

「——売りました」

えっ？　と田代は聞き返した。

「売った？　……何を？」

思い切ったように返ってきた。

「タブローです」

「タブローを……」

「はい。タブローを……売りました」

それは、日置が長いこと胸にしまいこんできた秘密をついに打ち明けた瞬間であった。

一九二一年九月二十日、つまり松方がパリを離れる前夜。

松方に呼び出されて、日置は「ル・ムーリス」の一室にいた。

松方の旅支度を手伝い、最後にひと束の紙を手渡された。それは、ロダン美術館の館長、レオンス・ベネディットが作成した、同館で預かっている〈松方コレクション〉のリストであった。

——ベネディットのもとに、いま現在、これだけの作品を預けてある。売約した作品が今後彼のところへ届くから、もっと増える予定だ。それを全部、折をみて日本へ移送するつもりでいるから、そのときには手伝ってほしい。

いいか、日置。パリにあるコレクションの管理は、ベネディットではなく、お前に頼んでいくから、心してくれ。

お前がコレクションの面倒をみ続ける限り、もちろん給金を払う。日本から毎月送金するから、心配せずとも大丈夫だ。

が、万が一にも「有事」の際には……あのコレクションの中からめぼしいものを選んで、売却しても構わない。タブローを売った金はお前が使えばいい。——生きていくためには、それもやむを得んだろう。

よほど気に入った作品があれば、お前にくれてやってもいい。

その代わり、何があってもわしのコレクションを守ってくれ。——守り抜いてくれ。

いいな。……約束だぞ。

「結局、松方社長の想像した通り、『有事』が起こりました。さきの戦争です」

青ざめた顔で日置は語った。

「そして、社長が約束してくださった通り……私は、タブローを売りました。コレクションを守るために」

田代は耳を疑った。

「それはつまり……コレクションを保管するために金が必要になったから、作品を何点か売却したと。そういうことですか」

日置は弱々しくうなずき、懺悔《ざんげ》をするかのようにうなだれた。

田代は両腕を組んで考え込んでしまった。

日置はコレクションを「守った」とも言った。「売った」そして「守った」。いったいどういうことだろうか。

〈松方コレクション〉はロダン美術館の礼拝堂にあった。当初、コレクションを管理していたのは同館館長、レオンス・ベネディットであったはずだ。松方は、ロダン美術館に管理を委託する「代金」として、ロダンの作品を数十点も買い取ったのだと成瀬正一が教えてくれたのを、田代は覚えていた。

松方が帰国してから数年後にベネディットは亡くなったということを、のちに田代は聞かされたが、そのあとは新館長、ジョルジュ・グラップが管理を引き継いだのだろうと思い込んでいた。

それとも、ロダン美術館は、日置ひとりにあの膨大なコレクションの管理をいずれかの段階で引き渡したのだろうか。

日置の言葉を借りれば、彼は松方直々に「コレクションを守ってくれ」と頼まれたということだが……。

日置はうつむけていた顔をなかなか上げなかった。タブローを売った、という自らの告白に苛《さいな》まれているのだろうか。伏せたまぶたは異様に青白く、そこだけが別の生き物のように小刻みに痙攣《けいれん》していた。

「……松方さんは……お元気なのでしょうか……」

ややあって、遠慮がちな声が聞こえてきた。カフェテラスのにぎわいにかき消されそうになったその言葉を、田代の耳はどうにか聞き取った。

「ご存じないのですか？　戦後、松方さんがどうされたのか……」

田代が逆に尋ねると、

「いえ、何も……」

また消え入りそうな返事だった。田代は重ねて訊いた。

「松方さんからの連絡は、いつを最後に途絶えたのですか」

「……日本で大地震があった頃から連絡がつきにくくなり、戦争が始まる頃には音信不通になってしまいました」

松方が五度目の欧州滞在を終えて日本へ帰国したのは一九二二年のことだ。その翌年に関東大震災が起こった。そのとき田代はフィレンツェに留学中で帰るに帰れず、親族や知人の無事をただただ祈ることしかできなかった。

大震災の四年後の一九二七年、震災手形の問題がきっかけとなって、金融恐慌の嵐が日本中を吹き荒れた。川崎造船所もそのあおりを受け、深刻な経営不振に陥った。そして一九二八年、その責任をとって松方は川崎造船所の社長を辞任した。

現役時代に莫大な私財を投じて収集した美術品の数々は、一部は日本に輸送されていたものの、ほとんどがロンドンの倉庫に入れられているか、ロダン美術館に預けられたままだった。

田代は一九二五年に帰国し、松方と会う機会を得た。

松方は田代との再会を喜んだが、「共楽美術館」の計画が頓挫してしまった——と苦渋の表情だった。その頃、会社の経営に暗雲が立ち込めており、美術館どころではなくなっていたのである。

それでもいったんロンドン、パリに留め置いていた美術品を日本へ輸送しようと試みたが、関税が百パーセントかけられると判明した。コレクションを購入したのと同じ額を納税しなければならないなんて、そんな馬鹿な話があるかと松方は憤ったが、どうすることもできない。結局、コレクションを日本に持ち込むことをあきらめざるを得なかった——と聞かされた。

日置は苦々しい表情を浮かべて、

「……残念です」

ひと言を絞り出した。

「あれほどまでに社長が望んでいた美術館が……実現することなく終わってしまった。実に……実に、残念です。くやしいです」

肚《はら》の底から悔恨の念が湧き上がっているのが痛いほど伝わってくる。田代は、日置の無念を思った。

この男がどんなふうに戦中を生き抜いてきたのかはわからない。しかし、あるときを境に松方との連絡が途絶え、さぞや困窮したことだろう。ましてや日置はフランスの敵国たる日本人なのだ。この国で生きていくのは苦難の連続だったに違いない。

そんな中で、松方の夢を我が夢と思い、尽力してきたのだろう。

しかし——。

大震災、不況、戦争……松方の夢の結晶「共楽美術館」は、どうすることもできない災厄に押し流されてしまった。松方は川崎造船所という大企業の長として、これらのとてつもない災厄に立ち向かわなければならなかった。どんなに残念でも、くやしくても、美術館はあきらめなければならず、夢と潰えたのだ。

「……松方さんが川崎造船所の社長を辞任されたことはご存じでしたか?」

田代の問いに、

「はい。知っていました」

日置が答えた。

「その後、政界に進出されたことも……パリに住む日本人同士のうわさで知りました。

社長ご自身から聞かされたことは何ひとつありませんが……」

日置は不安げなまなざしを田代に向けた。

「戦後、社長がどうされたのか、誰からも聞くことがありませんでした。……私は、何よりもそのことを田代先生にうかがいたかったのです」

祈るような顔つきになって、日置は訊いた。

「先生。……あの方は……いま、どうされているのでしょうか」

日置の一途な目が田代を無言にした。松方幸次郎は元気で生きている、その答え以外聞きたくないと、彼の目が訴えていた。

せめて誠実に答えよう、と田代は心を定め、おごそかな声で言った。

「亡くなりました。……三年まえに」

次の瞬間、日置の目の中に揺らいでいたかすかな灯火が、ふっと消え失せた。

「……そうでしたか」

そうつぶやくと、がっくりと肩を落とした。

田代にはかける言葉がなかった。いちばん聞きたくなかった結末を聞いてしまって、日置はこの世界からたったいま追放されたかのように放心していた。

がやがやとざわめくカフェテラスにアコーディオン弾きがやって来た。古びたアコーディオンが夏の夜にふさわしい軽快な曲を鳴らし始めると、テラスに陣取った人々の顔がいっせいにほころんだ。軽やかなメロディが重苦しく黙りこくったふたりのあいだを通り過ぎていった。

一曲終わるとあちこちで拍手が沸き起こった。アコーディオン弾きは被っていたハンチング帽を手に、テーブルを回ってその中に小銭を集め始めた。

田代たちのテーブルに彼が近寄ってきた。と、日置がズボンのポケットに手を突っ込んで小銭を取り出し、帽子に投げ入れた。メルシー・ムッシュウ、とアコーディオン弾きは人なつこい笑顔になった。日置は口の端を歪めて笑い返した。

――パリジャンなんだな、と田代は思った。

この人はれっきとしたパリジャンなのだ。それがたとえ街角のアコーディオン弾きの曲であっても、一片の音楽に小銭を投げる。そういう粋を身につけた人なのだ。

「……最期は……どうだったのでしょうか」

流れくるままに次の一曲を聴いていると、ふいに日置の声がした。アコーディオン弾きのほうを眺めていた田代は、まなざしを日置に向けた。

「松方さんは、幸せだった……のでしょうか」

自問するかのような日置の問いかけに、田代はおだやかに答えた。

「晩年は娘さんとご一緒に暮らして、やすらかな最期であったと聞いています。葬儀には私も駆けつけましたが、松方さんを敬愛する人々がたくさん押しかけて……ひさしぶりに顔を合わせた元社員の方々も大勢いたようで、まるで同窓会のようなにぎわいでしたよ」

「同窓会……」

つぶやいた日置の顔に、うっすらと笑みが広がった。

「……そうでしたか。にぎやかな葬式か。社長らしいですね」

田代も微笑んだ。

「ええ。ほんとうに」

それきり、ふたりはまたふっつりと黙り込んだ。が、もはや重苦しさはなく、しめやかな沈黙であった。

日置が胸の裡で松方の面影を追いかけているのが田代にはわかった。自分もまた、そうだったからだ。

目の前を通り過ぎようとしたギャルソンを田代は呼び止めた。ロゼワインを一本、それから氷を頼んだ。それらが運ばれてくると、田代は氷をふたつのグラスに入れ、ワインを注いで、「さあ、もっといきましょう」と日置にすすめた。

「今度はあなたの番ですよ、日置さん。松方さんと連絡が途絶えてから、いったいあなたはどう生き延びてきたんですか？」

日置は小さく息をついた。

「……長い話になりますよ」

田代は、ふっと笑ってみせた。

「望むところです」

手にしたグラスを持ち上げると、

「いや、乾杯はまだです」

日置が言った。

「私の話をすべて聞いていただいてからにしましょう。この話の結末が、乾杯に値するかどうか……」

田代は、もう一度返した。

「ええ。望むところです」

太った三日月が中空に浮かんでいた。

テラスのざわめきもアコーディオンの調べも、引き潮のように、いつしかふたりを残して遠ざかっていった。

9

一九二一年七月　パリ　北駅

機関車がもうもうと蒸気を上げながらプラットホームに入ってきた。

日置釭三郎は、一等車両の降車口が着くあたりで、荷車と荷物運搬人《ポーター》とともに、松方幸次郎の到着を待ち構えていた。

本日ロンドンを発つ　三日後北駅にて待つべし——と松方からの電報を受けて、さあ社長のご来駕《らいが》だと日置は浮き足立った。

いつも「その日」は突然やってくる。だから、いつ「その日」がきても大丈夫なように、日置は毎日、「今日、社長が来る」つもりで起床し、「明日、社長が来る」つもりで就寝した。よって「その日」は、いつであっても、当然のように「その日」なのだった。

最後の蒸気を吐き出して、機関車がゆっくりと停止した。一等車のドアを開けて、最初に出てきたのは松方だった。

「——社長！」

日置に呼びかけられて、松方は笑みをこぼした。

「よお、日置。ひさしぶりだな。元気だったか」

「はい、おかげさまで。長旅お疲れさまでした。表に車を待たせてあります。さあ、こちらへ」

ふたりは肩を並べて駅構内を歩いていった。

日置がこうして松方を北駅で出迎えるのは三年ぶり、二度目である。松方にとっては五度目の欧州訪問であった。いつも日本からアメリカ経由でロンドンへ行き、ドーバー海峡を船で渡ってフランスのカレー港に着き、そこから列車でパリへやって来る。長い道程をものともせず、松方がパリを訪れるのには理由があった。

「どうだ。わしがパリへ来るというので、画廊の連中はそわそわしているようかね」

車の後部座席に乗り込んで、松方が尋ねた。日置は、「それは、もう」と朗らかに応えた。

「パリへいらっしゃるとの電報を受けてすぐ、パリじゅうの画廊に伝令を飛ばしました」

いま世界でもっとも注目されている日本人美術収集家の松方幸次郎氏がまもなく来られる。相当な予算を持っているから、店でいちばんの名画をお見せするように、できるだけたくさん――と、日置は事前にしっかり喧伝《けんでん》したことを報告した。

「そうか、ご苦労だったな」

満足そうに松方が言った。

「今回ばかりは、わしは徹頭徹尾、美術収集家としてふるまわなければならん。それ以外の目的は何もないのだと、誰の目にも映らなければならんのだ。――その理由は、追って話そう」

口を開けば仕事の話しかしなかった社長が、前回のパリ訪問時にはまるで様子が違った。

すでにフランス在住三年になっていた自社嘱託社員の日置に、松方はこう言ったのだ。

――できるだけ多くの西洋美術の名作を購入したい。パリで名画を買いたいのだ。ロンドンで、すでにずいぶん買った。今度は、パリで名画を買いたいのだ。目的はただひとつ。――日本に美術館を建てることだ。ほんものの西洋美術を見たくても見られない青少年のために、ほんものの西洋美術を――しかも傑作を展示して見せてやるんだ。

なかなかの妙案だろう？

そして、いかにもうれしそうな笑顔になった。

いったい何が社長をそうさせたのか。日置にはまったくわからなかった。が、わからなくてもよかった。

松方は太陽で、日置はひまわりだった。ひまわりは太陽のあるほうへひたすら顔を向けておけばいい。そうすることに理由はなんら必要なかった。

日置はもともと日本海軍所属の技術士兼飛行操縦士で、実戦の経験はなかったが、模擬飛行で巧みに飛行機を操った。そして、次は飛行機開発を目論んでいた松方に見込まれ、フランスにある飛行機工場に技術習得のために技師として派遣されたのだった。

かつては一介の飛行機乗りだったのだ、美術品に明るいはずもない。それが突然、美術品を買い集めるという社長の野望が燃え上がり、それを助けなければならなくなった。日置はおのれの不思議な運命を思うことがあった。もしも操縦士のままだったら、いずれ戦火にのまれて命をなくすことになっていたかもしれないと。

それがいま、こうしてパリにいて、松方幸次郎を出迎えている。

——とすれば、社長のコレクションとともに生き延びていくのがおれの運命なのではないか?

そんな予感が胸をよぎることがあった。

一八八三年、日置釭三郎は島根県島根郡の旧藩士の家に生まれた。

父はかつて下級武士だったため、生家はさほど裕福ではなかったが、すこぶる教育熱心で、子供たちに日夜読み書きを教えるのを怠らなかった。日置は父の厳しい指導のもと、尋常小学校・高等小学校で好成績を収め、横須賀にある海軍機関学校に進学した。

もとより、軍人になっていずれ戦果を上げ、故郷に錦を飾ろうなどと考えたわけではない。軍艦を造る技師を目指そうと決心してのことだった。

日置が十歳のとき、日清戦争が勃発した。日本が外国を相手に戦って勝利をおさめた初めての近代戦争であった。

戦後、徴兵された名もない兵士たちの忠勇美談を雑誌で読み、また講談師がさっき戦場を見てきたかのように語るのに聴き入って、少年の日置は熱中した。父は子供たちのために軍艦が出陣する勇ましい刷り絵を買い与えた。これを穴が開くほど眺めて、船の細部がどうなっているのかと想像を巡らせ、筆をとって紙に写した。そして、「乗ってみたい」というよりも「造ってみたい」と考えた。

これからの時代、きっと有能な技師の活躍の場が増えるはずだ。海軍機関学校に進みたいという日置の希望を、父は即座に理解してくれた。

父も日本が軍拡に向かうのを感じていたのだ。今後、技師は必ず国に必要とされるだろう、立派な船を造ってこいと送り出してくれた。

日置が海軍機関学校に入学して二年ののち、日露戦争が始まった。まさか自分が在学中に大国ロシアを相手に日本が開戦するなどとは考えもしなかったが、結果的には日本の造船技術が試される絶好の機会となった。

日露戦争に勝利した日本は、近代国家として世界に認められ、軍事大国として列強の仲間入りを果たした。

終戦後、日本政府は軍備増強のための莫大な予算を組む。日置の読みが当たり、有能な技師には惜しみなく援助が与えられ、海外への調査派遣も相次いだ。

翌年の一九〇六年、機関学校を卒業した日置は、大日本帝国海軍より海外赴任の命を受けることとなった。赴任先はフランス、パリであった。

「造機中尉」の位を付与された日置は、在仏日本国大使館付き武官となってパリに赴いた。このときこそ、日置は「まさか」と我が身の幸運に驚くばかりだった。

海軍機関学校を出れば軍に取り立てられるだろうと、そこまでは想像の範疇《はんちゅう》であったが、技術者が海外へ渡航する道が拓けるとは想像もしなかったし、自分が外国へ――しかも「花の都」パリへ行くことになろうなどと、どうして考えられただろうか。宍道《しんじ》湖《こ》のほとりでどんよりと雲に覆われた空を見上げていた少年が、陽光溢れる青空がまぶしいばかりのパリにやって来るとは。――そんなことは、夢にすら描かなかったのに。

武官といっても日置は技術者だったので、任務はパリに集まってくる各国の軍人たちとの交流などではなく、フランスの造船技術の習得にあった。

ところが、これもまた思いもよらない展開になった。

パリに到着してまもなく、日置に上官から下命があった。フランスでは造船技術を習得するのではなく、飛行機の研究をせよ――というものだった。

――飛行機……？

日置は驚くと同時に、痛いくらいに胸が高鳴るのを感じていた。技師として、当然日置も飛行機の可能性に着目していたからだ。

一九〇三年、アメリカではライト兄弟が世界初飛行に成功していた。その三年後、ブラジル出身のフランス人技師、アルベルト・サントス＝デュモンが、動力機「14-bis」で高さ六メートル、距離二百二十メートルを「飛行」した。ヨーロッパ初の、人間が操縦する乗り物による「飛行」であった。

サントス＝デュモンのすごさは初飛行を成功させたことばかりではない。自らが開発した機体の特許を取らず、その設計図や製造技術を公開したことにある。

彼は平和主義者で、飛行機がやがて世界の国境をなくし、「国」と「人」をつなぐ役割を果たすだろうと信じていた。だからこそ、自分の開発を公にして多くの人々と分かち合おうと考えたのだった。

しかし、サントス＝デュモンの平和への思いは列強に伝わらなかった。

もしも長距離を飛べる飛行機が開発されたら、いずれ軍用機に転用されるだろう——。日本海軍はいち早くその可能性を探り始めた。日置が日本国大使館付き武官としてフランスへ送り込まれたのは、まさにこのためであった。

パリに赴任してすぐに、昼夜を問わず飛行機の研究に明け暮れる生活が始まった。もともと熱中しやすいたちだったので、難しいフランス語の書物も理解したい一心で読み解いた。飛行機の実用化を開発中であったフランスの造船会社や自動車会社に赴き、フランス人の技師たちに混じって研究を進めるうちに、フランス語もすっかり上達した。

飛行機を造る技術は、乗ってみて初めて自分のものになる。日置は試験飛行を繰り返した。失敗もあったが、命にかかわる大事故はなく、空を飛ぶことの大いなる可能性を肌身で実感できるようになった。

パリでの暮らしにもすっかりなじみ、フランス人の友も増えた。

そんな中で、日置は、ひとりの女性に出会った。

名をジェルメンヌといった。出向先の造船会社の同僚、ピエールの妹で、彼の家に招かれたときに初めて言葉を交わした。

ジェルメンヌは十六歳で、においたつような若さであった。引っ込み思案な彼女は、日置と目が合うたびに、すぐに視線を逸らしてしまう。その初々しさに心惹かれた。

あるとき、日置はピエールに断った上で、彼女を観劇に誘った。女性を誘ったのは生まれて初めてのことだった。ジェルメンヌは、喜んで、と返事をしてくれた。パレ・ロワイヤルにある劇場、コメディ・フランセーズへやってきた彼女は、真新しいドレスに身を包み、頬紅をさして、いましがたほころびた芥子《けし》の花のようにあでやかで可憐だった。

自分のために精一杯着飾ってくれたことが、日置はうれしくて仕方がなかった。その夜、街路樹の木陰でふたりはくちづけを交わした。

恋が日置の生活を一変させた。彼はいままで以上に仕事に励むようになった。ジェルメンヌはますます美しくなり、輝くばかりだった。日置は、このままフランスに住み続けて、ジェルメンヌを妻にしたい――と心密かに願うようになった。

が――。

一九一二年、フランス駐在が七年目に入ったところで、日置は帰国指令を受けた。まっさきに頭に浮かんだのはジェルメンヌのことだった。結婚の約束はしていなかったが、いつまでも一緒にいたいと、ふたりの気持ちはぴったりとひとつに重なっていた。その矢先の帰国指令だった。

軍の決定にさからうことは許されない。苦しい思いを胸中に抑えて、日置はジェルメンヌに、帰国することになった――と告げた。

ジェルメンヌは何も言わずに、顔をそむけて涙を流した。日置は、震えるか細い肩を黙って抱くことしかできなかった。

――さようなら、ジェルメンヌ。

もう二度と、会うことはないだろう――。

軍は日置の帰還を手ぐすねを引いて待っていた。

日置が帰国の挨拶に出向くと、上官がくやしさをこらえ切れないように言った。

「貴様も知っての通り、陸《おか》にやられっぱなしなのだ。一刻も早く追いつかなければならん」

二年まえに陸軍主導でヨーロッパにふたりの大尉、徳川好敏《とくがわよしとし》と日野熊蔵《ひのくまぞう》を送り込み、飛行機の操縦技術を習得させた。そののち、二機の飛行機を購入してふたりの大尉を一緒に呼び戻し、日本における初飛行を成功させていた。

同じ大日本帝国軍ではあるが、軍用機開発に関しては、陸軍と海軍は相手を出し抜こ

う と互いに血道を上げていたのだ。

「我が海軍も、いよいよ飛行披露に挑む。貴様もその一員に連なるのだ。いいな、日置。頼んだぞ」

はっ、と日置は上官に向かって最敬礼した。恋々たるパリへの思いをばっさりと断ち切った瞬間だった。

一九一二年、横浜沖観艦式において水上機二機が参加し、海軍飛行機隊として初めての飛行披露を行った。

フランスで操縦技術を体得した日置は、なめらかに操縦桿を操り、華麗に飛んだ。浜辺に押しかけた何万人もの群衆がさざ波のように押し寄せるのを眼下に眺めながら、軽やかに宙を飛ぶ。快感だった。

一歩間違えれば大事故につながりかねないとわかっていたが、日置は大胆に空を攻めた。そして、飛んでいるあいだは、自分も英雄の仲間入りをしたような誇らしい気持ちになっていた。

日置は飛行機に夢中になった。少年だった日々、軍艦の絵に熱中しむさぼるように眺めていた頃のように。

次に戦争が起これば、空を制するものが戦局を制する。軍はそうにらんで、飛行機開発にあらん限りの資金を注いだ。

日置は戦闘機開発にかかわるとともに、試験飛行・模擬飛行をする操縦士として活躍した。

二十代後半になっても、親族や知人が持ち込む縁談はすべて断った。たまたま大きな事故もなく、いまのところは戦地に赴くこともなくすごしてはいるが、飛行機の操縦士は常に死と隣り合わせなのだ。その意識が操縦に緊張感を与えるし、より性能のいい一機を開発しなければという技師としての飢餓感をあおる。だから、家庭をもって落ち着く気には到底なれなかった。

——守るものなどおれにはない。……いや、そんなものは要らん。

飛行中、ふと、ジェルメンヌのまぼろしが空中に浮かんで消えることがあった。飛びながら、日置は、もう会うことのない恋人の影を追いかけているのかもしれなかった。

そんな日置に転機が訪れた。

一九一六年、横須賀海軍航空隊が開隊された。外国製の機体、海軍所属の操縦士たちによる隊である。日本の航空隊の存在は、軍備にしのぎを削る列強にとっても脅威になることはまちがいなかった。

軍拡を急ぐ列強各国へ日本の軍事力を見せつけるため、また国民には「日本はすごいのだ」と安心させるため、航空隊は模擬飛行を積極的に行った。

開隊後間もなく、神戸で飛行披露があった。珍しいもの見たさに、須磨の浜辺には神戸じゅうの人々が押し寄せた。

関西の財界人たちには緋毛氈《ひもうせん》に椅子の特別席が設けられていた。彼らは双眼鏡を手に、青空を見上げて、飛行機の登場をいまかいまかと待ち受けていた。

海岸沿いの国道が封鎖され、滑走路になっていた。そこに三機の最新型複葉式英国機「ソッピース・パップ」が待機していた。その中の一機に日置が乗り込んでいた。

日置が初めに飛んだ。彼は航空隊の操縦士の中でもすでにベテランだった。正確な飛行、なめらかな旋回。海岸を埋め尽くした群衆が大歓声を上げた。熱波が空中の日置にも伝わってきた。

不思議なことに、飛んでいるときは、墜落するかもしれないとは微塵も感じなかった。それなのに、いつ落ちてもいいと思っていた。

——飛びながら燃え尽きるなら本望だ。そうなれば、わが名は歴史に残るだろう。

そんなふうに考えて、おのれを奮い立たせていた。

神戸で初めての飛行披露の任務を終え、緋毛氈の来賓席へ操縦士たちが招かれた。上官の号令一下、操縦士三名は最敬礼した。来賓たちは椅子に腰掛けたまま、口々に彼らの勇ましさを褒め称えた。

と、その中のひとりがつと立ち上がって、杖を突きつき、日置のもとへ歩み寄った。

恰幅のいい紳士である。いかにも上質な光沢のある背広を着て、黒々とした大きな目をこちらに向けている。ひげの下の口に微笑を寄せて、その人は日置に語りかけた。

「君、たいしたものだな」

日置は敬礼を返して応えた。

「ありがとうございます」

紳士は日置をじっとみつめてから、小声で問いかけた。

「Veux-tu travailler avec moi?（君、私と一緒に働かないか？）」

はっとした。

日置は紳士の目をみつめ返した。彼は笑顔だったが、目は真剣だった。

その紳士こそ、川崎造船所社長、松方幸次郎であった。

松方は、大空にまっさきに飛び出してきた日置の飛行を観覧したあとすぐ、司令官に申し入れていた。

——あの飛行機の操縦士をもらい受けたいのですが。

次の戦争では飛行機が躍進するだろうと軍が予測していることを、松方は察知していた。

すでに三菱も飛行機製造に動いているとの情報も入っていた。ぐずぐずしてはいられない、と思っていた矢先であった。

飛行機製造のためにはすぐれた技師が必要である。神戸上空を見事に飛んだ一機。それを操っている操縦士こそが、松方がそのときいちばん欲しかった人材であった。

あの操縦士はかつて在仏日本国大使館付き武官を務めていました、と司令官から情報を得て、松方は日置にフランス語で語りかけたのだった。

日置の運命は決まった。

民間企業における飛行機開発を奨励していた海軍は、松方の申し入れを即座に受け入れ、航空隊所属になったばかりの日置の任を解いた。

日置は、こうして川崎造船所の嘱託技師になった。

そして、またもや予想もしない展開が日置を待ち受けていた。

海軍から川崎造船所に移籍が決まったあと、横須賀から神戸に居を移すつもりで会社の総務部に相談をすると、その必要はないと言われた。理由は教えられなかった。横須賀に開発拠点を作るのだろうかと思ったが、会社の指示を待つほかはない。

初出勤の前日までに、日置は汽車で神戸へ出向き、神戸駅付近の宿屋に泊まった。新緑の季節を迎えた六甲山が萌黄色《もえぎ》の衣を山肌に広げていた。

緊張の面持ちで初出勤した日置を、松方が社長室で待ち構えていた。ひげの紳士は、日置の顔を見るなり、言った。

「君にはフランスへ行ってもらう」

日置は面食らった。驚きのあまり、返す言葉が出てこない。

「いつ……でしょうか」

かろうじて訊くと、

「準備が整い次第、すぐにだ」

きっぱりしている。

「フランスの飛行機製造会社に出向してもらう。君の活躍の場は神戸にはない。――パりにある」

日置はあっけにとられた。思わず笑みがこみ上げたが、ぐっとこらえて、生真面目な顔を作ると、

「――承知いたしました！」

最敬礼をした。松方が笑った。

「おいおい、ここは海軍じゃないぞ。もう敬礼はいらん。その代わり……」

すっと手を差し出した。そして、少し震える日置の手をしっかり握ると、松方は片目をつぶってみせた。

「Bon travail!（いい仕事をしてくれ）」


一九一六年、ヨーロッパは第一次世界大戦の真っ最中であった。

四年ぶりにパリへ舞い戻った日置には会いたい人がいた。かつての恋人、ジェルメンヌである。もう結婚しているに違いないと半ばあきらめつつも、ひょっとしていまもひとりでいるかもと淡い期待を抱いていた。

はたして、ジェルメンヌは日置を待っていた。いつかきっともう一度会いたいと、一途に思い続けてくれていた。

再会したふたりは、もうけっして離れまいと誓い合った。愛しい人を再び腕に抱いて、

日置は松方にどれほど感謝したことだろう。松方がパリへ送り込んでくれなかったら、ジェルメンヌとの再会はなかったのだ。今後何があってもこの恩義を忘れまい——と、深く胸に刻んだのだった。

五年後、一九二一年七月。

「ところで、細君は元気か」

高級ホテル「ル・ムーリス」の一室で、日置は、ロンドンから到着したばかりの松方の旅装を解くのを手伝っていた。

大きな旅行鞄から上着や靴を取り出してクローゼットに並べていた日置は、松方に問われて、苦笑いした。

「はい、おかげさまで……しかし、ジェルメンヌは私の家内ではありません」

「なんだって。まだ結婚していなかったのか?」

もちろん再会してすぐに結婚を申し込んだのだが、日本人と、それも飛行機乗りなんて危ない仕事をしている男と結婚するのは断じて許さないと彼女の両親に反対され続けていた。

日置がパリに赴任してから、松方は一度、パリを訪問していた。この間、ストックボートの製造と売り込み、戦中の活況と戦後の不況など、川崎造船所は激しく浮沈した。飛行機製造を実現するための資金確保が難しいとわかると、松方はあっさりとあきらめた。枝葉を広げようとして幹が朽ちてしまっては元も子もない。こういうとき、松方の決断は早かった。飛行機製造の道を邁進していた日置は、わずか二年でいきなりはしごを外されてしまった。またもやジェルメンヌと引き離されるのだろうか——。が、松方からは思いがけないことを命じられた。

——わしは、いずれ日本に美術館を創ることにした。

どんどん絵を買ってパリに留め置くから、お前は美術品の面倒をみてくれ。美術館ができるその日まで、パリに住み続けてほしい。——頼んだぞ。

日置は今度こそあっけにとられた。パリで美術品の目付役になるなどとは、これっぽっちも考えたことがなかった。そもそも松方が絵を集めて美術館を創るだなんて、冗談のような話ではないか。

それでも、日置は松方の決意の軽やかさに痺れるのだった。そして心底感謝した。日置がパリに留まれるように考慮してくれたに違いない。

——おれはもう飛行機を造るのはやめる。その代わり、タブローを守るんだ。

松方から命を受けた日、そう告げたときのジェルメンヌの顔が忘れられない。いまにも笑い出しそうな、泣き出しそうな顔だった。

——なんて美しいの。

目に涙をいっぱいに浮かべて、ジェルメンヌは声を震わせた。

——戦闘機じゃなくて、タブローを。

戦争じゃなくて、平和を。

美しいわ。……すばらしいわ。

そして、とうとうジェルメンヌは家を出た。

以来、十六区の小さなアパートでささやかな暮らしを営んで三年になる。

「もはや結婚にはこだわっていません。パリで一緒に暮らしている、それだけでじゅうぶんです」

日置は笑みを浮かべると、松方に向かってそう言った。

「何より、ジェルメンヌは私が飛行機ではなくて絵にかかわる仕事をしていることを、うれしく思っているようです。すばらしい任務をいただいて、私たちはいつも社長に感謝しております」

「そうか」と松方は頰を緩めた。

「ならばよかったがな」

日置はうなずいた。心からこうなってよかった、と思っていた。

絵はまったくの素人だったが、自分なりに知識を得ようと日置は努力を重ねてきた。

パリ在住の絵描きのもとへ話を聞きにいったり、ルーヴル美術館やリュクサンブール美術館へ日参して、日がないちにち絵を見て回ったりした。美術書も繙《ひもと》いた。ルネサンスだとかバロックだとか書かれていても何がなんだかさっぱりわからない。飛行機製造の専門書を読む方がはるかに楽だったが、ぐっとこらえてページを繰った。

もともと勉強熱心である。それが任務となれば、とことん習得しようと日置は努めた。が、美術館の壁に飾ってあるタブローとにらめっこを続けても、カタログの図版を眺めていても、日置にはやはりわからなかった。

傑作をみつけたいんだ、と松方は言う。日本の青少年のために美術館を創ると。しかし、傑作とは何を指すのか、そもそもタブローとは何なのか、知ろうとすればするほど遠くなっていく気がした。

美術館へはジェルメンヌもついてきた。いつもと違う服を着て、うきうきしているのが微笑ましかった。遅くまで美術書を読んでいると、縫い物をして付き合ってくれた。飛行機開発にかかわっていたときにはもたらされなかった豊かな時間がふたりのあいだに生まれた。何ものにも替え難い時間が。

自分は美術に関しては素人であり、あくまでも松方の助手であるというおのれの立場をわきまえていたので、日置は、たとえ松方その人に誘われても作品購入に同行することは固辞した。パリの画廊から出物の知らせを受けたり、松方とパリの日本人会との交信を手伝ったりするのに限っていた。

また、ヨーロッパ各国の政局の動きもいち早く情報収集して松方に打電した。これも松方から命じられていた重要な任務の一環であった。

——Bon travail!（いい仕事をしてくれ）

そう言ってパリへ送り出してくれた松方。——あのひと言が、いつまでも日置の胸に響いていた。

――いい仕事をしよう。どんなことであれ、喜んでさせていただこう。

それが社長のおんためになるのであれば……。

「今回のパリは、どのくらい滞在されるご予定でしょうか」

肘掛け椅子にゆったりと座る松方の前に立って、日置は尋ねた。松方は葉巻をくゆらせながら、

「そうだな。傑作がみつかるまでだ」

煙にまくようなことを言った。

傑作と言われても、どんな絵なのか、日置の脳裡にはやはり何も浮かんではこなかった。自分なりに勉強してきたつもりだったが、何も身についちゃいないなと、心中で自分をなじる。

「……みつかるとよろしいのですが」

苦し紛れに応えると、

「みつかるさ」

松方が軽やかに言った。

「お前がパリじゅうの画廊にわしが相当な予算を持ってやって来ることを喧伝しておいてくれたんだし、画廊主の連中は店でいちばんのものを準備して待ち構えておるだろう。もっとも、わしがそれを『傑作』と思えるかどうか、わからんがな」

松方は自分で笑ったが、日置は生真面目な顔を崩さなかった。

「このたびもまた、レオンス・ベネディットに推薦してもらうのでしょうか」

前回の滞在では、ベネディットが相談役となってずいぶんたくさんの作品を買い入れた。

日置の質問に、松方は意外な返答をした。

「今回は、強力な日本人の助っ人が来てくれるんだ」

田代雄一。西洋美術史家で、将来を嘱望《しょくぼう》されている若き研究者である。彼がフィレンツェへ留学する途上のロンドンで会い、意気投合した。パリで合流して「傑作」探しに付き合ってくれと頼んである――と松方は話した。

聞きながら、日置は疑念を抱かずにはいられなかった。

松方の周辺には莫大な財力を目当てに有象無象が際限なく集まってくる。ベネディットもそうではないかと日置はにらんでいた。成瀬正一のような縁者は別として、どこの馬の骨とも知れぬ若者まで取り巻きに加えるのはいかがなものだろうか。

「その方は、社長のおんためにロンドンで『傑作』を見出されたのでしょうか」

つい語気を強めると、

「そう突っかかるな。心配は無用だ。美術ひとすじのまっすぐな青年だよ」

松方がまたしても軽やかに言った。

「わしはなあ、日置。日本に美術館を創ろうと思いながらも、そんなことをしてほんとうに日本の青少年のためになるのだろうか、馬鹿なことをやろうとしているんじゃないかと疑う気持ちもどこかにあったんだ。しかし、田代君に会って、『共楽美術館』の構想を聞かせたときの彼の顔の輝きが忘れられんのだよ」

日本の青少年たちが、そして絵描きの卵たちが、どれほどほんもののタブローに飢《かつ》えているか。複製画ではない西洋画を常時見ることができる美術館が日本にあれば、どれほど教育に役立つか。田代雄一は目をきらきらさせて語った。

田代に出会って、松方は、自分がしようとしていることの重要性にあらためて気づかされたのだ。

日置は顔にこそ出さなかったが、内心驚きを覚えた。いつも強気で我が道をひたすらに行く、そんな松方が「共楽美術館」の計画に迷いを覚えていたとは。

いま、日置がパリにいるたったひとつの理由。それは、いずれ「共楽美術館」に展示される〈松方コレクション〉を維持し、守ること。それだけが日置にとっての存在理由《レゾンデートル》なのだ。

松方が万一、美術館構想をあきらめてしまったら。……もはや、自分がパリにいる理由はどこにもなくなってしまう。逆に言えば、〈松方コレクション〉がパリにある限り、自分はこの街で生き長らえられるのだ。

田代雄一。——会ったことはないが、松方の美術館構想を全力で支持したとなれば……悪くはない。

「いつ、来られるのですか」

日置が訊くと、

「二週間もすれば来るだろう。もっとも、今回の滞在中、彼と一緒に何軒の画廊を回れるかわからんが……」

松方は葉巻を灰皿に置いてから、

「今回は、タブロー以外のものも入手しなければならんからな」

急に声をひそめた。

「と、言いますと……？」

松方はじっと日置を見た。黒々とした大きな目が、他言は無用だぞ、と話すまえに念を押している。日置は自ずとうなずいた。

「――ドイツの最新型Uボートの設計図だ。これを手に入れなければ、わしは日本へ帰れん」

日置は一瞬、息を止めた。

――Uボートの設計図……!?

海軍軍令部からの密命だとすぐに気がついた。日置が何か言おうとして口を開けかけると、「しっ」と松方は口の前に人差し指を立てた。

「何も言うな。……受け容れるほかはなかったのだ」

松方の表情は不思議に凪《な》いでいた。

肘掛け椅子にもたれて、松方は深く息をついた。海に向かって深呼吸するかのように。

「いま、わしは誰の目にも大金持ちの美術コレクターとして映っているはずだ。しばらくはパリで大盤振る舞いをしながら、ドイツ海軍の技士と接触を図るつもりだ。その上で頃合いを見計らって、スイスあたりで密会しようと思っている。……とにかく、この密命を誰にも気づかれてはならん。いいか、日置。本件は、わしが死ぬまで口外無用だぞ」

日置は、しだいに震えが全身に広がっていくのを感じていた。

——もしも、社長の動向をフランス当局が知ることになったら……。

社長はスパイとみなされて、身柄を拘束されるだろう。

この人がいなくなったら、会社は……自分はどうなるのだ。

止めなければ。どうにかして——。

「おい、どうした。真っ青だぞ」

呼びかけられて、日置は我に返った。

汗の粒を額に浮かべて、日置は松方を見た。やはり落ち着き払った表情で、松方は日置をみつめていた。

「なあに、大丈夫だ。心配するな」

松方は、わざとなのか、鷹揚《おうよう》な調子で言った。

「カレーからパリへ向かう汽車の車中で、わしは、こんなふうに思いながら来たんだ。

――潜水艦の設計図の一枚や二枚、傑作を手に入れることにくらべれば、たいしたことはないじゃないか。……そうだろう?」

それから、くつくつと小気味よさそうに笑った。

「馬鹿だよなあ、わしは。船だけを造っておればよかったものを……タブローなんぞに入れ込んでしもうて。わしは、ほんとうに愚かものだ。……なあ、日置。そう思わんか?」

遠く近く響き渡る潮騒のように松方の声が寄せては返すのを、日置は聞いていた。

こんなとき、保身を考えてしまう自分の小ささを恥じていた。

このさき、設計図が――いや、「傑作」が手に入ったら。

全力で守り抜こう。

それ以外に、自分にできることはないのだから。

10

一九三一年十一月　アボンダン

ひなびた田舎の一軒家の庭先に、日置はジェルメンヌとともに佇んでいた。

日置は四十八歳、ジェルメンヌは四十歳。パリでともに暮らし始めて十三年が経っていた。

その日、ジェルメンヌが知り合いのつてでみつけたという古い農家の母屋を見るために、ふたりは知人に借りた車を走らせてやって来た。

パリの西にあるアボンダンという村である。

村の中心部にかつての領主の館《シャトー》があった。そのシャトーの斜め向かい側の家である。いまは住み手がいない母屋には窓のない二階があり、物置代わりに使われていたということだった。

「何もないのね。……カフェも、市場も。……何も」

村の目抜き通りには古い民家がぽつぽつと建ち並んでいるだけだった。そこを歩きながら、ジェルメンヌが寒々しい声で言った。

「まさか、こんなところに家を買うだなんて……」

「シャトーがあったじゃないか。それなりに由緒のある場所なんだよ、きっと」

威勢よく日置が返した。が、空元気だった。パリでの生活が長い自分たちには、この村の静けさはきっと耐え難いだろう。

それでもなんでも、パリから離れたところに「場所」がほしかった。

三年まえ、川崎造船所は経営危機に直面し、その責任をとって松方幸次郎が社長を辞任した。

すでに日本へ送り出された〈松方コレクション〉の一部は、売り立てに出されて散逸した——ということだった。

日置にとっては青天の霹靂《へきれき》であった。

一九二三年、関東大震災が起こり、金融恐慌が発生した。すでに業績が悪化しつつあった川崎造船所は大打撃を受けたのだが、その頃からパリでも雲行きが怪しくなってきた。

日置はパリ駐在の嘱託社員として、会社から毎月給与の送金を受けていた。松方からの電報も毎週のように届いた。コレクションを案じる文言は、まるで絵画の父親のようだった。

が、次第に連絡が間遠になり、給与の送金も途切れとぎれになってきた。

おかしいと思い始めた頃に、パリの日本人会での噂話で知ったのだ。

松方幸次郎が川崎造船所の社長を辞任した——。

日置はたとえようもないほどの衝撃を受けた。川崎造船所の顔である松方が社長の座を退いたこともにわかには信じ難かったが、これほど重大な情報を人づてに知らされたことが日置にはよほど痛かった。

松方とは目には見えない絆で強く結びついているのだと信じてきた。それなのに、自分にはただのひと言もなく会社を去ってしまうとは——。

このさき、自分は、コレクションはどうなってしまうのか。

もろともに行き場をなくすかもしれない、という予兆は、いままでになくはなかった。

数年まえ、日置は、コレクションを日本へ送ってほしいと松方からの命を受けた。そのためにロンドンから山中商会の岡田友次がパリへやって来た。日置は岡田とともにロンドン美術館へ行き、輸送のためのリスト作りを手伝った。岡田は、コレクションを目にして驚きを隠せない様子だった。これほどまでの名品を短期間に買い集めたことに、ただただ感嘆していた。

——正直、松方社長は慧眼《けいがん》の持ち主とは言えないかもしれません。が、強運の持ち主です。名画とは出合おうと思っても出合えるものではありませんから……。

そうして送り出そうとした矢先、日本で百パーセントの関税が課せられるとわかり、やむなく輸送を断念したのだった。

その翌年、〈松方コレクション〉形成に深く関わったロダン美術館館長、レオンス・ベネディットが死去した。コレクションの保管は新館長に就任したジョルジュ・グラップに引き継がれた。保管料としてすでに数十点、ロダンの彫刻を鋳造して買い取っていたが、もはや日本に輸送するあてもなくなった。コレクションの扱いにロダン美術館も困り果てていた。

——どうすればいいんだ。

待てども待てども松方からの連絡はこなかった。このままでは、ロダン美術館から撤収を申し渡されるかもしれない。日置は焦った。

と、ひさしぶりに松方からの手紙が届いた。吉報であることを全身で祈りながら、日置は封を切った。手紙には、社長を辞任したとの短い説明があり、続いてこう書いてあった。

——既に日本に輸入せしタブロオを維持すること甚だ困難となり、全て売立に出せり。ロダンに預けし絵と彫刻の数々も輸入の目処が立たず。

無念。

目の前が暗くなった。「無念」のふた文字が松方の声となって聞こえてくるようだった。

手紙の最後は、日置に給金を払えなくなってしまったことを詫び、こんな文言でしめくくられていた。

——この先君が生活に困窮を覚えれば、我がタブロオを売りに出すことを許諾せり。いかなる一作を売りに出すともよし。我がタブロオの命運は君に預けた。ともに生き延びてくれ給え。ただそれのみを祈る。

松方幸次郎

日置は目を閉じた。

——ともに生き延びてくれ給え。

松方の凪いだ声が耳の奥に静かにこだましていた。松方の思いが痛いほど伝わってきた。

守ってくれ——と言っているのだ。

コレクションを、命がけで守ってほしいと。

このままロダン美術館に保管料を支払わずにいれば、早晩、コレクションの保管を委託し続けるのは困難になるだろう。

となれば、どこかに保管場所を探しておいたほうがいい。田舎にある農家でも安く買い取って、そこに移すのだ。

だが……買い取る金はどうするんだ？

日置は、何度も何度も松方からの手紙を読み返した。便箋を握る手の内側にじっとりと汗が滲み出た。

――売るしかない。

タブローを、売るしかない。

社長も言ってくださっているんだ。コレクションを守るために、どれか一枚、犠牲にするしかない。

いますぐではなくても、いずれ、どこかに場所がみつかったら、そのときに。

仕方がないじゃないか――。

松方の手紙から三年後、日置は、アボンダンというひなびた村にある農家の購入を決めた。

結局、何か作品を売って金を作ることはできなかった。ロダン美術館が作品を保管していたこともあって、日置が自分の名義で家を買うのに作品の売却を美術館が許諾してくれるはずがないと、話を持ちかけるまえに気がついたのだ。

コレクションの絵を売ることを許可した松方の手紙を翻訳して美術館に提出することもできたかもしれないが、個人的な利益を得るためなのではないかと思われてはまずい。松方の代理人を名乗る自分に対して少しでも疑いの目をもたれたら、松方の顔に泥を塗ることになる。それだけは避けたかった。

考えあぐねた末に、思い切ってジェルメンヌの両親に借金を申し入れたところ、意外な展開になった。

結婚を両親に認められぬままにジェルメンヌが家を出てから十三年が経っていた。両親は年老いて、ふたりとも長患いをしていた。もう長くはないと悟ったふたりは、何よりも娘の行く末を気にかけていた。そんなこともあって、もはや「危険な飛行機乗り」ではなく、忠実なタブローの管理人となっていた日置との結婚を認めてくれた。そして、ふたりの「新居」としてアボンダンの家を買いなさいと、快く購入資金を提供してくれたのだった。

ようやく一緒になることを許されたふたりだったが、いざそうなるとためらいが生じた。

アボンダンに移り住むことはふたりの本意ではなかった。コレクションを移さざるを得なくなったときに、それに付き添って移住することになるかもしれないが、そうならないことをふたりは望んでいた。なぜなら、パリにある何もかもがアボンダンには何ひとつなかったから。

川崎造船所からの給金を止められてしまった日置は、翻訳や通訳の仕事で生活の糧を得ていた。ジェルメンヌは刺繡や裁縫の下請けをして家計を助けていた。どちらもパリにいるからこそ得られる仕事だった。

万一、アボンダンで暮らすようになったら、いったい何をして生き延びればいいのか。ふたりにはわからなかった。

アボンダンの家を購入したものの、ふたりはパリに住み続け、また、すぐに結婚することもなかった。が、ジェルメンヌは、両親に「結婚した」と報告をした。それを聞いて安心したのか、先に父が他界し、数カ月後に母が帰らぬ人となった。

母の告別式で、日置は、元同僚だったジェルメンヌの兄、ピエールに会った。そして、実はまだ結婚していないのだと打ち明けた。

ピエールは口をぐっと結んで、いきなり日置の頬を平手打ちした。

「やめて!」

ジェルメンヌが割って入ると、ピエールは怒りに燃えた目で妹をにらみつけて言った。

「嘘つきめ。父さんと母さんをだましやがって……金欲しさに結婚したと言ったんだろう。最低だな!」

反論の余地がなかった。日置は「すまない」と頭を垂れた。ふん、とピエールは鼻で嗤《わら》った。

「お前ら日本人は、すぐにそうやって頭を下げやがる。卑屈なんだよ。もうお前の顔なんぞ見たくないね」

寒々しい思いを胸に抱いて、日置とジェルメンヌは墓地を後にした。十六区の古くて小さなアパートへの帰り道、ふたりはひと言も口をきかなかった。

五階にある部屋まで、息を切らしながら螺旋階段を上がっていく。中に入ると、ジェルメンヌは窓をいっぱいに開けた。夕映えの空を呼び込むように。

痩せ細った背中をみつめながら、日置は、帰る道みちずっと考え続けていたことを口にした。

「……ムッシュウ・マツカタのタブローを売ろうと思うんだ」

ジェルメンヌの肩がかすかに揺れた。静まり返った後ろ姿に向かって、日置は続けた。

「あの手紙を翻訳して、ロダン美術館のジョルジュ・グラップに見せて、売却の承認を得る。……三点、いや、一点でもいい。できるだけ高く売って、アボンダンの家の購入資金を取り戻して、ピエールに渡そう。少なくともあの資金の半分は、お母さんの遺産ということになれば彼に相続権があるわけだし、そうすればきっと彼も納得して……」

ジェルメンヌが振り向いた。彼女の目には涙があふれていた。

「なんてことを言うの、あなたは……よくも、そんな……」

震える声で彼女は言った。

「タブローを守るためにあの家を買ったんじゃなかったの？　タブローを売ってもいいとムッシュウ・マツカタが書いていたのは、守ってくれということなのよ。そんなこともわからないの、あなたって人は……」

ほろほろと涙が頬を伝ってこぼれ落ちた。ジェルメンヌは、こらえきれないように、両手で顔をふさいで嗚咽《おえつ》した。

震えるその肩を抱きしめようとして、できなかった。日置は、ただ黙って立ち尽くすほかはなかった。苦々しい思いが胸をいっぱいに覆い尽くしていた。

――タブロー。……またしてもタブローだ。

松方さんの運命を狂わせ、おれの人生を狂わせ、ジェルメンヌを悲しませる。

そうまでして、守らなければならないものなのか？

いったい何なんだ？　――タブローとは、いったい……。

一九四〇年五月。

ロダン美術館の敷地内に三台のトラックが停まっていた。鋭い西日に照らされて小山のような影を花壇の上に作っている。かつてバラが咲き誇っていた花壇は、ここ数年手入れをされず、藪のようになっていた。

荷台には大小の木箱がぎっしりと積み込まれている。その上に帆布を掛けて、しっかりと縄を掛けていく。

黙々と作業に没頭している男たちは、日置釭三郎と、日置の知り合いでパリ在住の日本人青年、佐々木六郎《ささきろくろう》、それにフランス人の荷運び人夫ふたりである。

「これ、大丈夫ですかね。どう見ても積載超過ですよ」

佐々木が心配そうに言うと、

「仕方がないだろう。この一度きりしか運べないんだから」

日置が応えた。一日がかりの作業で、シャツは汗だくになっていた。

「積み残しはないか」

日置の問いに、佐々木は礼拝堂のほうを振り返って、「ええ。彫刻以外は」と言った。

日置はうなずいた。

「彫刻は美術館がいずれなんとかするだろう。とにかくおれたちは、タブローを逃がすんだ。ぐずぐずしてはおれん。行くぞ」

佐々木は肩をすくめた。彼はかつての日置同様、技師の研修生として来仏し、そのままパリに住み着いてしまった日本人である。その日限りの助っ人として駆り出されたので、こんなにたくさんの絵画を急いで「疎開」させる事情をよく飲み込んでいなかった。

日置が運転席に、佐々木が助手席に乗って、エンジンをかけた。

「そのアボンダンとかいうところまで、どのくらいかかるんですか」

「二時間……いや、車体がかなり重いから三時間くらいだな」

「そうですか。……腹が減ったなあ。途中で食事でも？」

「そんな余裕があるものか。とにかく無事に着かねばならん。腹ごしらえはそのあとだ。君は、荷物が落下しないか、とにかくミラーで後ろを見張っていてくれ」

ウイ・ムッシュウ、と佐々木は面倒くさそうに返事をすると、窓を開けてミラーの位置を整えた。日置はバックミラーの中に映り込む礼拝堂をちらりと見ると、いままで一度もそんなことをしたことはなかったが、心の中で神に祈った。

――どうか無事にアボンダンへたどり着けますように。

一度だけ、軽くクラクションを鳴らした。二十年以上も〈松方コレクション〉の「家」となっていた礼拝堂への別れの挨拶だった。

アボンダンにある農家を購入してから、すでに九年の歳月が流れていた。コレクションの「疎開」が、ついに現実となってしまった。

先の世界大戦で敗北を喫したドイツでは、アドルフ・ヒトラーによる独裁政権が誕生し、ヨーロッパ全体に不気味な影を落としていた。近隣諸国に侵攻を進めるドイツに対して、一九三九年、フランスとイギリスは宣戦布告、第二次世界大戦が始まった。

半年ほどはにらみ合いを続けていた仏独両国だったが、一九四〇年五月十日、ドイツ軍がベルギー、オランダ、フランスへの越境を開始、英仏連合軍は退却を余儀なくされた。フランス軍は、第一次世界大戦で破ったドイツ軍に対して楽観的に考えすぎていた。ドイツ軍はかつてとはまるで違っていた。総統ヒトラーのナチスが率いる軍は、赤子の手をひねるように、いともたやすくフランスに攻め入ったのだ。

戦況を注意深く見守っていた日置は、ドイツ軍がまもなくパリを侵すことを予見した。彼はすぐに松方に打電した。

経済界から退いた松方は、いまや政治家となって、主戦場を国会に移していた。そして、世界の情勢を見極めながら、アメリカに渡ってルーズベルト大統領に会見し、戦争回避のための説得工作に動いてもいた。

もはや日置に連絡してくることはほぼなかったが、いざというときには一報してほしいと言われていた。いまがそのときだと日置は察知した。

松方からはすぐに返事の電報が届いた。

Déplacez ma collection. Je compte sur vous.（コレクションを移送せよ。君を信じている）

フランス語で書かれた短い一文に、日置は松方の思いのすべてを読み取った。その電報をロダン美術館館長のグラップに見せ、ついに首肯させた。三日まえのことだった。

凱旋門の近くまで走ると、トラックは減速した。門のたもとにジェルメンヌがぽつりと佇んでいた。佐々木が助手席から降りると、日置はジェルメンヌのか細い腕を取り、引っ張り上げた。そのあとからもう一度佐々木が乗り込んで、三台のトラックは出発した。

沈みゆく夕日を追いかけるように、トラックは西へとひた走った。

三人はずっと無言だった。やがていびきが聞こえ始めた。疲れ果てた佐々木は、眠ってしまったのだった。

「ったく……しょうがないな。荷物が落ちないようにミラーで見張ってろと言ったのに」

ようやく日置が口を開いた。

ジェルメンヌがくすりと笑い声を立てた。口元に笑いじわが寄るのを横目にとらえて、日置は前を向いたまま、告げた。

「なあ、ジェルメンヌ。無事にアボンダンについたら……今度こそ、結婚してくれないか」

二度目のプロポーズだった。

しばらくして、ジェルメンヌがこくりとうなずいた。

日置は目を細めて道の彼方をみつめていた。運命の村へと続くまっすぐな道が、ほんのりとにじんで見えていた。


一九四〇年十一月。

夏のあいだ、空のさなかに居座ってあれほどまでに世界を強烈に照らし続けた太陽は、いまでは薄日の矢をだだっ広い畑に向かって力なく落としている。

乾いた土の中からジャガイモを掘り出していた日置は、曲げていた腰を伸ばして後ろ手で叩いた。見渡す限り続く平地は夏に刈り入れを終えた麦畑である。一部はジャガイモやニンジンなど、冬のあいだにも収穫できる根菜の畑になっていた。

日置がジェルメンヌとともにアボンダンに移り住んで、半年が経過していた。

こんな寒村に住めたものだろうかと当初は思ったが、どうにか暮らせているのが不思議といえば不思議だった。いざというときのためにと蓄えていた手元の現金をちびちびと使い、放棄されていた畑を耕して野菜を作り、自給自足を始めた。わずかばかりだが卵や肉は配給で手に入った。雨露をしのぐ家があり、小さな居間には赤々と火が燃える暖炉もある。人間、いざとなればどうにかなるものだと、つくづく思った。

ここで暮らしていると、パリのにぎわいがはるか昔の夢のように感じられる。カフェテラスの談笑、アコーディオン弾きが奏でるシャンソン、街路樹のマロニエの花、そのむせかえるほどの芳香、青空を背景にしてすっくと立つエッフェル塔、セーヌの永遠の流れ——。

地面に這いつくばってジャガイモを掘り出し、表皮にこびりついた土を指でこそげ落としながら、パリで過ごした日々のすべてが幻だったのではないかと、ふと思う。

夕暮れが迫っていた。燃えるような茜空の彼方にいちばん星が冷たくきらめいている。日置はひとつ身震いをして、垢で汚れた上着の襟を立てた。麻袋にジャガイモとニンジンを詰め込むと、肩に担いで、吹きさらしの小道をとぼとぼと歩き始めた。

やがて集落の明かりが見えてくる。とっぷりと日が暮れてしまうと、ぽつぽつと点る灯が遠くに見えれば、おかしなくらいほっとする。

あそこに我が家がある、ジェルメンヌがいてくれる。そう思うだけでせつなさがこみ上げてくる。どうも年をとったものだなと、日置はひとりで苦笑いした。

アボンダンに到着した夜には、そこが我が家だと思えるようになるなど考える余地もなかった。

着いて休む間もなく、日置たちはコレクションをすべて家屋の中へ運び入れた。釘一本落ちても音が響き渡るほどの静けさの中、ランプの灯だけを頼りに、できる限り音を立てないように、全員が無言で慎重に作業を進めた。

運んできたタブローは四百点近くあった。何十点かは粗末な木箱に入れられていたが、ほとんどは布にくるむか、剝き身のままで二点ずつ画面を抱き合わせにして紐でくくられていた。ふたりがかりで運ばなければならないほどの大型のカンヴァスもあった。その青い画面には素早いタッチで描かれた睡蓮のひと群れが咲いていた。どうにかすべてを運び終えたとき、遠くで一番鶏が鳴くのが聞こえた。

古い農家には二階があり、窓がなく、ドアには鍵がついていた。物置として使われていたのだろう、コレクションを匿《かくま》う場所としてうってつけだった。そこに足の踏場もないほどぎっちりと絵が詰め込まれ、〈松方コレクション〉の疎開は完了した。

その夜、日置は松方に手紙をしたためた。

――コレクションすべてアボンダンの拙宅へ移送せり。御心配無用也。就いてはコレクション管理費用としていくばくかご用立賜りたく
そこまで書いてから、読み返し、便箋を丸めて捨てた。もう一度、書き直した。

私事乍ら、近々ジェルメンヌを伴いて村役場へ出向し、結婚証明書に署名をいたす所存。

万事御心配無用也。貴殿の変わらぬご支援に衷心より感謝申し上げ候。

日置釭三郎

時節柄、松方からの返事は期待できなかった。それどころか、この手紙が届くかどうかも不明であった。

日独伊防共協定を強化する日本はフランスと敵対関係にあるから、この国からの便りは検閲に引っかかる可能性もある。それを考えて、コレクションの輸送など具体的な事項を書くのを差し控えた。ただ自分たちが無事であることを書き記せば、きっと松方はコレクションも無事に移送されたと勘づいてくれるはずだ。

――必ず届いてくれ。

翌朝、郵便局がある隣村まで出かけていき、祈るような気持ちで封書を発送した。

引っ越しから一週間後、日置はジェルメンヌと結婚した。

日置五十七歳、ジェルメンヌ四十九歳。正装して教会で式を挙げるには年を取りすぎていたし、引っ越してきたばかりの村では祝福に駆けつけてくれる友もいない。村役場で結婚証明書にサインをしただけだった。

「ようやくここまでこぎつけたのに、なんだかあっけないものだな」

村役場から出てきてひと言、日置が言った。ジェルメンヌは微笑んだ。

「そうね。こんなものなのかしら」

それから、ぽつりとつぶやいた。

「でも、うれしいわ」


それから約一カ月後の六月十四日、ドイツ軍がパリを占領した。凱旋門をくぐり抜け、ナチスの軍隊がシャンゼリゼ大通りを行進した。通りの両脇を埋め尽くしたパリ市民は、ハーケンクロイツの旗がはためく大行進を硬い表情で見守っていた。

パリ陥落の噂を聞きつけた日置は、隣村の食堂まで行って新聞をむさぼり読んだ。一面に「独仏休戦協定締結へ」の文字がでかでかと載っていた。フランスはドイツに占領され、さまざまな規制が敷かれたが、主権国家としてのフランス政府はかろうじて存続が認められたようだった。

食堂に集まった村民たちは、ドイツ軍に焼き討ちされるようなことはない、命拾いしたと口々に言い合っていた。ひとりの男が店の片隅に座っていた日置を指差すと、たちまち皆黙りこくってしまった。気まずい空気にいたたまれずに、日置は店を出た。

中年の日本人男性とフランス人女性のふたり連れが、パリ陥落直前にアボンダンに移ってきた。そしてここで結婚した。――日置たちはすでにアボンダン周辺の住民すべてに知られる存在となっていた。

怪しまれないようにと、日置もジェルメンヌも、近隣の住人に対して努めて明るく接するようにした。流暢なフランス語を話し、いかにも温和な日本人男性に対して、村民たちはやがて警戒心を解いてくれた。が、フランスがドイツの支配下におかれたのちに、日置がスパイではないかとの噂が流れるようになった。

日置たち夫婦は次第に孤立を深めていった。ジェルメンヌは、当初は気丈にふるまっていたが、見知らぬ土地で話し相手もなく、先行きの見えぬ暮らしに不安を募らせていたのだろう、夏の終わりに、床に臥せりがちになってしまった。

日置が医者を呼ぼうとすると、絶対に呼ばないでと懇願された。たとえ医者であっても、他人を家に入れるのは危険だと彼女はわかっていた。この家の秘密――ほんとうの住人は自分たちではないという極秘の事実を決して知られてはならない。真の住人は、二階にぎっしりと詰め込まれたタブローなのだ。

日置はジェルメンヌのために毎日スープを作り、隣村までパンを求めにいった。通りの向こうに自転車に乗った日置の姿を認めると、パン屋はドアを閉めてカーテンを引き、ノックしても開けてくれなかった。日置は根気強くドアを叩き続けた。

「お願いです、ムッシュウ。パンを分けてください。妻が病気なのです」

どんなに叩いてもドアは開かなかった。日置は仕方なく、さらに隣村まで足を伸ばして、ようやくパンを手に入れた。今後はパンも自分で作れるようにならなければと考えた。

冬が近づいていた。ジェルメンヌが何の病に冒されているのかわからなかったが、一日また一日と衰弱していくのがわかった。

病院へいって診てもらおう、入院したほうがいい、そうすればきっとよくなると日置はジェルメンヌに説いたが、彼女は首を横に振るだけだった。そんな金はどこにもないと承知してのことだった。

どんなことでもいい。彼女の気が晴れる何かをしてやりたい。

日置は思いつめた。そして、はたと気がついた。

——タブロー。

そうだ、タブローがあるじゃないか。

何か、明るい気持ちになる絵をひとつだけ、コレクションから借りて……ジェルメンヌの枕もとの壁に飾ってやろう。

松方さん。——どうかお許しを。

引っ越し以来ついぞ足を踏み入れたことがなかった母屋の二階に、日置は上がっていった。

戸口に立って、ランプをかざしてみる。絵、絵、絵、絵——立錐の余地もなくカンヴァスが立てかけられ、積み上げられている。まるでタブローの森の端《はた》に佇んでいるようだ。

「ひとつだけったって、こりゃあ、選ぶに選べんな……」

ひとりごちて、日置はくすくすと笑い声を立てた。笑ったのはひさしぶりのような気がした。

ふと、ランプの光に反射して、手前のひとかたまりのカンヴァスの中でちらりと赤い色がほのめいた。日置はランプを床に置くと、身を乗り出して、その一枚を引っ張り出してみた。

それは、なんともいえぬ不思議な絵であった。

一台のベッドが置かれた寝室の風景である。灰色がかったブルーの壁と、ライラック色のかすれた木の床。緑色の窓はかすかに開いて、外の明るい陽光を映している。壁には何点かの小ぶりの絵が掛けられてあり、椅子や机、洗面器、タオルやシャツなど、身の回りの品が描かれている。ちらりと見えた赤い色は、ベッドにかけられた毛布の色だった。

つましい寝室。けれどそこはかとない明るさに満ちた部屋。

一見して奇妙なのは、この絵にはまったく影が描かれていないことだった。それでいて、描かれているすべてのものが浮かび上がり、こちらへ迫ってくるように感じられる。くっきりとした色彩は目に見える音楽のようだ。あふれる躍動感に、日置の心は瞬時にしてとらえられた。

その一枚を抱きかかえると、日置は階下へ降りていき、ジェルメンヌの枕もとに立った。

「ジェルメンヌ、起きているかい？　二階で面白いタブローをみつけたよ」

日置の声に、ジェルメンヌは目を開けた。夫が両手で掲げた絵を見て、「まあ……」と少しだけ力のこもった声を放った。

「不思議な絵……こんな絵があったのね、気がつかなかったわ」

「ああ、おれも気づかなかったよ。まえにリストを作ったときは、おれはほとんど絵を見ないで書類を書くほうに集中していたからな」

「何という画家が描いたの？」

日置はカンヴァスの裏側に貼ってあるラベルを確かめた。松方がこの絵を購入した画廊「ポール・ローザンベール」のラベルに、画家の名前と題名が書かれてあった。日置はそのまま読み上げた。

「ヴァンサン・ヴァン・ゴーグ……アルルの寝室、一八八九年」

「アルルの寝室……」

ジェルメンヌがささやき声で題名を復唱した。白い顔にうっすらと笑みが広がった。

「南の光なのね。絵の中の部屋を明るくしているのは。……アルル……なつかしいわ……」

そのとき初めて日置は知ったのだが、父の故郷はアルルなのだとジェルメンヌは語った。少女の頃、両親と兄とともに、何度かアルルに住む祖父母に会いにいったのだと。アルルでは、窓を閉めていても外のまぶしさが部屋の中に忍び込んでくる。太陽の下で兄と駆け回り、祖父の家に帰ってくると、冷たいレモネードを飲ませてくれた。そして、兄と一緒にベッドに寝転がり、いつしか眠ってしまった。午後の昼寝、心地よいまぶしさを、この絵はジェルメンヌに思い出させたようだった。

「なんだか、この部屋……遊び疲れた私を呼んでいるみたい……」

そう言って、ジェルメンヌは小さなあくびをした。日置は微笑んだ。

「疲れさせてしまったね。ゆっくりおやすみ」

額にキスをして、日置はタブローをベッドのかたわらの床にそっと置いた。やがて心地よさそうな寝息が聞こえてきた。足音を忍ばせて、日置は寝室を出ていった。

新しい年、一九四一年を迎えてしばらく経ったある日の午後、表通りで複数の車のエンジン音が響き渡った。

台所でスープを仕込んでいた日置は、はっとして窓の外を見た。塀の向こうに灰色の幌が列をなしている。

——ドイツ軍だ。

日置は寝室へ急いだ。ベッドの向かいの壁に掛けてあった〈アルルの寝室〉を外す。物音に気づいて、ジェルメンヌがうっすらと目を開けた。

「……どうしたの？」

妻の問いかけに、日置は「何でもない、大丈夫だ」とだけ答えて、絵を抱えて部屋を出た。

狭い階段を駆け上がろうとして、足を滑らせた。ひやりとしたが、かろうじて踏みとどまった。物置のドアを開けると、重ね置かれているカンヴァスのひと山の中に〈アルルの寝室〉を突っ込んで、ドアを閉め、鍵をかけた。

ドンドン、ドンドンドンドン。ドアが激しくノックされている。日置は玄関へ飛んでいき、呼吸を整えてから、おもむろにドアを開けた。

軍服姿の三人の男が目の前に現れた。軍帽には翼を広げた鷲がついている。腕にはハーケンクロイツの赤い腕章があった。

「――名をなのれ」

真ん中の青い目の男がドイツ語なまりのフランス語で言った。日置は直立不動の姿勢で、最敬礼をした。

「コウザブロウ・ヒオキです」

軍人時代そのままに、はきはきと答えた。三人はじろじろと日置を眺め回した。

「なんだ貴様、軍人か？　フランス軍か？　どこの所属だ？」

「いえ、違います。私は日本人で、一般人です」

「なぜここにいる？」

「私の妻はフランス人で……ここは彼女の実家だったところです」

将校らしき青い目の男が、日置の背後にちらりと視線を投げた。

「貴様の女房はどこにいるんだ」

「奥の寝室です。家内は重い病気で、長いこと臥せっています」

三人はひそひそと何ごとかドイツ語でつぶやき合った。青い目が再びフランス語で詰問した。

「貴様の職業は何だ？」

「通訳をやっていましたが、いまは無職です」

「どうやって暮らしているんだ？」

「わずかながら農作物を作って……自給自足で暮らしています」

軍帽の下の青い目が冷たく光った。

「貴様、何か財産を隠し持っているんじゃないのか。さもなければ、夫婦ふたりで暮らしていけるはずはないだろう」

「まさか……」

日置は歪んだ笑い顔を作った。

「財産を持っていれば、こんな田舎に住むはずがありません。金がないから、仕方なくここにいるんです」

青い目が日置をみつめている。猛禽《もうきん》の目が。

日置は、足もとからじわりと上がってくる震えを懸命にこらえていた。

――絶対に踏み込まれてはならん。

踏み込まれたら最後、こいつらは家の隅々まで検分するはずだ。二階の物置も開けさせるだろう。

ロダン美術館から〈松方コレクション〉を疎開させるとき、日置は館長のグラップに念を押されていた。コレクションのありかをナチスに暴かれないように。連中は前衛的な絵画に「退廃芸術」のレッテルを貼り、その価値を否定している。みつければただちに没収され、破壊されるか、闇市場で売りさばかれて軍人の私腹を肥やすことになる。みつかったらおしまいだ、くれぐれも気をつけろ――と。

背筋を伝って汗が流れ落ちる。日置は全身を壁にして三人の前に立ちはだかった。そして念じた。

――帰ってくれ。頼む……！

将校の軍靴の先が、じりっと戸口の境界線を踏み越えようとした――そのとき。

「……コウザブロウ……」

消え入りそうな声が日置の背中に呼びかけた。日置は、はっとして振り向いた。

ストールを肩に巻いて、ジェルメンヌが立っていた。軍人たちも、はっとしたように目を見張った。

「ジェルメンヌ！」

日置は妻のもとに駆け寄った。

「起きてはいけないよ、体に障る。さあ、ベッドへ戻って……」

ジェルメンヌは青白い顔に苦しげな微笑を浮かべると、弱々しく首を横に振った。

「大丈夫よ……それよりも……寒い中、お客さまをお待たせしてはいけないわ。早くお通しして……」

支えようとする日置の腕を振り払うと、ジェルメンヌは、ふらつく足取りで戸口へと近づいていった。

「申し訳ありません……あいにく、お茶もお菓子もありませんの。なんのおもてなしもできませんが……さあ、中へ……」

そう言うなり、よろめいてその場にへたり込んでしまった。

「――ジェルメンヌ⁉」

日置があわててしゃがみ、妻の背中を支えた。三人の軍人はたじろぎ、戸口の外へと一歩退いた。

将校が、ジェルメンヌに向かって敬礼をした。

「失礼しました、マダム。我々はこれで帰ります」

ほかのふたりも続いて敬礼をした。

日置は立ち上がると、敬礼を返した。ジェルメンヌは床に座り込んだままで、泣き顔のような笑顔を軍人たちに向けた。

将校は、冷たく光る青い目で日置をちらりと見て言った。

「隣人となる挨拶をしにきたまでだ。――今日から、ここの斜め向かいにあるシャトーは我々の駐屯所になったから、そのつもりで」

日置は黙したままでもう一度敬礼した。

三人は踵《きびす》を返すと、曇天の下へと帰っていった。


その日を最後に、ジェルメンヌはベッドから身を起こすことがなくなった。

アボンダンでの二度目の冬、ジェルメンヌの体調に異変が起こった。明け方に大量の下血をしたのだ。シーツはおろか、床に滴るほどの出血だった。

日置はあわてふためいて、どうしたらいいのかとおろおろし、脱脂綿をジェルメンヌの体の中に詰めてはみたが、なんの役にも立たなかった。体中の血が全部流れ出てしまうのではないか。このまま死んでしまうのではないか。日置は頭の中が真っ白になった。

ようやく周辺が明るくなった朝九時、日置は意を決してドイツ軍の駐屯所になっているシャトーへ出向いた。

門兵に止められると、彼はたどたどしいドイツ語で訴えた。

「私は、この近くに住んでいる日本人です。妻が死にそうなのです。ドクターはいますか」

門兵は不審そうな目つきで日置を見た。粗末な上着に血がついているのを認めて、レシーバーで内部に連絡をした。日置は、もう一度力を込めて言った。

「私は、日本人です」

去年、「日独伊三国同盟」が締結されていた。その効力に日置は賭けた。

ややあって、門兵が「入れ」と言った。日置は、もうひとりの門兵に伴われて、それまで一度も足を踏み入れたことのなかったシャトーの敷地に入っていった。

玄関ホールで待っていると、軍服ではなく、背広姿の眼鏡をかけた初老の男が階段を降りてきた。医師然としたその男性に、日置はまたドイツ語で懸命に語りかけた。

「私は、日本人です。私の妻は、病気です。私の妻は……」

すると、医師が言葉を遮った。

「失礼。あなたは、フランス語は話せますか？」

はっとなった。流暢なフランス語――医師はフランス人だったのだ。おそらく、どこかからかドイツ軍の駐屯所に常駐させるために連れてこられたのだろう。日置は全身の力が一気に抜けた。

「は……はい。私の……私の妻は、フランス人で……」

フランス語でそこまで答えると、思いがけず涙があふれ出た。日置は、流れ落ちる涙を血がこびりついた袖でぬぐって、しゃがれた声で言った。

「先生。どんなことでもします。どうか、妻を助けてください……」

眼鏡の奥の瞳がうるんで揺れた。医師は、「ちょっと待っていてください」とささやいて、館の奥へ行き、黒革の鞄を提げて戻ってきた。

「行きましょう。あなたの家は？」

「すぐ向かいにあります」

日置は医師とともに家に向かった。兵卒がひとり、ついて来た。中へ入ろうとする彼を、「患者はご婦人なのです。ここで待っていてください」と医師が戸口で止めた。もう誰が入って来ようとかまわないと覚悟を決めていた日置だが、医師の配慮がしみるほどありがたかった。

寝室でジェルメンヌは青白いまぶたを閉じていた。やせ衰えて血に塗《まみ》れたまま横たわる体は屍《しかばね》そのものに見えた。日置は思わず駆け寄って妻の手を握った。冷たかったが、脈はあった。かすかに呼吸もしていた。日置は胸をなで下ろした。

医師は聴診器をジェルメンヌの薄い胸に当て、指でまぶたを開き、脈を測った。日置はその一部始終を見守っていた。

ひと通り診察が終わると、医師は振り向いて日置を見た。眼鏡の奥の目に悲しげな色が浮かんでいた。おごそかな声で、彼は告げた。

「残念ですが……奥さんは、もう助からないでしょう。今夜が峠です」

日置は、息を止めて医師の言葉の一撃を受けた。

何か言おうとして、なかなか言葉が出てこない。日置は、ただ黙って深々と頭を下げた。フランスに暮らして三十年、最近では辞儀をすることなどすっかりなくなっていた。

それでも、そのとき、日置にはそうすること以外何も残されていなかった。金も食料も、診察の対価になるものは、何ひとつ。

つむじ風が立っていた。からからと乾いた音を鳴らして、枯葉が追い立てられるように村道をたどっていった。

日置は、ジェルメンヌの枕もとの椅子に座って、妻の枯れ枝のような手を握っていた。

――ジェルメンヌ。お願いだ、目を開けてくれ。

あの澄んだ鳶《とび》色の瞳で、もう一度おれをみつめてくれ。

君が永遠に目を閉じてしまうなんて、もうおれをみつめてくれなくなるなんて……そんなのはいやだ。

生きてくれ。ジェルメンヌ。おれをひとりにしないでくれ――。

ジェルメンヌのまぶたがぴくりとうごいた。日置はベッドの脇にしゃがみ込み、「ジェルメンヌ、ジェルメンヌ！」と妻の名を呼んだ。

ジェルメンヌはうっすらとまぶたを開けた。日置は、焦点の合わない鳶色の瞳をのぞき込んで、懸命に呼びかけた。

「ジェルメンヌ、大丈夫か？　苦しくはないか？」

ジェルメンヌは、うつろな視線を宙にさまよわせた。それから口を動かして何ごとかつぶやいた。彼女の口に耳をぴったりとつけて、日置は妻の言葉を聞き取ろうとした。

――ア……ル……ル……。

アルル。確かにそう聞こえた。

「アルル……」口の中でつぶやいてから、日置は気がついた。

――アルルの寝室。

あの絵をもう一度見たいと、ジェルメンヌは言っているのだ。

「わかった。いますぐ持ってくる、待っていてくれ」

日置はランプを手に母屋の二階へと駆け上がった。解錠し、ドアを開ける。明かりをかざすと、たちまちタブローの森が目の前に広がった。

数カ月まえ、ドイツの軍人たちが突然やって来たときに、寝室の壁から外して、急いで二階に突っ込んで、それっきりになっていた。

どこにある？　確か、このあたりに……。

ランプの灯火に反応して、あざやかな赤色がちらりと輝きを放った。日置はランプを床に置き、平置きになったカンヴァスの山の隙間に突っ込まれたままになっていたその一点を取り出した。

灰色がかった壁の青、擦り切れた床のライラック色、窓の緑、ベッドの赤。南仏のまぶしさに満ちた寝室を描いた豊穣の絵――。

――あった。

日置はタブローを思わず抱きすくめた。古い友人に再会し、万感の思いを込めて抱擁するかのように。

その一枚を寝室へと運んで、ベッドの向かい側の壁にもと通りに掛けた。日置はジェルメンヌの枕もとの椅子に座ると、妻の手を取った。ジェルメンヌはゆっくりと目を開けて、壁に掛かったもうひとつの「寝室」に視線を投げた。

「ジェルメンヌ、このタブローだろう？　君が見たかったのは」

日置の問いかけに、ジェルメンヌはかすかにうなずいた。青白い顔にほのかな輝きが広がった。ひび割れた唇から、ため息のような声が聞こえてきた。

「……眠たいの……なんだか、とっても……眠ってもいい……？」

まなじりから、涙がひとすじ、きらめきながらこぼれ落ちた。

大きくひとつ、息をつくと、ジェルメンヌは静かに目を閉じた。

幸せな少女に戻って、光に満ちたなつかしい部屋へと、ひとり、帰っていった。

麦畑の真上の青空高く、ひばりがさえずりながら舞い上がっている。

ヒナギクに白く縁取られた土手の道を、日置が鍬《くわ》を担いで歩いていく。

ときおり立ち止まってはひどく咳き込み、胸をさすらずにはいられない。労咳《ろうがい》の可能性がある、入院したほうがいいと、あの従軍医師、ポール・デュボワに言われたのだが、大丈夫です、夜は咳き込むが朝になれば治まるから、冷えるのがよくないだけですとごまかしていた。

ジェルメンヌの臨終確認をしてくれたデュボワ医師は、その後も何くれとなく日置のことを気にかけてくれた。が、日置は次第にデュボワと距離を置き始めた。なんだかんだと親切にしてくるのは、「タブロー」を狙っているからではないかとの疑念が浮かび、一度そう思ってしまうと元通りに接することができなくなってしまったのだ。

デュボワは一度だけ〈アルルの寝室〉を目にしていた。ジェルメンヌが息を引き取ったあと、日置はシャトーで勤務中のデュボワのところへ行き、妻が死んだと告げた。デュボワはジェルメンヌのもとへ出向き、臨終を確認した。そのときに〈アルルの寝室〉を匿《かく》すのをうっかり忘れていたのだ。正直、それどころではなかったから。

デュボワは経歴の長い医師らしく、臨終の場で厳粛に振る舞い、冷静かつ的確に日置に助言をした。棺の準備、教会での告別式の段取り、村役場への届け出など。日置の耳はそのすべてをむなしく聞き流していた。何もかもが遠い世界のできごとのように感じられた。

デュボワが帰ったあと、ようやくわれに返って、〈アルルの寝室〉を壁に掛けたままにしていたことに気づき、急いで外して、二階のカンヴァスの山の中に再び突っ込んだのだった。

——見られてしまった。

いくら妻を亡くして放心していたとはいえ、そしてフランス人医師とはいえ、軍属の人間を無防備に家に入れ、コレクションの一部を目撃されたことを、日置は激しく悔やんだ。

——あれほどまでにジェルメンヌが他人を家に入れないでほしいと懇願していたのに。彼女は自分の命を縮めまでしてコレクションを守ったのに。なんてことをしてしまったんだ……おれは……。

「ボンジュール、コウザブロウ!」

鍬を担いで土手を歩いていくと、向こうの村道に自転車を停めて、大きく手を振っている人がいる。デュボワ医師だった。

日置は手を振りかえすでもなく、軽く会釈をして行ってしまおうとした。すると、デュボワのほうが自転車を押して近づいてきた。

「最近顔を見なかったけれど、元気かい? 胸の調子はどうだ?」

医師の問いに、日置は気弱な笑い顔を作っただけだった。

デュボワは、「君に伝えようと思っていたんだが……」と、日置の背後の麦畑に視線を逸らして言った。

「私はオンフルールのドイツ軍駐屯所に転任になった。この村は素朴でいいところだったから、気に入っていたんだが……残念だよ」

日置はやはり黙っていた。デュボワがこの地を離れていくことを残念に思わないわけではなかった。が、それよりも「秘密」を知っている人間がいなくなることにほっとする気持ちが強かった。

「お世話になりました。お元気で」

短く言って、日置はその場を去ろうとした。と、デュボワの声が追いかけてきた。

「……あのタブロー。ナチスにみつかってはならんぞ」

日置はぴたりと足を止めた。すぐには振り向けなかった。——いったい、どんな顔をして振り向けばいいというのだろうか？

デュボワの言葉が、風に乗って日置の耳に届いた。

「フィンセント・ファン・ゴッホ。五十年ほどまえに、誰にも知られないまま、若くして他界したオランダ人画家だ。けれど、死後にロシアやアメリカ、それに日本の富豪が彼の作品を買ったこともあって、人気が沸騰しつつある。間違いなく、彼のタブローはいずれ世界じゅうで認められるようになるだろう。……ナチス以外にね」

日置は振り向いた。デュボワがまぶしげなまなざしをこちらに向けていた。

「ナチスは、あの画家を含む前衛画家たちの絵を『退廃芸術』だと断罪している。そして、ほしいままに略奪しているんだ。叩き壊され、燃やされ、転売されている。その行為は、すべての芸術に対する冒瀆だ」

そこまで言うと、デュボワは両肩で息をついた。

「私は前衛絵画のコレクターだったんだよ。すべて、やつらに持っていかれてしまったがね。私のタブローたちの運命が、その後、どうなってしまったか、わからんが……」

日置は何か言おうとして口を開いた。すると、それよりも早くデュボワが言った。すべてを悟ったおだやかな声色で。

「あの絵をなぜ君が持っているのか、そのわけは聞かずに私はここを去ろう。だが、君に頼みたい。あれを、どうか……守り通してくれたまえ」

——あの絵は、傑作だから。


ジェルメンヌを喪《な》くして以来、〈アルルの寝室〉は物置に封印されたままだった。

斜め向かいのシャトーにドイツ軍が詰めている。いつ何時踏み込まれるかわからない状況の中で、たとえ一点であってもコレクションの一部を部屋に飾り続ける危険を避けなければならない。が、それ以上に、いまや日置にとってあのタブローは苦痛以外の何ものでもなかった。

ジェルメンヌがいなくなった寝室の壁にあの絵を掛け続けたらどうなるだろう。夜、冷たいベッドにひとりもぐり込むとき、望みもしないのに朝がきてベッドから抜け出すとき、あの絵が視界の中にあったら？　喜びではなく、悲しみを呼び起こすだけのあのタブローが。

死の間際、ジェルメンヌはあの絵を見たいと言った。そして、ひと目見るや逝ってしまった。もう思い残すことはないと言わんばかりに、まるで絵の中へと旅立つかのように。

そんなことがあるはずもない。けれど、日置には、まるであの絵がジェルメンヌの魂を連れていってしまったかのような気すらしていた。

——あんな絵、もう二度と見るものか。

不吉な一作。恐ろしい絵だ。ジェルメンヌの魂を永遠に奪い去った凶々《まがまが》しいタブローなど……。

日置の胸の調子はいっこうよくならず、真夜中に激しく咳き込むことがしょっちゅうだった。弾丸のように撃ち込まれる咳は日置を消耗させた。いっそ死んでしまったら楽になるのだろうか。天国でジェルメンヌに会えるのだろうか。そんな思いがいくたびも胸をよぎった。

夜じゅう日置を苦しめ続ける咳は、明け方になると嵐が去るように静まる。ベッドの上で体を起こし、ぽかんと空いた寝室の壁を見るともなしに眺める。そうすると、不思議なことに、あの絵の幻影が浮かび上がってくる。もう二度と見るものかと決めたくせに、その細部までが鮮やかに、空っぽの壁の上にありありと蘇るのだ。

暁の薄明かりが闇を追いやり、やがて窓辺から差し込む朝の光が白々と部屋を満たすまで、日置は壁の空白にあのタブローをみつめ続けた。〈アルルの寝室〉——さわさわと涼やかな音が響いてくるほど、隅々までが清澄なあの絵のまぼろしを。

一九四四年六月初旬。

夜半、咳で目覚めた日置は、いつもなら物音ひとつない村道を少なくない数の軍用車が発進する音を聞いた。手ぬぐいで口を押さえつつ、カーテン越しに外をのぞいてみると、車のヘッドライトが次々に村道を走り去っていくのが見えた。

ジェルメンヌが他界し、天涯孤独になってから、すでに二年半が経過していた。アボンダンの村内で日置は完全に孤立していた。妻に先立たれた日本人の男がひっそりと暮らしている——ということは、目と鼻の先に駐屯しているドイツ軍にとっては関心外のことであった。そこに暮らしていることを忘れられてはならないが、決して目立たないこと。コレクションを守るために日置が徹してきた暮らしぶりが功を奏したのか、ドイツ軍には一度も踏み込まれることなくしのいできた。

ドイツのフランス占領がいつまで続くのか、情報源のない日置にはまったく予測もつかなかったが、フランス解放のために連合軍がそのうち動くはずだ。それが明日なのか十年先なのかわからない。うまくいくのかいかないのかも。ただ、自分は息を殺して日々をやり過ごすほかはない——。

日置は家の中に引きこもり、カーテンの隙間から外の様子をうかがい、ラジオの音量を絞って思案を巡らせた。そして次第に張り詰めていった。

もしもフランス本土でドイツ軍と連合軍の全面対決になったら——ドイツ軍の駐屯所

周辺は連合軍の空爆の標的になるかもしれない。敗走するドイツ兵が金目のものを狙って民家を襲撃する可能性もある。

――となれば、どうしたらいい？

もう一度、コレクションを逃がさなければならない。さもなければ、破壊か略奪か、コレクションの運命はそのどちらかだ。

が、どうやって？

トラックもなければ手伝ってくれる者もいない。移送する金もない。

たったひとりで、四百点近くの作品を、いったいどうやって避難させればいいんだ。

日置は、次第に焦燥を募らせていった。

ある朝、鍵付きの机の引き出しを開けて、大切にしまっておいた松方幸次郎からの手紙を読み返した。

――この先君が生活に困窮を覚えれば、我がタブロオを売りに出すことを許諾せり。いかなる一作を売りに出すともよし。

コレクションを救う方法。それは、タブローを売ること以外にいまの日置には思いつかなかった。

一点か二点、コレクションに影響がないような小さなものを選んで売らせてもらおう。

だが、この非常時に絵を買ってくれる誰かがいるだろうか……。

日置は、同じ引き出しの中に入れてあった帳面を取り出した。そこには松方と取引をした画商の名前が連ねてあった。どの画商からどの作品を購入したか、購入金額はいくらだったか、詳細な情報は記されてはいなかった。ドイツ軍にみつけられてしまった場合、コレクションの価値を知られてはまずいからだ。

日置は作品購入の際に立ち会うことはなかったが、松方の連絡係として各画商とのつながりを持っていた。いざとなれば、いずれかの画商に作品売却の話を持ち込むことはできない話ではないだろう。日置は画商の姓名を注意深く確認した。

ポール・デュラン＝リュエル――この名前は間違いなくフランス人だ、まだパリで画廊をやっているだろう。ダニエル・ヘンリー・カーンワイラー――これはドイツ人の名前だから問題なかろう。ポール・ローザンベール――この苗字はユダヤ系だ、彼が賢ければ早々に亡命しているはずだ。アンドレ・シェーラー――これもドイツ系だから商売を続けているだろう……。

と、そのとき。

ドーン、と遠くで砲声が轟《とどろ》き渡った。日置は、びくりと体を震わせた。

続いてズシンと音がして、家がびりびりと震えるのを感じた。日置は反射的に机の下に潜り込んだ。四つん這いになって頭を抱え込む。もう一度、さらにもう一度。砲声は少しずつ遠ざかっているようだった。完全に聞こえなくなるまで、日置は身を固くしていた。

机の下から這い出ると、走って納屋へ行き、自転車を出してきた。サドルにまたがると、思い切りペダルをこいだ。

夏至が近づく真昼、村内は静まり返っていた。太陽が照りつけるまぶしい村道を、日置の自転車は隣村の郵便局までひた走った。

パリからアボンダンへ疎開するさいに手を貸してくれた佐々木六郎に向けて、日置はフランス語で電報を打った。

シェーラーに連絡されたし　その上で　六月十五日　ウーダン駅へ来られたし　駅舎にて待つ　日置

佐々木とは、万が一のときにはいずれかの画廊に作品売却の打診をすること、そしてアボンダンから自転車で三十分ほどの最寄り駅、ウーダンで落ち合う約束になっていた。

年老いた郵便局員に電報の文面を手渡しながら、日置は尋ねてみた。

「今朝がた遠くで大砲の音がしていましたが、何があったかご存じですか？」

老局員は感情のない目で日置をみつめ、黙って首を横に振るだけだった。その目に日本人である自分がドイツ人と等しく映っているかもしれないことを思い出し、日置はひやりとした。

夏の太陽にさらされて乾いた土の道を自転車でたどりながら、日置は我が身の立ち位置の複雑さをあらためて思った。

この国がドイツに占領されている限り、日本人である自分の電報はきっと届けられるはずだ。

けれど連合軍がドイツ軍を駆逐し、パリを取り返したら——自分はどうなるのだろうか？

再びこの国に自由が訪れてほしいと心底願っている。その一方で、このまま何事も起こらずにすめばいいとねじれた気持ちもどこかにある。

長年暮らしたフランスへの親愛の念と、ドイツに頼ろうとするずるさと。その両方が自分の中に共存している。

苦々しい思いがこみ上げてきた。自転車をこぎながら、黒い嗤《わら》いが口の端に浮かんだ。

——おれは、まるで……。

まるで、狡猾なコウモリじゃないか。


十日後、六月十五日。

その朝、二年半ぶりに、日置は物置のドアの鍵を開けた。

ほこりと黴《かび》の匂いが鼻をつく。部屋の中に向かってランプの灯りをかざしてみる。

時が止まったように、タブローの森が静まり返って広がっていた。

帰り道を見失った迷い人のように、その端《はた》に佇んで、日置は自分に言い聞かせた。

——一枚だけ。たった一枚だけでいいんだ。

この中から犠牲になってもらおう。ほかのすべてのタブローを救うために……。

ランプの灯りに応えて、鮮やかな赤がちらりとひらめいた。日置は胸をどきりとさせた。

あの絵——〈アルルの寝室〉だ。

ジェルメンヌが逝ってしまってまもなく、寝室の壁から外してここへ放り込んでおいた。それっきり、見ることはなかった。それでも毎晩、空っぽの壁にそのまぼろしを見ていた。

忘却の川に投げ捨てたはずなのに、日を追うごとにいっそうまぶしく鮮やかにまぶたの裏に蘇った——一枚のタブロー。

日置は震える両手でその絵を取り上げた。カンヴァスを裏返しにして抱えると、狭い階段を下りていった。

裏返しのまま、使い古しのシーツで包んでしっかりと結んだ。その上から麻紐を二重にかけた。荷造りをしているあいだじゅう、日置の手は小刻みに震えていた。

納屋から自転車を出してきた。シーツの包みを片手に持ってまたがった。麻紐をハンドルにくくりつけて、片手で包みを押さえながら、バランスをとってこぎ出した。ウーダン駅へと向かう道を。

ドイツ軍の駐屯所となっていたシャトーはもぬけの殻になっていた。その前を通り過ぎ、人っ子一人いない村道を日置の自転車は走っていった。

　やがて見渡す限りの麦畑の道に出た。風が青い穂をさわさわと揺らして通り過ぎてゆく。ハンドルに吊るしたカンヴァスが風にあおられてふわりと浮かび上がり、それを押さえようとして日置はバランスを崩した。あっと思った次の瞬間、横倒しにひっくり返ってしまった。

　真昼の太陽が中空で輝いていた。日置は乾いた土の上に仰向けに転がった。その胸に、シーツに包まれたタブローがしっかりと抱かれていた。

　タブローを抱きしめたまま、日置は頭上をゆったりと流れてゆくひつじ雲を眺めていた。そうするうちに、涙があふれ、土に汚れた頬を伝ってぽろぽろとこぼれ落ちた。そのまま、日置は声を放って泣いた。

　さわさわと風が耳もとをやわらかにくすぐりながら通り過ぎていった。

　頬にいく筋もの涙のあとを残して、日置はゆっくりと体を起こして立ち上がった。自転車のハンドルにシーツの包みを吊るし、サドルにまたがって、日置の自転車は再び走り始めた。駅とは反対の方向に、家へと帰る道を。

　まだ明るい夜七時過ぎ、ドアをノックする音がした。台所の窓からのぞくと、ドアの外に佐々木六郎が立っているのが見えた。

約束通りウーダン駅まで来て待っていたが、いつまで待っても日置が現れないので、何かあったのだろうかと心配になり、歩いてきたのだという。

「連合軍がノルマンディーに上陸して、パリに進攻しているということです。パリの周辺ではドイツ軍との攻防戦が始まったようですよ」

部屋に通された佐々木は最新の戦況をもたらしてくれた。新聞もラジオもドイツに有利な情報しか流さない。ほんとうのところの戦況は口づてに得るほかはなかったが、アボンダンで孤立していた日置にはそれすらも難しかった。ようやく佐々木から現状を聞いて、日置はいっそほっとした。

が、佐々木は眉を曇らせて言った。

「日置さん。どうやら、パリでは近々レジスタンスが一斉蜂起をしかけるようです。どう考えてもドイツの旗色が悪い。パリ解放が近いと僕は見ています。もしも連合軍が勝利したら、敵国人である僕らは身柄を拘束されるかもしれません。そうなるまえに帰国したほうがいい」

ぎくりとした。

――帰国？

日置が考えてもみなかったことだった。佐々木は前のめりになって続けた。

「帰国の段取りは僕が整えます。いまならまだ間に合う。日置さん、一緒に帰りましょう。日本へ」

パリ解放が近いとなれば、佐々木が言っていることはもっともだった。しかし、日置はすぐにはうなずくことができなかった。

帰国さえすれば、確かに自分は助かるだろう。

だが——どうなるのだ？　コレクションは……。

「帰国ったって、そんな……金はどうするんだ？　ふたり分の渡航費となると、かなりのものだぞ」

戸惑う日置の問いに、すかさず佐々木が答えた。

「コレクションの一部を売ればいいじゃないですか。そのために僕を呼び寄せたんでしょう？」

佐々木はすでに日置の指示通り、ドイツ系の画商、アンドレ・シェーラーに接触を図ったという。シェーラーは買い取りに乗り気で、なんなら戦況が落ち着くまでコレクションを丸ごと預かってもいいとも言っている。

日置は絶句した。佐々木は日置が青ざめているのを尻目に、勢い込んで言った。

「まずは僕が明日にでも絵を一、二点パリへ持ち帰って、シェーラーに買い取ってもらいましょう。その金でトラックを借りて、運搬人と一緒に戻ってきます。だから……」

「無理だ」日置がようやく口を開いた。

「できない。おれには、そんな……コレクションをすべて売り払うなんてことは」

「落ち着いてください、日置さん」

佐々木が苛立った声で言い返した。

「売るのは一、二点でいいんです。シェーラーは預かると言ってくれているんですよ。いまはパリよりも周辺地域であるアボンダンのほうがむしろ危険なんです。敗走するドイツ軍の爆撃にさらされるかもしれない。そうなったら、コレクションどころか日置さんの命も危ない。逃げるんです。コレクションと一緒に」

日置は目を見開いた。

佐々木の顔に松方の顔がふいに重なって見えた。

――君の活躍の場は神戸にはない。――パリにある。

パリへの出向を伝えられたあの日。松方は日置の手をしっかりと握ると、片目をつぶってこう言った。

――Bon travail!（いい仕事をしてくれ）

そうだ。

日本へ帰るのではない。パリへ帰るのだ。

――タブローとともに。

11

一九五三年六月　パリ　マドレーヌ広場

さっきまで夜空に浮かんでいたはずの太った三日月は、いつしか街路樹の繁みの中へと隠れてしまった。

明るい夏の宵を楽しむ人々でにぎわっていたカフェテラスから、ひとり、またひとりと人影が消えてゆく。空《から》になったふたつのワイングラスが載せられたテーブルに、いまはもう田代雄一と日置釭三郎のふたりだけがぽつりと居残っていた。

長い告白の末に、日置は深く息をついた。向こう岸が見えぬほどの大河を必死で泳ぎ渡ってきたかのように。

テーブルの上で両手を固く組んで、田代は日置の物語に聴き入っていた。そして、初めてパリにやってきたとき、まったく同じように「タブローを巡る物語」に聴き入ったことを思い出した。

人生という名の大通り《ブールヴァール》をいかに歩んできたか。シャンゼリゼ大通りのカフェテラスで、夜が更けゆくままに語り聞かせてくれたその人は、誰あろう、松方幸次郎であった。

あのとき、松方が語り出すまえに、田代は自らの半生について打ち明けた。知人に頭を下げて資金を募り、妻と離縁してまで海外留学を決めた田代に、松方は問うた。君をそこまで駆り立てたものは、いったいなんなのだ？　と。

田代はたったひと言で答えた。タブローです、と。

松方幸次郎と田代雄一。生い立ちも、年齢も、財力も、社会的立場も、何もかも違うふたりに共通していたたったひとつのもの。それこそが、タブローに賭けた情熱だった。それがなくても生きていける。それがなければ何かが変わってしまうというわけじゃない。

けれど、それがあれば人生は豊かになる。それがあれば歩みゆく道に一条の光が差す。それがあれば日々励まされ、生きる力がもたらされる。

そう。松方にとって、田代にとって、それがタブローだったのだ。——そして、日置にとっても。

アボンダンから〈松方コレクション〉をパリに戻そうと決めた——というところで、日置はいったん話を結んだ。そして、力なくうつむくと、ふっつりと黙りこくってしまった。

コレクションがどうやってパリに戻されたか、実はそこがもっとも聞きたいところではあった。しかし、田代は、もう一度日置が自ら口を開くのを辛抱強く待った。それがコレクションを守り抜いたこの人物への礼儀ではないか。

が、日置は目の前のグラスの底にぼんやりと視線を落としたままで、話の続きを聞かせてくれる気配は一向になかった。

給仕《ギャルソン》たちがテラスの椅子を集めて重ね上げ始めた。店じまいのサインである。田代は係のギャルソンを呼ぶと、チップをはずんで支払いを済ませた。そのあいだじゅう、日置は仕置を受ける子供のように小さく縮こまっていた。彼の身にこびりついた慎ましさが、田代にはいっそせつなかった。

ふたりは店を出た。ひと言も交わさないまま、マドレーヌ寺院の巨大な列柱の影に沿って田代の投宿先のホテルまで歩いていった。

入り口に到着すると、日置は姿勢を正して田代に向き合い、深々と頭を下げた。

「すっかりごちそうになりまして、ありがとうございました。おかげさまで、ひさしぶりに人心地がつきました。……先生のパリご滞在が実りあるものとなりますよう、お祈りしています」

律儀な挨拶。田代はふいに別れがたい気持ちになった。このさきもう二度と会えない戦友と別れゆくような――。

日置は踵《きびす》を返すと、何かを振り切るように去っていこうとした。

「ちょっと待ってください」

さびしげな背中に向かって田代は声をかけた。日置はぴたりと足を止めた。

「私は、初めてパリに来たとき、松方さんと一緒にシャンゼリゼを歩きながら色々な話をしました。人生のこと、仕事のこと、それに……あの人が夢みていた美術館のこと」

日置が振り返った。窪んだ眼孔の奥の瞳にかすかな光が浮かんでいた。

旧友に語りかけるように、あたたかな声で田代は言った。

「よろしかったら、もう少し一緒に歩きませんか。そして、もう少しだけ……あなたがコレクションのためになさった『仕事』について、聞かせてくださいませんか」


マドレーヌ広場から南の方角へまっすぐ伸びるロワイヤル通りを、田代と日置は歩いていった。

コンコルド広場の方尖柱《オベリスク》が夜空に向かって屹立《きつりつ》し、その先にはセーヌ川が流れている。川向こうには、いまでは国会議事堂になっているブルボン宮殿の正面《ファサード》の列柱が眺められる。さらにその向こうにはナポレオンが眠る旧軍病院、アンヴァリッドの黄金の冠《ドーム》が闇の中で妖しく光を放っている。

コンコルド広場の左手にはチュイルリー公園、右手にはシャンゼリゼ大通りがある。通りの果てには凱旋門が立ち、夜空の彼方にはエッフェル塔の影がすっくりと浮かび上がって見えている。

チュイルリー公園の手前のリヴォリ通り沿いには、松方が定宿にしていたホテル「ル・ムーリス」がある。

初めてのパリ滞在中、田代は自分が泊まっていた安宿から宮殿のように豪華なそのホテルまで、毎朝胸を弾ませながら出かけていった。今日もまた松方さんとともに傑作を探しにいくのだと。

その約二十年後、ドイツの占領下のパリで、あのホテルはナチスの駐留本部となった。そんな皮肉な未来が待っているなどと、あの頃どうして想像できただろうか。

車もなくひっそりしたリヴォリ通りを渡る途中で、田代は振り返ってみた。「ル・ムーリス」の正面に並んだ窓の庇《ひさし》が見えるかと思ったが、夜の闇に紛れてかなわなかった。それでも田代の胸の中には、二匹のグレイハウンドが向き合う紋章が飾られた壮麗なホテルの表玄関がありありと浮かび上がってきた。

「覚えていますか、日置さん」

田代はなつかしそうに言った。

「松方さんの『ル・ムーリス』の部屋は、五階の……確か、真ん中あたりでしたね。窓を開けると、目の前にチュイルリー公園の緑が、こう、ぱあっと広がって……」

日置も振り返って仰ぎ見た。

「もちろん、覚えています。社長は、あの部屋に入るとまっさきに窓を開けて、バルコニーから街を一望されていました」

その場面を胸中に蘇らせているのだろう、日置の声には少し活力が戻っていた。

「田代先生は、毎朝九時に『ル・ムーリス』へ来ておられましたね」

水を向けられて、田代は微笑した。

「ご存じだったのですか？」

「ええ、私は毎朝六時に行っていましたから。社長と朝食をご一緒しながら会議でした

「そうでしたか。画廊へ出かけるまえに日置さんと会議をすませていたなんて、松方さん、ひと言も教えてくれなかったなあ」

ドイツのUボートの設計図を極秘で入手しようとしていたことも、日置に初めて聞かされたのだ。〈アルルの寝室〉を購入予約した翌日、突然スイスへ発ったのも、思えばその任務のためだったのかもしれない。

結局、松方が設計図を手に入れたかどうかわからない。が、それをいまさら聞いたところで何になるだろう。

戦争は終わったのだ。そして、松方幸次郎は、もういない。

コンコルド広場のあちこちに散らばる街灯は地上に落ちてきた星座のようだった。日輪のごとき金色の頭頂を輝かせる巨大なオベリスクは、夜空に挑みかかるように立ち上がっていた。

ふたりはどちらからともなく広場の中心にあるオベリスクを目指して歩んでゆき、巨大な記念碑を背にシャンゼリゼ大通りを眺め渡した。大通りは淡く点った街灯に縁取られ、ため息がこぼれるようにきらめいていた。そのずっと向こうにパリの守護神のごとく佇む凱旋門の影が見えた。

「……ちょうどいま頃の時期でした。コレクションをアボンダンからパリへ戻したのは……」

ふいに日置が口を開いた。田代は日置の横顔をそっと見た。日置は大通りの彼方に視線を投げたままで、言葉を続けた。

「結局、私は、タブローを売ったのです。その金で、移送資金を作りました。あるまじきことをしてしまったと……悔やんでいます」

懺悔《ざんげ》そのものの口調だった。田代は努めておだやかに訊き返した。

「誰の作品か……どんな絵だったか、覚えていますか」

「画家の名前はわかりませんが……エメラルド色の海に浮かぶ帆船の絵と、積みわらの風景画でした」

エドゥアール・マネとクロード・モネの絵だと、田代にはすぐにわかった。

物置に匿っていたコレクションの中から、運びやすい大きさの作品を無作為に選んで、佐々木六郎がパリへ持ち帰った。それから数日後、大型トラック二台とフランス人の運搬人ふたりを連れて佐々木は戻ってきた。

移送決行の日、アボンダンの南西五キロほどの町、ドルーが爆撃を受けた。このあおりで村内は騒然となった。村人たちは家財道具を荷車に積んで避難を始めた。

その騒ぎに乗じて日置たちはトラックにコレクションを積み込んだ。箱に入っていないものを奥にし、木箱入りのものを手前にした。

ほぼ作業終了というそのとき、猛烈な爆音が響き渡った。すぐ近くに着弾があり、火の粉が日置の家の垣根に飛んできて燃え上がった。四人の男たちは炎に帆布を被せ、バケツで水をかけて、どうにか火を消し止めた。それからようやくアボンダンを出発したのだった。

「思えば、あの着弾騒ぎも不幸中の幸いでした。避難のどさくさに紛れて、あの家には不自然なほどの大荷物を運び出すことに成功したわけですから……あのときばかりはさすがに感謝しました」

「神に、ですか？」田代が口を挟むと、

「いえ。松方さんに」生真面目に日置が答えた。田代は思わず微笑んだ。

しかし、そうやすやすとパリ市街に入ることはできない。パリは引き続きドイツ軍の占領下にあった。当然のように検問所で引っかかり、日置と佐々木は車から降ろされて、背中に銃を突きつけられた。

そこでも日置は、かつてアボンダンのドイツ軍駐屯所に医師を探して乗り込んでいったときと同様、「私たちは日本人だ」とドイツ語で訴えた。が、日本人であること以上に功を奏したのは、佐々木が持参していたアンドレ・シェーラー画廊からの依頼書だった。

〈フランツ・フォン・ヴォルフ・メッテルニヒ伯爵の命令により、疎開させていた絵画を引き上げてくることをここに依頼する〉——と依頼書にはドイツ語で書かれていた。

メッテルニヒとはドイツからパリへ派遣されていた美術品管理官である。ドイツ軍がパリに侵攻する直前、ルーヴル美術館などのコレクションは軒並み疎開されていたのだが、これらを再びパリに戻した上でドイツ本国へ送り込む――というのがメッテルニヒの使命であった。にもかかわらず、彼はそれを実行していなかった。メッテルニヒはどうやら裏でヒトラーに逆らって、フランスの至宝たるコレクションをフランス国内に留めようと操作しているのではないか――と、美術関係者のあいだでは密かに囁《ささや》かれていた。

日置も佐々木もそれを知る由もなかったが、〈松方コレクション〉を預かると決めたシェーラーは心得ていた。だからこそ、メッテルニヒの名前を使って依頼書を作成し、佐々木に持たせたのだ。

「検問所の若い兵士たちは、銃を収めて書類を検分しました。彼らがうなずき合うのを見て、私は心の中で、よくやった佐々木君！　と快哉《かいさい》を叫びました。これで通行が許可されるものと思ったのです」

ところが――。

上官らしき男がトラックの荷台の幌を開けて見せろ、と命じたのだ。

日置はひやりとした。が、手前には釘を打って封じた木箱を並べてある。連合軍との攻防戦のさなか、それをいちいち開けさせるほどの余裕はないはずだ。

まさかここで没収されはすまい。しかし、万一本部に連絡を取られれば、メッテルニヒの名を騙《かた》った依頼書が虚偽だとバレてしまう。

万事休す。――守ってください、松方さん……！

日置は二台のトラックの幌を開けて見せた。すると、後続のトラックの荷台のいちばん手前に古いシーツで包んだカンヴァスが現れた。それを兵士がみつけて取り上げた。

日置はぎょっとした。

しまった、と思ったが遅かった。それは、消火騒ぎのあと、出発直前に運搬人が荷台に積んだ最後の一点――〈アルルの寝室〉だった。

ひとりの兵士が包みを両手で抱え、別の兵士が結び目を解いた。

日置は目をつぶった。断頭台に上らされた気分だった。

すると――。

「……なんだこれは？　と、上官の男が言ったのです。子供の落書きか？　と。私は、目を見開きました。兵士たちは……タブローを見て、せせら笑っていたのです」

ひとしきり笑ったあと、上官は言った。さっさと行け、こんな馬鹿げた絵に付き合っているほど我々はひまじゃないんだ。

日置は上官に向かって敬礼をした。佐々木もあわてて日置を真似た。

ふたりはトラックに乗り込み、エンジンをかけて発車した。バックミラーの中で兵士たちが遠ざかり、完全に見えなくなったところで、日置は雄叫びを上げた。続いて佐々木も。ふたりは肩を叩き合い、喜び合った。

そうして、ついに日置はパリへ帰ってきた。〈松方コレクション〉とともに。

「シェーラーにコレクションのすべてを預けたのち、私はパリ市内に留まりました。佐々木君は帰国の段取りができず、ベルリンへ行くと言って姿を消しました。それから二カ月後、連合軍によってパリは解放されました。——私もまた、解放されました。コレクションの番人という『仕事』から」

パリ解放から九年の年月が流れた。ドイツは敗れ、日本もまた太平洋戦争で敗北を喫した。

日本に帰ることもままならず、日置は今日まで筆舌に尽くしがたい辛酸を舐めてきたことだろう。

けれど、日置は自らの戦後を語りはしなかった。コレクションを無事にパリへ送り届けたところで、彼とタブローの冒険譚は終わった。

東の空がうっすらと明るんでいた。その真ん中をユリカモメのひと群れが横切っていく。パリの街は暁を迎えようとしていた。

そよ吹く風にはかすかに湿り気があった。セーヌ川の気配を感じながら、田代は空に向かってひとつ、息をついた。そして、いちばん訊きたかった問いを日置に投げかけた。

「〈松方コレクション〉が、その後、どうなったか知っていますか」

日置は横顔のままでうなずいた。

「終戦後、シェーラー画廊を訪ねて知りました。フランス政府に差し押さえられたと。

それで……何かの役に立てばと思い、私がしてきた『仕事』について、日本大使館にどうしても伝えたかったのです」

それから、ようやく田代のほうを向くと、そうであってほしいと念じるように問うた。

「先生は……コレクションを取り戻すために来られたのですね？」

今度は田代がうなずいた。力強く。

「日置さん。次は私の番です。あなたに負けぬよう、きっといい仕事をしてみせます」

田代は、日置に向かって右手を差し出した。

「ありがとう。――Bon travail!（いい仕事でした）」

朝風が水面を撫でるように、日置の瞳がうるんで揺れた。

皺だらけの骨ばった手が田代の手を握り返した。少し震えるその手には力が宿っていた。

夜明けが間近だった。パリの街が目覚めるのはもうまもなくのことだった。

一九五九年六月十日　東京　上野公園

雨上がりの午後、桜並木の青葉の繁みを揺らして風が吹き抜けてゆく。

国鉄上野駅沿いの上り坂に黒塗りの車がずらりと列をなし、人波が途切れずに続いている。なかなか進まない前の車のブレーキライトと腕時計の針を交互ににらんでいたが、とうとうがまんしきれずに車を下りた。

人波をかき分けながら坂道を上がっていくと、まばゆいばかりに新しい建築が目の前に現れた。コンクリート造りの長方形の箱には窓がなく、複数の細い円柱がまっすぐな脚のように伸びて、箱を地上から立ち上がらせている。

新築の建物は、つい三カ月まえに落成した国立西洋美術館である。フランスの建築家、ル・コルビュジエ設計による建築は、起工式から約一年の工期を経て完成し、その日、開館式典が行われることになっていた。

坂道を上りきた人々は美術館の中へと次々に吸い寄せられていく。ガラス張りの入り口《エントランス》の前に立って人待ち顔をしているのは、文部省の役人、雨宮辰之助である。前庭を横切ってくる人波の中に田代を認めると、「先生！」と大きな声で呼びかけて駆け寄った。

「やあ雨宮君、待たせたね。思ったよりも道が混雑していて……いやはや、すごい人だね。大反響だな」

田代の言葉に、「ええ、ほんとうに」と雨宮は声を弾ませた。

「一般公開は三日後ですが、首尾は上々です。何しろ本邦初の国立西洋美術館ですからね、この『フランス美術館』は……」

と言いかけて、

「……じゃなくて、『国立西洋美術館　フランス美術松方コレクション』でしたね。正式名称は」

頭を掻いた。田代は笑顔になった。

「関係者の皆さんが先生のご到着をお待ちかねです。さあ、中へ」

仰ぎ見るほど高い天井の展示室は来賓で溢れ返っていた。作品の前には人だかりができ、どの絵がどこに展示されているのかもわからない。田代は展示室を見渡して、関係者の面々と盛んに握手を交わしている吉田茂をみつけた。

五年まえに第五次吉田内閣が総辞職し、吉田はいまでは政界のご意見番として後進の相談役になっていた。田代の姿を視界にとらえると、

「おう、名交渉人が来たぞ！」

ひと声放って、満面に笑みを広げた。

「ついにこの日を迎えたな、田代君。ほんとうに君には世話になった。ありがとう」

吉田は田代の肩を叩いて、いかにもうれしそうである。田代も喜びを隠しきれない気分になった。

「いえ、私は何も……。すべては吉田さんから始まったのですから。〈松方コレクション〉の返還は……」

と言いかけて、

「……もとい、『寄贈返還』は」

吉田がにやりと笑った。そして、声をひそめて言い直した。

「いや、わしらは取り返したんだよ。松方さんのコレクションを」


一九五三年十二月、当時の吉田内閣は、フランスから「寄贈返還」される〈松方コレクション〉を受け入れるために国立美術館の開設準備を閣議了解した。

フランスに対して、日本はあくまでも「コレクションのすべての作品の返還」を求めてきたが、最終的に二十点を除くコレクション寄贈法案がフランス国民議会を通過し、〈松方コレクション〉は日本へ引き渡されることとなった。

そこにいたるまでのあいだ、交渉団の一員であった田代や、松方の義理の息子である松本重治、そのほか多くの関係者が粘り強く交渉を続けた。フランスに対して敗戦国である日本の立場は弱かった。だからといって縮こまるわけにはいかないと、田代は心を強くして臨んだ。

フランス国立美術館のトップで盟友のジョルジュ・サルとも会話を重ね、ゴッホも、ルノワールも、モネも、ひとつとして欠かさずに戻してほしい、なぜならそれらは自分が松方幸次郎とともに選び抜いてきた作品だから——と主張した。

サルは田代の思いに深い理解を示してくれた。フランスの美術館のためには日本の主張を全面的に受け入れるわけにはいかないが、あたう限り応えようと約束してくれた。田代はそれを信じるほかはなかった。松本重治もまた、松方家の代表として在日フランス大使に直談判して後方支援をした。

田代と松本が「寄贈返還」のリストにどうしても入れてほしいと最後の最後までこだわった傑作が三点あった。モネの〈睡蓮、柳の反映〉、ルノワールの〈アルジェリア風のパリの女たち〉、それにゴッホの〈アルルの寝室〉である。が、フランス側はどうしても首を縦に振らなかった。それでも粘った結果、ルノワールだけはリストに入れられた。

〈睡蓮、柳の反映〉は接収後の所在をフランス政府も把握できていないことがわかり、あきらめざるを得なかった。モネの作品は複数点の「寄贈返還」が決まっていたのがせめてもの救いだった。が、なんとしてもゴッホを、と田代はあきらめられなかった。

しかし、これ以上引っ張るとすべてを失うかもしれないというぎりぎりのところまできてしまった。

ちょうどその頃、田代のもとに訃報がもたらされた。日置釭三郎がひっそりと息を引き取ったのである。死因は肺病の悪化、享年七十一だった。

〈松方コレクション〉の返還交渉に赴いたパリで、田代は日置と再会した。そして、松方の依頼を受けた彼が、戦時中コレクションを命がけで守り抜いた事実を知った。

それまではコレクションについて決して他言しなかった日置が、なぜ田代にすべてを話したのか。松方が築き上げたコレクションを日本へ還すために役に立ちたいのだ——と日置は打ち明けた。大切に握りしめてきた〈松方コレクション〉のバトンを、フランスの当局ではなく、田代に渡したいと思ったのかもしれない。松方とともに傑作の数々を探し歩き、コレクション誕生の目撃者となった田代にこそ。

田代は日置に、日本政府に補償金を請求するべきだと言った。日置の尽力がなかったら、コレクションは失われていたかもしれないのだ。これまでの功績を評価して、日本政府がなんらかの補償をするのは当然である。自分も後押しすると約束して、田代は日置を在仏日本大使館に紹介した。その後、何度かの交渉を経て、外務省による日置への補償が決定されたばかりだった。

——逝ってしまったんですね、日置さん。

田代の胸中に、ふいに〈アルルの寝室〉の画面が浮かび上がった。最愛の妻、ジェルメンヌとともに、いま、日置はあの部屋にいる。そんな気がした。

——それでいいんだよ。

どこからともなく松方の声が聞こえてきた。

――あのタブローはパリに残してやってくれ。それが、いちばんだ。タブローにとっても、わしらにとっても。

なあ、田代君。……そう思わんか？


結局、〈アルルの寝室〉は含められずに「寄贈返還」の作品リストが固められた。

コレクションを「寄贈返還」するにあたり、フランスからはいくつかの条件を提示されていた。その中でもっとも重要視されたのは、美術館の開設である。〈松方コレクション〉の受け皿となり、コレクションの保管・展示をするために美術館の設立は急務であり、必須であった。日本にはまだ国立の西洋美術館が存在しない。これをよき機会とし、日本に文化施設を整備していく端緒とするためにも、美術館の開設は欠かせないと田代も考えていた。

そして何より、美術館の創設は松方幸次郎の夢だったのだ。ついにその夢をかなえるときがきた。田代を始め、コレクター・松方幸次郎の思いを知る関係者は奮い立った。

次なる壁は資金であった。サンフランシスコ講和条約で国家としての復権を果たしてからわずかしか経っていない。政府は財政難にあえいでいた。

そんな中で敷地の取得や建築費、作品の輸送費など、莫大な費用がかかる。せっかく美術館の建設が決まったものの、先立つものがない。が、なんとしてもほんものの西洋美術を見られる美術館を実現させようと、民間での募金運動も始められた。

経団連、日経連、経済同友会、商工会議所が連携をとって資金集めに動いた。画家たちも眺めてばかりではいられない。寄付のお礼に贈る作品を無償で提供しようという運動を始めたが「美術館を創るために画家を利用するとは何事だ」と憤る者もあった。しかし、画壇の長老で日本美術家連盟会長の安井《やすい》曾太郎《そうたろう》はこう言って諭した。

「絵が還ってくることでいちばん恩恵を受けるのはいったい誰ですか？　むろん国民全員でしょうが、直接的には、私たち美術家なんじゃありませんか」

こうして、官民一体となって「仮称・フランス美術館」建設計画が動き始めた。

建設地は上野の凌雲院跡地に決まり、設計はル・コルビュジエが指名された。二十世紀のモダニズム建築の巨匠、ル・コルビュジエには三人の日本人の弟子がいた。前川國男《まえかわくにお》、坂倉準三《さかくらじゅんぞう》、吉阪隆正《よしざかたかまさ》である。それぞれ、パリのル・コルビュジエのもとで修業を積み、建築界の第一線で活躍中であった。基本設計はル・コルビュジエが行い、実施設計は三人が担当した。こうして、仏日の師弟が連携して美術館を創り上げることになった。

ところが、起工式後に思いがけない事態が起こった。

〈松方コレクション〉の「寄贈返還」はフランス国民議会で法案が通過していた。にもかかわらず、その後、国内の政変で新憲法が制定され、廃案となってしまったのだ。

まったくの寝耳に水で、政府は大いにあわてた。それまでの努力がすべて水泡に帰してしまう。そんなことは絶対にあってはならない。関係者全員、一丸となって必死に動いた。

田代はジョルジュ・サルに電報を送った。あらん限りの思いと友情を込めて。

――フランスと日本の文化交流の歴史が、あの不幸な戦争によって凍結してしまった。それをもう一度〈松方コレクション〉によって溶かそうじゃないか。

君も同じ思いだと信じている――。

一九五八年十二月、ついに事態が動いた。

フランス第五共和政大統領、シャルル・ド・ゴールが〈松方コレクション〉の寄贈命令書に署名をした。超法規的措置が実行された背景には、世界大戦によって分断されてしまった国家間の関係を文化によって築き直そう、という世論の追い風もあった。

寄贈命令書に大統領の署名がされたとの一報を外務省から受けたとき、田代の胸に蘇った言葉があった。

――戦闘機じゃなくて、タブローを。

戦争じゃなくて、平和を。

日置が語り聞かせてくれたジェルメンヌの言葉。

そして、松方の言葉も。

――ほんものの絵を見たことがない日本の若者たちのために、ほんものの絵が見られる美術館を創る。

それがわしの夢なんだ。

上野公園の木立のあちこちでひぐらしの声が響き渡っている。

国鉄上野駅公園口前の横断歩道を急ぎ足で渡って、田代雄一がやって来る。白いワイシャツにグレーのスラックス、くたびれた革靴。白髪頭には古びたパナマ帽が載っている。昔むかし、フィレンツェに留学していたとき、無理して買ったたったひとつの贅沢品だ。毎年夏になれば取り出して、出かけるときには必ず被る。そして、ヨーロッパの空気を連れ歩くような気分になるのだ。

横断歩道を渡り切ったところで、腕時計を見る。四時二十分である。よし、と前を向く。

目の前に、真新しいコンクリート造りの大きな長方形の建築、国立西洋美術館がある。前庭にすっくと立つロダンの群像〈カレーの市民〉の前を通り過ぎ、エントランスのガラスのドアを通って、中へと入ってゆく。もっとも心躍る瞬間である。

六月十三日に一般公開が始まって以来、西洋美術館は関係者の想像をはるかに超えて大反響を呼んでいた。

開館一カ月後には十万人に届こうかという動員数を記録していた。二カ月経っても勢いは止まらず、噂が噂を呼んで、次から次へと観客が押し寄せた。東京藝術大学や東京国立博物館が近隣にあることから、画学生や美術に関心のある人々が主たる来場者になるだろうと予測されていたが、ふたを開けてみるといい意味で裏切られた。男性も女性も、老いも若きも、学生も子供も、「ほんものの美術品を見てみたい」と関心をもってやって来たのである。

田代はその頃、文化財研究所の新設に携わっており、西洋美術館の関係者ではなかったのだが、オープン直後は気になって仕方がなかった。東京美術学校の教授時代に指導していた教え子が何人か研究員となって勤務していたので、ことあるごとに電話をしたり手紙を書いたりして、美術館がどんなふうに人々に受け入れられているのか尋ねた。入館者数はもちろんのこと、ひとり当たりの滞留時間、どの作品に人気が集まっているか、館内で配布されている資料は減っているか、〈松方コレクション〉の解説パネルはちゃんと読まれているか――。そんなに気になるなら見にいらしてくださいよと、笑われてしまった。

いつ行っても混んでいるようだし、あまり頻繁に自分が行ってはなんとなく監視しているようじゃないかと遠慮していたのである。それに、どうせ見るなら誰もいないときに心ゆくまでゆっくり見たいじゃないか。作品と一対一で向き合って対話を楽しんでみたい、などと考えていたら、日曜日の最終入館時刻、午後四時三十分になると、潮が引くように人がいなくなる、そこが狙い目ですよと教えられた。それでパナマ帽を被って出かけてみた、というわけだ。

もちろん、館長も事務局長も知り合いだ。けれど、田代は誰にも知らせずにやって来た。入場券を自分で買って入りたかった。

入場券売り場で、「あと三十分で閉館ですが、よろしいですか?」と質された。

「いいんです」

田代はにこやかに返した。

「それで、じゅうぶんです」

半券を片手に、展示室へと入っていく。広々とした室内には、いまはもう人影がない。しんと静まり返った水の底のようだ。

壁に掛けられた作品の数々。モローも、シャヴァンヌも、ルノワールもある。ひとつひとつが田代に向かって声なき声で語りかけてくる。

その中のひとつ――モネの〈睡蓮〉の前に田代は佇んだ。その瞬間、ふいに思い出した。

あの夏、あの日、あのとき。確かに佇んでいた、あの池のほとり。モネのアトリエ、ジヴェルニーの青空の下で、田代は松方幸次郎とともにいた。

覚えている。さやかに風が吹いていた。池のほとりの柳の枝が風のかたちに揺れていた。睡蓮のひと群れが、光の綾が幾重にも広がる水面に浮かんで、白い顔を空に向かってほころばせていた。

池に投げ込まれた小石の気分を味わいながら、〈睡蓮〉をみつめるうちに、ふと視線を感じて、田代は振り向いた。

展示室はしんとして、タブローの森が広がるばかりだった。

けれど確かに、そこには松方がいた。田代とともに、タブローをみつめて佇んでいた。

【主な参考文献】

「藝術のパトロン」矢代幸雄　新潮社　一九五八年
「近代画家群」矢代幸雄　新潮社　一九五五年
「世界に於ける日本美術の位置」矢代幸雄　新潮文庫　新潮社　一九五六年
「美術の国の自由市民　矢代幸雄とバーナード・ベレンソンの往復書簡」矢代幸雄／バーナード・ベレンソン
山梨絵美子／越川倫明編訳　玉川大学出版部　二〇一九年
「美学と歴史」バーナード・ベレンソン　島本融訳　みすず書房　一九七五年
「火輪の海―松方幸次郎とその時代―　復刻版」神戸新聞社編　神戸新聞総合出版センター　二〇〇七年
「神戸を翔ける　川崎正蔵と松方幸次郎」辻本嘉明　神戸新聞総合出版センター　二〇〇一年
「幻の美術館―甦る松方コレクション」石田修大　丸善ライブラリー　丸善　一九九五年
「国立西洋美術館　松方コレクション」浜口隆一／浜村順／針生一郎／河北倫明／松方三郎／船戸洪吉／瀬木慎
一　現代教養文庫　社会思想研究会出版部　一九五九年
「昭和史　1926―1945」半藤一利　平凡社ライブラリー　平凡社　二〇〇九年
「昭和史　戦後篇　1945―1989」半藤一利　平凡社ライブラリー　平凡社　二〇〇九年
「回想十年　上・中・下」吉田茂　中公文庫　中央公論新社　二〇一四～二〇一五年
「大磯随想・世界と日本」吉田茂　中公文庫　中央公論新社　二〇一五年
「吉田茂とその時代　上・下」ジョン・ダワー　大窪愿二訳　中公文庫　中央公論新社　二〇一四年
「増補版　敗北を抱きしめて―第二次大戦後の日本人　上・下」ジョン・ダワー　三浦陽一／高杉忠明／田代泰

子訳　岩波書店　二〇〇四年
「サンフランシスコ平和条約・日米安保条約」西村熊雄　中公文庫　中央公論新社　一九九九年
「夢遊病者たち　第一次世界大戦はいかにして始まったか　1・2」クリストファー・クラーク　小原淳訳　みすず書房　二〇一七年
「祝宴の時代　ベル・エポックと『アヴァンギャルド』の誕生」ロジャー・シャタック　木下哲夫訳　白水社　二〇一五年
「パリの画家、1924　狂乱の時代のインタビュー」フロラン・フェルス編著　藤田尊潮訳註　八坂書房　二〇一五年
「第二次世界大戦1939―45　上・中・下」アントニー・ビーヴァー　平賀秀明訳　白水社　二〇一五年
「パリ、戦時下の風景」大崎正二　西田書店　一九九三年
「パリは燃えているか?［新版］上・下」ラリー・コリンズ/ドミニク・ラピエール　志摩隆訳　早川書房　二〇一六年
「パリ解放　1944―49」アントニー・ビーヴァー/アーテミス・クーパー　北代美和子訳　白水社　二〇一二年
「ヨーロッパの略奪―ナチス・ドイツ占領下における美術品の運命」リン・H・ニコラス　高橋早苗訳　白水社　二〇〇二年
「ナチスの財宝」篠田航一　講談社現代新書　講談社　二〇一五年
「ロダン　天才のかたち」ルース・バトラー　馬渕明子監修　大屋美那/中山ゆかり訳　白水社　二〇一六年
「ジャポニスム　幻想の日本」馬渕明子　ブリュッケ　二〇一五年

「ならず者たちのギャラリー　誰が『名画』をつくりだしたのか?」フィリップ・フック　中山ゆかり訳　フィルムアート社　二〇一八年
「ハウス・オブ・ヤマナカ　東洋の至宝を欧米に売った美術商」朽木ゆり子　新潮社　二〇一一年
「名画を見る眼」高階秀爾　岩波新書　岩波書店　一九六九年
「近代絵画史　ゴヤからモンドリアンまで　上・下」高階秀爾　中公新書　中央公論社　一九七五年
「松方コレクション　西洋美術全作品　第1巻　絵画」馬渕明子／飯塚隆／川瀬佑介／新藤淳／中田明日佳／袴田紘代／村上博哉／渡辺晋輔　川口雅子／陳岡めぐみ編　国立西洋美術館／平凡社　二〇一八年
「松方コレクション展―松方幸次郎　夢の軌跡―」岡泰正／湊典子／カロリーヌ・マチュー／村上博哉／廣田生馬／塚原晃／高久智広／辻智美／服部孝司／林芳樹　神戸市立博物館編　松方コレクション展実行委員会（神戸市立博物館・神戸新聞社）二〇一六年
「松方コレクション LA COLLECTION MATSUKATA」坂崎坦／富永惣一／吉川逸治／ベルナール・ドリヴァル　朝日新聞社　一九五五年
「モネ、風景をみる眼―19世紀フランス風景画の革新」岩崎余帆子／東海林洋／陳岡めぐみ／中田明日佳　国立西洋美術館／公益財団法人ポーラ美術振興財団 ポーラ美術館／TBSテレビ編　TBSテレビ　二〇一三年
「クロード・モネの『睡蓮』オランジュリ絵画館」ミシェル・オーグ　高橋章子訳　Réunion des musées nationaux 1991
「モネ　ジヴェルニーを訪ねて」フランソワーズ・ベイル　Artlys　二〇〇四年
「大屋美那論文選集：印象派、ロダン、松方コレクション＝Une anthologie d'écrits de Mina Oya : l'impressionnisme, Auguste Rodin et la collection Matsukata」大屋美那　大屋美那論文選集刊行委員会編　大屋美那論文選集刊行委員会　二〇一四年

献辞

〈松方コレクション〉の調査・研究に尽力された国立西洋美術館主任研究員・大屋美那氏の業績を讃えて。

In recognition of Mina Oya's achievements, as Chief Curator of The National Museum of Western Art, who greatly contributed to the research and examination of the Matsukata Collection.

協　力（敬称略）
馬渕明子（前国立西洋美術館長）
川口雅子（国立西洋美術館主任研究員）
林　芳樹（神戸新聞特別編集委員兼論説顧問）
岡　泰正（神戸市立小磯記念美術館館長）
松方家の皆様
矢代若葉
ジュヌヴィエーヴ・エトケン（ジャポニスム研究者）
ヴェロニク・マティユシ（ロダン美術館）
クリスティーヌ・ランセストルメール（ロダン美術館）
クロエ・アリオ（ロダン美術館）
アンヌ＝マリー・アンブルジェ（アボンダン）
飛幡祐規（パリ）
伊藤ハンス（パリ）
国立西洋美術館
ロダン美術館
オランジュリー美術館
オルセー美術館
クロード・モネ財団
フランス国立美術館連合
在フランス日本国大使館
ル・ムーリス
パリ市
アボンダン町
ジヴェルニー村

Acknowledgements:
Akiko Mabuchi, Former Director General, The National Museum of Western Art, Tokyo
Masako Kawaguchi, Chief Curator, The National Museum of Western Art, Tokyo
Yoshiki Hayashi, Advisor, Kobe Shimbun
Yasumasa Oka, Director, Kobe City Koiso Memorial Museum of Art, Kobe
The Matsukatas
Wakaba Yashiro
Geneviève Aitken, Paris
Véronique Mattiussi, Musée Rodin, Paris
Christine Lancestremère, Musée Rodin, Paris
Chloé Ariot, Musée Rodin, Paris
Anne-Marie Hamburger, Abondant
Yûki Takahata, Paris
HANS ITO, Paris
The National Museum of Western Art, Tokyo
Musée Rodin, Paris
Musée de l'Orangerie, Paris
Musée d'Orsay, Paris
Fondation Claude Monet, Giverny
Réunion des Musées Nationaux et du Grand Palais des Champs-Élysées
Ambassade du Japon en France
Le Meurice, Paris
Ville de Paris
Commune d'Abondant
Commune de Giverny

この物語は史実に基づくフィクションです。

解説

馬渕明子

二〇一九年に当時私が勤務していた国立西洋美術館で、開館六十周年を記念して『松方コレクション展』が開かれたのだが、展覧会を見に来た多数のオジさんたちが揃って「原田マハさんの小説を読みましてね」とのたまったのだ。オジさんたちは、美術館が総力挙げて用意した展示企画やカタログにはチラとしか目を向けず、もっぱら「原田マハの眼」を通して作品を鑑賞し、満足してお帰りになった。このオジさんたちは司馬遼太郎の眼で日露戦争を理解するように、原田マハに導かれて松方コレクションを理解したというわけである。怖るべし原田マハ！

とはいえ、原田マハが史実に基づかない我田引水の松方ストーリーをこしらえたというわけでは決してない。彼女のストーリー展開は史実をしっかり把握したうえで、その中の魅力的な人物をより魅力的に描き出すので、私たち美術史家が「その辺は推測の域を出ないでしょう」と立ち止まる境界を、するりと乗り越えて、オジさんたちが「あ〜そうだったんだ」と説得されてしまうような、人間物語に仕立て上げる。「だからそこは小説なんですってば！」と私たちがいくら言ったところで、勝ち目はない。まさにそれこそが小説の力というべきか。

国立西洋美術館が開館したのは、フランスから寄贈（返還）された松方コレクションの容れ物として、ル・コルビュジエが設計した本館が完成した二か月後の一九五九年六月のことである。館としてはいわば創立の恩人ともいうべき松方幸次郎については、歴代の学芸員たちが調査を重ねて資料を蓄積してきた。松方の人となりは、大きな夢を実現してゆく実行力、細かいことにこだわらない太っ腹な性格、一方で緻密な現状分析と判断力など、小説に書かれているとおりである。しかし、どうしてもわからないこともあり、そこは美術史研究者として、空白に残したままである。

そのわからない部分を語るのが小説家である。原田マハは熟練の縫製師《クチュリエ》のように、事実と事実の端切れを巧みに縫い合わせて、見事なドレスを仕立てるのだ。そこに主人公を見つめる重要な脇役が登場する。この物語のなかでは、ただ一人偽名で登場する田代雄一こそがその人である。名前以外、田代はぴったり矢代幸雄と重なる。彼が松方の供としてロンドンやパリの画廊を巡って作品を買い求めた件は、矢代自身が記録している。小説の中で語られているように、当時の美術史のエリートとして渡欧した矢代は、松方の美術コレクションの形成に手を貸し、その後フィレンツェ在住のアメリカ人美術史家バーナード・ベレンソンの許でサンドロ・ボッティチェリ研究を進め、作品細部の画像を駆使した新しい手法で研究書を発表して世界を驚かせた。戦後、コレクションの返還が日仏間で交渉のまな板に載せられたとき、こうした経歴と人脈を評価されて交渉の大役を任せられたのだ。

この物語の中で、若き田代はロンドンやパリで松方の画廊巡りの供をして、普通なら入手することなど思いもしない傑作を、日本の美術館に入れるために奔走するのだが、画廊ばかりでなく、印象派の画家クロード・モネの邸宅を松方に伴われて訪れ、そこで多数の作品を購入する場に立ち会う。のちに田代の記憶を喚起する装置として「池のほとりの葉巻」を原田マハは使う。一九五三年、返還に大きな役割を果たす首相吉田茂に会いに行ったときだ。大磯の吉田邸の庭に誘われて池のほとりで葉巻をくゆらす田代の脳裏に、池を見るという視覚と葉巻の香りという嗅覚を手掛かりに、三十年以上前の松方との思い出が忽然と甦るのである。これはまるでプルーストのマドレーヌ菓子ではないか。

さて、わからないことのひとつに、美術愛好家でもない松方が何で美術館を日本に作ろうとしたのか、そのきっかけは何だったのか？　ということがある。松方自身がこのことを記述していなかったので、周囲にいた人々の記憶をつなぎ合わせて推測するしかない。そうしたなかで私個人としては、松方より二十五年前に東京に美術館を作ることを志したパリの日本美術商林忠正のことが松方の頭にあったのではないかと思っている。面識があった証拠はないが、父松方正義は林忠正が通訳として渡仏した一八七八年パリ万博の副総裁であったし、兄正作はベルギー滞在中にたびたびパリに行って、林に会っている。欧米文化の洗礼を受け、美術館という機能が文明国に欠かせないものであることをいち早く知って、コレクションを作り西洋美術館を創設するという林の志を、松方は引き継いだのではないか。林は帰国直後に志を遂げずに亡くなり、コレクションはニューヨークの売り立てなどで散逸した。松方が集めたもののなかに、三点、旧林コレクション作品がある。また、現在東京国立博物館の浮世絵「松方コレクション」八千点は、パリの宝飾商アンリ・ヴェヴェールから購入したものだが、ヴェヴェールがコレクションを作る手助けをしたのは林である。

いっぽう、美術館を作ろうとしたきっかけについて、原田マハは、現在ほとんど忘れられた画家石橋和訓と岡田友次の名を挙げているところが面白い。もちろん林のことは『たゆたえども沈まず』（二〇一七年）の主人公としたくらいだからよく知っているのだが、松方とロンドンで知り合った石橋と、イギリスでのコレクションの支払いや輸送を担当した山中商会の岡田という、いわば裏方の人物に光を当てたところに、リアリティを感じさせる。そうした「大人物でない」キャラクターを掘り起こすのも、小説の面白さであろう。

「大人物でない」という点では、もう一人この物語で光の当たった人物がいる。松方がパリを離れた後、ロダン美術館に残されたコレクションを守った、日置釭三郎である。実在の人物でありながら、彼を知る人は多くない。それもほぼ戦後の返還交渉の過程で幾人かの日本人が会ってはいるのだが、生活に困った冴えない老人として記録されているのみである。

しかし彼が行った戦争中の行為は、まさにコレクションの恩人とも言うべきもので、作品管理経費の捻出のために二十点ほどを売ったが、戦火のなか四百点近い作品を守り抜いたのである。日置を知りたくて私たちは、彼に幾度か会ったことのある外務省に勤務していた田付辰子という人物を探したが、すでに故人となり、彼女の甥であった私の同窓生も何も聞いていなかった。

吉田茂のような大政治家であろうが、松方幸次郎のような大富豪であろうが、また矢代幸雄のような大美術史家であろうが、彼らはひとしく「愚か者」であるという点で、みすぼらしい老人である日置釭三郎と同等である。つまり今日風《こんにち》に言うと、不要不急そのものであるタブローなんかのために必死に命を懸けてしまった、という点で、世の人に愚か者と笑われてもしかたない、そういう存在なのである。そこで描写された日置は、最も愚か者であったかもしれない。海軍のエリートとして造船や航空術を学び、ゆくゆくは日本の軍事を背負う人材としてパリに渡ったのに、ひょんなことから松方コレクションの番人になってしまった。輝かしい未来を捨てて、パリと愛する女性とタブローを選んだ日置は、「愚か者」として第二次世界大戦を生き延び、日本からも忘れ去られて戦後は厄介者扱いされた。太平洋戦争で日本は敗れ、日置も軍人であったなら戦闘で命を落としたであろう。

原田マハは日置がこの選択をしたときに、妻となるジェルメンヌにこう言わせている。

「――なんて美しいの。――戦闘機じゃなくて、タブローを。戦争じゃなくて、平和を。

美しいわ。……すばらしいわ。」

ロシアがウクライナに侵攻して、戦争の悲惨さを聞かない日のない現在、このジェルメンヌの言葉がひとしお重く響く。

松方幸次郎、矢代幸雄、吉田茂、そして美術作品を守ることに後半生をかけた日置釭三郎がいなければ、私たちの「松方コレクション」も国立西洋美術館も存在しえなかったのだ。

原田マハはこのような愚か者たちに最上級の賛辞をこめて「美しき」という形容詞を与えている。

（前国立西洋美術館長）

単行本　二〇一九年五月　文藝春秋刊
DTP制作　エヴリ・シンク

文春文庫

美《うつく》しき愚《おろ》かものたちのタブロー

定価はカバーに表示してあります

2022年6月10日　第1刷
2023年6月15日　第3刷

著　者　原《はら》田《だ》マハ
発行者　大沼貴之
発行所　株式会社 文藝春秋

東京都千代田区紀尾井町3-23　〒102-8008
TEL 03・3265・1211(代)
文藝春秋ホームページ　http://www.bunshun.co.jp

落丁、乱丁本は、お手数ですが小社製作部宛お送り下さい。送料小社負担でお取替致します。

印刷・凸版印刷　製本・加藤製本
Printed in Japan
ISBN978-4-16-791887-3

（　）内は解説者。品切の節はご容赦下さい。

馳　星周
生誕祭（上下）
バブル絶頂期の東京。元ディスコの黒服の堤彰洋は地上げで大金を動かす快感を知るが、裏切られ、コカインとセックスに溺れていく。人間の果てなき欲望と破滅を描いた傑作。（鴨下信一）
は-25-4

馳　星周
アンタッチャブル
ドジを踏んで左遷された宮澤と、頭がおかしくなったと噂される公安の〝アンタッチャブル〟椿。迷コンビが北朝鮮工作員のテロ計画を追う！　著者新境地のコメディ・ノワール。（村上貴史）
は-25-9

原田マハ
キネマの神様
四十歳を前に突然会社を辞め無職になった娘と、借金が発覚したギャンブル依存のダメな父。ふたりに奇跡が舞い降りた！　壊れかけた家族を映画が救う、感動の物語。（片桐はいり）
は-40-1

原田マハ
太陽の棘《とげ》
終戦後の沖縄。米軍の若き軍医・エドは、沖縄の画家たちが集団で暮らすニシムイ美術村を見つけ、美術を愛するもの同士として交流を深めるが…。実話をもとにした感動作。（佐藤　優）
は-40-2

濱　嘉之
警視庁公安部・青山望　完全黙秘
財務大臣が刺殺された。犯人は完黙し身元不明のまま。捜査する青山望は政治家と暴力団・芸能界の闇に突き当たる。元公安マンが圧倒的なリアリティで描くインテリジェンス警察小説。
は-41-1

濱　嘉之
警視庁公安部・片野坂彰　紅旗の陰謀
コロナ禍の中、家畜泥棒のベトナム人が斬殺された。警視庁公安部付・片野坂彰率いるチームの捜査により、中国の国家ぐるみの〝食の簒奪〟が明らかに。書き下ろし公安シリーズ第三弾！
は-41-43

羽田圭介
スクラップ・アンド・ビルド
「死にたか」と漏らす八十七歳の祖父の手助けを決意した健斗の意外な行動とは!?　人生を再構築中の青年は、祖父との共生を通して次第に変化してゆく。第153回芥川賞受賞作。
は-48-2

原 宏一
閉店屋五郎
「閉店屋」こと中古備品販売の五郎は、情に厚くて仕事熱心、惚れっぽいのが玉に瑕。猪突猛進バツイチ男が今日も町のお店のトラブルを救う！　涙と元気が出るほっこり小説。（永江　朗）
は-52-1

原 宏一
廃墟ラブ
閉店屋五郎2
中古備品を回収・販売するため、廃業する店を訪ねて、ひとり娘と東奔西走する五郎。出会った三人のワケアリ女に惚れて、助けて、袖にされ……。ほっこり小説、決定版！（青木千恵）
は-52-2

蜂須賀敬明
横浜大戦争
保土ケ谷の神、中の神、金沢の神――ある日、横浜の中心を決めるため、神々の戦いが始まる。はたして勝者は？　ハマに大旋風を巻き起こす超弩級エンタテイメント！　未体験ゾーンへ！
は-54-2

蜂須賀敬明
横浜大戦争 明治編
「ハマ」を興奮の渦に巻き込んだ土地神たちが帰ってきた！　今回は横浜の土地神たちが明治時代にタイムスリップ。前代未聞の大ボリュームで贈る特別付録「神々名鑑と掌編」も必読！
は-54-3

早坂 吝《やぶさか》
ドローン探偵と世界の終わりの館
ドローン遣いの名探偵、飛鷹六騎が挑むのは奇妙な連続殺人。廃墟ヴァルハラで繰り広げられる命がけの知恵比べとは？　定石破りの天才が贈る、意表を突く傑作ミステリ。（細谷正充）
は-56-1

東野圭吾
レイクサイド
中学受験合宿のため湖畔の別荘に集った四組の家族。夫の愛人が殺され妻が犯行を告白、死体を湖に沈め事件を葬り去ろうとするが……。人間の狂気を描いた傑作ミステリー。（千街晶之）
ひ-13-5

東野圭吾
手紙
兄は強盗殺人の罪で服役中。弟のもとには月に一度、獄中から手紙が届く。だが、弟が幸せを摑もうとするたび苛酷な運命が立ち塞がる。爆発的ヒットを記録したベストセラー。（井上夢人）
ひ-13-6

（　）内は解説者。品切の節はご容赦下さい。

姫野カオルコ
彼女は頭が悪いから
東大生集団猥褻事件で被害者の美咲が東大生の将来をダメにした〝勘違い女〟と非難されてしまう。現代人の内なる差別意識に切り込んだ社会派小説の新境地！　柴田錬三郎賞選考委員絶賛。
ひ-14-4

東山彰良
僕が殺した人と僕を殺した人
一九八四年台湾。四人の少年は友情を育んでいた。三十年後、人生の歯車は彼らを大きく変える。読売文学賞、織田作之助賞、渡辺淳一文学賞受賞の青春ミステリ。（小川洋子）
ひ-27-2

平田　駒
110番のホームズ　119番のワトソン
夕暮市火災事件簿
火事場の奇人（シャーロック）と呼ばれる警官と熱血消防士。数々の火災現場で協力して捜査にあたることになった二人がバディとして成長する姿を描く。第1回バディ小説大賞受賞作。
ひ-28-1

平山夢明
デブを捨てに
「うで」と「デブ」どっちがいい？　最悪の状況、最低の選択。究極の選択から始まる表題作をはじめ〈泥沼〉の極限で咲く美しき〝クズの花〟〈最悪劇場〉四編。（杉江松恋）
ひ-29-1

平山夢明
ヤギより上、猿より下
淫売宿にヤギの甘汁とオランウータンのポポロがやってきた。彼女たちの活躍で姐さんたちが恐慌を来す表題作ほか全四編。〈最悪劇場〉第二弾。（宇田川拓也）
ひ-29-2

百田尚樹
幻庵《げんなん》（全三冊）
「史上最強の名人になる」囲碁に大望を抱いた服部立徹、幼名・吉之助は、後に「幻庵」と呼ばれ、囲碁史にその名を刻む風雲児だった。天才たちの熱き激闘の幕が上がる！（趙　治勲）
ひ-30-1

藤田宜永
愛の領分
仕立屋の淳蔵はかつての親友夫婦に招かれ、昔追われるように去った故郷を三十五年ぶりに訪れて佳世と出会う。二人は年齢差を超えて惹かれ合うのだが……。直木賞受賞作。（渡辺淳一）
ふ-14-6

（　）内は解説者。品切の節はご容赦下さい

藤田宜永
奈緒と私の楽園
良き友人の前妻と、セックスを愉しむ愛人がいるバツイチ、五十歳の塩原。だが母親の行方を探す二十九歳の奈緒と出会い、急速に惹かれていく。禁断の性愛を描く問題作。（村山由佳）
ふ-14-13

藤原伊織
シリウスの道（上下）
広告代理店に勤める辰村には秘密があった。その過去が二十五年後の今、何者かに察知された。十八億円の広告コンペの内幕を主軸に展開するビジネス・ハードボイルド。（北上次郎）
ふ-16-3

藤原伊織
テロリストのパラソル
爆弾テロ事件の容疑者となったバーテンダーが、過去と対峙しながら事件の真相に迫る。乱歩賞&直木賞をダブル受賞した不朽の名作。逢坂剛・黒川博行両氏による追悼対談を特別収録。
ふ-16-7

古川日出男
ベルカ、吠えないのか？
日本軍が撤収した後、キスカ島にとり残された四頭の軍用犬。彼らを始祖として交配と混血を繰り返し繁殖した無数のイヌが、あらゆる境界を越え、〝戦争の世紀＝二十世紀〟を駆け抜ける。
ふ-25-2

福澤徹三
Iターン
広告代理店の冴えない営業・狛江が単身赴任したのはリストラ寸前の弱小支店。待っていたのは借金地獄にヤクザの抗争。もんどりうって辿りつく、男の姿とは!?（木内　昇）
ふ-35-1

福澤徹三
侠飯《おとこめし》
就職活動中の大学生が暮らす1Kのマンションに転がり込んできたヤクザは、妙に「食」にウルサイ男だった！　まったく異質なふたつが交差して生まれた、新感覚の任侠グルメ小説。
ふ-35-2

福澤徹三
おれたちに偏差値はない　堂南高校ゲッキョク部
十五歳の草食系・悠太は、アクシデントに見舞われて一九七九年にタイムスリップ。そしてヤンキーの巣窟・堂南高校に通うハメに……。超おバカで愛すべき、極上青春ファンタジー！
ふ-35-11

（　）内は解説者。品切の節はご容赦下さい。

福田和代
バベル
ある日突然、悠希の恋人が高熱で意識不明となってしまう。感染爆発が始まった原因不明の新型ウイルスに、人間が立ち向かう術はあるのか？　近未来の日本を襲うバイオクライシスノベル。

ふ-45-1

藤崎彩織
ふたご
彼はわたしの人生の破壊者であり、創造者だった。異彩の少年に導かれた孤独な少女。その苦悩の先に見つけた確かな光とは。第158回直木賞候補となった、鮮烈なデビュー小説。（宮下奈都）
ふ-46-1

誉田哲也
武士道セブンティーン
スポーツと剣道、暴力と剣道の狭間で揺れる17歳、柔の早苗と剛の香織。横浜と福岡に分かれた二人は、別々に武士道とは何かを追い求めてゆく。「武士道」シリーズ第二巻。（藤田香織）
ほ-15-3

誉田哲也
増山超能力師事務所
超能力が事業認定された日本で、能力も見た目も凸凹な所員たちが、浮気調査や人探しなど悩み解決に奔走。異端の苦悩や葛藤を時にコミカルに時にビターに描く連作短編集。（城戸朱理）
ほ-15-7

誉田哲也
増山超能力師大戦争
超能力関連の先進技術開発者が行方不明となり、妻から調査を依頼された事務所の面々。だが、やがて所員や増山の家族にも危険が及び始めて――。人気シリーズ第二弾。（小橋めぐみ）
ほ-15-9

本城雅人
崩壊の森
日本人記者・土井垣侑が降り立ったソ連は「特ダネ禁止」の場所だった。謎の美女、尾行、スパイ。ソ連崩壊を巡る情報戦を圧倒的リアルさで描くインテリジェンス小説の傑作！（佐藤　優）
ほ-18-5

万城目　学
プリンセス・トヨトミ
東京から来た会計検査院調査官三人と大阪下町育ちの少年少女が、四百年にわたる歴史の封印を解く時、大阪が全停止する!?　万城目ワールド真骨頂。大阪を巡るエッセイも巻末収録。

ま-24-2

コラプティオ
真山 仁

震災後の日本に現れたカリスマ総理・宮藤は、原発輸出を推し進めるが、徐々に独裁色を強める政権の闇を暴こうとするメディアとの暗闘が始まる。謀略渦巻く超本格政治ドラマ。（永江 朗）

ま-33-1

売国
真山 仁

日本が誇る宇宙開発技術をアメリカに売り渡す「売国奴」は誰だ!?　検察官・冨永真一と若き研究者・八反田遥。そして「戦後の闇」が二人に迫る。超弩級エンタメ。（関口苑生）

ま-33-2

標的
真山 仁

東京地検特捜部・冨永真一検事は、初の女性総理候補・越村みやび厚労相の、サービス付き高齢者向け住宅をめぐる疑獄を追う。「権力と正義」シリーズ第3弾！（鎌田 靖）

ま-33-3

火花
又吉直樹

売れない芸人の徳永は、先輩芸人の神谷を師として仰ぐようになる。二人の出会いの果てに、見える景色は。第一五三回芥川賞受賞作。受賞記念エッセイ「芥川龍之介への手紙」を併録。

ま-38-1

キングレオの冒険
円居 挽

京都の街で相次ぐ殺人事件。なぜか全てホームズ譚を模していた。「日本探偵公社」の若きスター・天親獅子丸が解明に乗り出すと、謎の天才犯罪者の存在が浮かび……。（円堂都司昭）

ま-41-1

キングレオの回想
円居 挽

獅子丸は、天才的頭脳の少年・論語から、ある女性の正体を知りたいと依頼を受ける。一方、助手の大河には、さる高貴な男性の醜聞が持ち込まれ……。巻末に描き下ろし漫画を収録。

ま-41-2

キングレオの帰還
円居 挽

行方不明だった獅子丸が京都に帰ってきた！　しかし、大河の私生活に起きた大きな変化に激しく動揺する。さらに、久しぶりに入った自身のオフィスには、驚愕の事態が待っていた。

ま-41-3

（　）内は解説者。品切の節はご容赦下さい。

宮尾登美子
鬼龍院花子の生涯
大正四年、鬼龍院政五郎は故郷・土佐に男稼業の看板を掲げる。〝男〟を売る社会のしがらみと、彼を取巻く女たちの愛憎入り乱れる人生模様を独自の艶冶の筆にのせた長篇。（青山光二）
み-2-13

水野敬也
雨の日も、晴れ男
二人の幼い神のいたずらで不幸な出来事が次々起こるアレックスだが、どんな不幸に見舞われても前向きに生きていく……人生で一番大切な事は何かを教えてくれる感動の自己啓発小説。
み-35-1

三浦しをん
まほろ駅前多田便利軒
東京郊外〝まほろ市〟で便利屋を営む多田のもとに、高校時代の同級生・行天が転がりこんだ。通常の依頼のはずが彼らにかかると、ややこしい事態が出来《しゅったい》して。直木賞受賞作。（鴻巣友季子）
み-36-1

三浦しをん
まほろ駅前番外地
東京郊外のまほろ市で便利屋を営む多田と行天。汚部屋清掃、遺品整理に子守も多田便利軒が承ります。まほろの愉快な奴らが帰ってきた！　七編のスピンアウトストーリー。（池田真紀子）
み-36-2

三浦しをん
まほろ駅前狂騒曲
多田と行天に新たな依頼が。それは夏の間、四歳の女児「はる」を預かること。男手二つで悪戦苦闘していると、まほろ駅前では前代未聞の大騒動が。感動の大団円！（岸本佐知子）
み-36-4

道尾秀介
月と蟹
二人の少年と母のない少女、寄る辺ない大人達。誰もが秘密を抱えるなか、子供達の始めた願い事遊びはやがて切実な儀式に変わり――哀しい祈りが胸に迫る直木賞受賞作。（伊集院　静）
み-38-2

道尾秀介
スタフ　staph
ワゴンの移動デリを経営するアラサーでバツイチの夏都。あることをきっかけに、中学生アイドル・カグヤとその親衛隊に出会い、芸能界の闇を巡る事件に巻き込まれていく。（間室道子）
み-38-4

（　）内は解説者。品切の節はご容赦下さい

宮下奈都
田舎の紳士服店のモデルの妻
ゆるやかに変わってゆく。私も家族も——田舎行きに戸惑い、夫とすれ違い、子育てに迷い、恋に胸を騒がせる。じんわりと胸にしみてゆく、愛おしい「普通の私」の物語。（辻村深月）
み-43-1

宮下奈都
羊と鋼の森
ピアノの調律に魅せられた一人の青年が、調律師として、人として成長する姿を温かく静謐な筆致で綴った長編小説。伝説の三冠を達成した本屋大賞受賞作、待望の文庫化。（佐藤多佳子）
み-43-2

宮下奈都
静かな雨
行助はたいやき屋を営むこよみと出会い、親しくなる。こよみは事故に巻き込まれ、新しい記憶を留めておけなくなり——。文學界新人賞佳作のデビュー作に「日をつなぐ」併録。（辻原　登）
み-43-3

湊　かなえ
望郷
島に生まれ育った私たちが抱える故郷への愛、憎しみ、そして憧憬……屈折した心が生む六つの事件。日本推理作家協会賞・短編部門を受賞した「海の星」ほか全六編を収める短編集。（光原百合）
み-44-2

水《みず》生《き》大《ひろ》海《み》
ひよっこ社労士のヒナコ
ひよっこ社労士の雛子（26歳、恋人なし）が、クライアントの会社で起きる六つの事件に挑む。労務問題とミステリを融合させた新感覚お仕事小説、人気シリーズ第一弾。（吉田伸子）
み-51-2

新井素子・宮内悠介　ほか・人工知能学会　編
人工知能の見る夢は
AIショートショート集
日本を代表するSF作家たちのショートショートをテーマ別に編集し、各テーマについて第一線の研究者たちがわかりやすい解説を執筆。人工知能の現在と未来がわかる一冊。
み-55-51

村山由佳
星々の舟
禁断の恋に悩む兄妹、他人の恋人ばかり好きになる末っ子、居場所を探す団塊世代の長兄、そして父は戦争の傷痕を抱えて——愛とは、家族とはなにか。心震える感動の直木賞受賞作。
む-13-1

（　）内は解説者。品切の節はご容赦下さい。

女ともだち
村山由佳・坂井希久子・千早　茜・大崎　梢
額賀　澪・阿川佐和子・嶋津　輝・森　絵都

人気女性作家8人が「女ともだち」をテーマに豪華競作！「彼女」は敵か味方か？　微妙であやうい女性同士の関係を小説の名手たちが描き出す、コワくて切なくて愛しい短編小説集。

む-13-51

コンビニ人間
村田沙耶香

コンビニバイト歴十八年の古倉恵子。夢の中でもレジを打ち、誰よりも大きくお客様に声をかける。ある日、婚活目的の男性がやってきて——話題沸騰の芥川賞受賞作。（中村文則）

む-16-1

カラフル
森　絵都

生前の罪により僕の魂は輪廻サイクルから外されたが、天使業界の抽選に当たり再挑戦のチャンスを得る。それは自殺を図った少年の体へのホームステイから始まって……。（阿川佐和子）

も-20-1

風に舞いあがるビニールシート
森　絵都

自分だけの価値観を守り、お金よりも大切な何かのために懸命に生きる人々を描いた、著者ならではの短編小説集。あたたかくて力強い6篇を収める。第一三五回直木賞受賞作。（藤田香織）

も-20-3

満月珈琲店の星詠み
望月麻衣　画・桜田千尋

満月の夜にだけ開店する不思議な珈琲店。そこでは猫のマスターと店員たちが、極上のスイーツと香り高い珈琲、そして運命を占う「星詠み」で、日常に疲れた人たちを優しくもてなす。

も-29-21

満月珈琲店の星詠み～本当の願いごと～
望月麻衣　画・桜田千尋

家族、結婚、仕事…悩める人々の前に現れる満月珈琲店。三毛猫のマスターと星遣いの店員は極上のメニューと占星術で迷える人を導く。美しいイラストに着想を得た書き下ろし第2弾。

も-29-22

熱帯
森見登美彦

どうしても「読み終えられない本」がある。結末を求めて悶えるメンバーは東奔西走。世紀の謎はついに……。全国の10代が熱狂、第6回高校生直木賞を射止めた冠絶孤高の傑作。

も-33-1

山崎豊子
大地の子
（全四冊）
日本人戦争孤児で、中国人の教師に養育された陸一心。肉親の情と中国への思いの間で揺れる青年の苦難の旅路を、戦争や文化大革命などの歴史を背景に壮大に描く大河小説。（清原康正）
や-22-1

山崎豊子
運命の人
（全四冊）
沖縄返還の裏に日米の密約が！　戦後政治の闇に挑んだ新聞記者の愛と挫折、権力との闘いから沖縄で再生するまでのドラマを徹底取材で描き出す感動巨篇。毎日出版文化賞特別賞受賞。
や-22-6

山本文緒
プラナリア
乳がんの手術以来、何もかも面倒くさい二十五歳の春香。矛盾する自分に疲れ果てるが出口は見えない――。現代の〝無職〟をめぐる心模様を描いたベストセラー短篇集。直木賞受賞作。
や-35-1

山口恵以子
トコとミコ
伯爵令嬢の燈子と使用人の娘・美桜子。戦後、ふたりの立場は逆転するが……。時に慈しみ、時に憎み、裏切ったことさえも。九十年の月日をともに生きたふたりのヒロインの大河ロマン！
や-53-4

山口恵以子
ゆうれい居酒屋
新小岩駅近くの商店街の路地裏にある居酒屋・米屋。定番のお酒と女将の手料理で、悩み事を抱えたお客さんの心もいつしか軽くなって……。でも、この店には大きな秘密があったのです！
や-53-5

柳　広司
ロマンス
退廃と享楽に彩られた昭和の華族社会で、秘かに葬られた恋と事件――。ロシア人の血を引く白皙の子爵・麻倉清彬の悲恋譚と、極上の謎解きゲームを融合させた傑作。（宇田川拓也）
や-54-1

柳　広司
象は忘れない
原発事故で失われた命。電力会社と政府の欺瞞。福島から避難した母子が受けた差別……。あの震災、そして福島第一原発を題材に紡がれた傑作連作短編集。（千街晶之）
や-54-5